Bernard Minier

Bernard Minier, né en 1960, originaire de Béziers, a grandi au pied des Pyrénées. *Glacé* (2011), son premier roman, a reçu le Prix du meilleur roman francophone du Festival Polar de Cognac et figure dans la liste des 100 meilleurs polars depuis 1945 du *Sunday Times*. Son adaptation en série télévisée par Gaumont Télévision a été diffusée en 2017 sur M6 puis sur Netflix. Après *Le Cercle* (2012), *N'éteins pas la lumière* (2014), *Une putain d'histoire* (2015, Prix du meilleur roman francophone du Festival Polar de Cognac), *Nuit* (2017), *Sœurs* (2018), *M, le bord de l'abîme* (2019), *La Vallée* (2020) et *La Chasse* (2021), il a publié *Lucia* en 2022, *Un œil dans la nuit* en 2023 et *Les Effacées* en 2024. Ses romans, traduits en 27 langues, sont tous publiés aux Éditions XO et repris chez Pocket. En 2024 paraît également chez Pocket un recueil de nouvelles inédit, *Les Chats et 14 histoires mystérieuses diaboliques cruelles*. Bernard Minier est considéré aujourd'hui dans toute l'Europe comme l'un des maîtres du thriller.

Retrouvez toute l'actualité de l'auteur sur :
www.bernard-minier.com
www.facebook.com/bernard.minier

LES EFFACÉES

ÉGALEMENT CHEZ POCKET

Glacé

Le Cercle

N'éteins pas la lumière

Une putain d'histoire

Nuit

Sœurs

M, le bord de l'abîme

La Vallée

La Chasse

Un œil dans la nuit

Les Chats et 14 histoires mystérieuses diaboliques cruelles

Lucia

1. Lucia
2. Les Effacées

BERNARD MINIER

LES EFFACÉES

Lucia 2

THRILLER

XO
EDITIONS

ISBN : 978-2-266-34852-2
Dépôt légal : mars 2025

À Bernard Fixot

La Corogne
Gijón
Monts Cantabriques
OCÉAN
ATLANTIQUE
Vigo
Porto
PORTUGAL
Lisbonne
Sierra Morena
Cartographie : Noël Meunier

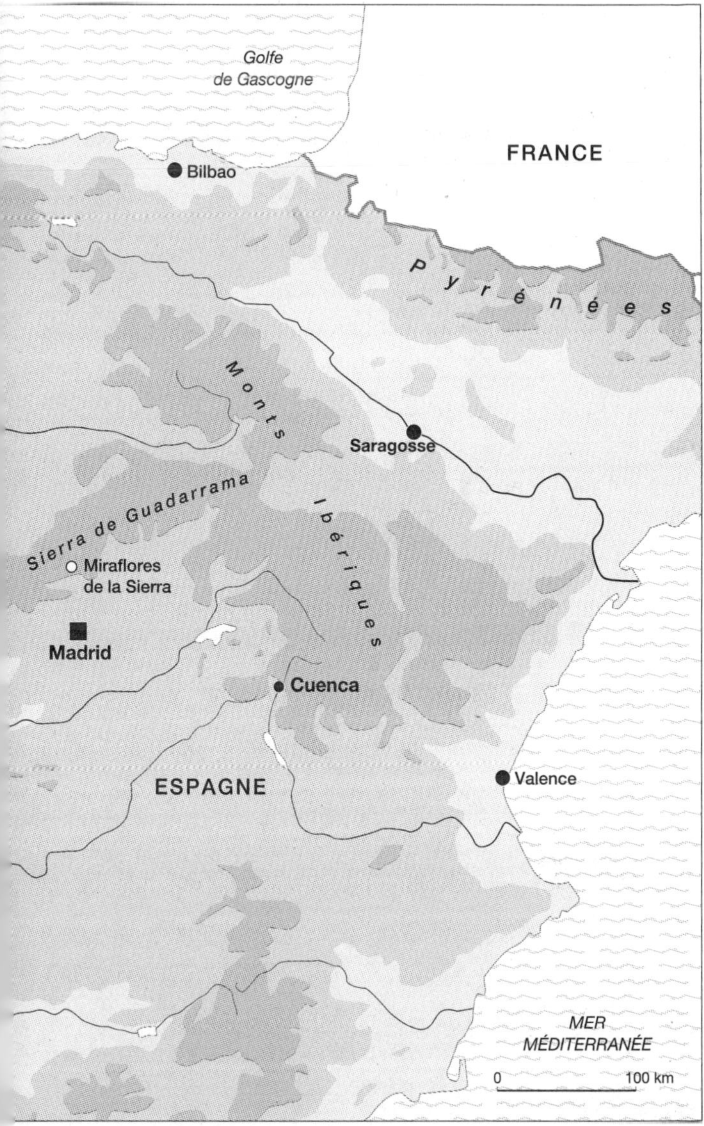
Golfe
de Gascogne
FRANCE
Bilbao
Pyrénées
Monts
Ibériques
Saragosse
Sierra de Guadarrama
Miraflores
de la Sierra
Madrid
Cuenca
Valence
ESPAGNE
MER
MÉDITERRANÉE
0
100 km

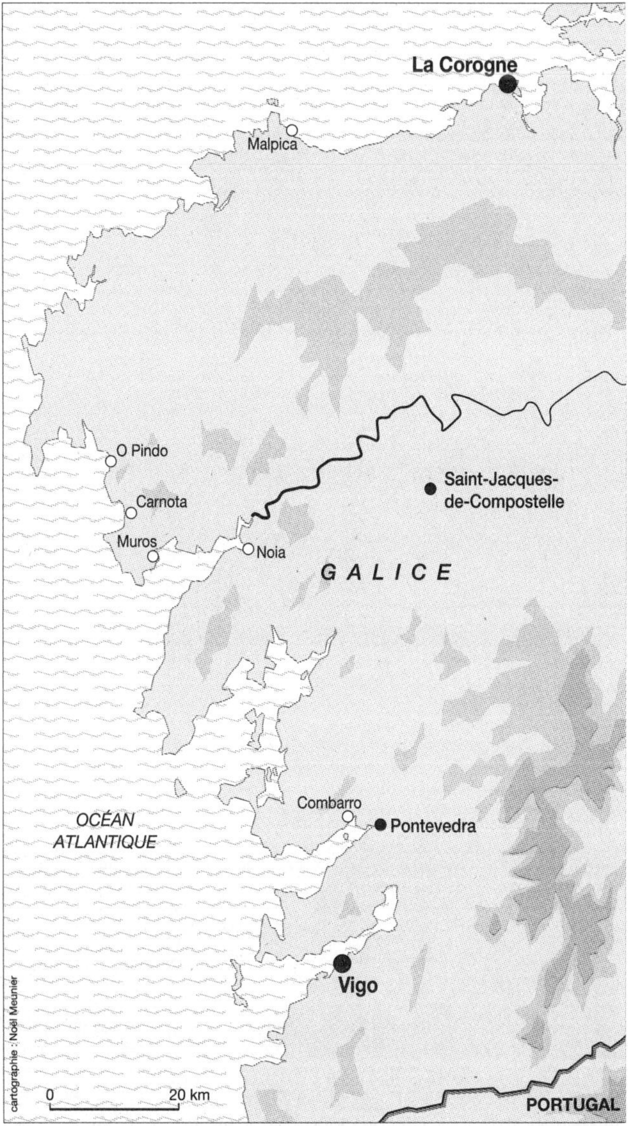

La Corogne
Malpica
O Pindo
Carnota
Muros
Noia
Saint-Jacques-
de-Compostelle
G A L I C E
OCÉAN
ATLANTIQUE
Combarro
Pontevedra
Vigo
PORTUGAL
0
20 km
cartographie : Noël Meunier

Prologue

Plage de Padrón, Combarro, Galice

Il est des lieux d'où tout espoir est absent. Elle regarda l'aube hivernale à travers le pare-brise et la brume, la plage en croissant et, tout au bout, les maisons en granit émergeant du brouillard.

Puis Arias et elle descendirent, gagnèrent à pied l'endroit de la plage où un ruban en plastique indiquait le chemin à suivre. Le vent salé agitait ses cheveux, le bruit délicat des vagues croissait et décroissait ; elle foula le sable meuble. Des traces de pneus ici et là, sillons crénelés qui se croisaient et dont certains avaient été « marqués » par les techniciens de la police scientifique. Elle se prépara au choc.

C'était là.

Au pied de la grande croix de pierre. Des combinaisons blanches allaient et venaient, hantant la brume, aussi silencieuses que des spectres, autour d'un trou peu profond creusé dans le sable.

Il y avait quelque chose dans le trou...

Il y avait aussi, garés sur le chemin goudronné descendant vers la plage, une ambulance – le premier véhicule à être arrivé sur les lieux – et un fourgon funéraire qui emporterait le corps à l'antenne locale de l'IMELGA, l'Institut de médecine légale de Galice.

Son humeur aussi sombre que la météo, Lucia Guerrero souleva un pan de sa veste en cuir, montra l'écusson accroché à sa ceinture. Le sergent Arias avait le sien pendu à son cou.

— On sait qui c'est ? demanda-t-elle.

— Vera Sáez Louro, née en 1994, nationalité espagnole. Elle avait ses papiers sur elle, mais pas son téléphone.

— Comme les autres.

L'OPJ de Pontevedra dévisagea Lucia. Il avait entendu parler d'elle. Le journal *La Voz de Galicia* avait annoncé l'envoi par Madrid d'une équipe de l'UCO – l'Unité centrale opérationnelle – et de sa « plus célèbre enquêtrice » à La Corogne après le deuxième meurtre. Pour aider à résoudre l'affaire que la presse nommait déjà « les séquestrées de Galice ». Des semaines qu'ils étaient sur le coup… Malgré cela, la disparition de Vera Sáez Louro avait été signalée cinq jours plus tôt, alors qu'elle avait quitté son domicile pour se rendre à son travail à Rianxo.

Où es-tu ? Que fais-tu en ce moment ? Es-tu déjà en chasse de la prochaine ?

Lucia baissa les yeux vers la forme étendue dans le trou, qui était d'ailleurs à peine un trou : plutôt un creux, une dépression.

Elle avait appris depuis longtemps à laisser ses affects de côté, mais il fallait bien reconnaître qu'il y avait quelque chose de poignant dans le spectacle de cette femme qui semblait s'être endormie tout habillée sur le sable après une nuit de fête. Elle portait encore son manteau d'hiver sur un gros pull et un jean. De chaudes bottines en daim aux pieds, des gants de laine, de grandes boucles d'oreilles, une touche de rouge à lèvres…

Dans la lueur acide des projecteurs, son visage tourné vers le ciel vide était pâle, crayeux. Le brouillard dérivait autour d'elle comme la fumée d'un feu de camp. Elle avait les cheveux propres, brillants, les ongles peints. *Comme les autres.* On aurait dit qu'elle allait se réveiller sans délai…

Ça ne risquait pas.

Pas avec cette paire de ciseaux plantée dans son cou à hauteur de la carotide. Arias et Lucia reconnurent aussi le petit tamis, le rosaire, les trois têtes d'ail posées soigneusement à ses côtés : *le même rituel à chaque fois.*

Ils savaient ce que la présence de ces objets signifiait : on le leur avait expliqué.

El aire. « L'air ».

Avant de débarquer en Galice, Lucia ignorait le sens qu'on donnait ici à ce mot. Pas le sergent Arias, qui y avait de la famille du côté maternel. Elle avait découvert à sa grande stupeur qu'un nombre étonnant de Galiciens croyaient en lui. *El aire.* « L'air ». Que d'autres appelaient « l'ombre ». Ou « le petit mal ». Pas exactement une maladie. Ni tout à fait le mauvais œil. Plutôt une forme de mal-être, une fatigue, un poids invisible sur vos épaules. Qui vous tirait vers le bas, vous vidait de vos forces, de votre énergie. Quand on avait *l'air*, on se traînait, on nourrissait des idées noires, on n'avait plus goût à rien. Et, bien entendu, comme existait l'air, existaient les personnes qui vous l'enlevaient. *Quitar el aire.* « Ôter l'air ». Il y avait en Galice des femmes, âgées pour la plupart, qui se transmettaient cet art de génération en génération, des femmes que tout le monde connaissait dans les villages et que beaucoup visitaient, en secret ou pas.

Lucia s'étonna que la presse ne fût pas encore là. Lorsque trois jeunes femmes sont enlevées à quelques semaines d'intervalle et que leurs corps sont retrouvés quelques jours après, les journalistes déferlent en général comme les festivaliers au Burning Man et oublient toute forme de retenue et de décence. Il fallait croire que les ambulanciers arrivés sur place en premier et le médecin qui avait constaté le décès avaient été discrets. Mais la presse ne tarderait pas. Ils disposaient de très peu de temps.

— Le légiste ? demanda-t-elle.

— En route.

— Qui a découvert le corps ?

— On n'en sait rien. On a reçu un appel anonyme.

— Homme ou femme ?

— Homme…

— Des témoins ?

Elle désigna les maisons noires qui se tassaient jusqu'à la pointe, s'avançant sur les eaux brumeuses. L'île Tambo, ainsi que l'autre rive, avec ses grues et les installations de l'école navale, demeuraient invisibles.

— On n'a pas encore commencé l'enquête de voisinage, répondit l'OPJ de la Guardia Civil de Pontevedra. Mais la plupart de ces maisons n'ouvrent qu'à la belle saison.

On était en janvier. La marée des touristes avait reflué et déserté la côte de Galice depuis longtemps. Elle jeta un regard à Arias, qui le lui rendit en partie – il était affecté d'un strabisme divergent : un œil partant à droite, l'autre à gauche ; ça perturbait ses interlocuteurs, mais pas Lucia. Il comprit : dans l'immédiat ils n'étaient d'aucune utilité sur la scène de crime. Il acquiesça d'un signe de tête et ils quittèrent la plage pour se faufiler dans les ruelles.

Des *hórreos*[1] partout. Combarro en comptait plus que tout autre village en Galice. Il y en avait même dans les jardins, où ils occupaient tout l'espace. Des ruisseaux coulaient dans des rigoles, des fontaines murmuraient dans le brouillard. À part ça, c'était silencieux – et vide. Lucia estima que le tueur était descendu sur la plage par l'autre extrémité, en empruntant la rampe goudronnée par laquelle eux-mêmes étaient arrivés, celle où stationnaient l'ambulance et le fourgon funéraire, à bonne distance des maisons. Ensuite, il avait dû rouler sur le sable jusqu'à l'endroit où il avait abandonné le corps. C'était gonflé. Comme pour les rapts, il avait dû agir tôt le matin, avant que le jour se lève, peut-être à la lueur des phares, quand les villageois dormaient encore. Il avait dû faire vite, la sortir du coffre, creuser un semblant de trou et déposer les objets rituels. Il l'avait tuée et préparée ailleurs.

Dans une ruelle, un garçonnet solitaire tapait dans un ballon, qu'il faisait rebondir contre un mur. Il s'arrêta net en les voyant approcher.

— Je l'ai vu, dit-il.

1. Greniers posés sur pilotis typiques du nord-ouest de l'Espagne.

Le regard de Lucia se porta sur lui. Le jeune garçon avait le visage allongé, le menton pointu, de grands yeux mobiles. Il ne semblait ni impressionné ni effrayé.

— Qui ça ?

Il pointa un doigt en direction de la plage. Elle lui donna dans les dix ans.

— Celui qui a fait ça. Slenderman. Il était sur la plage, je l'ai vu…

— Qui ?

— Slenderman, répéta le garçon.

Il sortit son téléphone, pianota dessus, lui montra une image où apparaissaient des enfants en train de jouer. Dans le coin gauche se tenait une silhouette étrange, très haute, avec des bras d'une longueur disproportionnée et une tête aux traits effacés.

Lucia ressentit un étrange malaise à sa vue. Elle se demanda d'où sortait ce cliché.

— Slenderman est une légende urbaine, précisa Arias. Un monstre imaginaire qui apparaît dans des centaines d'images sur Internet. Un truc pour faire peur. Tu veux dire qu'il était très grand, c'est ça ?

Le môme hocha la tête. Lucia se dit que, sur Internet, de nouvelles mythologies remplaçaient chaque jour les anciennes.

— Il est parti par où ? demanda-t-elle.

Le garçon montra la rue étroite qui sinuait entre les maisons du village, aussi muet et fermé qu'une tombe en cette saison. Des lambeaux de brouillard léchaient le granit des façades, les laissaient humides et luisantes.

Lucia sentit la tension dans sa nuque, tel un petit foyer de chaleur, une noix ardente.

— Allons-y, dit-elle en se mettant en marche.

— Il n'est pas ici, dit Arias. Il est parti depuis longtemps.

Elle baissa le regard vers ses bottines. Sales. Pleines de sable. Elle eut envie de les secouer.

— Ma lieutenante…, murmura Arias à côté d'elle.

Elle leva les yeux.

La haute silhouette.

Corps gigantesque, large dos, tête minuscule posée sur d'immenses épaules, bras trop longs : elle s'éloignait tranquillement dans la brume. À environ trente mètres. Vêtue d'un très grand coupe-vent vert, capuche rabattue, taille 4XL ou 5XL.

— Putain, souffla Arias dans un murmure, et elle entendit que sa respiration était plus heurtée tout à coup.

De sa main droite, Lucia chercha l'arme sur ses reins, sous le cuir de la veste. Ses doigts se refermèrent sur la crosse. Arias portait son HK USP Compact sur la hanche. L'instant suivant, ils tenaient tous les deux leurs armes à deux mains, bras levés. Ils pressèrent le pas – mais sans courir.

— Hé ! Vous ! lança-t-elle quand ils furent à moins de dix mètres derrière lui. Arrêtez-vous !

La haute silhouette ne se retourna pas, ne s'arrêta pas non plus, continua de leur présenter son dos immense.

— Stop ! Ne bougez plus !

Il obtempéra. Pendant une demi-seconde. La seconde d'après, il s'était éclipsé dans une rue sur sa droite, avec une vivacité sidérante compte tenu de sa masse.

— Merde ! Merde ! cria-t-elle.

— Je prends par là ! hurla Arias en se ruant vers la gauche. Fonce !

Elle s'élança. Où était-il passé ? Elle remonta la rue à fond de train, consciente du martèlement trop bruyant de ses bottines sur les pavés.

Quelque part sur la ria, une corne de brume mugit, fantomatique. Le sang grondait dans sa poitrine. Où était-il ? La ruelle serpentait, découvrant de nouvelles perspectives embrumées à chaque virage. Balcons en fer, volets clos, façades muettes, rongées par le vent salé, devantures en bois des magasins tombées comme des guillotines – la plupart n'ouvriraient pas avant le printemps.

Soudain, elle le vit. Il s'était arrêté, face à la mer, les bras en croix.

Immobile…

Elle fut frappée par cette image, qui lui en rappela une autre, tout aussi lugubre : Rafael, son petit frère, un matin d'été. En haut de la falaise. Juste avant qu'il se jette… Elle chassa cette vision.

Concentre-toi !

Qu'est-ce qu'il foutait, bon sang ? Il ne bougeait pas d'un iota, lui tournait le dos comme s'il était abîmé dans la contemplation des eaux de la ria noyées dans la brume. Comme s'il attendait… *qu'elle s'approche, qu'elle soit à sa portée…*

— Guardia Civil, mets tes mains sur ta nuque !

Zéro réaction.

— Je suis armée, les mains sur la nuque !

À quoi il jouait ? Fixant la capuche, elle s'approcha en décrivant un angle de quarante-cinq degrés, comme on l'enseignait dans le manuel de procédures opérationnelles.

— T'as entendu ? Les mains sur la nuque ! À genoux !

Pourquoi il ne bougeait pas ? Et, tout à coup, elle comprit. Un massif de fleurs dissimulait le bas du coupe-vent. Elle tira rageusement la capuche en arrière. Le haut d'une croix de pierre… Elle tâta les manches. Pareillement dur à l'intérieur.

Elle parla dans le micro.

— À toutes les unités, suspect en fuite dans Combarro ! Je répète : suspect en fuite dans Combarro ! Bloquez toutes les issues ! Ratissez le secteur ! Il est peut-être encore dans le coin !

Elle eut envie de hurler. Le coupe-vent vert se déployait sur la croix tel un épouvantail dans un champ. Elle allait repartir à la poursuite du fuyard quand son téléphone vibra au fond de la poche de son jean. Elle le sortit. Peña. Son chef à l'UCO. Il choisissait son moment. Elle faillit remettre à plus tard la communication – mais Peña ne l'appelait jamais sans raison.

— Guerrero, dit-elle.

— Tu rentres à Madrid, annonça-t-il.

— Quoi ?

Elle pensa aussitôt à Álvaro, son fils, à sa mère, qui était dans le coma depuis un AVC en novembre dernier. Une pierre tomba au fond de son estomac.

— Il s'est passé quelque chose ?

— C'est pour le boulot, répondit Peña en devinant son inquiétude, et c'est prioritaire.

Elle secoua la tête :

— Impossible ! On est peut-être sur le point de choper ce salopard. On le tient ! Il n'a pas pu aller bien loin. C'est une question de minutes !

— Tu rentres, trancha-t-il comme s'il n'avait pas entendu. Sur-le-champ. Arias se chargera de diriger l'équipe en Galice. Et j'envoie deux personnes en renfort.

— Il n'est pas question que je laisse tomber ici en ce moment, putain ! répliqua-t-elle avec véhémence. Vous pouvez pas me faire ça. Pas alors qu'on a enfin une piste !

— C'est un ordre, Guerrero.

Va te faire foutre, Peña. Elle respira à fond.

— Je peux au moins savoir ce qui se passe ?

— Pas au téléphone. Je te le dirai quand on se verra. Un hélico va te prendre sur l'esplanade de Combarro, place… attends un instant… Peirao-da-Chousa, tu vois où c'est ?

— Je crois que oui, répondit-elle à contrecœur. Il n'y a qu'une grande esplanade ici, à environ deux cents mètres de là où je suis.

— Très bien. Je t'attendrai avec une voiture à la base aérienne de Torrejón. Il n'y a pas une minute à perdre.

PREMIÈRE PARTIE

LES RICHES

1

À 8 h 55, profitant d'une accalmie du brouillard, le pilote poussa la manette des gaz et l'hélicoptère survola la marina de Combarro, les eaux de l'Atlantique puis un paysage où mer et terre étaient des amants étroitement enlacés. Vallons, petites routes, bras de mer, collines, bois, villages, fermes, viaducs, océan… Lucia songea à ce pays de rias, de forêts et de côtes déchiquetées qu'elle laissait derrière elle. Un pays de légendes aussi, de secrets enfermés dans les êtres comme des bourses serrées, de cœurs généreux, d'âmes vaillantes. De trafics et de corruption. Surtout, elle laissait Arias diriger seul le reste du groupe – non pas qu'Arias fût incompétent ou moins motivé qu'elle – et elle abandonnait ces pauvres femmes à leur sort.

Elle enrageait.

Ils l'avaient vu de près…

De fait, jamais ils n'avaient été aussi près. Ils avaient à présent une description. Pour autant que le gosse n'eût pas raconté n'importe quoi et que le géant ne se fût pas enfui pour une tout autre raison. Elle aurait voulu continuer de le traquer dans les rues de Combarro.

Elle avait appelé Arias avant de monter dans l'hélico : le géant semblait s'être évanoui dans le brouillard. Il leur avait glissé entre les pattes. Elle avait donné des ordres : porte-à-porte, recherche de traces dactylaires, ADN, poussières et pollens sur le coupe-vent vert, dans les poches et les plis de celui-ci, recensement de tous les fabricants de grandes tailles et des points de vente…

Mais elle savait que c'était trop tard.

Comme il était sorti de la brume pour les narguer, il était retourné au brouillard.

Jusqu'à la prochaine fois…

Elle redoutait d'apprendre une nouvelle disparition. Une nouvelle proie enlevée sur le chemin du travail : une ouvrière, une employée des conserveries, une parmi ces millions de femmes de l'ombre, ces millions d'âmes anonymes qui se levaient tôt le matin pour faire tourner le pays pendant que d'autres restaient bien au chaud dans leur lit.

Assise à l'arrière de l'hélico, elle sentit les braises de la colère rougeoyer au creux de son ventre. Elle les sentait de plus en plus souvent ces temps-ci.

Car, avant Vera Sáez Louro, il y avait eu Paz Ruíz Barranco, vingt-huit ans, et Andrea del Árbol Castro, trente-trois ans. Toutes deux enlevées tôt le matin alors qu'elles partaient au travail (Andrea trimait dans une conserverie de La Corogne, Paz était femme de ménage). À chaque fois, on avait retrouvé leur cadavre quelques jours après leur disparition. Le premier au fond d'une barque abandonnée dans une crique au nord d'O Pindo, non loin d'une usine désaffectée où on découpait et préparait jadis les baleines. En hiver, seuls les couples en quête de tranquillité roulaient jusque-là – et c'était précisément comme ça qu'on l'avait découvert, les globes oculaires et les lèvres picorés par les oiseaux de mer. L'autre avait été trouvé dans le godet d'un engin de terrassement, près d'une ferme au nord-est de Muros, par un gamin qui jouait avec son drone. Toutes avaient autour d'elles les instruments du rituel de « l'air » : le tamis, les trois têtes d'ail, le rosaire et la paire de ciseaux, dont l'assassin faisait un usage original, il la plantait dans le cou de ses victimes. À part ça, le tueur semblait les abandonner désespérément au petit bonheur, sans les cacher, sans les exhiber non plus.

Quant à Vera Sáez, elle avait sans doute été kidnappée alors qu'elle s'apprêtait à monter dans sa voiture : on avait trouvé de petites traces de sang à Cambados, devant chez elle, sur la chaussée, près de son véhicule. Elle travaillait dans une boulangerie de Rianxo et, comme les deux autres, elle commençait très tôt ses journées. Le tueur – car Lucia ne doutait pas qu'il s'agît d'un homme – ne s'en prenait qu'à des jeunes femmes qui bossaient dur et qui, l'hiver, se levaient quand il faisait nuit, pendant que le reste du monde dort encore. Il les surprenait dans les rues désertes, sans témoins, alors qu'elles étaient mal réveillées, lourdes de fatigue. Plus maintenant, songea-t-elle. Désormais, les femmes de Galice qui partaient tôt au travail étaient on ne peut plus réveillées, désormais elles ouvraient grand les yeux et les oreilles et elles avaient la peur au ventre. Ça n'avait pas empêché Vera Sáez de se faire avoir. Par un prédateur patient, sournois, organisé, qui prenait le temps d'étudier les habitudes de ses proies et qui choisissait son moment.

Aucun des examens gynécologiques effectués par le légiste sur les deux premières n'avait trouvé de signes de viol ou d'agression sexuelle, ni même de sévices.

Ce n'en était pas moins un crève-cœur de penser à leur captivité, à leur calvaire ultime, aux cinq derniers jours de leur existence, que Paz et Andrea avaient passés loin de leurs familles (le légiste avait établi dans les deux cas ce délai entre la disparition et la mort), de leurs conjoints, de leurs enfants, de leurs amis, avec la mort pour seule issue et ce monstre pour seule compagnie. Où les gardait-il ? Dans quelles conditions ? Et pourquoi cinq jours, pourquoi pas quatre ou dix ? Leur faisait-il accroire jusqu'au dernier moment qu'il allait les libérer ? La dernière avait forcément entendu parler des deux autres par la presse ou par les réseaux sociaux avant d'être kidnappée. Tout le monde en parlait. Par conséquent, elle n'avait guère dû se faire d'illusions sur ce qui l'attendait.

L'avait-elle supplié ? Avait-elle tenté de l'amadouer ? Ou bien s'était-elle résignée à son sort ?

Depuis les premières disparitions et les premiers meurtres, toutes les lignes téléphoniques de toutes les forces de l'ordre de Galice et des Asturies voisines avaient été prises d'assaut. Chaque appel avait été étudié ; les farfelus, les cinglés, les mythomanes, les illuminés avaient été entendus aussi bien que ceux qui voulaient sincèrement aider. Plus de mille signalements sans qu'aucune piste concrète soit apparue.

Rien. Zéro. *Et, tout à coup, il sort de la brume et se présente devant nous.*

En avait-il marre de l'anonymat ? Cherchait-il un peu de célébrité comme tant d'autres avant lui ? Ou bien avait-il péché par excès de confiance ? Avait-il fini par se dire que les forces de l'ordre étaient trop stupides pour l'attraper ?

Le paysage défilait, tandis qu'elle pensait à ces femmes, les vibrations de la cabine et le ronflement du rotor la berçaient – elle s'endormit.

— Ma lieutenante…

Elle ouvrit les yeux, fut aussitôt éblouie par le dur soleil matinal qui traversait le plexiglas de la cabine. Elle regarda autour d'elle. Une base militaire. Torrejón de Ardoz, au nord-est de Madrid. Lucia ouvrit la porte arrière pour descendre de l'appareil tandis que les pales terminaient leur rotation. Le temps était clair, le ciel dégagé, mais il faisait plus froid qu'en Galice.

Elle aperçut Peña à quelque distance, debout près d'une voiture banalisée, avec sa moustache et sa tête carrée de bon père de famille. Il était 11 h 35 du matin.

— C'est quoi, cette affaire si urgente ? demanda-t-elle.

Assis à côté d'elle sur la banquette, il jeta un coup d'œil à la nuque du chauffeur comme s'il craignait – bien que celui-ci fût de l'UCO – d'en dire davantage devant lui. En guise de réponse, il ouvrit la chemise cartonnée qu'il avait sur les genoux et tendit une photographie à Lucia.

— Tu la reconnais ?

Évidemment qu'elle la reconnaissait. Marta Millán. L'une des femmes les plus riches d'Espagne. Une figure de la jet-set madrilène, une amie de la famille royale comme de tout ce que l'Espagne comptait de soi-disant importants. Elle faisait régulièrement la une de la presse people et des feuilles à scandale pour ses sorties nocturnes, ses frasques, et aussi ses déclarations à l'emporte-pièce. Sur la photo elle avait les paupières closes, le visage inexpressif – et Lucia comprit : *Marta Millán avait été assassinée.*

— C'est pour ça alors, ne put-elle s'empêcher de déclarer. Parce que quelqu'un qu'on juge important a été tué ici, on me demande de laisser tomber l'enquête sur les femmes de Galice. En somme, une Marta Millán compte plus aux yeux de la Guardia Civil que trois ouvrières, c'est ça ?

Sans répondre, il extirpa un deuxième cliché de sa chemise, le lui tendit.

— Bordel, fit-elle.

Ce qu'elle voyait classait d'emblée le crime dans le registre des affaires hors norme, celles qui faisaient les choux gras de la presse et des chaînes d'info pendant des semaines, celles qui hantaient les enquêteurs longtemps après qu'ils avaient pris leur retraite et dont ils aimaient à reparler à l'occasion, enrichissant chaque fois leur récit de détails nouveaux, celles dont on faisait des livres, des émissions spéciales et des séries documentaires.

Ce que ce deuxième cliché représentait, c'était en effet *une moitié* de Marta Millán : à partir de la taille, le bas du corps manquait. L'abdomen avait été coupé en deux – peut-être scié – et il n'allait pas plus bas que le nombril. À part quelques viscères libérés qui pendaient en dessous, la coupure était assez nette. Lucia constata au passage que les seins de Marta Millán étaient refaits. Le haut du corps avait été attaché, bras écartés, à un grand lustre en cristal, sous un plafond à moulures. On aurait dit qu'elle cherchait à s'envoler en battant des ailes.

— Quelle horreur, souffla-t-elle.

— Comme tu dis.

— C'est où ?

— Gran Vía, 40 : son penthouse en ville.

— C'est en plein centre, en zone police, remarqua-t-elle. Pourquoi nous ? Où est l'autre partie du corps ?

Il lui tendit un troisième cliché : reposant sur des dalles, le bas du corps, jambes écartées. Une impression bizarre se dégageait de la vision de ces jambes et de ce bassin orphelins, qui évoquaient la moitié d'un mannequin oubliée dans une arrière-boutique.

— Gran Vía est la scène finale, celle de l'abandon du corps. La scène primaire, celle où ont eu lieu l'agression et le meurtre, se situe dans sa résidence d'été de Miraflores de la Sierra – un lotissement sécurisé pour richards aimant sniffer l'air pur de la montagne. C'est ce qu'on a découvert en premier, et c'est là qu'elle a été découpée. En zone Guardia Civil donc. C'est pour nous.

Il avait prononcé cette dernière phrase d'un petit ton satisfait qui agaça Lucia.

— Qui l'a trouvée ?

— Son anniversaire tombait aujourd'hui, ce sont deux employés qui venaient pour les préparatifs de la fête qui l'ont trouvée tôt ce matin. Ensuite, on a découvert la… hum… deuxième moitié du corps dans son appartement, sur Gran Vía, environ trois heures plus tard.

Il regarda Lucia.

— Le ministre veut que l'UCO se charge de l'enquête. Et que ce soit ton groupe qui s'y colle.

Elle lui rendit son regard.

— Je ne peux pas, je suis déjà assez occupée avec les meurtres de ces femmes en Galice. Il faut qu'on chope ce salopard avant qu'il recommence là-bas.

Il laissa échapper un soupir :

— Comme je te l'ai dit au téléphone, Arias va se charger de la Galice et je vais envoyer du renfort. Tu n'as pas l'air de comprendre : le ministre a fait de cette affaire une priorité absolue. Et on va être sous le feu des projecteurs. Un vrai tourbillon médiatique. On ne peut pas se planter sur ce coup-là.

Le ministre… c'était donc ça : on avait estimé en haut lieu que le meurtre d'une femme aussi riche et célèbre que Marta Millán était bien plus prioritaire que la séquestration et la mort de trois femmes du peuple en province – même si tout le monde savait que la série en cours là-bas n'était pas terminée.

2

Gran Vía lui avait toujours fait penser à un décor de théâtre. Un canyon d'immeubles baroques, rococo. Pleins de balcons, de corniches, de colonnes. Gigantesques pièces montées blanches se penchant sur l'essaim scintillant des véhicules de la Guardia Civil qui stationnaient en bas.

On avait fermé l'avenue et les rues adjacentes entre la station de métro Callao et la rue Mesonero-Romanos, provoquant des embouteillages monstres dans le centre, et Gran Vía – d'ordinaire ruche vrombissante et klaxonnante – était étonnamment silencieuse et déserte ce matin-là.

En descendant de voiture à 11 h 57, elle leva le regard vers la balustrade blanche du penthouse, tout là-haut. Puis ils s'engouffrèrent dans le hall, dont les murs étaient laqués de noir, avec des dorures au plafond et du marbre au sol.

L'ascenseur n'était que jeux de miroirs, boiseries, éclats de lumière blessants. Elle se scruta discrètement, son image renvoyée à l'infini dans les brisures des reflets. Ce qu'elle vit ne lui plut guère. Un visage pâle et fatigué, mâchoires serrées, poches sous les yeux, dans l'éclairage des spots.

Insomnies, rage, doute, épuisement…

La cabine les déposa en douceur au dernier étage. Une unique double porte sur le palier. Lucia aperçut l'œil rond d'une caméra plantée dans le chambranle, à droite du battant, qui filmait le palier. En dessous, un palpeur biométrique sur lequel il fallait plaquer la main.

La double porte était grande ouverte.

Peña passa devant.

Dès le vestibule, elle vit que tout ici était surdimensionné : l'entrée aurait pu contenir l'appartement de n'importe laquelle des victimes de Galice. Il s'agissait plus d'un large couloir en vérité, dont les murs étaient rythmés par d'immenses portraits photographiques en noir et blanc de deux mètres de haut, qui les regardèrent passer en formant une sorte de haie d'honneur. Des appliques semi-circulaires dorées, incrustées de cristaux, séparaient les portraits. Elle trouva l'effet plutôt réussi s'il était destiné à impressionner les visiteurs. Ils foulèrent une moquette de haute laine si épaisse qu'elle eut la sensation de flotter dessus.

Une autre double porte capitonnée au bout du couloir. Battants grands ouverts, là aussi. Le brouhaha de nombreuses voix monta soudain – et Lucia se dit qu'il y avait vraiment beaucoup de monde dans le penthouse de Marta Millán. Beaucoup trop. Plus d'un agenda avait été bousculé en cette matinée du 25 janvier, les téléphones avaient dû chauffer entre la police judiciaire de la Guardia Civil, la direction générale et le ministère. Puis les ordres étaient redescendus en suivant le même chemin qu'avaient emprunté les premières informations mais en sens inverse.

Le muscle cardiaque qui se contracte, le sang qui bat plus vite...

Elle n'était pas agoraphobe, non, mais elle détestait les foules, les rassemblements, tout ce qui concourait à ce qu'un grand nombre d'individus se retrouvent dans un même lieu. Elle trouvait qu'il y avait toujours quelque chose de menaçant, d'oppressant, d'aliénant dans une foule.

Ils débouchèrent sur un espace ouvert où tout, dans la décoration comme dans le mobilier, était fait pour en mettre plein la vue : un équilibre précaire entre opulence et ostentation, entre luxe et vulgarité. Partout des émaux, dragons chinois et panthères, de coûteux objets en pâte de verre, des lampes transparentes aux abat-jour noirs, des œuvres d'art contemporain, des miroirs aux formes complexes, des consoles en verre taillé... Sur la droite, un bar au comptoir plaqué or avec un gainage en capiton blanc, à gauche des canapés aux rayures de zèbre, plus loin une salle à manger qui pouvait accueillir trente personnes. Le décor jouait avec les sources de lumière, les transparences, les angles, les surfaces, les reflets, la géométrie.

Et, au centre, suspendue au gigantesque lustre en cristal, Marta Millán.

Ou plutôt une moitié de Marta Millán...

3

Lucia resta un moment le visage levé vers cette œuvre d'un nouveau genre. Entre le miroitement des cristaux du lustre, la blancheur cireuse de la peau de la victime, ses cheveux noirs et ses seins en obus qui démentaient son âge, Marta Millán aurait pu faire partie de sa propre collection.

Mais une collection monstrueuse, œuvre d'un artiste dément. Comme en témoignait ce que Lucia apercevait en dessous : des viscères rosés, de la chair à vif, une colonne vertébrale tranchée net entre deux vertèbres lombaires.

Elle serra les dents.

Celui qui avait fait ça avait fait preuve d'un sang-froid inquiétant. En dessous du tronc se trouvait le fauteuil – enveloppé de plastique blanc marqué « Guardia Civil » – sur lequel le tueur avait dû grimper pour suspendre la moitié du corps. Il avait attaché les poignets de la victime aux branches inférieures du lustre avec du gros ruban adhésif noir. Il fallait être costaud, mais pour quelqu'un d'habitué – par plaisir ou par métier – à soulever des charges, rien d'insurmontable.

Comment a-t-il fait pour transporter la moitié du corps jusqu'ici sans se faire remarquer ?

— Transportée dans une valise tout simplement, répondit une voix douce et lente à côté d'elle, si c'est la question que vous vous posez. C'est sur les caméras de surveillance. Il y a beaucoup trop de monde ici, vous ne trouvez pas ? Heureusement, l'ECIO a terminé depuis un moment.

L'ECIO, l'équipe d'inspection oculaire, venue de Guzmán-el-Bueno : Lucia se dit qu'elle arrivait après la bataille. Elle se tourna vers l'origine de la voix : le juge Galván, petit homme gris au visage d'oiseau en veste à carreaux verte.

— Pour nous, c'est bon, dit-il. On a fini les premières constatations. Bon courage, lieutenante. Tenez-moi au courant, cette affaire est, me dit-on, absolument prioritaire, ajouta-t-il avant de s'éloigner vers la sortie, son greffier sur les talons.

Il y a beaucoup trop de monde ici...

Elle parcourut la foule du regard. Compta au moins vingt-cinq personnes réparties dans les différentes pièces. Des hommes et des femmes en combinaison blanche à capuche, mais aussi pas mal d'enquêteurs en civil.

Comme elle se frayait un chemin dans cet espace à haute teneur en gardes civils et techniciens au mètre carré, elle stoppa net. Ses yeux venaient de s'arrêter sur un petit groupe à l'écart. La directrice de l'Unité centrale opérationnelle, la colonelle Pilar Molina Marcos, une grande femme sèche et sans charisme, s'entretenait avec plusieurs haut gradés de la Guardia Civil : l'officier général à la tête de la police judiciaire, le directeur adjoint opérationnel et même le directeur général. Lucia n'avait jamais vu pareille concentration d'huiles sur une scène de crime, une telle délégation de gros bonnets. Ce n'était pas seulement inhabituel, c'était une première. Et il y avait encore avec eux quelqu'un d'autre, quelqu'un que Lucia ne se serait pas attendue à trouver là : un homme dont le visage était familier à des millions de personnes dans le pays – sans qu'elles l'aient jamais rencontré, pas plus que Lucia, avant ce jour –, car elles le voyaient à la télé, dans les journaux ou sur Internet : le ministre de l'Intérieur. Grand, svelte, la soixantaine, tiré à quatre épingles, un visage long et chevalin couturé de profondes rides verticales et terminé par une barbiche poivre et sel, il se tenait dans cette même position bizarre, un peu penchée, une épaule plus haute que l'autre, qu'on lui voyait adopter devant les caméras et les objectifs des photographes. Lucia avait entendu dire – ou peut-être l'avait-elle lu – que c'était dû à une scoliose idiopathique. Elle vit que la colonelle était en train de lui murmurer quelque chose à l'oreille, et, la seconde d'après, le ministre tourna vers Lucia son regard de chat rusé.

— Je crois qu'on parle de toi, dit Peña en passant près d'elle pour aller saluer les grosses légumes.

Elle sentit le feu lui monter aux joues, mal à l'aise à l'idée de serrer toutes ces mains. Elle n'était pas douée pour les mondanités.

— Lieutenante, dit la colonelle, merci d'être rentrée aussi vite de Galice.

On ne m'a pas trop laissé le choix, songea-t-elle.

Puis le directeur général s'avança, un homme râblé, qui respirait l'autorité, la barbe rousse traversée de bandes grises, comme un incendie qui se serait propagé dans un sous-bois à l'automne et aurait laissé des traînées de cendre derrière lui.

— Le ministre veut que l'UCO soit mise sur l'affaire, dit-il en lui lançant un coup d'œil sévère, il a insisté. Et la colonelle comme le commandant Peña affirment que vous êtes la meilleure enquêtrice du quatrième étage.

Il s'exprimait d'une façon clinique, détachée :

— On m'a parlé de vous, poursuivit-il. En bien comme en mal. Il paraît en effet que vous êtes le meilleur élément de cette unité, celui qui a le plus de résultats. Mais aussi une forte tête. Je ne veux pas de fortes têtes dans cette affaire. À aucun prix. Et elle est une priorité absolue (*encore un qui me parle de priorité*, pensa-t-elle), tous vos autres dossiers passent après celui-ci. Pas un mot à la presse, c'est la colonelle qui s'en chargera. Vous partagerez chaque progrès de l'enquête avec nous. Et au moindre faux pas, vous sautez.

Très bien. Au moins les choses sont claires. Pas de parlotes inutiles, on va droit au but. Et, pour une fois, on va peut-être avoir les moyens qu'on demande.

— Vous avez compris, lieutenante ? dit la colonelle Pilar Molina Marcos. Pas d'affaire Francisco Manuel Mélendez, cette fois.

Elle sursauta. « F2M »… C'était bien le moment de faire remonter ce souvenir à la surface. Elle revit le tueur au marteau, sa présence maléfique, longue robe rouge, perruque blonde, maquillage outrancier, quand il s'était jeté sur elle dans les toilettes d'une station-service d'autoroute.

— Venez, dit la colonelle, le ministre veut faire votre connaissance.

Elle suivit, la boule au ventre. Le ministre de l'Intérieur l'observa tandis qu'elle approchait. Yeux vifs. Inquisiteurs. Il lui tendit la main :

— C'est vous qui êtes chargée de l'enquête, alors ? Tant mieux. La colonelle m'a fait votre éloge. Cette affaire est de la plus haute importance. Qu'on puisse s'en prendre à une des femmes les plus riches d'Espagne, la couper en deux et l'accrocher à un lustre. (Il renifla d'indignation.) On doit trouver l'assassin sans tarder. De plus, Marta est… *était* une amie. Je compte sur vous pour trouver celui qui a fait ça, lieutenante.

Lucia éprouvait un malaise grandissant. *Et des femmes qui partent au travail et qui se font zigouiller par un monstre qui les garde enfermées plusieurs jours avant d'abandonner leurs corps, ça n'est pas de la plus haute importance, monsieur le ministre ?* eut-elle envie de demander.

— Comptez sur moi, monsieur, répondit-elle.

Le ministre l'étudiait en lissant sa cravate. Il la scrutait comme s'il cherchait la réponse à une question. Puis il hocha la tête, comme s'il l'avait enfin trouvée, et il lui serra la main une seconde fois.

Une petite pression physique pour ajouter à l'autre, se dit-elle.

Elle s'éloigna, son regard errant sur les nombreuses œuvres d'art contemporain accrochées aux cimaises. Elle n'y connaissait rien, mais elle supposa qu'elles valaient des fortunes.

Aussitôt après, elle repéra les caméras de surveillance dans les angles : l'assassin les avait occultées à l'aide d'un aérosol de peinture. Il avait dû entrer cagoulé ou portant une casquette – et il s'était empressé de rendre les caméras aveugles pour vaquer tranquillement à ses petites affaires.

Il savait ce qu'il faisait, peut-être même connaissait-il les lieux.

Elle s'approcha d'un des collègues présents, qui avait « UCO GUARDIA CIVIL » écrit en grosses lettres dans le dos de son gilet.

— Les domestiques ? demanda-t-elle.

— On les a convoqués pour les interroger. Aucun d'eux n'était là quand on est arrivés.

— On sait comment il est entré ?

— Il est entré dans l'immeuble pendant la nuit, quand le concierge dort. Il avait le code. L'ouverture du penthouse exige un deuxième code plus une reconnaissance dactylaire. On a peu d'images, vu qu'il a occulté la caméra du palier à la peinture en bombe dès qu'il est sorti de l'ascenseur, mais on suppose qu'il a arraché ce code-là aussi à la victime et qu'il a utilisé l'index de celle-ci pour la biométrie. Il a transporté la moitié du corps dans une valise à roulettes… Ensuite, on le voit entrer dans l'appartement le visage caché par une cagoule et opacifier une par une les caméras intérieures.

— Il a volé quelque chose ?

— Pour ce qu'on en sait, rien du tout : chaque œuvre a sa propre alarme, impossible de décrocher un cadre ou d'emporter une statue sans que ça retentisse au PC de contrôle. On suppose que, comme aucune alarme n'a sonné, ils n'ont pas pris la peine de regarder leurs écrans. Sans quoi ils auraient peut-être constaté qu'il n'y avait plus d'image. Il faut dire qu'ils ont plus de deux cents appartements à surveiller dans les beaux quartiers…

— Et les bijoux ?

— On est en train de vérifier, mais le vol ne semble pas être le mobile du crime, et le coffre-fort est intact. Cela étant, il a pu lui arracher ce code-là aussi.

— Doucement, doucement ! s'exclama une voix un peu plus loin.

Lucia tourna la tête. Elle vit qu'on décrochait le tronc de Marta Millán. Un homme en combinaison blanche monté sur une échelle pliante en aluminium le tendait à deux autres techniciens debout bras levés au pied de l'échelle. Ils se saisirent à leur tour de la moitié du corps, la déposèrent sur une bâche plastifiée déployée au sol en la tenant par la nuque et les aisselles. Mains gantées, ils agissaient avec la même délicatesse qu'ils auraient mise à manipuler une porcelaine de Chine très ancienne. Les cheveux noirs glissèrent sur le côté pendant la manœuvre et Lucia vit que la victime avait une grande plaie au front et au sommet du crâne : une blessure de forme allongée, comme si elle avait été frappée très violemment avec une barre ou un tuyau.

— Nom de Dieu, s'écria le légiste, qui était chauve comme un œuf et arborait lunettes orange et anneau à l'oreille.

Elle se rapprocha, le contourna pour voir ce qui avait suscité cette réaction. Il était accroupi près de la tête et il lui désigna un endroit derrière le crâne, où les cheveux avaient été grossièrement rasés. Lucia eut la sensation d'une couleuvre se dépliant dans son ventre.

Il manquait un morceau... Non content de l'avoir coupée en deux, le tueur avait aussi trépané Marta Millán...

Puis, selon toute évidence, il avait prélevé une petite portion de matière grise. Elle retint son souffle. Qui avait pu se livrer à un acte aussi intrusif ? Aussi sacrilège ? Et dans quel but ? Quelle sorte de taré faisait cela ?

— Fait *post mortem*, précisa le légiste à l'allure d'Elton John. (Il soupira.) S'en prendre aux morts, c'est vraiment le dernier tabou, la transgression ultime. C'est de la profanation pure et simple. Dans toutes les civilisations, le respect dû aux morts est central. Mais est-on encore une civilisation ? Qu'en pensez-vous, lieutenante ?

Elle trouva la réflexion curieuse : il aurait préféré qu'elle soit trépanée de son vivant ?

— Elle est morte comment ? demanda-t-elle.

Elton John la considéra d'un air offensé à travers ses grosses lunettes orange :

— On vient tout juste de la décrocher. Laissez-moi le temps, d'accord ? En tout cas, j'ai déjà examiné l'autre partie, celle qu'on a trouvée à Miraflores de la Sierra, et je n'ai pas constaté de signes de viol ou d'agression sexuelle. Un examen plus approfondi le confirmera.

Il s'exprimait avec une sorte de colère rentrée, dont Lucia savait qu'elle était chez lui un trait de caractère.

Elle eut besoin d'air tout à coup. Elle se releva. Fila vers l'une des baies ouvertes sur la vaste terrasse. Dès qu'elle mit un pied à l'extérieur, l'énorme battement de cœur de la capitale monta jusqu'à elle. La ville bruissait de la rumeur des moteurs, des voitures, des klaxons, des sirènes, comme un grand corps vivant gorgé d'énergie et de fureur.

Elle marcha jusqu'à la balustrade, laissa son rythme cardiaque redescendre, contempla la place de Callao en bas. Elle lui avait toujours fait l'effet d'un mini-Times Square avec les écrans géants de ses publicités montant à l'assaut de ses buildings Art déco, sa foule de jeunes et de touristes.

Adolescente, Lucia avait rêvé de vivre ici.

Elle se concentra. Cette horreur n'était pas l'œuvre d'un malade impulsif et désorganisé mais bien celle d'un fauve à la cruauté aussi singulière que méticuleuse. Par conséquent, elle se retrouvait avec deux redoutables prédateurs sur les bras en même temps et, en Galice comme à Madrid, on attendait d'elle des résultats rapides. Au tréfonds d'elle-même, elle savait que les investigations avaient très peu de chances d'aboutir rapidement. Dans un cas comme dans l'autre. Pas avec des individus de cette trempe. Valise pour transporter le corps, bombe de peinture pour les caméras, horaires choisis : l'assassin de Marta Millán avait tout prévu. Tout planifié. Elle aurait parié qu'on n'allait pas trouver de traces autres que celles qu'il avait bien voulu laisser. Et le kidnappeur de Galice, méthodique lui aussi, n'était pas en reste. Les deux rivalisaient de sadisme et de sang-froid.

Elle baissa les yeux. La foule s'était massée derrière les barrières qui interdisaient l'accès à ce secteur de Gran Vía.

Elle chercha si, parmi les badauds, l'un d'eux levait le regard en direction du balcon. Se fit la réflexion qu'une des femmes les plus riches d'Espagne venait d'être assassinée dans des circonstances tout à fait exceptionnelles et que bientôt les médias allaient se jeter sur cette info comme des clebs sur un os.

Elle était déjà épuisée. Elle n'avait parlé à personne de ses insomnies, de ces nuits où, en proie aux cauchemars, elle se tournait et se retournait dans son lit et trempait les draps de sueur. Personne ne semblait avoir remarqué non plus que ses mains tremblaient.

On était samedi, elle avait la garde d'Álvaro le week-end prochain, et elle sut qu'elle allait devoir annuler. Que c'était fichu. Une fois de plus. Elle eut envie de hurler. Et il y avait sa mère dans le coma à l'hôpital. Pourquoi ils n'avaient pas refilé la direction de l'enquête à quelqu'un d'autre ?

Soudain, une voix s'éleva derrière elle – impérieuse, pressante :

— Venez voir !

4

La voix provenait de l'appartement. Lucia retourna à l'intérieur. Un mouvement quasi général s'était produit en direction d'une des chambres, et il y avait trop de monde encore une fois au seuil de la pièce. Elle dut jouer des coudes pour se faufiler.

— Écartez-vous ! Reculez !

Peu importait désormais qu'elle s'adressât à des agents, à un directeur ou même à un ministre. Dans ce périmètre, c'était elle qui tenait le manche – on le lui avait confié.

Pénombre. Lueurs. Phosphorescences. Comme des algues luminescentes dans l'océan la nuit. On avait tiré les rideaux et la pièce plongée dans l'ombre était baignée de lumière ultraviolette, sans doute après qu'on eut aspergé les murs et le sol d'un réactif. Dans ce demi-jour coloré, les combinaisons blanches se mouvaient avec la lenteur précautionneuse de scaphandriers évoluant au fond de la mer.

— Vous avez quoi ?

Pas de réponse.

Mais un bras et un index se levèrent pour lui désigner le mur de gauche. La tête de lit. Encore des dragons…

Une sculpture taillée dans un bois exotique et rapportée à l'évidence d'un pays d'Asie du Sud-Est ou peut-être de Hong Kong. Mais ce n'était pas cela que le doigt montrait. C'étaient les lettres blanches lumineuses, au-dessus, sur le mur, qui brillaient dans l'espace violet comme un tag dans une boîte de nuit.

Elle écarquilla les yeux. Pouls. Tension. Perplexité. Ce crime prenait une autre dimension tout à coup. Car il était écrit :

« TUONS LES RICHES »

— Bon Dieu, qu'est-ce que c'est que ça ? glapit le ministre d'une voix trop aiguë derrière elle.

5

Miraflores de la Sierra. Un village pittoresque dans la montagne au nord de Madrid. 5 800 habitants. Altitude : 1 147 mètres. Rien à signaler sinon, un peu à l'écart, un lotissement sécurisé, enclave pour riches ayant envie de se mettre au vert à une heure de route de la capitale.

Peu avant 16 heures, ce 25 janvier, Lucia s'arrêta devant la barrière, à l'entrée. Elle tourna la tête vers la gauche, là où se dressait une petite construction vitrée. Un vigile en sortit, qui s'avança en enjambant les congères. Son uniforme vert et noir avec le mot « sécurité » en lettres dorées brodées sur le sein gauche plagiait celui de la Guardia Civil. Lucia vit qu'il n'avait pas d'arme à feu mais un talkie-walkie, une matraque et une bombe d'autodéfense à la ceinture. Elle baissa la vitre, exhiba sa plaque.

— Vous venez pour Marta Millán, c'est ça ? demanda-t-il comme s'il était dans le secret des dieux.

Elle le fixa. Il n'avait pas plus de trente ans.

— Tu en as parlé à quelqu'un ?

Il rougit. Souffla dans ses mains un petit panache de buée.

— Non, bien sûr que non. On m'a dit de ne rien dire.

— Mmm. Très bien.

C'était peut-être vrai après tout. Sans quoi la presse aurait déjà été sur place. Mais, tôt ou tard, il dirait ce qu'il savait. Difficile de résister à son petit quart d'heure de gloire quand on passe l'essentiel de son existence dans l'anonymat.

— Interdiction aux journalistes et à quiconque d'entrer, c'est compris ?

— Et les résidents ? demanda-t-il, perplexe.

— On ne va quand même pas leur interdire de rentrer chez eux, pas vrai ? sourit Lucia d'un air complice. Ils ont payé leurs bicoques assez cher. Bon, alors, tu me l'ouvres, cette barrière ?

C'était un chalet qui aurait eu davantage sa place dans les Alpes ou dans les Pyrénées.

Quand elle était petite, Marta Millán avait dû rêver de Scandinavie ou alors de cabane au Canada. Elle en avait fait construire une qui avait la taille d'une datcha pour oligarque russe. Tout en pierres, madriers et rondins. C'était la plus grande et la plus exclusive demeure de cette enclave exclusive où la plus petite maison devait se monnayer plusieurs millions d'euros. Quand Lucia remonta l'allée entre deux remblais de neige – on appelait cette sorte de dallage, si sa mémoire était bonne, *opus incertum* –, une clarté brumeuse s'éleva des spots incrustés dans le sol le long de ses jambes, tandis que la neige fondue dégouttait des grands sapins noirs qui l'entouraient et qui ajoutaient à ce décor une atmosphère fantastique digne d'un conte de Grimm. Dans son dos, les véhicules de la Guardia Civil lançaient des éclairs bleus ; Lucia aperçut une maison d'invités sur sa droite, reliée à la principale par un chemin dallé bordé de lampadaires fantaisie, un court de tennis et un autre de pickleball. La lourde porte en bois de l'entrée était ouverte.

Elle la franchit en prêtant attention comme toujours aux premières impressions, au premier ressenti – mais elle n'eut guère le temps de s'imprégner des lieux. Un visage avait surgi devant elle. Cheveux blonds, qui semblaient avoir été taillés avec un sécateur émoussé plutôt qu'avec des ciseaux de coiffeur, regard clair hésitant entre le vert et le gris – des yeux rieurs, vigilants, scrutateurs, agités.

— Vous êtes ? dit le blondinet.

— Lieutenante Guerrero, c'est moi qui dirige l'enquête.

Il hocha la tête, lui tendit une main gantée de nitrile noir, serra chaleureusement la sienne à travers le nitrile :

— Ah oui ! Le commandant Peña m'a prévenu que vous étiez en route. J'ai tout géré ici en vous attendant, ajouta-t-il en esquissant un sourire.

— Et tu es… ? demanda-t-elle, un peu surprise que Peña ne l'ait pas avertie.

— Sergent Mateo Soler.

— De l'UCO ? Je ne t'ai jamais vu.

— Je viens d'intégrer l'unité, répondit-il. Avant ça, j'étais à Tres Cantos.

Ah bon ? Quel âge il avait ? Il devait être moins jeune qu'il ne paraissait. Moins jeune en tout cas que tous ces gamins que l'UCO recrutait presque au sortir de l'école, à tel point que parfois elle se sentait vieille en remontant les couloirs. *Nouvelle recrue*... Il s'était passé des choses, à l'évidence, pendant qu'elle était en Galice… En tout cas, il n'avait pas perdu de temps et il avait pris l'affaire en main. Un bon point pour lui. Il avait un visage large, des traits plutôt agréables. Alors pourquoi s'en dégageait-il quelque chose qui la mettait mal à l'aise ? Était-ce dû au regard un peu trop pâle, un peu trop rieur, un peu trop *insistant* ?

— Tu me montres ?

— Bien sûr.

De nouveau, il sourit. Comme si la situation l'amusait. Une femme venait de se faire couper en deux, et son nouvel adjoint souriait.

En enfilant ses gants de nitrile bleu, elle le suivit à travers le grand hall. Elle nota qu'il laissait derrière lui une véritable traînée de musc. Il avait dû vider le flacon.

— Huit chambres, treize salles de bains et salles d'eau, un cinéma maison, une salle de gym, un sauna, un spa, une piscine extérieure et une autre intérieure, un ascenseur, dit-il en foulant le plancher de chêne blanc.

— Une vocation refoulée d'agent immobilier peut-être ? demanda-t-elle.

Il émit un petit rire grêle. Poussa une porte à droite du grand hall.

— En tout cas, elle buvait du café quand c'est arrivé : il y a une tasse à moitié pleine dans la cuisine. Et pas n'importe quel café : du Black Ivory.

— Du quoi ?

— Black Ivory, le café le plus cher du monde. On fait ingérer des cerises de café à des éléphants de Thaïlande, puis on récupère les fèves dans leurs excréments avant de les torréfier. Il paraît que ça donne au café un goût unique. Et son eau, c'est dc la Kona Nigari, elle provient d'une source qui se trouve à deux cents mètres de profondeur sous la mer : 350 euros la bouteille de 75 centilitres.

Elle se fit la réflexion qu'il parlait comme un influenceur, il devait passer son temps libre à mater des vidéos sur YouTube. Tout à coup, ils furent devant une vaste piscine intérieure qui avait plus ou moins la forme d'un haricot. Lucia siffla entre ses dents en levant les yeux vers la chute d'eau qui jaillissait d'un grand mur de pierre brute et tombait avec fracas dans le bassin, soulevant des vaguelettes.

Il lui montra le tracé du corps et la tache sombre de forme irrégulière au bord de la piscine, sur les dalles.

— Voilà, c'est là. Les premières constatations ont été faites il y a six bonnes heures, la levée du corps environ une heure plus tard. Il y a cinq heures, le chalet grouillait d'activité, mais tout le monde est reparti, sauf les plantons à l'entrée et moi : on m'a dit de rester là, que vous alliez venir.

Elle hocha la tête, calcula qu'il avait dû se passer un certain temps entre le moment où ils avaient compris que l'autre moitié du corps ne se trouvait pas dans les parages et celui où ils avaient décidé d'aller voir du côté du penthouse de Gran Vía. Pourquoi le tueur avait-il éprouvé le besoin de laisser une moitié de corps ici et de transporter l'autre là-bas ? À quel fantasme puissant cela répondait-il ? À quelle obsession tordue ?

— Des traces ?

— Aucune. Il devait avoir des gants ou alors il aura tout effacé. C'est un individu très méticuleux. Ce qu'il a fait ici c'est… ça demande une certaine pratique…

— Comment ça ?

— Je ne crois pas que ce soit un débutant, que quelqu'un d'inexpérimenté aurait pu faire preuve d'autant d'assurance et de précision. Il ne panique pas, il ne commet pas d'erreur. Il avait tout préparé longtemps à l'avance et dans les moindres détails. Et puis, il faut un minimum de connaissances anatomiques pour découper un corps de cette façon. Pas forcément un médecin ou un chirurgien, mais au moins quelqu'un qui connaît le corps humain.

Elle lui décocha un coup d'œil agacé. Il était trop sûr de lui, trop péremptoire à ce stade. C'est avec ce genre de raisonnement qu'on écartait trop vite des pistes intéressantes. Et pourtant, elle était d'accord : ils avaient affaire à un assassin d'une habileté rare, monstrueuse. Encore plus si on tenait compte de la façon dont il avait ouvert le crâne de Marta Millán pour y prélever un morceau de cervelle.

— Qui l'a trouvée ? demanda-t-elle, bien que Peña l'eût déjà plus ou moins informée.

Elle voulait sa version des faits, son point de vue, appréhender sa façon de raisonner là encore. S'ils devaient travailler ensemble, il leur faudrait apprendre à se connaître, à se comprendre en peu de mots.

— Deux employés de maison qui venaient pour préparer sa fête d'anniversaire. Elle tombe… elle tombait aujourd'hui…

Il avait énoncé ces faits d'un ton neutre. Sans la moindre trace d'émotion.

— On les a interrogés séparément, dit-il, leurs témoignages concordent. Je leur ai dit de se tenir à notre disposition. Il n'a pas choisi cette date au hasard, ajouta-t-il. Il agit de manière logique, réfléchie. La vue du cadavre coupé en deux ne le gêne pas. On a affaire à un prédateur redoutable, structuré.

— Et les caméras de surveillance ?

— Celles de la maison ont été occultées avec de la peinture, mais la plus intéressante, c'est la caméra à l'entrée du lotissement.

— Devant le poste de garde ?

Il acquiesça d'un signe de tête, avec ce sourire dont elle avait déjà compris qu'il quittait rarement son visage.

— Très bien, Soler, montre-moi ça. Et, à propos, c'est quoi, ton eau de toilette ?

Il la fixa d'un air soupçonneux.

— Varon Dandy, pourquoi ?

— Pour rien.

Le soleil bas de l'après-midi avait réussi à percer quand ils ressortirent et, pendant quelques instants, le ciel parut en feu, moiré de lueurs orange, mauves, vertes. Ils descendirent à pied la pente jusqu'à l'entrée de la résidence. Il faisait très froid à cette altitude. Lucia consulta le podomètre de sa montre. Six cents mètres. Tout le long du trajet, des maisons nichées dans les pins que les feux du crépuscule cuivraient, des massifs de fleurs recouverts de neige et le calme impressionnant des banlieues pour riches.

Soler passa devant elle pour pénétrer le premier dans la guérite du gardien, laquelle ne faisait pas plus de trois mètres sur deux.

— Salut, dit-il au vigile, tu peux nous passer l'enregistrement de la fourgonnette, s'il te plaît ?

— Pas de problème.

Le ton entre eux était amical et Lucia devina que ces deux-là avaient fraternisé. Elle ne trouvait rien à redire à ça : son adjoint était parti à la pêche aux infos. Alors pourquoi se sentait-elle irritée ?

Mateo Soler se tourna vers elle tandis que le vigile manipulait les boutons de son pupitre.

— D'après le légiste et au vu de la rigidité cadavérique, la mort remonterait à une vingtaine d'heures, soit aux environs de 21 heures hier soir. Or, à 19 heures, une fourgonnette s'est présentée, qui se rendait chez la Millán. Le type a expliqué qu'il venait livrer des surgelés pour la fête d'anniversaire du lendemain. Alfonso (il désigna le vigile) était au courant pour la fête, mais il a quand même appelé la victime par acquit de conscience. Elle a paru un peu surprise (Alfonso acquiesça), mais elle lui a tout de même dit de laisser passer le livreur…

Alfonso et Soler échangèrent un regard. Lucia vit où ce dernier voulait en venir. L'assassin avait profité des préparatifs de la fête chez Marta Millán pour s'introduire dans la résidence sécurisée et accéder au chalet. Comme elle attendait des livraisons pour le lendemain, elle s'était sans doute dit que celle-là était en avance et elle ne s'était pas méfiée.

Ça confirmait l'hypothèse de son nouvel adjoint : *ils avaient affaire à un individu particulièrement bien préparé, rusé et bien informé.*

— Voilà notre homme, dit soudain Soler en se tournant vers l'unique écran de la loge.

Elle suivit son regard. Se raidit.

Nom de Dieu, ils avaient une image de l'assassin.

À ce stade de l'enquête, c'était inespéré !

Elle vit un fourgon blanc portant sur le flanc un logo représentant une brioche fumante. On pouvait lire en dessous les mots « POSTRES GOURMET[1] » ainsi qu'un numéro de téléphone et l'adresse d'un site Internet. La vitre côté chauffeur était abaissée, un bras dépassait. Malgré le fait que la neige tombait dru dans le champ de la caméra, le chauffeur avait sa manche relevée, et Lucia remarqua instantanément les tatouages. La caméra étant placée en hauteur, la tête de l'homme demeurait cachée par le toit du véhicule.

— Je suppose qu'on a fait des copies de cette vidéo ?

Soler acquiesça.

— J'ai aussi demandé à Alfonso de me faire un tirage papier. Tenez. Juste à cet instant-là, ma lieutenante.

Sur l'écran, l'homme venait de se pencher pour parler au vigile. Lucia vit une visière de casquette, une barbe et des lunettes de soleil. Là encore, la caméra filmait la visière plus que le visage.

— Il faisait soleil hier ?

Soler secoua la tête.

— Il neigeait. Il sait que les lunettes de soleil gênent les témoins au moment de dresser un portrait-robot. Je parierais que la barbe est postiche. Et peut-être même que les tatouages aussi sont bidon…

Pas bête, cette histoire de tatouages. C'était astucieux, et Soler y avait pensé spontanément. Après tout, Peña l'avait peut-être bien choisi.

— Ensuite, il sonne chez Marta Millán. Dès qu'elle lui ouvre, il l'assomme d'un coup de barre de fer – il est filmé par la caméra braquée sur l'entrée –, il sort

1. « Desserts Gourmet ».

sa bombe de peinture et il opacifie toutes les caméras à l'intérieur une par une pour être tranquille. C'est tout ce qu'on a…

Le même mode opératoire qu'à Gran Vía.

— Vous l'avez vu, quel âge d'après vous ? demanda-t-elle au vigile.

Il hésita.

— La quarantaine… Peut-être plus. Difficile à dire avec des lunettes, une barbe et une casquette.

— Des signes distinctifs ?

— C'est-à-dire ?

— Une tache, un grain de beauté, un nez cassé…

— Non. Rien de tout ça. Des tatouages, ça oui… un paquet sur le bras gauche.

C'est-à-dire bien en vue. *Il savait où était la caméra. Il l'avait fait exprès.* Il avait collé son bras en plein dans le champ pour qu'on les remarque. Soler avait raison : les tatouages étaient sans doute là pour amuser la galerie, du genre temporaires.

— L'entreprise Postres Gourmet existe, compléta le sergent. Le numéro de téléphone est le bon. Je les ai appelés. Le patron est tombé des nues. Il m'a répondu qu'il devait livrer Marta Millán, mais le lendemain. En revanche, ni l'immatriculation ni le modèle ne correspondent à un de leurs véhicules. On peut se faire faire des décalcomanies du genre de celles qu'on voit sur la carrosserie pour deux cents euros sur Internet. Fabriquées en Asie. Cette piste ne nous mènera nulle part. Mais je vais quand même éplucher le fichier des véhicules volés.

Il n'avait pas perdu de temps, le petit sergent. Plutôt efficace dans son genre, malgré son côté trop sûr de lui.

— Beau boulot, reconnut-elle. Demande quand même la liste des chauffeurs de la boîte et vérifie où chacun d'eux se trouvait hier soir. On a un assassin sacrément retors là-dehors. Une vraie anguille. Et il y a une question que tu ne t'es pas posée…

Il fronça les sourcils.

— Laquelle ?

— Tu as vu la taille de la baraque ? *Comment il savait qu'elle y serait seule ce soir-là ?* Il aurait pu y avoir du personnel de maison, des amis… La probabilité qu'il y ait eu quelqu'un était très élevée. Et pourtant, il se pointe… Il n'aurait pas pris un tel risque s'il n'avait pas su qu'elle était seule. *Comment pouvait-il en être certain ?*

Le garde civil blond lui lança un regard dépourvu d'expression, hocha la tête, mais ne dit rien.

— Beaucoup trop [illegible] Demandez [illegible]
[illegible] de la poche [illegible]
[illegible] se trouvait bien loin [illegible]
[illegible]
a été question que tu ne l'as pas posée [illegible]
Il montra les sourcils.
— Laquelle ?
— Tu as vu la vitrine de la terrasse [illegible]
[illegible]
[illegible] la maison [illegible] La probabi-
lité qu'il y ait eu quelqu'un [illegible]
[illegible]
[illegible]
[illegible]
Le garde [illegible] lança un regard [illegible]
d'expression [illegible]
[illegible]

6

Bon sang, qu'est-ce que c'était que cette odeur ? En traversant l'open space en direction du bureau de Soler, ce samedi, Lucia ne put s'empêcher de se pincer les narines. Ses yeux tombèrent sur un sandwich dans un sac en papier graisseux et un pot de pâte de raifort ouvert qui attendaient leur propriétaire sur son bureau, près du clavier.

— Désolé, dit une voix derrière elle, j'ai eu un petit creux.

Elle se retourna pour constater que son adjoint était en train de remonter sa braguette au vu et au su de tous.

— C'est l'heure de la réunion, annonça-t-elle fraîchement.

Ils prirent l'ascenseur : la salle de réunion du quatrième – où se trouvait le grand portrait à l'huile d'une belle jeune femme brune, souvenir d'une des enquêtes les plus retentissantes qu'ait menées l'unité – était trop petite pour tout ce beau monde. En entrant dans celle du rez-de-chaussée, elle parcourut l'assistance du regard. Trente personnes au bas mot – dont trois femmes, si elle se comptait –, tous enquêteurs aguerris ou techniciens de la criminalistique, certains empruntés à d'autres départements. Moyenne d'âge : trente-cinq ans – Lucia en avait trente-sept –, si l'on exceptait les « caïmans », les anciens ayant passé la cinquantaine, censés faire profiter les jeunes de leur expérience. Ils avaient tous été soulagés de leurs tâches en cours mais, contrairement à elle, ils paraissaient excités à l'idée de travailler sur une affaire hors norme.

Ils discutaient avec animation quand elle entra, Soler dans son sillage, et le silence se fit – en même temps qu'ils braquaient sur elle leurs regards curieux.

Elle les connaissait, ces regards : ils exprimaient à la fois la fascination et le doute, l'admiration et le scepticisme, la curiosité et la défiance ; ils disaient : « Voici notre star dingo. » Elle n'était pas tout à fait comme eux, chacun ici le savait, elle était définitivement à part. Modèle et repoussoir. Exemple et contre-exemple. Un mystère. Une légende. Personne n'avait plus de surnoms qu'elle à l'UCO. Elle en connaissait quelques-uns – qui allaient de l'élogieux au négatif : « la Guerrière », « Robocop », « Terminator », « Carrie »…

Pour la presse, elle était devenue malgré elle la vitrine de l'Unité centrale opérationnelle ; elle avait conscience que beaucoup au sein de l'UCO auraient préféré un symbole moins voyant. Ceux qui la croyaient assoiffée de gloire, ceux qui pensaient qu'elle cherchait les caméras, qu'elle ne se faisait pas prier pour se mettre en avant au détriment du groupe, alors qu'elle ne rêvait que d'ombre et de discrétion.

— Salut, dit-elle en balayant la salle des yeux, du premier au dernier rang.

Pas de réponse.

Elle s'éclaircit la voix. Elle avait pour eux de bonnes et de mauvaises nouvelles. Parmi les bonnes, ils disposeraient pour cette enquête de moyens quasi illimités, de l'appui sans réserve du ministère et d'à peu près tout ce qu'ils demanderaient. Et ils avaient déjà un témoin, des images et un profil : un homme entre trente et cinquante ans, caucasien. Les mauvaises : l'assassin n'avait laissé aucune trace exploitable, ni ADN ni empreintes digitales, il était rusé, et il devait y avoir dans le pays plusieurs millions d'hommes correspondant à sa description.

Elle jeta un coup d'œil au grand tableau blanc sur lequel étaient placardées plusieurs photos de la victime – haut et bas – tout comme des tirages des caméras de surveillance, où l'on voyait l'assassin dans le fourgon et le même – casquette, barbe, lunettes noires – traînant une valise bleue à roulettes devant la porte du penthouse à Gran Vía.

Sur un des clichés de Gran Vía, il portait un manteau d'hiver sombre grand ouvert sur un tee-shirt représentant le tueur au masque de la saga *Vendredi 13*, Jason Voorhees. Et elle vit qu'on lui avait déjà collé un surnom – qui était inscrit au marqueur et souligné deux fois sur le tableau : « JASON ». Pourquoi pas, après tout ?

Elle vit aussi que quelqu'un avait déjà donné un nom à l'opération : « SIERRAMAR ». « SIERRA » pour le lieu où on avait retrouvé la première partie du corps : Miraflores de la Sierra. Et « MAR » pour « Marta » probablement. Classique. Le département homicides, séquestrations et extorsions de l'UCO se servait fréquemment des noms de lieux et des prénoms des victimes pour baptiser ses opérations.

— Je ne vais pas vous faire un topo, commença-t-elle. Vous savez tous pourquoi on est là, j'ai vu la plupart d'entre vous à Gran Vía. Alors, on attaque ? Qui s'y colle ?

Elle préférait leur donner la parole tout de suite, les faire participer d'emblée, plutôt que leur imposer son point de vue – qui n'en était pas vraiment un à ce stade.

— On a pu reconstituer l'emploi du temps de Jason à Gran Vía grâce aux caméras de surveillance de l'avenue et à l'heure où il a déverrouillé le système de sécurité, commença l'un des membres du groupe, qui semblait tenir pour acquis que le surnom avait été adopté par tout le monde.

Il se leva. Il y avait aussi un plan du quartier de Gran Vía dans un angle du tableau blanc.

— Il est arrivé à Gran Vía en taxi, commença l'agent de l'UCO en montrant le plan. Son tacot s'est arrêté juste devant l'immeuble.

— On a identifié le taxi ?

— Oui, c'est interdit de s'arrêter sur cette partie de Gran Vía, même pour une minute, c'est deux cents euros la prune, et il y a des caméras partout. D'après le chauffeur, le client est monté à la gare de Chamartín et il a payé cash.

— Il a quand même pas pris le train avec sa valise ? lança un autre.

— C'est un leurre, intervint Lucia. Il aura laissé son propre véhicule dans le quartier de la gare où il y en a toujours énormément. Si ça se trouve, il est arrivé à bord d'un autre taxi. Je veux qu'on passe en revue toutes les caméras autour de Chamartín.

— Un vrai travail de fourmi, commenta la femme debout au fond de la salle.

Lucia la regarda. Elle l'avait déjà vue à un autre étage mais elle ne se souvenait plus de son nom ni de son département d'affectation. Une brune aux joues creuses, à la maigreur adolescente et aux yeux marron, vêtue d'un jean et d'un débardeur.

— Je continue ? demanda le premier. OK. On a immobilisé le taxi et il est parti sur un camion envoyé par Príncipe de Vergara pour analyse au labo.

Príncipe de Vergara était le service des véhicules.

— On ne sait jamais, commenta-t-il avant de poursuivre. Donc, Jason débarque sur Gran Vía à 1 h 37 du matin, il traverse le trottoir en faisant rouler sa valise, tape le code et pénètre tranquillement dans l'immeuble. À cette heure, le concierge est en train de rêver qu'il est Brad Pitt dans les bras d'Angelina Jolie ou qu'il vient de toucher le gros lot à la loterie. Jason prend l'ascenseur, monte au dernier étage, ouvre sa valise, attrape Miss Demi-Portion et…

— Pas de ça, l'interrompit sèchement Lucia. Je ne veux plus entendre ce genre de choses, et que ça n'apparaisse pas non plus dans vos mémos ni dans vos notes, compris ?

L'enquêteur hocha la tête d'un air faussement penaud.

— Il entre le deuxième code et se sert de l'index de Mme Millán pour déverrouiller le système à 1 h 43, corrigea-t-il. Après quoi, il opacifie toutes les caméras comme il l'a fait à Miraflores de la Sierra. Il ressort vingt-sept minutes plus tard, sa valise vide à la main, redescend et marche le long de Gran Vía, ni vu ni connu, comme un banal touriste ou un noctambule. On le perd dans une rue adjacente. Envolé, le Jason. Évaporé dans la nuit. Il est 2 h 21…

Lucia songea qu'on trouvait des passants à toute heure du jour et de la nuit sur Gran Vía, l'endroit parfait pour se fondre dans la foule.

— Il a dû appeler un autre taxi, dit-elle, renseignez-vous.

— Pourquoi se faire déposer devant l'immeuble et aller ensuite chercher un autre tacot plus loin ? demanda la brune, perplexe.

— Parce qu'il vient de suspendre Marta Millán à un lustre et qu'il ne peut pas courir le risque de rester dans le coin, répondit Lucia. En plus, trouver un taxi à cette heure-là dans le centre de Madrid peut prendre du temps. Trop risqué. Il préfère s'éloigner.

— Il est prudent, méthodique et il ne panique pas, estima un autre.

— Exactement ce que je pense, approuva Soler en mordant dans son sandwich au raifort.

— C'est moi ou il y a un truc qui pue dans le coin ? dit son voisin.

Gloussements. Soler se tourna vers le comique avec un large sourire, comme s'il trouvait la remarque désopilante.

— Marta Millán, dit Lucia impatiemment. On a quoi sur elle ?

— Marta José Millán Ossorio, commença la brune. Née en 1961, mariée quatre fois, femme d'affaires, collectionneuse d'art, membre de la jet-set. Présidente et propriétaire de 100 % du groupe Epsilon Capital, qui contrôle la SICAV Finenvest, laquelle investit ses actifs dans des secteurs aussi diversifiés que la finance, l'industrie, l'immobilier, le tourisme et l'hôtellerie. Avec une fortune estimée à 2,3 milliards d'euros, Marta Millán est… était la neuvième plus grosse fortune du pays et l'un de ses principaux investisseurs. Elle a hérité très jeune de son père, qui lui-même s'est enrichi vertigineusement dans les années 1950 et 1960 grâce à ses relations dans les plus hautes sphères du pouvoir franquiste. Quand il est mort, sa fortune dépassait les 2 milliards de pesetas. Son héritage, personne n'a oublié, a donné lieu à un des feuilletons sentimentalo-financiers les plus rocambolesques et les plus interminables qu'on ait vus au cours des dernières décennies. Néanmoins, Marta a hérité dans les années 1990 d'un pactole qu'elle a su brillamment réinvestir et faire fructifier.

Elle jeta un coup d'œil à la gent masculine présente à une écrasante majorité dans la salle.

— Il faut dire qu'ils sont nombreux à être passés du franquisme à la démocratie sans y avoir laissé trop de plumes. En vérité, la transition démocratique a été bonne mère pour la plupart d'entre eux : toute cette oligarchie à qui Franco avait concédé médailles, honneurs, titres de noblesse et surtout affaires en or et contrats juteux. Combien de ses anciens ministres se sont retrouvés dans le secteur bancaire après la transition démocratique, combien d'anciens profiteurs du régime ont réussi à se recaser dans le commerce, la construction, les chemins de fer, le tourisme, la finance, les œuvres publiques de la jeune démocratie… ? Combien de fortunes espagnoles encore aujourd'hui datent de l'époque de Franco à votre avis ? Combien d'héritiers, d'enfants et de petits-enfants qui accaparent les richesses de ce pays ? Et combien de trafics d'influence, de faits de corruption, d'enrichissements illicites, d'abus de biens sociaux, de prévarications ?

Tout à coup, Lucia sut où elle avait vu la jeune femme. Celle-ci avait été envoyée par le département de délinquance économique, compte tenu de la personnalité de la victime.

— Parlons de « TUONS LES RICHES », lança-t-elle, vous croyez que c'est ce que le tueur a voulu dénoncer à travers ce message ? La corruption, les enrichissements illicites, les trafics d'influence ?

— C'est une hypothèse, répondit la jeune enquêtrice.

— Ou bien c'est un écran de fumée pour cacher le vrai mobile, suggéra un autre.

— Il faudra voir si les activités de Marta Millán ne l'ont pas amenée à se frotter au crime organisé, lança Lucia en les regardant.

Ils prenaient tous des notes avec ardeur. Une affaire comme celle-là, ça ne se présentait pas tous les jours.

— Marta Millán vivait seule si on excepte ses domestiques, mais ils ne dormaient pas sur place, j'ai vérifié, enchaîna Soler. Veuve et sans enfants, comme chacun sait. Elle a dû laisser un testament quelque part…

— Elle était connue pour aimer sortir et collectionner les amants, elle a peut-être fait une mauvaise rencontre, proposa quelqu'un.

— Non, trancha Mateo Soler, c'est bien trop préparé, trop sophistiqué… Une rencontre qui aurait mal tourné se serait traduite par de la violence gratuite, chaotique, désorganisée – pas par cette mise en scène millimétrée.

— Je suis d'accord, dit Lucia. Mais on doit quand même enquêter sur ses fréquentations nocturnes.

— Des hommes plus jeunes qu'elle et séduisants très certainement, c'est ce que recherche ce genre de femme, non ? émit Soler.

Il y eut un blanc. Lucia le dévisagea. Elle se demanda ce qu'il entendait par « ce genre de femme » : riches ? trop vieilles pour lui ? Il souriait. Un angelot blond, joufflu et insouciant – à se demander s'il avait un surmoi.

— Parlez-en au concierge, dit-elle. Il a dû les voir passer. Et aux domestiques. Par ailleurs, il faudrait s'assurer auprès du groupe des délits télématiques que cette phrase, « TUONS LES RICHES », n'a pas circulé *avant* le meurtre, sur Telegram ou sur d'autres services de messagerie instantanée, dans des forums anticapitalistes par exemple.

— On s'appelle département contre le cybercrime maintenant, rectifia Nacho, un informaticien qui ressemblait à un lévrier afghan avec la mèche qui lui mangeait tout un côté du visage. Je m'en occupe. On est aussi en train d'analyser ses ordinateur, tablette et téléphone… Et on cherche déjà si la phrase apparaît quelque part sur la Toile.

— Cette phrase ne doit pas sortir d'ici, vous m'entendez ? brailla soudain Peña, qui était entré en cours de réunion et qui se tenait dans un coin. Si jamais je la lis dans la presse, je passerai chacun d'entre vous sur le gril personnellement !

Il rejoignit Lucia face à eux.

— Encore un mot : inutile de vous dire qu'il s'agit d'une mort qui va être ultra-médiatisée, qu'on va subir un cauchemar en termes de pressions et qu'on va avoir la meute des journalistes sur le dos. D'ici quelques heures ou quelques jours, ils vont se mettre à raconter tout ce qui leur plaira, à monter en épingle le moindre témoignage, à émettre tout un tas d'hypothèses plus farfelues les unes que les autres. Une vraie tornade de merde et nous au milieu. Mais dans tout cyclone, il y a un œil où on est au calme, peinard, pour peu qu'on sache voler à la bonne allure. Donc personne ne cause à la presse, ni à des collègues qui ne participent pas à l'enquête, ni à son conjoint, à sa compagne ou à son compagnon de ce qui se passe ici. Pas de confidences sur l'oreiller. Et si vous devez boire un coup dans un bar, faites gaffe aux oreilles qui traînent. C'est tout pour ce soir. Vous pouvez disposer.

7

Ce soir-là, malgré la fatigue, elle décida de passer par l'hôpital. Il pleuvait. Une pluie fine, froide, chagrine, presque impalpable. Ça n'empêchait pas les Madrilènes de sortir de chez eux et elle mit un certain temps pour gagner l'hôpital universitaire, rue Diego-de-León, au volant de son Hyundai Tucson, qu'elle avait laissé sur le parking de l'UCO avant de s'envoler pour la Galice.

Il était plus de 22 heures et la nuit était tombée depuis belle lurette, les visites terminées quand elle entra dans le bâtiment, mais tout le monde dans le service savait qui elle était et on fermait les yeux.

Lucia, qui détestait les privilèges et les passe-droits, s'était pourtant empressée d'accepter cette entorse au règlement qui lui simplifiait la vie.

Dans le couloir, elle croisa une des infirmières du service – elle les connaissait toutes.

Elle s'appelait Sofía.

Lucia lui demanda si sa sœur était venue aujourd'hui. Sofía secoua la tête. Elle paraissait lessivée, des cernes noirs lui mangeaient les joues.

— Dure journée ? fit Lucia par politesse.

— Je sors de vingt-quatre heures de garde, répondit l'infirmière en consultant sa montre, dans exactement vingt-trois minutes. C'est toujours la même histoire : manque de personnel, manque de budget. L'argent va toujours aux mêmes.

Lucia se demanda si elle avait vu ou lu l'info concernant Marta Millán, et si c'était une allusion à celle-ci. Puis elle se dit que Sofía ne pouvait pas savoir qu'elle était chargée de l'enquête. Son cœur se serra quand elle poussa la porte de la chambre plongée dans la pénombre et découvrit celle que les infirmières avaient surnommée « la Belle au bois dormant ». Sa mère semblait occuper chaque jour un peu moins de place au fond du lit. Comme à chaque fois, Lucia se dit qu'elle *disparaissait progressivement*. Du monde des vivants. De *leur* monde. Elle les quittait petit à petit, à son rythme, sans faire de bruit.

Elle était reliée à un tas de tuyaux, eux-mêmes reliés à des appareils. C'était terrifiant de penser que la vie de sa mère était suspendue à des machines. Que se passerait-il si l'une d'elles tombait en rade ? Si des hackers bloquaient tout pour rançonner l'hôpital ? C'était dans sa nature d'envisager le pire.

Elle s'assit au bord du lit, prit dans la sienne la main froide comme une pierre mais légère comme une plume.

— C'est moi, maman.

Elle voulait se persuader que, malgré tout, sa mère l'entendait. Mais, comme les autres soirs, il n'y eut pas le moindre signe que c'était le cas. Lucia se mit à parler, racontant sa journée par le menu, comme elle l'aurait fait si sa mère avait été éveillée. À cette différence près qu'elle finit son récit la vue brouillée par les larmes.

Ça aussi, c'était habituel. Elle s'essuya les yeux avec le drap, se releva.

— Je repasserai demain, maman. Ou après-demain. Bonne nuit.

Elle se sentit furieuse contre elle-même, furieuse à cause des larmes, furieuse de sa faiblesse. Pourquoi n'était-elle pas aussi égoïste que sa sœur – qui ne savait comment occuper ses journées mais qui avait décrété que ça ne servait à rien de rendre visite à leur mère dans son état ?

Elle fila le long des couloirs silencieux, retrouva la pluie fine avec soulagement. Au moins, dehors, elle ne savait pas si c'était la pluie ou les larmes qui mouillaient ses joues. Douze minutes plus tard, elle était attablée au Bergantiños, rue Alberto-Aguilera, un restaurant dont la clientèle était constituée pour l'essentiel de gens du quartier. Le patron ne lui demanda pas ce qu'elle prenait : elle prenait toujours la même chose.

Elle réfléchit tout en mangeant et les questions revinrent. Comment Jason savait-il que Marta Millán serait seule à Miraflores de la Sierra ? Connaissait-il la victime ? Et pourquoi avoir pris autant de risques pour déposer les deux parties du corps en deux endroits différents ? Cela devait avoir une signification particulière pour lui, une dimension centrale.

Elle en était là de ses réflexions lorsque son téléphone vibra au fond de sa poche. C'était Nacho, l'informaticien du département contre le cybercrime. Elle regarda autour d'elle. Il n'y avait qu'une poignée de vieux habitués à cette heure-ci, qui, le vin aidant, beuglaient à s'en faire péter les cordes vocales et se fichaient du reste du monde.

— Guerrero.

— C'est Nacho, ma lieutenante.

Elle consulta sa montre.

— Tu ne devrais pas avoir fini ta journée à cette heure-ci ?

— J'ai trouvé des trucs intéressants…

Elle se redressa. Il y avait trop de bruit dans le restaurant. Elle fit signe au patron qu'elle sortait un moment et elle émergea sur le trottoir mouillé.

— Vas-y. Je t'écoute.

Un homme l'observait de l'autre côté de la rue en fumant. L'espace d'une seconde, elle se demanda ce qu'il voyait : une âme solitaire comme lui, un possible coup à tirer ou bien une proie ?

— Ça réagit beaucoup sur Internet, dit Nacho. Il y a plein de commentaires, mais très peu qui font preuve de compassion envers la victime. C'est plutôt de la haine en ligne, des insultes, des menaces de mort, l'éternel couplet sur les riches… C'est le monde d'aujourd'hui, ajouta-t-il, philosophe.

— Et c'est pour ça que tu m'appelles ?

— Non. Il y a un commentaire en particulier qui a attiré mon attention. Il est apparu en début de soirée et il fait beaucoup réagir. Le type qui l'a posté s'est autobaptisé « THE HUMAN EXPERIMENT » et ça dit… attendez… je vous lis : « Elle l'a bien cherché et ce n'est que le début, la première de la série. Ça ne fait que commencer. Vous voulez aller plus loin dans les profondeurs ? Voir des trucs plus sombres ? Restez attentifs. Parce qu'ils viendront bientôt. »

Le type de l'autre côté de la rue avait terminé sa cigarette, mais il ne bougeait pas, il observait toujours

Lucia. Qu'est-ce qu'il voulait ? Elle réfléchit au message que Nacho venait de lui lire.

— *Des trucs plus sombres... ça ne fait que commencer...* Ça veut dire quoi ? Il a laissé ce message où ?

— Directement sur la page Instagram de Marta Millán. J'ai filtré les commentaires de cet utilisateur pour voir s'il en avait posté d'autres, mais il n'y a que celui-là. Je suis aussi allé sur son compte Instagram, mais il s'agit d'un compte privé. Enfin, j'ai cherché dans Google des images pouvant provenir du compte « The Human Experiment », mais là encore que dalle, j'ai rien trouvé…

— Et tu en penses quoi ?

Un temps. Elle sentit la pluie se remettre à tomber sur ses cheveux.

— Je ne sais pas… Il s'agit probablement d'un pauvre type qui cherche à attirer l'attention, mais le fait que je ne trouve rien à part cet unique commentaire me met mal à l'aise… Un type désœuvré seul chez lui aurait déjà posté des dizaines de trucs du même tonneau. Je crois qu'on devrait creuser un peu, juste au cas où…

— Tu sais qu'on va recevoir des milliers d'appels de gens désœuvrés comme tu dis, malades ou en conflit avec leur voisin qui vont nous refiler des tuyaux percés ? Pourquoi ça ne serait pas la même chose ici ?

— Vous avez peut-être raison, concéda-t-il.

Elle baissa les yeux vers ses bottines, eut une pensée fugitive pour les femmes disparues en Galice.

— D'accord, dit-elle, sollicite le juge pour obtenir un ordre de réquisition et envoie une demande d'information à Instagram. Voyons où ça nous mène.

Nacho soupira au bout de la ligne.

— Ma lieutenante, vous savez qu'Instagram informe systématiquement la personne visée que la police effectue une recherche sur elle. Et qu'ils ne vérifient pas l'identité de l'utilisateur et n'exigent pas non plus de lui qu'il fournisse un nom et une identité réels.

— Dis-moi quelque chose de positif, s'il te plaît.

— Ils doivent pouvoir nous fournir l'adresse IP et l'historique du compte et nous dire quand il a été créé. Ça prendra juste un peu de temps.

— Super. « THE HUMAN EXPERIMENT », tu dis ?

— Oui. C'est comme ça qu'il se fait appeler…

— Génial. Manquait plus que ça.

Elle le remercia, fourra son téléphone dans sa poche. « *Ça ne fait que commencer. Vous voulez aller plus loin dans les profondeurs ? Voir des trucs plus sombres ?* » Elle frissonna.

Puis elle leva la tête.

Le type de l'autre côté de la rue était parti.

8

L'aube du dimanche la trouva les yeux grands ouverts. Elle avait fait un cauchemar, le même que presque toutes les nuits : elle roulait sur l'autoroute, en plein hiver, au milieu de nulle part, et il neigeait à gros flocons.

Elle s'arrêtait sur une aire pour avaler un café chaud. Il faisait très froid, un vent glacial balayait le terre-plein devant la station-service et elle entrait en grelottant dans la supérette surchauffée pour se servir un double expresso. Mais, avant ça, elle se mettait en quête des toilettes parce que – comment dire ? – ça urgeait.

C'est à ce moment-là que les choses devenaient carrément étranges. Le long couloir carrelé de rouge se divisait en deux, puis en quatre, puis en six… Un vrai labyrinthe. Elle tournait au hasard à droite, à gauche, encore à droite. Perdue… Quand enfin elle tombait sur les toilettes pour dames, Francisco Manuel Mélendez se tenait à l'intérieur. « Salut, lui disait-il en lui souriant. Je t'attendais. » Un autre personnage – qu'elle avait connu à Salamanque – sortait alors des cabinets : « C'est une petite traînée, disait celui-ci. Il faut lui arracher la peau. Très lentement. Lambeau par lambeau… »

Puis c'était au tour de sa mère de faire son apparition, pieds et jambes nus sous sa blouse d'hôpital. Elle avait un air triste qui bouleversait Lucia, qui lui broyait littéralement le cœur. « Laissez-la tranquille, disait sa mère. Prenez-moi à sa place. » Lucia s'était réveillée à cet instant, la gorge trempée de sueur, les joues inondées de larmes, la tristesse lui mordant la poitrine.

Après la douche, elle se traîna jusqu'à la cuisine, ouvrit le frigo presque vide, piqua une pomme dans le bac à fruits. Puis elle réchauffa le café qui restait de la veille au fond de la verseuse.

Dès qu'elle consulta son fil d'actualité sur son téléphone, elle les vit : les articles consacrés à Marta Millán. Les clebs étaient lâchés.

Lucia les parcourut, s'attarda sur les photos. Marta Millán était une belle femme à qui le bistouri, les injections et toutes sortes de soins coûteux étaient parvenus à conserver une partie – une partie seulement – de sa jeunesse. Elle avait la passion des chevaux, des artistes contemporains (Lucia revit les œuvres aperçues à Gran Vía), des hommes, s'était mariée quatre fois – la dernière avec un comte de la lignée des Ossorio qui était mort d'un cancer six mois plus tard –, fumait le cigare, buvait sec et ne fuyait pas les photographes. Elle était qualifiée tour à tour ou tout ensemble de fantasque, d'arrogante, de brillante, de fêtarde, de croqueuse de maris, de génie de la finance, de tyrannique, de féministe, de…

Lucia respira : la phrase « TUONS LES RICHES » n'apparaissait nulle part. *L'info n'avait pas fuité.*

Pas plus que la présence sur les caméras de Gran Vía d'un inconnu traînant une valise.

Pour combien de temps ? se demanda-t-elle.

Un quart d'heure plus tard, elle franchissait la porte vitrée de son immeuble, passait sous l'échafaudage monté par l'entreprise chargée de la réfection de la façade et descendait la rue Vallehermoso en direction de sa voiture garée en face du Supercor Express. Elle constata qu'il y avait ce matin presque autant de brouillard ici qu'en Galice. Il colmatait la rue d'une ouate grise qui donnait aux immeubles un petit air londonien.

Lucia déverrouilla son Hyundai garé sur l'emplacement réservé aux résidents (elle avait un macaron « zone 76 » collé derrière le pare-brise), passa devant la station Shell voisine et roula jusqu'à la station Repsol qui se trouvait à peine cinquante mètres plus loin. Trois centimes par litre : une différence pour laquelle elle était prête à faire plusieurs kilomètres, alors cinquante mètres. Son salaire de la Guardia Civil ne lui autorisait aucun écart. Si son père n'avait pas travaillé dans la banque et placé de son vivant son argent dans l'immobilier à une époque où les bonnes affaires étaient légion, jamais sa mère et elle n'auraient pu vivre dans ce quartier où le prix moyen du mètre carré avoisinait les 5 500 euros.

L'UCO avait beau être un service d'élite, n'importe quel cadre dans le privé se faisait au bas mot deux fois son salaire.

Sans risquer sa peau.

Sans planquer la nuit dans des « soums » inconfortables qui sentaient la sueur, la fatigue et l'attente.

Sans porter un flingue à la ceinture.

Sans avoir été agressé par un Francisco Manuel Mélendez dans les toilettes d'une station-service.

— Ton café, tu l'aimes comment ? dit le sergent Mateo Soler.

Elle se demanda à quel moment il avait décidé de se passer du « lieutenante » et de la tutoyer.

— Americano, sans sucre.

Elle le vit disparaître en direction de la machine à café, son éternel sourire en bandoulière. Est-ce qu'elle commençait à trouver ce sourire horripilant ? Possible. Le rapport du légiste était arrivé dans sa boîte mail. Elle l'ouvrit. Sauta directement aux conclusions.

Les hommes mentent, se dit-elle, ils disent que c'était un accident, qu'ils ont poussé leur femme, qu'elle est tombée dans l'escalier, qu'ils se sont battus dans un bar et qu'ils ont juste cogné trop fort. Bref, qu'ils n'ont pas fait exprès. Et puis vient le légiste, et tous leurs mensonges s'évaporent sous le soleil cru de la science.

La science ne ment pas, contrairement aux hommes. En l'occurrence, la science disait que Marta Millán avait reçu un coup très violent au sommet du crâne, de face, que ce coup avait été porté avec un objet dur et cylindrique – sur la caméra de l'entrée, à Miraflores de la Sierra, on voyait clairement qu'il s'agissait d'une barre de fer –, et l'intention manifeste de tuer ou à tout le moins de faire de gros dégâts, résultat obtenu sans conteste, car elle était à l'évidence morte sur-le-champ, si on en croyait les dommages sur l'encéphale et le fait qu'on n'ait trouvé aucune autre trace de violence *ante mortem*. Ce que, là encore, la vidéo confirmait.

Puisqu'on voyait Marta Millán s'effondrer comme une marionnette dont on a coupé les fils.

Ce qui veut dire qu'il n'a pas pu lui arracher les codes d'entrée du penthouse à ce moment-là, mais qu'il les avait déjà...

Ensuite seulement, le tueur l'avait découpée à hauteur de la taille avec une scie ordinaire, après que le cœur eut cessé de battre, raison pour laquelle on n'avait pas trouvé sur les dalles une très grande quantité de sang. La section de l'épine dorsale à hauteur du rachis lombaire – plus exactement entre les vertèbres L2 et L3 – était grossière, selon le légiste (l'assassin avait endommagé le pédicule et les facettes articulaires), ce qui excluait l'acte d'un chirurgien.

Sauf celui d'un chirurgien qui voudrait faire croire qu'il n'en est pas un, songea Lucia.

Enfin, il avait parachevé son œuvre en perçant le crâne de Marta Millán, sans doute à l'aide d'un marteau (Lucia eut brièvement devant les yeux l'image d'un œuf coque), et prélevé environ dix grammes de matière cérébrale avec un objet inconnu.

Ou peut-être qu'il avait ouvert le crâne d'abord et scié le tronc ensuite. Qui sait. Difficile à dire. La science a ses limites.

L'examen des organes génitaux avait confirmé l'absence de semence comme l'absence probable de viol, les organes étant intacts.

— Tu vois quelque chose d'intéressant ? demanda Soler dans son dos.

Elle avait senti sa présence, avant même de savoir qu'il était là, au nuage d'eau de toilette qu'il déplaçait avec lui.

— Rien qui s'ajoute à ce qu'on sait déjà, dit-elle.

— Je peux jeter un coup d'œil ?

Elle acquiesça d'un signe de tête.

— Salut, dit soudain Nacho derrière eux, vous avez une minute ?

L'informaticien portait ce matin-là un tee-shirt noir où apparaissaient des tombes, des zombies et des phrases-chocs telles que : « Burned Alive, Altar of Flames », « Scary ! Screamy ! Screwy ! », « Horror Show, Madhouse of Mystery » ou encore : « See the Goddess of Voodoo ».

Lucia fit pivoter son siège.

— Je peux ? dit le geek en montrant l'écran.

De nouveau, elle acquiesça. Nacho écarta sa mèche, se faufila dans l'espace exigu. Il pianota sur le clavier. La page Instagram de Marta Millán s'afficha. Le topo habituel : sorties, restaurants, night-clubs, soirées entre amis, premières, vernissages, voyages… mais surtout infos et conseils financiers, économie, Bourse, tendances, placements… Il fit défiler les commentaires de la veille jusqu'à retrouver celui de The Human Experiment : « *Ça ne fait que commencer. Vous voulez aller plus loin dans les profondeurs ? Voir des trucs plus sombres ? Restez attentifs…* »

En dessous, les commentaires du commentaire proliféraient, tels des bambous dans un jardin tropical :

Cicada 3301 : [C'est quoi cette histoire de trucs plus sombres ?]

Kaaab : [C'est juste un pauvre type qui veut se rendre intéressant]

Dr NoSleep : [Vous devriez essayer de creuser plus profond, les mecs, c'est vraiment excitant d'explorer des choses que la loi et la morale réprouvent]
Cicada 3301 : [Ça veut dire quoi ?]
Chatons : [Wow, moi je veux bien aller plus profond ! On fait comment ?]

— Là, dit Nacho. Un nouveau message de The Human Experiment. Il a posté ça il y a un quart d'heure.

THE HUMAN EXPERIMENT : [Cette nuit, +00:00 UTC]

Les commentaires explosaient :
Dr NoSleep : [C'est quoi ça ?]
Cicada 3301 : [Sérieux ? Il y a quoi à 0:00 UTC ? Et ça se passe où ???]
Chatons : [Va y avoir du bacon ??]
Seek the Truth : [Je veux en être !]

— Il se passe quoi là ? demanda Lucia d'une voix tendue tout en observant le geek.
Celui-ci haussa les épaules :
— On dirait qu'il donne rendez-vous, mais il ne dit pas où ni comment. Juste quand… Il va sans doute filer l'information au dernier moment. Il ne reste plus qu'à surveiller et à attendre. (Il regarda l'horloge.) 0:00 UTC, ça nous laisse un peu de marge.

9

Ce dimanche, Lucia retira sa veste en cuir. Elle détailla la minuscule pièce surchauffée, remplie jusqu'à la gueule de meubles vieillots.

Pas plus de quinze mètres carrés – qui renfermaient un canapé au velours élimé, deux fauteuils, une table basse, un bahut en bois verni, une télé, deux lampes à abat-jour, un radiateur à roulettes et une forêt de plantes vertes. Un vrai musée du mobilier au siècle dernier, qui avait la taille d'un placard pour celle qui vivait neuf étages au-dessus.

Mais ce qui frappa d'emblée Lucia, ce furent non seulement les murs peints en noir qui absorbaient la lumière grise traversant l'unique fenêtre – elle donnait sur une cour intérieure sombre et profonde comme un puits –, mais surtout le fait qu'il n'y eût pas un centimètre carré qui ne fût couvert de photos découpées dans *¡Hola !* et *Semana*. Toutes représentaient Marta Millán en compagnie des personnages illustres qu'elle devait recevoir dans son penthouse.

Un mausolée, une caverne, un temple dédié à une divinité qui – fort logiquement – se tenait là-haut dans le ciel, c'est-à-dire au neuvième étage.

Et une véritable obsession...

Puis elle se fit la réflexion que, si le concierge avait été l'assassin, il aurait sans doute retiré ces images de sa loge avant de recevoir la visite de la Guardia Civil. Allez savoir. Si les assassins ne commettaient jamais d'erreurs, ils seraient tous en liberté.

— Vous regardez mes photos, constata-t-il en leur montrant le canapé.

— Vous étiez fan, on dirait, commenta Lucia en s'asseyant.

Il leur décocha un demi-sourire :

— « Fan » n'est pas le mot. Plutôt gardien du temple. Marta était une grande dame, elle m'a toujours bien traité.

— Vous l'appeliez Marta ?

— Non... bien sûr que non, s'empressa-t-il de répondre en rougissant.

— Elle était au courant pour cette... collection ?

Il rougit de plus belle.

— Non, je n'ai jamais osé la lui montrer.

— Parlez-nous d'elle, suggéra Lucia.

— Elle était réglée comme une horloge, commença-t-il sans se faire prier, comme si ce trait était à ses yeux sa plus grande qualité. Mais elle s'arrêtait souvent pour discuter. Depuis le temps qu'on se croisait elle et moi, je la connaissais par cœur. À 9 heures, elle allait prendre son petit déjeuner dehors, faire des achats et rencontrer des gens pour son travail. Les mardis et jeudis, elle se rendait aux sièges de ses entreprises. À 17 heures, elle ressortait pour aller au musée, voir des expositions, prendre un verre avec des amis. Le soir, elle allait au théâtre ou à des fêtes. Elle rentrait vers minuit, parfois accompagnée…

Soler s'éclaircit la gorge.

— Parlez-nous de ces fréquentations, dit-il.

L'homme lui jeta un coup d'œil prudent.

— Lesquelles ?

— Disons, les officielles… et les autres.

Soler adressa au gardien un clin d'œil que Lucia trouva déplacé : ce genre de signe qui suppose, quand on parle d'une femme, une connivence masculine dont elle était exclue. Le concierge prit son temps pour répondre.

— Ne vous inquiétez pas, le rassura Lucia, ça restera entre nous. Mais on a besoin de tout savoir, vous pigez ?

Il poussa un soupir :

— Je ne suis pas idiot. (Il se tourna vers le garde civil blond, comme si, désormais, il considérait que c'était lui son interlocuteur.) Marta organisait des fêtes où venaient plein de gens connus et d'autres qui l'étaient moins : des acteurs, des artistes, des sportifs, des hommes d'affaires, mais aussi pas mal de parasites. Ces soirs-là, elle plaçait trois vigiles : deux en bas devant l'ascenseur, chargés d'examiner les cartons d'invitation, et un autre en haut. Il y avait aussi un chef qui venait faire la cuisine, un tas d'extras et des employés d'un service de sécurité privé.

— Et en dehors des fêtes, qui venait la voir ? demanda Soler.

— Le cercle des amis proches… et des rencontres d'un soir.

— Qu'elle faisait où ? voulut savoir Lucia. Vous en avez une idée ?

Elle ne sous-estimait pas la curiosité du personnage. Et elle était bien décidée à exploiter le filon jusqu'au dernier gramme. Il haussa les épaules.

— Dans des boîtes de nuit, des soirées, je suppose.

— Ces… *visiteurs*, c'était quel genre ? Des hommes ? Des femmes ?

— Des hommes… jeunes… parfois très.

— C'est-à-dire ? insista Soler.

— Je dirais que les plus vieux n'avaient pas trente ans.

— Et les plus jeunes ? susurra le blond comme s'il suçait un bonbon.

— La vingtaine… à peine.

— Des professionnels ?

— Je ne sais pas. Possible…

Il ne se mouillait pas. Ou alors il ne voulait pas qu'on écorne le mythe. Du reste, Lucia se dit qu'il avait lui-même passé les soixante ans, et elle se demanda si l'estimation du concierge était fiable : tout ce qui avait moins de quarante ans devait paraître jeune à ses yeux.

— Vous pourriez les identifier si on vous montrait des photos ? voulut savoir Mateo Soler.

— Peut-être.

— Vous l'avez déjà entendue se disputer avec quelqu'un ?

— Je vis au rez-de-chaussée, elle habitait au neuvième, dit-il pour toute réponse.

— Mais ils auraient pu se disputer dans le hall… ou sur le trottoir.

Il haussa derechef les épaules :

— Mme Millán avait une forte personnalité, tout le monde le sait. J'ai déjà entendu des types gueuler en descendant de chez elle, oui, bien sûr. Ils avaient l'air... comment dire ? Furax.

— C'est-à-dire ?

— Ils la traitaient de salope, de garce, répondit-il en dévisageant Lucia. Ce genre de choses qu'on dit quand on est en colère.

À ces mots, Lucia se refroidit instantanément. Elle jeta un coup d'œil à Soler – qui hochait la tête, visiblement sur la même longueur d'onde. Une caresse glacée dans sa nuque, comme si la température avait chuté. Elle tendit au concierge un petit carton.

— Merci, dit-elle. S'il vous revient quoi que ce soit, appelez-moi.

10

— Tu en penses quoi ?

La question émanait de Mateo Soler. Autour d'eux, les piétons filaient comme des ombres sur les larges trottoirs de Gran Vía, et les voitures surgissaient du brouillard, phares allumés, pour venir virer à hauteur de la place de Callao.

— On le garde à l'œil. Ces photos sur le mur, j'aime pas ça.

Elle balaya du regard le décor tout en grisaille et les silhouettes passées à l'estompe avant de reporter son attention sur Sa Blondeur.

— Je n'ai pas vu d'ordinateur, dit Soler. S'il en a un, il doit l'avoir dans une autre pièce…

— À ce propos, il ne faut surtout pas rater le rendez-vous de ce soir, dit-elle en consultant sa montre. On a encore quelques heures devant nous…

11 h 57.

Elle allait déverrouiller son Hyundai garé sur Gran Vía – là où c'était strictement interdit – quand une vibration se propagea le long de sa cuisse. Lucia sortit son téléphone. Arias.

Avec les derniers événements, elle avait failli oublier l'enquête en Galice. Si Arias l'appelait, c'est qu'il y avait du nouveau ; il savait qu'elle avait fort à faire ici. Il était même probable qu'il avait vu passer les manchettes des journaux en ligne. *Pitié, pas une autre...* Elle ne voulait pas apprendre qu'une autre femme avait été enlevée.

— Guerrero.

— C'est Arias, dit la voix, et à son ton elle devina qu'il était soit stressé, soit excité – excitation et stress qu'il lui communiqua aussitôt.

— Tu as du nouveau ?

Un silence.

— On a un profil ADN.

— Quoi ?

— On a trouvé de l'ADN dans le coupe-vent. Sur une photo qui se trouvait dans une poche. Il a matché. Il était dans le fichier : Isaac Salas. Plusieurs fois condamné pour viol, tentative d'homicide et agressions sexuelles.

Bon sang, pensa-t-elle, *cette fois on le tient !*

— En 2017, Salas, initialement condamné à quinze ans de taule, a bénéficié d'un programme de réinsertion et d'une remise de peine pour bonne conduite. Moins de vingt-quatre heures après sa sortie, il a violé et poignardé une femme exactement de la même façon qu'il avait employée huit ans auparavant. Il l'a laissée pour morte, mais elle a survécu et elle a prévenu la police. Elle a pu fournir un portrait-robot assez précis, car Salas n'avait pas prévu de la garder en vie et il ne se cachait pas.

Cela lui rappelait le cas Tomás Pardo, dit « le violeur de Martorell »[1], condamné à vingt-six ans de réclusion pour viol, séquestration et tentative d'assassinat, qui avait suivi un programme de réhabilitation pour agresseurs sexuels et à qui le tribunal de Barcelone avait donné, dans sa grande libéralité, un bon de sortie. Il avait récidivé trois jours plus tard. Il ressortait des différentes études qu'entre 35 et 70 % des violeurs récidivaient. Des estimations très éloignées, soit. Mais même 35 %, c'était 35 % de trop, non ? Puis une question foudroyante lui traversa l'esprit : *Comment Salas avait-il fait pour se retrouver dehors aussi vite après sa nouvelle condamnation ?*

— Il y a un problème, dit Arias au bout du fil, comme pour confirmer ses doutes.

Elle jeta un coup d'œil au blond, qui l'observait sans comprendre.

— Quoi ? Quel problème ?

— Notre homme a le profil idéal, répondit Arias, il coche toutes les cases, et la quantité d'ADN qu'on a trouvée sur la photo n'autorise aucune marge d'erreur, mais – car il y a un « mais » – il a un alibi en or massif : il est toujours en prison.

— C'est impossible ! lança-t-elle, rageuse. Vérifiez s'il n'a pas bénéficié d'une permission de sortie. Ou s'il n'a pas joué les filles de l'air !

— C'est déjà fait. J'ai appelé la maison d'arrêt : il est à l'isolement au centre pénitentiaire A Lama à Pontevedra. Il n'a pas quitté sa cellule depuis plus d'une semaine.

---

1. Cas célèbre ayant défrayé la chronique en 2019.

Elle poussa un juron. Puis elle se dit que le légiste n'avait trouvé aucune trace de violences physiques autre que la paire de ciseaux plantée dans le cou chez les victimes de Galice et que cela ne correspondait pas vraiment au profil de cet Isaac Salas.

— Putain ! jura-t-elle. Il y a quoi sur cette photo ?

Un silence à l'autre bout. Trop long.

— Une jeune femme, finit-il par répondre. Même allure que les victimes, mais... *ce n'est pas l'une d'entre elles*.

— Merde..., lâcha Lucia.

11

Ils avaient passé la journée entre briefings, coups de fil, demandes au juge, et tout le monde faisait des heures sup en ce deuxième jour quand, au siège, Nacho se précipita.

— Ça bouge !

Ils le suivirent dans son antre, là où les autres informaticiens du département contre le cybercrime – moyenne d'âge trente ans – vivaient au milieu des écrans, des câbles, des disques durs, des clés USB et d'appareils dont Lucia ignorait l'usage, et où le capot des ordinateurs était orné d'autocollants clamant des choses du genre : « Hack the Planet », « Breaking Code » (avec les lunettes et le chapeau de Walter White, le héros de *Breaking Bad*) ou encore « Will Hack for Beer »[1].

Les petits génies étaient tous absorbés par leurs tâches. Aucun ne leur prêta attention. Nacho se laissa tomber dans son fauteuil de *gamer* et commença à pianoter.

---

1. Respectivement : « Pirate la planète », « En train de casser le code », « Je pirate pour de la bière ».

— J'ai retrouvé The Human Experiment dans un forum sur 4chan, annonça-t-il. Il y donne rendez-vous à la même heure. Mais, cette fois, il y a quelque chose en plus. Un lien *onion*. Et il promet « un spectacle incroyable à tous ceux qui détestent les riches ».

— Lien oignon ? dit Lucia.

— Sur le Web ouvert, les URL commencent par *www* suivi d'une série de mots reliés par des tirets et se terminent par une extension en *.com*, *.org*, *.es*, etc. Sur le navigateur Tor, toutes les URL sont des séries de 16 à 56 caractères suivies de l'extension *.onion*. C'est pourquoi on a surnommé Tor *Onionland*. Il semblerait que notre homme nous expédie dans le darknet.

Il poursuivit son pianotage, puis passa sur un autre appareil.

— Pour cyberpatrouiller dans les profondeurs, mieux vaut une machine dédiée, expliqua-t-il, on ne sait jamais quelle saloperie on peut rapporter de là-bas. J'ai installé Tor Browser et un bon antivirus et créé un *wallet*, un portefeuille en bitcoins – sur le budget qui nous est alloué –, au cas où il faudrait raquer pour voir.

Ils virent s'afficher le logo du navigateur Tor : le dessin stylisé d'un oignon.

— Il y a beaucoup de fantasmes qui circulent sur le darkweb, précisa le geek. C'est un monde en soi, un univers parallèle. Et il ne faut pas oublier que c'est d'abord le refuge des opposants politiques dans les dictatures, des activistes, des lanceurs d'alerte, des journalistes qui vivent dans des pays où existe la censure. Et puis, il y a tout le reste… les égouts du Net… *les lieux sombres*… là où évoluent les pervers, les dépravés, les pédophiles, les trafiquants d'êtres humains, les amateurs de torture qui viennent satisfaire leurs pulsions sadiques, ceux qui se branlent en matant des cadavres – humains ou animaux –, des accidents de la route, des viols d'enfants. J'ai vu les pires horreurs qu'on puisse imaginer là-bas, dit-il en se passant la main sur le visage comme pour le nettoyer de toute cette fange. Un des sites les plus importants contient plus d'un million de vidéos, toutes abjectes, dont pas mal de pornographie infantile, c'est-à-dire *allant du bébé à l'adolescent*.

Lucia se sentit devenir glacée. Elle songea en frissonnant à tous ces prédateurs en puissance, puis elle pensa à Álvaro. Son fils avait neuf ans. Bientôt, il naviguerait sur le Net dans le secret de sa chambre. Qui sait quels individus il allait y croiser ? Elle se promit d'en parler à Samuel. Son ex-mari et elle avaient beau être comme chien et chat, il l'écouterait : le bonheur de leur fils lui importait autant qu'à elle, même si leurs points de vue sur l'éducation et la discipline divergeaient grandement.

Nacho fixait l'écran. Lucia constata que rien ne se passait.

— Pas de panique, dit-il, c'est normal que ce soit aussi lent. C'est dû au fonctionnement même de Tor, qui passe par tout un tas de relais, de couches, d'où la comparaison avec un oignon. Faut pas être pressé…

Soudain, l'image changea et le pouls de Lucia s'accéléra. Un écran noir venait d'apparaître, avec en lettres rouges le message suivant :

Bravo et bienvenue ! Vous pensez avoir tout vu ? À 0:00 UTC ici même, à cette adresse, vous verrez quelque chose que vous n'avez encore jamais vu. Et il ne s'agit pas de creepypasta

— *Creepypasta* ? demanda-t-elle.

— C'est ainsi qu'on appelle une info bidon diffusée sur Internet, répondit le geek. Il veut dire par là que tout ça est bien réel. Ce message était déjà en ligne quand j'ai découvert le lien. Pour l'instant, c'est tout ce qu'on a.

— Très bien, on ne bouge pas d'ici jusqu'à minuit, décréta-t-elle.

Il tourna son regard vers l'horloge. 21 h 58.

— 1 heure, pas minuit, rectifia-t-il. Il s'agit de 0:00 UTC, donc 1 heure du matin à Madrid. Inutile que vous restiez, je vous préviendrai si…

Il s'interrompit en lorgnant le forum sur 4chan et ses commentaires.

— Hé ! s'écria-t-il. Le revoilà !

Elle se pencha par-dessus son épaule. Un nouveau message signé The Human Experiment. Il venait de s'afficher :

Vous êtes prêts, les amis ? Le compte à rebours a commencé. Attendez-vous à du spectacle. Et le tout entièrement gratuit.

— Il n'y a pas moyen de remonter jusqu'à lui ?

— On y travaille, répondit Nacho, mais c'est presque impossible s'il n'est pas trop con.

— Ça ressemble quand même à un troll, émit Soler, sceptique. À mon avis, ce type bluffe.

— Et s'il ne bluffe pas ? rétorqua Lucia.

Elle ne vit pas le regard que Mateo Soler lui lança. Une heure plus tard, nouveau message :

Aucun porc ne s'en tirera. On sera impitoyables. La mort est au bout du chemin pour un nouvel exploiteur du peuple. Soyez prêts !

— Vous ne voyez pas que ce type nous mène en bateau ? s'emporta Soler. C'est du flan. On perd notre temps.

— Ça y est, il a ouvert la salle de discussion, annonça Nacho quelques minutes plus tard.

Lucia – qui en était à son énième café près de la machine et qui commençait à avoir la nausée – s'empressa de revenir se placer devant l'écran où, déjà, les commentaires défilaient.

[Vous pensez que c'est réel ?]

[Bah, on le saura bientôt]

[Ben voyons. Et gratuit en plus. Vous êtes débiles ou quoi ?]

[Moi, de toute façon, j'ai rien d'autre à foutre]

[Je vous recommande un site web appelé Petites chattes au pays des merveilles, les gars – si vous aimez un autre genre de marchandise]

[Si vous croyez que ce genre de choses n'existe pas, si vous pensez qu'il n'y a pas d'images malades et dérangeantes sur le darkweb, c'est que vous n'êtes pas allés dans certains des endroits qui sont là-bas]

[Là-bas, c'est où, amigo ? Tu parles trop ou pas assez]

[Au plus profond du Web profond, mes amis. Au cœur des ténèbres. Là où on trouve de la torture, des meurtres, du cannibalisme, des sacrifices humains, de la zoophilie, des baiseurs de cadavres]

[Conneries]

[Ah ouais ? Et Alexander Nathan Barter alors, c'était des conneries ?]

[Qui ça ?]

[Alexander Nathan Barter, pauvre débile : en 2018 il a déposé une annonce sur le darkweb expliquant qu'il cherchait à violer, tuer et manger une petite fille. Il a été interpellé au Texas après qu'un agent du FBI s'est fait passer pour un père prêt à vendre la sienne]

[Je suis Lucifer, écrivez-moi à l'adresse suivante Luciferrising666@gmail.com]

— Putain de dégénérés de merde, commenta Soler en se redressant.

Lucia consulta sa montre. 23 h 02. Encore deux heures à tuer… Les commentaires défilaient dans la marge, le reste de l'écran affichait toujours le même message. Elle retourna dans son bureau finir la rédaction de son rapport.

— Plus qu'une demi-heure, annonça quelqu'un quatre-vingt-dix minutes plus tard.

Minuit trente-trois. La moitié du groupe était à présent rassemblée autour de l'écran, Peña compris. Lucia pouvait percevoir la tension croissante autour d'elle, même si la plupart pensaient à une sinistre blague qui allait probablement se conclure par une phrase du genre : « Désolés, nous n'avons pas pu établir la connexion. »

À minuit quarante-deux, The Human Experiment revint en ligne pour annoncer que tout était en place. Les commentaires fusèrent de plus belle.

[Ouah ! C'est tellement flippant, les amis]

[Pas à dire, il a le sens du suspense]

[Tu trouves ? Je vais finir par m'endormir]

[Comment on obtient des vidéos de meurtre ? Quelqu'un sait ?]

[T'as qu'à te tuer et te filmer en même temps, ducon]

[C'est très violent de ta part cette réponse, mec]

[C'est ta connerie qui est violente]

— Il y a de plus en plus de monde en ligne, constata Nacho tout en continuant de pianoter sur l'ordinateur voisin à la recherche d'informations. L'info a circulé.

— Vous ne croyez quand même pas qu'on va voir un meurtre en direct ? dit Peña d'une voix où se mêlaient scepticisme et inquiétude.

— On ne sait pas ce qu'on va voir, répondit Lucia.

Cette dernière remarque installa dans la pièce un silence qui dura plusieurs secondes.

— Trois minutes, annonça Nacho, comme s'ils étaient sur le pas de tir de cap Canaveral.

Le téléphone de Lucia vibra. Arias… *Pas maintenant*… Deux minutes trente… Elle avait le temps. Elle ouvrit WhatsApp en arpentant la pièce comme un lion en cage. Arias lui avait envoyé une photo de la fiche d'Isaac Salas. Il avait entouré la taille d'un cercle jaune : un mètre soixante-neuf. *Bon Dieu.* Si ce n'était pas Salas qu'ils avaient vu à Combarro, alors c'était qui ?

— Deux minutes, dit l'informaticien.

Arias avait aussi laissé un message : « J'ai eu la coordination de la sécurité pénitentiaire, je rends visite à Salas en prison demain. »

Fouetté par la double urgence, le cerveau de Lucia moulinait. Que faisait la photo de cette femme avec l'ADN d'Isaac Salas dans la poche du monstre de Galice ? Qui était-elle ? Cela signifiait-il que Salas, violeur récidiviste, assassin raté, téléguidait du fond de sa prison la main du monstre et lui désignait ses victimes ?

— Une minute, dit Nacho.

Elle reporta son attention sur l'écran et le groupe. Tout le monde était sur les nerfs. *Trente secondes...*

Vingt…

Dix…

— On y est, annonça Nacho d'un ton un peu trop dramatique à son goût.

Cinq secondes plus tard, une image apparut. Une ruelle pavée, étroite, où des lanternes éclairaient des balcons de fer et des rideaux métalliques tagués.

Une rue qui aurait pu se trouver dans le centre de Madrid comme dans n'importe quelle autre ville d'Espagne – ou même ailleurs. Lucia cherchait désespérément un détail susceptible de les orienter.

Dans la marge, les commentaires fusaient :

[Et c'est tout ? Une rue ?]

[Sans déconner, on voit rien à part des ombres et des lumières. C'est quoi cette arnaque ?]

— Je vous l'avais dit, fit remarquer Soler, que c'était du vent.

Puis The Human Experiment se manifesta au milieu des commentaires :

Patience

— Il se fout de notre gueule ! s'exclama Soler.

Nacho lui adressa un regard sévère. Tout à coup, ils tressaillirent : un personnage en manteau noir venait de passer devant l'objectif et celui qui filmait lui emboîta aussitôt le pas. Lucia essayait de reconnaître les façades, les enseignes des magasins. Sans succès.

Nouveau commentaire de The Human Experiment dix secondes plus tard :

Voici notre prochaine victime

— Bordel ! s'écria-t-elle. Il faut qu'on trouve où ça se passe. Regardez les plaques des rues, les numéros des bâtiments, les magasins ! Il doit bien y avoir un détail quelque part pour nous aider à les localiser !

— Le problème, c'est qu'on voit pas grand-chose, dit l'un des membres du groupe.

De fait, la connexion était lente et l'image, de mauvaise qualité, se figeait par instants, tandis qu'un petit cercle lumineux tournait sur lui-même, indiquant une tentative de reconnexion. Lucia constata que les commentaires comme les intervenants étaient de plus en plus nombreux en marge de la transmission : la merde attirait les mouches.

[C'est qui, ce mec ?]
[Tu vas lui faire quoi ?]
[Où il va ? On attend quoi là ?]
[C'est du pipeau, il va rien se passer]

— Là ! El Penta ! s'exclama quelqu'un comme l'homme qui marchait puis celui qui filmait passaient devant le célèbre bar de la Movida, dans le quartier de Malasaña.

— Rue de la Palma ! gueula Lucia en attrapant son blouson. On y va ! On y va ! Nacho, tu peux suivre la transmission depuis ton téléphone ?

Le geek hésita. D'ordinaire, il aurait déconseillé à quiconque de naviguer sur le darknet à partir d'un simple téléphone. Mais le temps pressait. Il hocha la tête affirmativement, repoussa son siège.

— Tu viens avec moi ! décréta Lucia. Les autres, à vos voitures ! On fonce !

Assis sur le siège passager, Nacho avait les yeux rivés sur l'écran de son téléphone. L'image suivait toujours la démarche hasardeuse, presque zigzagante, de l'homme au manteau noir, lequel avait manifestement bu, car il donnait l'impression de marcher sur le pont d'un navire tanguant par grosse mer.

Il paraissait également ignorer la menace présente dans son dos, tout comme le fait qu'il était filmé. Pendant ce temps, les intervenants du forum se déchaînaient :

[Les riches sont des porcs, ils n'ont pas le droit de vivre]

[Il va lui faire quoi d'après vous, les gars ? On a le droit de faire des suggestions ?]

[J'ai jamais vu un truc pareil : on est juste en train de suivre un inconnu dans la rue, si ça se trouve, c'est tout ce qu'on verra !]

[Désolé, mais je donnerais pas un quart de bitcoin pour un truc aussi nul, heureusement que c'est gratos]

[En plus, la qualité est à chier, ça arrête pas de couper]

[C'est à cause de Tor, dugland. Ça prouve que c'est réel et que c'est diffusé en direct]

[Putain, il va lui faire quoi, d'après vous ?]

[Mais rien, qu'est-ce que tu t'imagines ?]

— On est encore loin ? demanda Nacho.

— Deux kilomètres…

Derrière le Hyundai Tucson, qui bondissait sur la chaussée comme un cheval furieux, suivaient quatre Toyota de la Guardia Civil. Soler était à bord de l'un d'eux, de même que plusieurs autres membres de l'unité. Peña avait aussi dû alerter le groupe tactique, lequel était sûrement en route, mais il arriverait trop tard.

— Oh, sainte merde ! glapit soudain le geek, stupéfait.

Lucia lui lança un rapide coup d'œil : les rues et les carrefours du centre de Madrid défilaient à grande vitesse et elle devait se concentrer sur sa conduite et le GPS.

— Quoi ? Qu'est-ce qu'il y a ?

— Le type bourré qui marche devant vient de se faire choper par l'autre ! Celui qui filme ! Il l'entraîne dans une impasse !

Elle appuya sur le champignon, gyrophare en action, sirène hurlante, grilla le feu rouge suivant, passa en trombe devant des voitures qui pilèrent au carrefour, suivie de près par le cortège des Toyota, qui le franchit à la même allure.

— Ça y est, nom de Dieu, il le frappe !

— Hein ?

— Plus vite ! gueula l'informaticien. Il est en train de le traîner dans l'impasse ! Il l'a assommé. Il doit utiliser une GoPro parce qu'il a les mains libres !

Elle serrait si fort le volant que ses jointures étaient blanches. Chaque centaine de mètres lui paraissait durer une éternité.

— Peux pas aller plus vite ! protesta-t-elle en décrochant le micro du tableau de bord. À toutes les unités, le suspect est entré en action ! Il a frappé la cible ! Je répète : il a frappé la cible !

— On est loin ? lança Nacho.

— Prochain carrefour à droite. On est à quatre cents mètres du Penta ! Mais cette impasse, elle est où, putain ?

Nacho, qui avait suivi sur son écran le trajet de l'ivrogne et de celui qui le filmait, lui fournit les dernières indications. Les pneus criaient sur le bitume, la sirène hululait, le moteur du Hyundai ronflait à chaque accélération.

— Plus vite ! Il est en train de le battre à mort ! Il le bat à coups de barre de fer !

— Merde, merde, merde, c'est pas vrai ! rugit-elle en braquant à gauche. Moins de deux cents mètres ! l'avertit-elle. Il est toujours là ?

— Ouais, ouais…, répondit le geek. On le tient ! Là ! fit-il en regardant à travers le pare-brise. Je reconnais l'endroit ! L'impasse est juste là ! Stop ! On va l'avoir !

Le cerveau en ébullition, elle écrasa la pédale de frein en laissant une traînée de gomme sur l'asphalte, jaillit de la voiture. Contourna le véhicule au triple galop tout en attrapant son arme sur ses reins et s'engouffra dans l'impasse, suivie à distance par Nacho, qui courait moins vite qu'elle.

Une forme là-bas, sur le sol, dans le fond…

Des portières claquèrent dans son dos, des sirènes, des appels, une cavalcade. Elle atteignit la forme sombre, abandonnée comme un paquet de linge sur le bitume encombré de détritus, de sacs-poubelle noirs, de cadavres de bouteilles. À en juger par l'état du crâne et du visage, dont une partie ressemblait à une bouillie sanglante d'éclats d'os, de cheveux et de cervelle, l'agresseur s'était acharné sur sa victime avec une fureur démente. Au milieu de ce magma, un œil pendait au bout de son nerf optique et la bouche ouverte laissait voir des morceaux de dents cassées plantés dans la gencive comme des bris de verre en haut d'un mur.

Elle hurla. Un cri de rage, de frustration, trait de magma brûlant montant du fond de la gorge, à lui briser les cordes vocales. Puis elle pivota vers Nacho :

— Il est où ? Tu le vois ?

— On s'est fait baiser, articula celui-ci (il était livide) en guise de réponse.

Il tourna l'écran de son téléphone vers elle. On y voyait une main armée d'une bombe de peinture en train d'inscrire les mots « TUONS LES RICHES » sur un mur de brique. Elle leva les yeux vers le mur en question, au-delà du cadavre.

L'inscription était déjà là.

— Le fils de pute, gémit Nacho. C'était pas du direct. C'est un enregistrement.

Un enregistrement...

— C'est Nicolás Gallardo, le fils du milliardaire, constata Soler, qui s'était approché et penché sur la moitié de visage intacte.

Lucia sursauta. Nicolás Gallardo. Un fils à papa qui faisait la une des tabloïds pour ses frasques et ses excès, pas un *nepo baby* mais tout comme : un qui dilapiderait la fortune amassée par son paternel dès que ce dernier aurait cassé sa pipe – mais lui au moins n'expliquait pas à qui voulait l'entendre qu'il fallait travailler deux fois plus dur, être deux fois meilleur que les autres quand on était un « fils de ». Nicolás Gallardo se foutait du tiers comme du quart de ce que les gens pensaient de lui. Sur les chaînes de télé, il s'étendait sans complexe sur ses démons : alcool, coke, médocs, obsession sexuelle. On devinait sa souffrance, mais on la trouvait insupportable venant de quelqu'un qui avait tout reçu à la naissance. Lucia se dit qu'au moins ses démons s'étaient définitivement tus. À partir de maintenant, ils le laisseraient en paix. Pas sûr que les tabloïds en feraient autant.

Sur le darknet, les commentaires allaient bon train. Certains félicitaient l'assassin, s'enthousiasmaient. D'autres déclaraient avoir envie de vomir ou vouloir prévenir la police.

À l'écran, l'image du tag sur le mur devint floue, se figea. Un dernier message s'y superposa :

Le spectacle est terminé, merci d'avoir participé

Un rat passa à moins de cinq mètres, gras, luisant ; il disparut entre deux poubelles, dont l'odeur montait jusqu'à eux.

— Combien de personnes ont vu ça ? demanda-t-elle à Nacho.

— Des dizaines.

12

5 heures du matin. Elle parcourt du regard les visages las, gris, éteints. Ils témoignent d'une fatigue qui n'est pas seulement physique. Cependant, malgré l'horaire tardif, ou matinal c'est selon, ils n'ont pas envie de rentrer chez eux. Pas avec ce goût de défaite dans la bouche. Il leur faut une lueur d'espoir, quelque chose pour les galvaniser, quelque chose à quoi s'accrocher pour repartir au combat dans quelques heures.

Car ils ont rarement été humiliés comme ils viennent de l'être. Humiliés, battus, vaincus, ridiculisés. K-O debout.

Lucia ressentait une immense fatigue elle aussi. Un membre du groupe se faufila entre les bureaux, son téléphone à la main.

— Les premiers résultats viennent de tomber, annonça-t-il, Nicolás Gallardo avait deux grammes d'alcool dans le sang et il était chargé : cocaïne et 3-MMC. Et le tueur lui a retiré une partie du foie, à la sauvage, avec un objet tranchant non identifié. Un vrai trou pour golfeur.

Une partie du foie... Lucia tressaillit.

Après le cerveau de Marta Millán, le foie de Nicolás Gallardo. Qu'est-ce que ça signifiait ?

— On a quoi sur Gallardo ?

— Nicolás Gallardo, quarante et un ans, dit la brune qui appartenait au département de délinquance économique, fils unique d'Alfonso Gallardo, fondateur, président exécutif et principal actionnaire de la chaîne de supermarchés Mercasur, qui compte un millier de points de vente avec un chiffre d'affaires de 20 milliards d'euros. L'entreprise emploie plus de 70 000 personnes. La fortune personnelle de son père est évaluée à 3,4 milliards d'euros. Le fiston, bien que marié et père d'une petite Flora, était connu pour ses addictions, ses fréquentations douteuses, ses sorties nocturnes et son alcoolisme. Je suppose que ça faisait de lui une cible plus facile que d'autres.

Comme ses collègues, elle avait passé les dernières heures à travailler pour oublier l'humiliation de Malasaña.

— En tout état de cause, le tueur était bien renseigné sur ses habitudes, remarqua quelqu'un.

— Ou alors il connaissait la victime.

— Et, cette fois, on ne pourra pas cacher à la presse la phrase inscrite sur le mur, ajouta un troisième. Des dizaines de personnes l'ont lue en ligne.

Elle vit Peña hocher la tête d'un air sombre.

— Pour l'instant, les gens dorment, mais d'ici quelques heures ce sera partout dans les journaux et sur Internet, confirma-t-il d'un ton lugubre. Ça va exploser comme un pétard lancé dans une bouse de vache.

— Le mème « TUONS LES RICHES » a déjà commencé à circuler, annonça Nacho qui, debout les reins appuyés contre un meuble de rangement, était très pâle : contrairement aux autres, il n'avait pas l'habitude de voir un cadavre.

Peña le regarda sans comprendre :

— Le même ?

— Un « mème » est une phrase, un slogan, un gif, une image, une vidéo répliqués et déclinés massivement sur Internet, expliqua le geek. Le terme a été forgé par le biologiste britannique Richard Dawkins à partir du mot « gène » avant d'être appliqué au Net. Un mème se répand de manière virale à travers les réseaux sociaux, les messageries instantanées. C'est ce qui est en train de se passer avec « TUONS LES RICHES ». À ce rythme, ça va prendre des proportions… euh, intéressantes.

— Et ça va gêner considérablement l'enquête, compléta Lucia en grimaçant.

— S'ils veulent tuer tous les riches de ce pays, ils ont du pain sur la planche, fit observer un autre.

Lucia examina Soler. Il restait inhabituellement silencieux. Depuis le début de leur collaboration, il n'avait pourtant pas la langue dans sa poche.

— Et toi, t'en penses quoi ? lui demanda-t-elle.

Il esquissa un sourire taquin, eut tout à coup l'air de beaucoup s'amuser. Il regarda autour de lui comme s'il s'apprêtait à dire quelque chose d'essentiel et de drôle.

— Qu'il était temps que quelqu'un s'en charge… De buter les riches, je veux dire.

Elle vit Peña se rembrunir.

— Je ne veux plus entendre ce genre de conneries, c'est compris ? gronda-t-il en abattant son poing sur le bureau le plus proche. On arrête ça tout de suite ! Ici, que les victimes soient pauvres ou riches, c'est du pareil au même, suis-je assez clair ?

Lucia pensa à celles de Galice. Elle avait vu leurs corps. Elle avait tenté d'imaginer leurs souffrances, si tant est que ce fût possible. Elle sentit la colère monter, tourna vers son patron un regard de mise en garde.

— Ça reste à voir, ça, mon commandant, lâcha-t-elle d'une voix rêche.

Peña fronça les sourcils. Pendant un instant, il parut décontenancé, à court de mots, d'arguments. Peut-être même de volonté propre. Finalement, il déclara :

— Non, mais vous êtes tous devenus dingues ou quoi ? OK, on est debout depuis presque vingt-quatre heures. Vous pouvez décamper. Rentrez chez vous, reposez-vous. On se retrouve à midi.

13

Il était 8 h 10 du matin, ce lundi 27 janvier, quand elle comprit qu'elle ne parviendrait pas à dormir. Trop de pensées parasitaient son esprit, trop de questions sans réponses. Trop de tension. Elle se leva. Elle avait pris une douche en rentrant, aussi se rhabilla-t-elle avant de partir à pied à travers les rues : de son domicile *calle* Vallehermoso à l'hôpital universitaire La Princesa, il fallait compter trois bons kilomètres.

Marcher lui ferait du bien.

Le brouillard s'était dissipé mais un plafond bas de nuages bouchait le ciel et une lumière grise, terne, plombait les rues. Elle l'aimait, cette ville. Le climat y était rude, il y faisait diablement froid l'hiver et beaucoup trop chaud l'été, et d'après les climatologues, qui leur promettaient l'enfer pour les années à venir, ça n'allait pas s'arranger. Elle en connaissait tous les bas-fonds, toutes les turpitudes, mais ça restait *sa* ville. Son ADN. Contrairement à Londres, Paris ou Berlin, elle était située presque au milieu exact du pays et, sans qu'elle sache pourquoi, cette image lui plaisait. Comme dans la plupart des capitales européennes, la gentrification était en marche, chassant les classes populaires de plus en plus loin du centre au profit de nouvelles couches sociales qui roulaient à vélo, excluaient le gluten de leur alimentation, mettaient leurs enfants dans les bonnes écoles et se préoccupaient davantage du sort du monde que de celui de leurs voisins. Cependant, on trouvait encore de vieilles échoppes étroites et sombres où on vous réparait n'importe quoi, des troquets trop laids pour qu'un instagrameur ait envie de les prendre en photo, des restaurants proposant une cuisine familiale, des épiceries ouvertes le dimanche, des fleuristes, des couturières, des fabricants de cigares, des tailleurs au rabais et des quartiers où on voyait moins d'hommes portant des pantalons étroits au mollet et des vestes courtes sur les fesses que de femmes en tenue traditionnelle du Kerala ou d'Afrique.

Jusqu'à quand ? se demanda-t-elle. Combien de temps encore avant que tous ces lieux soient remplacés par des banques ou de prétentieuses boutiques aseptisées et clonées à l'infini ? Avant qu'ils soient tous, femmes, hommes, enfants, homogénéisés, amalgamés, réduits à une pâte humaine insipide ?

Álvaro s'était vanté une fois de tout l'argent de poche que lui donnaient son père et sa belle-mère. Quand Lucia avait refusé de lui acheter un téléphone, il avait déclaré avec une certaine amertume que son père s'en chargerait. Elle en avait parlé à Samuel et ils avaient eu un énième accrochage. Elle ne voulait pas que son fils devienne un gamin qui verrait le monde à travers un téléphone, qui ignorerait la valeur des choses et considérerait de son devoir de puiser dans le compte en banque parental. La vie est une montagne. Plus tôt il apprendrait à la gravir, plus facilement il éviterait ses pièges et ses précipices.

Quand elle parvint à l'hôpital, peu avant 9 heures du matin, elle se rendit compte que ses mollets avaient durci. À quand remontait son dernier entraînement ? Il était encore tôt et, après un premier rush matinal, les internes et les infirmières prenaient leur temps dans les couloirs.

En entrant dans la chambre, elle eut la surprise d'y trouver sa sœur. Mónica avait huit ans de plus qu'elle, mais elle en paraissait cinq de moins. Un beau visage à la mâchoire carrée, des cheveux toujours impeccablement coiffés – elle changeait régulièrement de coupe et de couleur – et des vêtements que Lucia n'aurait pas pu s'offrir quand bien même elle l'aurait voulu. Ce matin-là, sa sœur arborait un bonnet de laine griffé, une doudoune courte matelassée sur un pantalon ajusté et des bottines, comme si elle partait faire du ski – et surtout comme si elle ne comptait pas s'attarder. Son teint lumineux et son maquillage devaient contraster avec la peau grise et les cernes de Lucia, ce qu'elle ne manqua pas de lui faire remarquer.

— Bon Dieu, tu as une tête de déterrée, frangine. Tu devrais prendre davantage soin de toi.

Mónica l'embrassa tout en l'observant avec l'attention de la grande sœur qu'elle était censée être mais qu'elle n'était pas, feignant une préoccupation qu'elle était loin de ressentir.

— Tu ne travailles pas aujourd'hui ? demanda-t-elle. Avec ce qui est arrivé cette nuit à Nicolás Gallardo et ce qui s'est passé avec la Millán, je croyais que vous étiez tous sur le pont. J'ai entendu ça aux infos. Seigneur, quelle histoire !

Que sa grande sœur – qui ne savait pas quoi faire de ses journées à part déjeuner avec ses amis à La Rotonda, le restaurant du Westin Palace, échanger des potins et faire du sport au Basic-Fit – lui posât la question lui parut terriblement ironique.

— Tu t'intéresses à ce qui se passe dans le monde maintenant ? tacla Lucia en retour.

Sans attendre de réponse, elle s'approcha de leur mère. Laquelle conservait dans son lit le même masque sévère que lorsqu'elle était éveillée. Pourtant, les tuyaux et les machines conféraient à la femme autoritaire, rigide et cassante qu'elle avait été toute sa vie une vulnérabilité qui émouvait Lucia à chaque visite.

— Et pourquoi pas ? (Apparemment, sa sœur n'était pas décidée à en rester là.) Tu avoueras que ce que devient ce pays est une honte absolue. Plus personne n'est à l'abri.

Lucia se retourna :

— Tu veux dire que les riches devraient l'être plus que les autres, c'est ça ?

— Je veux dire, assena Mónica lentement, posément, comme pour souligner combien son calme contrastait avec la réaction de Lucia, que si on n'est même plus capable de protéger les puissants, comment pourra-t-on protéger le reste de la population ? Et cet hôpital aussi est une honte, ajouta-t-elle. Je te l'ai déjà dit : on devrait la transférer dans une clinique privée.

Lucia pressentit que le torrent de ses émotions allait prendre un cours dangereux, mais, à ce stade, elle était incapable de s'arrêter.

— Avec quel argent ? demanda-t-elle. Celui de ton mari ?

Son beau-frère était pilote de ligne, commandant de bord : c'était une attaque assez basse, il fallait le reconnaître. Mais Mónica ne broncha pas, comme si elle n'avait rien entendu.

— Ce n'est pas à Tomás et à moi de supporter tout seuls cette charge, dit-elle calmement.

Lucia sentit qu'elle était sur le point de perdre son sang-froid.

— Tu viens la voir une fois par mois avec tout le temps libre dont tu disposes et tu me parles de… *supporter cette charge* ?

Sa sœur haussa les épaules, sans afficher le moindre signe de culpabilité ou de contrariété.

— À quoi ça sert que je vienne de toute façon ? Elle ne se rend compte de rien.

— Qu'est-ce que tu en sais ? répliqua Lucia, furieuse. Depuis quand tu as des compétences médicales ?

Mónica garda le silence.

— Ce genre de discussion ne mène nulle part, décréta-t-elle au bout d'un moment. Le psy m'a dit que je ne dois pas me stresser, et avoir Tomás à la maison me stresse déjà assez.

La remarque surprit Lucia.

— Pourquoi il est à la maison ? s'enquit-elle en se demandant s'il était arrivé quelque chose à son beau-frère.

— Il est en grève.

— En grève ?

— Ils réclament une augmentation, compte tenu des heures de vol, de la pénibilité, des journées passées loin de la famille, tout ça…

Lucia n'en crut pas ses oreilles. Son beau-frère gagnait quatre fois ce que gagnait un agent de l'UCO, un agent qui était loin de son domicile plus d'une centaine de jours par an, un agent qui travaillait lui aussi jour et nuit. Depuis des années l'UCO réclamait des augmentations. Et pendant ce temps-là, les pilotes aux galons dorés d'Air Europa ou d'Iberia – elle avait oublié pour quelle compagnie il bossait – se mettaient en grève.

— Tu t'en vas déjà ? demanda Adrián.

Elle embrassa son torse légèrement moite, sortit du lit pour se diriger vers la salle de bains.

— On a une réunion à midi.

Il attrapa ses lunettes sur la table de chevet, les chaussa. À temps pour avoir une vision claire du derrière de Lucia en train de s'éloigner. Elle avait un beau corps menu et ferme, avec des petits seins et des fesses extraordinaires. Le corps d'une femme dans la vingtaine, alors qu'elle se rapprochait doucement de la quarantaine. Mais il avait aussi noté qu'elle avait les traits alourdis par la fatigue : elle était au bord de la rupture, une fois de plus.

Adrián Sanz travaillait au groupe du patrimoine historique de la Guardia Civil. Ils s'étaient rencontrés dans le cadre du boulot. Lucia enquêtait sur un vol de tableaux qui avait mal tourné : il y avait eu des œuvres d'art envolées, d'autres détruites et un mort. Depuis, il n'arrivait pas à déterminer si Lucia était avec lui uniquement pour le sexe ou s'il y avait entre eux un attachement plus profond. Il n'était même pas sûr de ses propres sentiments. Il fut un temps où il avait rêvé de bâtir quelque chose de solide avec elle, de partager le même appartement, de jouer avec Álvaro, de prendre le garçon sous son aile, d'être un deuxième père pour lui quand elle en avait la garde – mais il avait fini par se demander si cela arriverait un jour.

Parfois, il voyait Lucia comme un boulet qui l'empêchait d'aller de l'avant. À d'autres moments, il se disait qu'elle était la meilleure chose qui lui soit arrivée.

Car ce qu'il y avait entre Lucia et lui courait au-dessous de la surface, songea-t-il. L'effet qu'elle avait sur lui était celui d'un poison lent, invisible, une brûlure sous la peau, un charme. Elle avait ce pouvoir sur vous, même en son absence : celui de vous changer en quelqu'un que vous ignoriez être – mais qui était peut-être votre vrai moi.

Il eut un ricanement intérieur en pensant à ce qu'elle aurait dit : qu'il était un intellectuel, qu'il lui fallait toujours tout analyser.

En entendant le bruit de la douche – une luxueuse cabine noire avec cercle lumineux au plafond, écran LCD, hammam et jacuzzi intégrés, qu'il avait achetée sur un coup de tête et que Lucia appelait « l'ovni » –, il se leva et la rejoignit dans la salle de bains. Il avait des questions à lui poser. Comme la moitié de la population de Madrid et d'Espagne à cet instant. Après tout, deux des personnalités les plus médiatiques du pays – et des plus riches – venaient d'être assassinées à quelques heures d'intervalle. De manière, disons… assez spectaculaire.

Il s'assit nu sur le couvercle des W-C, contempla les ongles de ses orteils un peu trop longs, puis leva les yeux vers la cabine embuée.

— Ils n'ont rien volé chez Marta Millán ? demanda-t-il en élevant la voix pour se faire entendre par-dessus le bruit de la douche.

— Quoi ?

— Ils n'ont rien volé ?

— Pas que je sache.

Il fronça les sourcils :

— Étonnant, non, avec la collection d'œuvres d'art qu'elle avait ? Un Modigliani, un Frank Stella, plusieurs Lucian Freud, des sculptures de Germaine Richier, des mobiles de Calder, un Christoph Thalmayr. Une collection de 100 millions d'euros, d'après les magazines. Des œuvres d'art pour de vrai. Je veux dire : aujourd'hui, qu'est-ce qu'on trouve dans les galeries d'art contemporain ? (Il se passa la main sur le torse, que la vapeur couvrait déjà d'une fine pellicule de sueur, prêt à se lancer dans une de ces diatribes dont il avait le secret.) Tu ne t'es jamais demandé pourquoi les riches préfèrent acheter des œuvres d'art insignifiantes mais absurdement chères, comme ce ridicule lapin en métal de Jeff Koons vendu 91 millions de dollars chez Christie's à New York, plutôt que de se contenter de lire les chefs-d'œuvre de la littérature : Shakespeare, Tolstoï ou Cervantès ? Je veux dire : s'ils aiment à ce point les chefs-d'œuvre ? Tu sais pourquoi ils le font en vérité ? Ils le font parce que tout le monde peut lire Tolstoï, Shakespeare ou Cervantès, c'est-à-dire *les pauvres aussi*. Mais que très peu de gens peuvent s'offrir cet affreux lapin ou des bouts de tissu à 50 000 euros. Plus c'est cher, plus ça a de la valeur à leurs yeux. Le fric, c'est la seule chose qu'ils respectent.

— Tu as fini ? demanda-t-elle d'un ton rigolard en finissant de se rincer.

Il émit un gloussement.

— D'abord, comment le type a fait pour entrer ? embraya-t-il, changeant de sujet. Elle devait avoir un sacré système d'alarme, non ? Et un concierge.

Elle stoppa le jet, tendit un bras à l'extérieur de la cabine. Il lui passa une serviette.

— Il est entré dans l'immeuble de nuit, quand le concierge dormait, répondit-elle. Pour le reste…

Elle se souvint soudain des consignes de Peña : *ne pas en parler aux collègues ni aux compagnons* – Adrián était les deux à la fois.

— « TUONS LES RICHES », tu crois que c'est sérieux ou ça cache autre chose ? demanda-t-il ensuite.

Il essuya la buée sur les verres de ses lunettes avec un coin de serviette pour mieux contempler les treize tatouages qui enluminaient le corps de Lucia comme une floraison de signes, un palimpseste, un codex…

Quand elle se retourna et lui présenta son dos, il put admirer le plus grand de tous : la silhouette christique qui s'étirait le long de sa colonne vertébrale, ouvrait les bras en croix sur ses omoplates, la forme qui ressemblait à un Christ et n'en était cependant pas un. Ou alors *son Christ à elle*. Rafael. Le jeune frère timide. Perdu. Intelligent. Fusionnel. Suicidaire. Le « grand petit frère », comme elle l'appelait, qui n'était pas fait pour ce monde, pas entièrement du moins, pas assez, et qui s'était suicidé à l'âge de seize ans en se jetant du haut d'une falaise pendant les vacances d'été, *leurs* vacances. À jamais cloué à la peau et à l'âme de Lucia. Sa blessure incicatrisable, son syndrome d'Amfortas.

— Je suis venue ici pour me détendre, pas pour travailler, décréta-t-elle en regagnant la chambre.

— Une détente ? C'est ça que je suis pour toi ?

Pas de réponse.

Il se redressa, se retourna, souleva le couvercle et pissa.

14

I don't love you
Like I did
Yesterday

My Chemical Romance dans ses écouteurs, elle jaillit de l'immeuble. Elle avait garé son SUV un peu plus loin dans la rue. En marchant, elle alluma son téléphone : les meurtres étaient partout sur son fil d'actualité.

Elle décida de s'arrêter au kiosque qui se dressait dix mètres plus loin.

Même chose dans la presse écrite évidemment. Pas un canard qui ne titrât sur les assassinats de Nicolás Gallardo et Marta Millán. En parcourant les unes, elle constata que la frénésie médiatique avait commencé. Un quotidien national se demandait si un tueur en série était à l'œuvre. Un deuxième si d'autres « riches » allaient en être la cible. Ils avaient dû cravacher pour mettre à jour les éditions du matin. Plus d'un journaleux, d'un rédacteur en chef, d'un secrétaire de rédaction avait dû être tiré de son lit cette nuit.

Soudain, elle se figea. Un titre venait de lui exploser à la figure, telle une grenade à fragmentation :

« TUONS LES RICHES » : la phrase était déjà présente dans l'appartement de Marta Millán
par Candace Boix

— Bordel !

Le kiosquier lui jeta un regard noir, elle avait dû jurer à voix haute. Elle attrapa le journal. Paya. Candace Boix : ambition dévorante, cynisme assumé, morale à géométrie variable. Blonde aux yeux verts, comme dans le poème de Calderón. L'atout principal de *TLV*, *Toda la Verdad*, un tabloïd qui avait supplanté tous les autres en termes de voyeurisme, de sensationnalisme – et aussi en nombre de lecteurs.

C'était également elle qui avait jeté en pâture au public tous les détails, même les plus sordides, de la mort de Sergio Moreira, le coéquipier de Lucia, l'année passée[1].

Elle parcourut l'article. Ses craintes se trouvèrent confirmées dès la cinquième ligne :

« ... *C'est la lieutenante Lucia Guerrero qui a été chargée de diriger les investigations. Elle a été rappelée spécialement de Galice, où elle enquêtait sur une série d'enlèvements et de meurtres. C'est elle, on s'en souvient, qui a mis fin aux agissements de Francisco Manuel Mélendez, dit "le tueur au marteau", et élucidé les crimes de celui qu'on a appelé "le sphynx de Salamanque"*[2].

1. Voir *Lucia*, XO Éditions et Pocket.
2. Voir *ibid*.

Ce choix ne fait cependant pas l'unanimité à l'UCO, où l'on considère que la lieutenante, malgré ses remarquables états de service, s'affranchit trop souvent des règles communes. »

Foutue garce ! Comment Candace Boix avait-elle eu l'info concernant le tag dans l'appartement de Marta Millán ?

Quelqu'un a balancé...

Elle revit la petite foule qui se pressait dans le penthouse autour de la moitié de corps accrochée au lustre. Ça pouvait être n'importe qui. Pas le ministre en tout cas. Il allait être sur la sellette à partir de maintenant. Ni la colonelle ni le directeur général. Ni Peña. Mais n'importe qui d'autre... La colère était un nuage noir dans son crâne, qui obscurcissait ses pensées, car elle savait qu'à partir de ce moment les infos allaient déferler, vraies ou fausses, que ce que les rédactions ne trouveraient pas elles l'inventeraient, que même quand il n'y aurait plus rien à dire elles continueraient de rabâcher sans relâche les mêmes potins, broderaient à l'infini, les soumettraient à leurs soi-disant experts.

Elle passa devant une succursale de Banco Santander. Quelqu'un avait tagué « TUONS LES RICHES » sur la façade de l'établissement et jeté de la peinture rouge sur le verre armé. *Le tueur a déjà ses fans, on dirait... Est-ce que ça va se répandre ? Est-ce que c'est le début de quelque chose ?*

Elle sortit son téléphone pour prendre le tag en photo, fit deux pas en avant, se pencha pour se placer à la bonne hauteur.

— Vous trouvez ça amusant ? lança une voix. Cette phrase, elle vous amuse ?

Elle pivota. Deux gardiens de la paix en uniforme s'approchaient d'elle en faisant gonfler leurs plumes. Ils la fixaient durement. Le visage dépourvu d'expression, elle dégaina sa plaque, la brandit sous leur nez et regagna sa voiture.

— Si je trouve le fils de pute qui a balancé, je vais lui faire regretter d'être sorti un jour du ventre de sa mère. En plus, cette saleté me laisse de l'encre sur les doigts !

Peña jeta le tabloïd froissé sur le bureau.

— C'est forcément quelqu'un qui se trouvait dans le penthouse, dit Lucia. Il y avait beaucoup trop de monde.

— Pourquoi *le fils* de pute ? souleva Mateo Soler. Pourquoi pas une nana ?

Peña le considéra avec autant de sympathie qu'un chien qui a découvert un chat installé dans sa niche.

— Quelle est la probabilité que ce soit une femme, d'après toi ? articula-t-il. Combien de femmes ont vu la phrase ? Et combien d'hommes, hein ? Tu y as pensé ?

— Les gens parlent, suggéra doucement Soler sans s'émouvoir. On leur dit de garder un secret, mais ils parlent. Ils le gardent, oui, jusqu'à un certain point : il y a toujours un cas pour lequel ils font exception.

— C'est ce que tu as fait ? demanda Peña perfidement.

Tiens, apparemment, elle n'était pas la seule à qui le nouveau commençait à taper sur les nerfs. Elle vit Soler blêmir. Se fit la réflexion qu'il était capable de colère lui aussi. Mais, après tout, qui était-elle pour lui jeter la pierre ?

— J'ai trouvé quelque chose, annonça la brune du département de délinquance économique en apparaissant dans l'encadrement de la porte.

Tout à coup, sans savoir pourquoi, Lucia se souvint de son prénom, de son nom et de son grade : sergente Clara Borrel.

— En épluchant leurs comptes bancaires, j'ai vu que Marta Millán et Nicolás Gallardo ont tous les deux fréquenté la même clinique de chirurgie esthétique. La clinique du Dr Casablanc. Et, dans les deux cas, des paiements ont été effectués à une date récente. Moins de trois semaines.

Lucia échangea un regard avec Peña. Un regard en forme de question, un regard qui disait : *oui, et après ? est-ce que ça vaut la peine ? n'ont-ils pas tous plus ou moins recours à la chirurgie esthétique dans ce milieu ?* Il s'agissait probablement, bien qu'elle n'en eût jamais entendu parler, d'une clinique ultra-haut de gamme pour gens ultra-friqués. Son chef n'eut pas le temps de répondre à la question implicite présente dans les yeux de Lucia : le téléphone s'était mis à sonner sur son bureau. Il décrocha.

— Oui, très bien, c'est noté, dit-il après un moment d'un ton que Lucia trouva passablement obséquieux.

Puis il raccrocha :

— C'était la colonelle. On donne un point presse dans une heure.

15

Carnota, Galice

Les jours de mauvais temps, le géant avait l'habitude de partir à la chasse aux trésors. C'étaient des trésors de misère. Des petites choses de rien. Dérisoires. Salies. Souillées. Oubliées… Qui traînaient dans la boue, les flaques d'essence, le sable. Il était le seul à en voir la beauté, elles lui inspiraient de la pitié, de l'amour même ; il les tirait du ruisseau comme certains le font avec les chats errants.

Sur le long chemin de planches bordé de barrières en bois délavé qui fendait la prairie d'herbe entre Carnota et la plage, il avait ainsi mis la main sur une pierre, deux bouts de ficelle de couleur et, suprême offrande, un petit dauphin en plastique bleu qu'un enfant avait dû laisser tomber. Il les avait glissés dans son sac de jute, où ils étaient allés rejoindre d'autres menues trouvailles.

Il n'y avait personne sur les planches balayées par la pluie, l'humidité imprégnait ses vêtements, la mer grondait, le vent sifflait, chassant les habitants à l'intérieur des maisons. Tant mieux. Il vivait parmi les hommes, mais il ne se sentait jamais à l'aise au milieu d'eux. Il les trouvait trop bruyants, trop durs, trop fanfarons, trop cupides. Ils lui faisaient peur. Il n'avait pas peur des femmes en revanche. *En tout cas, pas de celles qu'il épousait.*

Satisfait de sa récolte, le géant retourna à sa voiture, une petite Seat verte garée sur le parking de Carnota, puis il prit la route de Muros. L'habitacle empestait le vieux cuir, la poussière, l'huile de moteur et l'herbe – un fumet qui le tranquillisait, comme le rassurait cette barrière de pluie le séparant du reste du monde, l'isolant dans sa bulle embuée.

Il contourna Muros, l'anse de Bornalle, les caps, les maisons, les plages. Jusqu'à A Ribeira de Maio. Vira dans la DP5305, qui délaisse le littoral pour grimper dans les collines, là où se dressent les éoliennes.

La pluie redoubla pendant l'ascension. Il traversa ainsi les hameaux de Lestelle, A Penseira et O Catadoiro sous des trombes d'eau, des jaillissements de boue, des gifles liquides. La pluie levait des vagues de fraîcheur dans les bois, et aussi un parfum de mousse piquant et spongieux. Il respira mieux. En grimpant, il laissait en bas le monde des hommes. Un monde qu'il fuyait. Depuis toujours. Mais c'était aussi le monde où vivaient ses *épousées*. Où il devait retourner chaque fois pour se trouver une nouvelle fiancée.

C'était dangereux. Mais le besoin était plus fort que la crainte. Et il faisait toujours preuve de prudence : il avait appris toutes les ruses. C'était son destin de les emmener avec lui, après tout. Chacune disait la prouesse qui consistait à descendre au péril de sa vie chercher une nouvelle fiancée dans le monde. Car il ne les considérait pas comme des proies.

La pluie tombait de plus en plus dru. Les essuie-glaces se démenaient pour chasser le bouillonnement qui envahissait le pare-brise. Bien qu'on fût en plein jour, il alluma les phares. Dépassa Arestiño. La route continuait de se hisser au milieu de la végétation, sous le ciel sombre. Enfin, il les vit : les premières éoliennes. Il s'approchait de la crête. Peu de temps après, il atteignit la petite construction blanche et les installations de réception et de contrôle des éoliennes : une mini-centrale électrique ceinte de grillage et de fil de fer barbelé. Il quitta la départementale et traversa le parking réservé au personnel – il n'y avait qu'une seule voiture ce jour-là –, tourna sur la piste carrossable qui en partait et qui passait sous l'éolienne n° 34.

Plus personne ou presque ne l'empruntait de nos jours. Car il y avait longtemps que ceux qui l'empruntaient étaient morts.

La piste dévalait la colline en lacet à travers la forêt et, cet après-midi-là, des torrents l'inondaient, fouettant le bas de caisse. Finalement, elle déboucha sur une aire en terre battue, au milieu des bois, et le géant descendit, son sac de jute à la main.

Une poignée de bâtiments.

Obscurs, délaissés, vidés de leurs habitants. Ils tombaient en ruine, disparaissaient sous la végétation. Le géant suivit le tracé cimenté de ce qui avait été jadis la rue centrale et qui n'était plus aujourd'hui qu'un canyon entre des murailles branlantes aux pierres sans maçonnerie, des porches sans porte, des pièces sans toit, des auvents de tôle abritant des restes de charrues et des outils rouillés. Des centaines de racines rampaient le long des moignons de pierre, déployant un labyrinthe végétal. *Des serpents*, c'est à ça qu'elles lui faisaient toujours penser. *Des centaines de serpents*. Déjà, quand il était petit, il en avait peur. Il poursuivit. Autour de lui, tout dégoulinait, ruisselait, coulait, bruissait.

Une haute maison carrée dans le fond, sur la droite.

La seule qui parût intacte et qui eût encore des rideaux aux fenêtres, et même simplement des fenêtres. Un ruban de fumée pâle, couché presque à l'horizontale par l'averse, s'échappait de la cheminée.

Le géant tourna à droite, grimpa jusqu'à la maison. Deux *hórreos* se dressaient derrière le bâtiment, à l'orée des bois. Tels des gardiens…

Il entra. L'intérieur était gris et sale. Un papier peint maculé d'humidité sur les murs. Ça sentait le moisi, le renfermé, les choses qui pourrissent lentement dans l'ombre, mais aussi les pommes.

Il franchit le vestibule, pénétra dans la salle à manger. Un grand vaisselier à gauche, un bahut en bois verni et une cheminée à droite, dans laquelle flambait un feu étique, au milieu de la pièce une longue table recouverte d'une nappe blanche, qui aurait pu accueillir dix personnes mais n'en accueillait que deux : une femme dans la cinquantaine, cheveux gris, lunettes, assise au bout, vêtue d'un gilet sans manches matelassé passé sur un pull à col roulé, et une beaucoup plus jeune, habillée d'une robe de mariée souillée – bâillonnée, les bras attachés au dossier de sa chaise, ses cheveux aussi sales que sa robe, pleins de terre et de paille. On voyait qu'elle avait beaucoup pleuré.

Le géant vida son sac de jute sur la nappe blanche, puis alla embrasser sa mère sur le front à l'autre bout de la pièce. La jeune femme suivit chacun de ses gestes de ses yeux rougis, terrorisés.

Il la désigna du menton.

— Elle a été sage ?

Sa mère posa sur la jeune femme un regard sévère :

— Tu sais comment elles sont. Elles font semblant d'être des filles bien, d'être raisonnables, d'être gentilles, alors que ce sont des traînées et des vipères prêtes à mordre à la moindre occasion.

La jeune femme ferma les yeux et sanglota. Elle tremblait. De froid, de fatigue, de terreur. Car il régnait un froid humide dans toute la maison, malgré le feu maigre.

— Celle-là est plus maligne que les autres, ajouta la mère, sourcils froncés. Tu vas devoir t'en méfier… Elle semble être d'accord, elle dit oui à tout – mais elle ne pense qu'à s'évader.

Le géant parut soucieux. Il était déçu. Il avait bien cru que celle-là serait la bonne. Qu'elle comprendrait que leurs destins étaient liés. Mais non. Elle ne comprenait rien. Comme les autres. Et en plus, elle lui avait menti. Il lui avait dit qu'elle ne devait pas avoir peur, qu'il n'y avait pas de raison d'avoir peur, qu'il ne lui ferait aucun mal. Puis il lui avait demandé si elle avait peur. Elle avait répondu que non, mais il avait bien vu dans ses yeux qu'elle était terrifiée. Il n'aimait pas les mensonges.

— Et puis, elle est toujours aussi fatiguée, déclara la mère, lèvres pincées. Regarde cette mine épouvantable qu'elle a. Je crois que celle-là aussi a « l'air ». Il va falloir qu'on le lui enlève.

DEUXIÈME PARTIE

LES AUTRES

16

Prison A Lama, Pontevedra, Galice

— Bienvenue dans la prison la plus mortelle d'Espagne.

Les mots du surveillant pénitentiaire rebondirent dans le corridor comme une balle recouverte de cuir sur un mur de pala.

— On a eu cinq décès au cours des quatre derniers mois, balança le fonctionnaire en marchant devant. Trois overdoses, un cancer et une agression.

Arias n'était pas surpris. La drogue circulait dans les prisons espagnoles, les overdoses y étaient fréquentes. Tout comme les agressions, les suicides, les règlements de comptes, les cas de sida. De plus, A Lama était une des prisons où finissaient régulièrement quelques-uns des détenus et des membres de gangs parmi les plus violents du pays. Arias et le garde avaient franchi plusieurs sas. Des grilles se refermaient derrière eux, des clés cliquetaient, tournaient dans des serrures, des voix appelaient. La prison était un organisme vivant qui ne se reposait ni le jour ni la nuit.

Leurs pas résonnaient sur le sol lavé. Ils franchirent une nouvelle grille.

— On vous a averti ? demanda le gardien.

— Averti de quoi ?

— Isaac Salas est un des pensionnaires les plus dangereux qu'on ait ici, dit le fonctionnaire du même ton qu'il aurait employé pour parler de la pluie et du beau temps. Et on en a vu passer un paquet. Avant sa remise de peine pour bonne conduite, c'était un détenu exemplaire. Un vrai petit ange. Depuis sa récidive et sa condamnation à la prison permanente révisable, il sait qu'il ne ressortira jamais ou alors dans très, très longtemps, et c'est devenu une bête féroce. On ne compte plus les incidents et les agressions de surveillants. Il y a quelques mois, lui et son compagnon de cellule ont entièrement détruit la leur tout en insultant le personnel à travers l'interphone. Ils ont aussi réussi à se fabriquer des armes de fortune avant que l'équipe d'intervention ne débarque. Au milieu de la mêlée, il y avait un jeune surveillant inexpérimenté, il était nouveau à A Lama… (Le gardien se retourna pour fixer son regard sur Arias.) On n'aurait jamais dû l'envoyer là-dedans, c'était une connerie. Salas et son petit copain de cellule sont parvenus à le prendre en otage et à foutre les autres dehors. Ça a duré des heures pour le sortir de là. On a fait venir un négociateur. Ils menaçaient à tout moment d'égorger le gamin. Ils ont fini par le libérer. Il a donné sa démission le soir même. Il est suivi par un psy, paraît-il, et il ne pourra plus reparler après ce que Salas et son pote lui ont fait. Ah, et Salas l'a violé, tant qu'il y était.

Arias se tendit. Mais la voix du fonctionnaire était calme, pleine d'une autorité tranquille.

— On y est.

Une porte métallique. Le surveillant l'ouvrit. Derrière, une pièce sans fenêtre, éclairée au néon, avec une table et des sièges boulonnés au sol.

— Asseyez-vous là, dit-il. On va le chercher. On l'a déjà préparé dans sa cellule. Ça va aller ?

— Ça ira, dit Arias en essayant de faire preuve de la même tranquillité que l'homme en face de lui.

— Cinq minutes, dit le gardien.

Il referma la porte.

Arias leva les yeux quand elle s'ouvrit. Isaac Salas entra entouré de quatre fonctionnaires – le même que tout à l'heure pour ouvrir la marche, un de chaque côté qui le tenait par le bras, et enfin un dernier derrière lui. Il était menotté dans le dos.

Salas lui jeta un regard en passant. Neutre. Il souriait. Sourire de loup devant le petit chaperon rouge. Il jouait les bravaches en mâchant un chewing-gum ou peut-être que c'était sa manière à lui de se mettre en condition. Il avait l'air de se dire qu'il n'attendait rien de cette entrevue, sinon de passer un bon moment qui romprait sa routine de détenu.

Arias l'examina discrètement pendant qu'on le faisait asseoir et qu'on fixait ses menottes à la table.

La vie entre les murs l'avait prématurément vieilli : il faisait bien quinze ans de plus. Teint blafard, vilaine peau, lèvres exsangues. De petite taille – ses gardiens le dépassaient d'une bonne tête – et maigre, mais on devinait malgré tout sa force. Crâne rasé, barbiche taillée en pointe. Plusieurs tatouages faisaient le tour complet de son cou.

Puis les surveillants se retirèrent, sauf celui qui avait conduit Arias jusque-là, et qui resta debout dans un coin.

— Monsieur Salas, commença-t-il, je suis le sergent Arias de l'UCO, je suis ici pour…

— Vous êtes marié, sergent ?

Un temps. Les néons se reflétaient dans les iris bruns comme la lune dans un étang à minuit. Il avait la cornée striée de rouge. Il fit éclater une bulle de chewing-gum.

— Je ne crois pas que ce soit important, répondit Arias au bout d'une seconde.

— Je ne vois pas d'alliance, vous êtes marié ? insista le prisonnier.

— Écoutez, je…

— Si vous voulez que je sois sincère avec vous, va falloir l'être avec moi, avertit Isaac Salas sans cesser de mâcher son chewing-gum et de scruter Arias, yeux étrécis.

— Oui, je suis marié…

— Des enfants ?

— Deux.

— Filles, garçons ?

Arias avait du mal à respirer. Il n'aimait guère évoquer ses enfants en un tel lieu et devant un tel individu.

— Les deux.

— Ton prénom, c'est quoi ?

— Fernando…

— Très bien, Fernando, dit Salas, l'air satisfait, en se rejetant contre son siège et en respirant un bon coup. À propos, j'aime ton regard, tu sais. Je suis sûr qu'il met les gens mal à l'aise, pas vrai ? Et que tu t'en sers dans les interrogatoires… Mais dis-toi bien que ça ne marchera pas avec moi.

Arias avait chaud. Isaac Salas plissait les paupières comme pour mieux l'observer alors qu'un autre aurait évité de croiser son regard à cause de son strabisme. Arias se pencha en avant pour reprendre la parole – et la main.

— Encore une chose, intervint le détenu à l'instant même où Arias s'apprêtait à parler, les femmes qui prétendent que j'ai essayé de les tuer sont des menteuses. Je les ai violées, ça oui, mais je n'ai jamais eu l'intention de les tuer. Elles ont menti pour que ma condamnation soit plus lourde, parce qu'elles voulaient que je ne ressorte jamais d'ici, tu comprends ? Elles ont menti pour me punir encore davantage, pour que je sois accusé de tentative d'homicide.

Son expression s'était faite lointaine, rêveuse.

— Elles étaient consentantes au début, tu sais. Elles m'ont laissé mettre ma queue en elles, elles l'ont sucée. Et puis, elles ont changé d'avis.

— Ce n'est pas ce qu'elles ont déclaré, dit Arias.

— Encore des mensonges. Ce sont toutes des menteuses, Fernando. Ne me dis pas que tu ne le sais pas. (La voix de Salas était un curieux mélange de chuintement et de sifflement, comme s'il psalmodiait tout bas une prière. Mais quel Créateur aurait pu entendre les prières d'un individu pareil ?) Ces femmes, prononça-t-il doucement, elles te provoquent, elles t'allument, et puis au dernier moment elles changent d'avis. Elles croient qu'elles ont le droit de faire ça, d'aller dans la rue habillées comme des putes, de chauffer les hommes – et ensuite de les laisser en plan, la queue à l'air. Eh bien, moi, je dis non. Non. Elles n'ont pas le droit. Elles méritent ce qui leur arrive, elles sont aussi coupables que moi, Fernando.

Arias se raidit. Il n'aimait pas que cet étron humain l'appelle par son prénom. Et il se souvint de ce qu'il avait lu dans le dossier : Salas leur avait mordu les seins jusqu'au sang, allant même jusqu'à arracher un téton à l'une d'entre elles. Il les avait violées avec des objets, dont une branche ramassée en forêt. Il leur avait cassé les dents. Puis il avait essayé d'étrangler à mort la dernière. Sauf qu'elle avait fait semblant d'être morte. C'était un miracle qu'elle en ait réchappé. L'examen médico-légal avait révélé qu'il s'en était fallu de peu : Salas lui avait quasiment brisé la trachée dans sa tentative de strangulation.

— Tu vois, Fernando, la plupart des hommes aujourd'hui ploient la nuque, ils se soumettent aux diktats féminins. Ce sont des faibles. Ils ont peur. Ils sont prêts à accepter toutes les humiliations pour qu'on les laisse tranquilles. Et puis, il y a les autres… Les guerriers… Comme moi. Ceux qui savent que c'est une guerre désormais, une guerre que les femmes livrent aux hommes… Et que notre devoir est de combattre, de résister.

Le regard de son vis-à-vis parut s'éteindre comme une bougie qu'on souffle. *Je suis en train de le perdre*, se dit Arias. Puis les yeux bruns revinrent sur lui avec une intensité accrue :

— Bon, qu'est-ce que tu veux savoir ?

Arias prit une inspiration.

— Vous avez entendu parler des jeunes femmes disparues ?

Le détenu haussa les épaules.

— Comme tout le monde. C'est toi qui es chargé de l'enquête ?

— Avec d'autres.

— Quel rapport ça a avec moi ? (Un sourire gourmand passa soudain sur ses lèvres.) Le coupable a parlé de moi, c'est ça ? Il m'a imité ?

Arias se dit que son ego, c'était tout ce qu'il restait à Isaac Salas.

— On a trouvé votre ADN sur une scène de crime…

Cette fois, le prisonnier parut déstabilisé.

— Où ça ? demanda-t-il sans cacher sa curiosité.

— Je ne peux pas dévoiler les détails de l'enquête.

Salas ricana méchamment. Une grimace qui évoquait celle du T. rex dans *Jurassic Park*.

— Dans ce cas, comment vous voulez que je vous aide, le juge et toi ? Avec ma boule de cristal ? T'as pensé à ça ?

Arias respira.

— Un coupe-vent, finit-il par dire. Le tueur a abandonné un coupe-vent sur place. Il y avait votre ADN dedans, Salas. On pense que c'est peut-être à un de vos anciens codétenus.

Un sourire narquois étira les lèvres exsangues. Le détenu fit claquer sa langue.

— Quelle belle histoire ça ferait, hein ?

— Est-ce que vous avez une idée de qui ça peut être ?

Il tressaillit quand Salas éclata d'un rire qui retentit comme la déflagration de plusieurs pétards allumés à la chaîne. Un rire qui ricocha contre les murs de la pièce et se termina en quinte de fumeur.

— La vache, Fernando, quel comique tu fais ! Tu crois vraiment que je vais balancer un de mes codétenus à un flic ? Sérieux ? Mon ADN, vous l'avez trouvé où exactement ?

Arias sortit la photo de la jeune femme trouvée dans la poche du coupe-vent, encore enfermée dans son sachet à scellés ; il fit glisser celui-ci devant son vis-à-vis. Il s'abstint de préciser que la photo en question avait été diffusée à toutes les casernes et tous les commissariats de Galice.

— Sur ce cliché, dit-il, il était dans une poche.

Il vit l'expression de Salas changer brusquement : tout à coup, il eut l'air absolument furax.

— Le petit enculé !

— Vous savez qui c'est ? voulut savoir Arias en se penchant.

Salas hésita, considéra Arias puis le surveillant. Il soupira.

— Le salopard, dit-il, furieux. C'est ma meuf sur la photo. Je ne la retrouvais pas. La photo, je veux dire. Ce fils de pute me l'aura volée avant de sortir d'ici. Je suis sûr qu'il a dû se masturber avec. Je peux la récupérer ?

— C'est une pièce à conviction, dit Arias fermement.

— S'il te plaît.

— On verra. Parlez-moi de lui.

De nouveau, Salas hésita.

— J'ai eu un codétenu. Pas ici, dans une autre taule… Un type étrange. Il avait un pète au casque. Il était un peu limité mentalement mais, physiquement, c'était un monstre : près de deux mètres pour cent trente kilos. (Arias frémit en repensant à la haute silhouette de Combarro.) *Un monstre et un enfant*... Quand je voulais le taquiner, je lui parlais des femmes. Ça le mettait vraiment mal à l'aise. Il rougissait, il baissait les yeux. Je lui racontais mes exploits sexuels, je lui causais nichons, chattes, baise… Il me suppliait d'arrêter et en même temps je voyais que ça l'excitait. Quelquefois, la nuit, il gémissait dans son sommeil et il appelait sa maman. Un gosse, je te dis. À trente ans, ce con était encore puceau. Je crois que c'est lui que vous cherchez…

Le silence retomba comme une enclume dans la pièce. Arias échangea un regard avec le gardien. Salas fixait la photo, fixait sa fiancée, ou sa prétendue fiancée. Il ruminait la trahison de son compagnon.

— Il s'appelle comment ? demanda Arias après avoir laissé passer un moment.

Dans la lumière du néon, les prunelles d'Isaac Salas s'éclairèrent soudain d'un feu sombre.

— Est-ce que j'ai l'air d'un *chivato*, d'une balance, Fernando ? dit-il d'un ton glacial. Va te faire foutre, je suis pas un mouchard.

— Même pour une réduction de peine ?

— Ne me prends pas pour un con ! Aucun juge n'acceptera un deal pareil. Tu le sais, je le sais. Tu es venu les mains vides, mon petit Fernando. Tu n'as pas de jeu.

— La photo…, avança Arias, tout en réalisant qu'il était en train de piétiner le règlement sur la conservation et l'usage des pièces à conviction.

— J'en veux pas, de ta photo. De toute façon, j'en reçois toutes les semaines. De sacrées photos, crois-moi. Des nanas me les envoient. Elles sont à poil dessus.

Celles-là, le directeur me les confisque. Je suppose qu'il les garde pour lui.

Arias savait qu'il ne se vantait pas. Comme beaucoup d'individus dans son genre, Salas avait sûrement son fan-club à l'extérieur : des femmes qui lui écrivaient, qui le croyaient – ou faisaient semblant de le croire – innocent, ou qui s'en foutaient, qui tombaient amoureuses, qui se mariaient en prison quand c'était possible. Aux États-Unis, les *killer groupies* se comptaient par milliers. Elles traînaient autour des taules, des prétoires, dans les villes où un tueur célèbre était incarcéré. En Europe, presque tous les meurtriers enfermés n'ayant pas un physique trop rebutant avaient leurs admiratrices avec qui ils correspondaient, qu'ils rencontraient dans les parloirs. Comme des foutues vedettes. Et lors des grands procès criminels, on trouvait presque toujours dans le public une ou plusieurs femmes plus maquillées que les autres qui faisaient tout pour attirer l'attention de l'accusé. Il n'existait quasiment aucune littérature sur le sujet – mais presque tous les enquêteurs connaissaient le phénomène.

Que cherchaient-elles, ces femmes ? Qu'espéraient-elles trouver qu'elles n'avaient pas trouvé ailleurs ? Le frisson ultime ? Le grand amour sans risque dans la mesure où son objet était pour longtemps derrière les barreaux ? Et comment pouvaient-elles ne pas être horrifiées par les abominations que l'élu de leur cœur avait commises ?

— T'as que dalle à me proposer, conclut Isaac Salas. Mais comme je t'aime bien, je vais te donner un os à ronger : son surnom en taule, c'était Shrek. Ça ne t'aidera pas beaucoup, mais on ne sait jamais.

Il éclata du même rire sonore que précédemment, la bouche grande ouverte sur des dents très jaunes, puis se tourna vers le gardien.

— Je veux qu'on me ramène en cellule maintenant.

En ressortant, Arias dut courir sous un déluge – tonnerre, éclairs, branle-bas de combat là-haut dans les cieux – jusqu'à la voiture où l'attendait un membre de l'équipe d'investigation basée à La Corogne.

— Rappelle la coordination de la sécurité pénitentiaire, dit-il en montant côté passager. Je veux la liste et le pedigree de tous les détenus avec qui Salas a partagé sa cellule au fil des ans. Et appelle aussi le juge : je veux que ses communications en prison soient mises sur écoute. De même que ses parloirs.

— Ça a donné quoi ? demanda le jeune garde civil en mettant le contact et en actionnant les essuie-glaces.

— Shrek, répondit Arias.

— Shrek ?

Arias regarda le ciel noir à travers le pare-brise. Fichu temps. Il devait faire beau à Madrid.

— Démarre.

L'appel arriva alors qu'ils roulaient sous le déluge persistant en direction de l'autoroute qui relie Vigo à La Corogne. C'était l'équipe d'investigation.

— Arias, dit-il en criant presque pour couvrir le crépitement de la pluie sur le toit et le pare-brise.

— Une autre jeune femme a disparu, dit une voix au bout du fil. Elle est partie pour le travail ce matin à 6 heures, mais elle n'est jamais arrivée et personne ne l'a vue depuis. Le profil correspond aux autres victimes.

17

— Madame Gallardo, nous sommes de l'UCO. Nous enquêtons sur la mort de votre mari. On peut entrer ?

15 heures, ce lundi. Derrière Soler et Lucia, un arc-en-ciel se déployait au-dessus d'un parc joliment arboré et de courts de tennis déserts. Au-delà, un mur blanc surmonté de grilles noires séparait la propriété du boulevard Conde-de-los-Gaitanes, dans le district doré sur tranche de La Moraleja, au nord-est de Madrid.

Gema Gallardo leur fit signe d'entrer. Elle pivota sur ses hauts talons pour les conduire dans le séjour.

Tout, absolument tout était dans les tons clairs : blanc, coquille d'œuf, beige, crème – les canapés, les vases, les bouquets de fleurs et même l'ample tailleur-pantalon de la veuve au veuvage tout frais. De petites enceintes Bose diffusaient de la musique classique en sourdine comme s'il s'agissait de musique d'ambiance. Aux murs, des œuvres d'art contemporain, comme chez Marta Millán.

— Asseyez-vous, dit la veuve en leur montrant un canapé tout en se posant sur un autre. Quelque chose à boire ?

Ils déclinèrent l'offre. Elle alluma une cigarette. Les dévisagea. Rejeta la fumée. Demanda à brûle-pourpoint :

— Lequel de vous deux commande ?

Avant que Soler ait eu le temps de répondre quelque chose comme quoi ça n'avait pas d'importance, Lucia dit :

— C'est moi.

Gema Gallardo se concentra alors sur elle, ignorant délibérément son partenaire – et Lucia comprit que ce devait être sa façon de procéder : opposer les uns aux autres, diviser pour régner.

— Nicolás avait ses démons, déclara-t-elle d'emblée, mais c'était un père et un mari aimant.

— Ses démons ?

Gema Gallardo chassa une mèche de cheveux de son visage. Lucia avait du mal à lui donner un âge. Entre trente et cinquante. À l'évidence, elle avait déjà subi un lifting, comme son mari. Dans la même clinique ?

— Ses addictions étaient connues de tous, répondit la veuve. Elles ont souvent fait les gros titres, comme vous le savez. Mais il avait changé. Il prenait davantage soin de lui et de sa famille.

Lucia se souvint de la silhouette titubante sur la vidéo, mais elle ne dit rien.

— On doit vous poser un certain nombre de questions, commença-t-elle, vous comprenez ?

Gema Gallardo hocha lentement la tête. Elle réussissait le prodige de paraître éplorée tout en gardant les yeux secs.

— Ma première question, dit Lucia, est-ce qu'il avait des dettes, des ennemis ?

La veuve la fixa sans la voir. Une grosse veine battait sous sa tempe gauche, près de la racine des cheveux, qui était plus sombre que le reste de sa coiffure.

— Est-ce que vous savez ce que ça fait quand tout s'effondre autour de vous ? s'enquit-elle soudain d'un ton rêveur. (Lucia se demanda ce qu'elle avait pris : tranquillisants, antidépresseurs ou alcool ? Elle avait senti un léger parfum éthylique en entrant.) Comme ça (la veuve fit claquer ses doigts aux ongles impeccables), d'un jour à l'autre, tout ce que vous pensiez posséder a disparu… (Lucia regarda autour d'elle : pour l'instant tout était encore là.) Des dettes, des ennemis ? répéta la femme, se rappelant la question. Il avait les deux à la fois. Mais pas au point de se faire assassiner. Et, je le répète, c'était un père et un mari exemplaire.

Lucia pensa à ces affaires où le mari avait une double voire une triple vie. Elle avait rencontré un cas où l'époux donnait la moitié de son salaire à sa famille n° 1 et l'autre moitié à sa famille n° 2. Aucune des deux ne connaissait l'existence de l'autre famille, ni le vrai montant de ses revenus. L'homme avait réussi à jongler ainsi entre deux foyers et son métier d'assureur pendant près de vingt ans. Puis il s'était suicidé. À moins qu'on ne l'eût aidé.

On ne connaît jamais complètement celui à côté de qui on dort.

— Que faisait-il alors la nuit dernière seul à 1 heure du matin dans le centre de Madrid ? demanda brusquement Soler.

Le ton du sergent avait quelque chose d'impérieux, de menaçant. Il n'avait pas aimé que cette femme le snobe. Ou peut-être qu'il n'aimait tout simplement pas quand une femme quelle qu'elle fût faisait mine de l'ignorer.

Gema Gallardo ouvrit la bouche, mais le premier son mit une seconde de trop à en sortir.

— Nicolás… était… en ville pour voir des… amis, bredouilla-t-elle.

— Dans un bar à hôtesses ?

Ils avaient eu le temps de se rancarder, de reconstituer les dernières heures de Gallardo avant sa mort. Gema Gallardo cligna des yeux trois fois.

— Vous avez vu la vidéo qui circule sur Internet ? enchaîna le jeune sergent sans lui laisser le temps de répondre, un crayon et un bloc-notes entre les mains.

Lucia vit la veuve pâlir à cette évocation. Elle eut envie de dire à son adjoint d'y aller doucement.

— Oui, fit Gema Gallardo d'une voix sourde. Je l'ai vue…

— Diriez-vous que votre mari n'avait pas… *cédé à ses addictions* cette nuit ? insista-t-il.

Il y avait de plus en plus d'agressivité dans la voix de Soler. Toute forme de courage sembla déserter Gema Gallardo. Fini la bravade. Elle jeta à Lucia un regard désespéré, comme si elle l'appelait au secours.

— Cette vidéo…, souffla-t-elle. C'est la chose la plus horrible que j'aie jamais vue… Comment peut-on faire preuve d'une telle… brutalité ? D'un tel sang-froid ? Il y a un individu extrêmement dangereux dehors… (Sa voix dérapait dans les aigus.) Et s'il décidait de s'en prendre à nous… à notre fille… à moi ? Hier, nous étions une famille… En une nuit, cet homme a tout dévasté.

Lucia lut la panique dans son regard.

— Avez-vous une idée dc son identité ?

— Non, pas la moindre. Mais quand je pense qu'il est là, dehors, qu'il... je...

Un long frisson souleva les épaules de la veuve. Elle baissa les yeux pour contempler ses mains.

— Vous connaissiez Marta Millán ?

Gema Gallardo releva la tête :

— Marta ? Oui, bien sûr. Nous n'étions pas amies, plutôt des connaissances : on se croisait dans des soirées, des vernissages, des fêtes... Vous pensez que c'est la même personne qui a fait ça à mon mari et qui a tué Marta Millán ?

Elle avait dû lire la presse, ou voir les chaînes d'info.

— Il est trop tôt pour le dire, éluda Lucia. Votre mari vous paraissait-il plus préoccupé que d'habitude ces derniers temps ? Plus inquiet ?

Cette fois, le regard de Gema Gallardo alla de l'un à l'autre sans forfanterie.

— Oui.

— Développez, enjoignit Soler, que l'émotion de la veuve laissait visiblement de marbre.

Elle le considérait d'un air presque docile à présent.

— Quelque chose s'était passé qui l'avait bouleversé. Il n'était plus le même peu de temps avant sa mort. Il souffrait d'insomnie. Il se levait et je le trouvais dans la cuisine à 3 heures du matin en train de picoler. Il avait maigri, il se négligeait. Je ne vous mentais pas quand je disais qu'il prenait davantage soin de lui et des enfants ces derniers mois. Et puis, tout à coup, il a replongé. J'ai eu l'impression qu'il avait peur. De quoi, je n'en sais rien. Il était terrifié. Il est devenu grossier avec moi, il s'est mis à sortir toutes les nuits. Un soir, il m'a dit : « On est vraiment dans la merde, Gema », après s'être soûlé à la maison, ce qu'il ne faisait jamais auparavant. Mais il n'a pas voulu m'en dire plus. Vous croyez que celui ou ceux qui ont fait ça pourraient… s'en prendre à moi et aux enfants ? répéta-t-elle.

De nouveau, Lucia lut la panique dans ses pupilles.

— Nous n'avons aucune raison de le penser à ce stade, tenta-t-elle de la rassurer.

— Ni de ne pas le penser, compléta sournoisement Soler. C'est pour ça que vous avez intérêt à nous dire tout ce que vous savez… à ne rien nous cacher, *Gema*…

Elle ne releva même pas l'usage du prénom, hocha vigoureusement la tête.

— Je vous dis tout ce que je sais… c'est vrai ! Vous devez me croire ! Vous devez me protéger, je vous en supplie.

— On est à La Moraleja, répliqua froidement Mateo Soler. Il y a des caméras partout dans le secteur et vous avez un système d'alarme. On ne va pas utiliser l'argent du contribuable pour…

— On va voir ce qu'on peut faire, le coupa sèchement Lucia en se levant.

Une minute plus tard, ils étaient dehors.

— C'était quoi, ça ? siffla-t-elle en se dirigeant vers le portail qui s'ouvrait. À quoi tu joues ? Je te serais reconnaissante de ne pas malmener les témoins pendant les auditions !

— Et moi, j'aimerais bien que tu ne m'interrompes pas, riposta-t-il, buté.

Elle s'arrêta net. Elle allait répliquer quand son téléphone vibra dans sa poche. Elle ne reconnut pas le numéro.

— Guerrero…

— Lieutenante ? C'est Guillermo, le concierge de Mme Millán. Pardon de vous déranger mais j'ai vu les infos à la télé. Celles sur M. Gallardo.

— Oui, et… ?

Un temps.

— Vous m'avez dit de vous appeler si… si j'avais quelque chose… Je voulais juste vous signaler que M. Gallardo et Mme Millán… eh bien, ils étaient… euh… *intimes*… si vous voyez ce que je veux dire. Ils rentraient souvent ensemble de soirées et… hmm… M. Gallardo passait parfois la nuit ici. Je le sais parce que je le voyais ressortir le lendemain matin, contrairement aux jeunes gens qu'elle invitait chez elle, et qui partaient toujours avant l'aube. J'ignore si ça peut vous être utile, mais j'ai pensé qu'il fallait que vous le sachiez vu… eh bien, vu ce qui vient de se passer.

Elle le remercia. *Un père et un mari exemplaire, ben voyons…*

Arias regardait les moutons blancs qui hérissaient la mer grise de l'autre côté de la route et du ruban de plage, ainsi que le ciel sombre au-dessus, lacéré d'éclairs.

Il se détourna de la fenêtre et pivota vers le couple assis dans la cuisine modeste mais propre et bien tenue. M. et Mme Suquet. Ils tenaient le café-restaurant juste en dessous de leur logement, dont la terrasse donnait directement sur la route, laquelle conduisait à Muros par la côte.

— On nous a déjà interrogés ce matin, dit le père, un petit homme aux yeux bleus larmoyants, d'un ton hésitant. Des gens de la Guardia Civil comme vous…

— Je sais, dit Arias. J'ai lu leur rapport. C'est pour ça que je suis là.

Les deux parents lui jetèrent un regard interrogateur.

— Nous sommes très inquiets, ajouta le père d'une voix près de se briser comme du verre.

La mère lui lança une œillade de petit animal craintif :

— On a entendu parler de ces filles qu'on enlève et dont on retrouve le (elle hoqueta)... le corps cinq jours après. Vous croyez que... que (elle n'arrivait pas à trouver des mots qui exprimeraient sa pensée tout en lui épargnant d'évoquer le pire)... que c'est ce qui est arrivé à Cristina, qu'elle a été enlevée par ce... ?

— Je ne sais pas, mentit Arias. Je suis là pour que vous me parliez de ce que Cristina vous a dit au sujet de ce grand type qui la suivait.

— Vous allez la retrouver, n'est-ce pas ? voulut savoir la mère en reniflant. Avant que... avant que...

Sa voix s'était envolée d'une octave. Ses yeux s'emplirent soudain de larmes et elle se leva en renversant bruyamment sa chaise. Se rua hors de la cuisine. Arias l'entendit pleurer sans retenue dans le couloir, puis ses pleurs ne furent plus qu'un lointain écho dans les profondeurs de l'appartement.

Il se tourna vers le père. Jorge Suquet. Soixante et un ans.

— Que voulez-vous savoir ? demanda celui-ci d'une voix frêle.

— Parlez-moi de ce type qui la suivait...

L'homme acquiesça d'un mouvement de tête nerveux, sans pouvoir regarder plus longtemps Arias dans les yeux.

— Depuis quelques semaines, certains jours, Cristina avait l'impression d'être suivie. Non, rectifia-t-il aussitôt, ce n'était pas une impression : elle en était certaine. Un type très grand, très costaud, d'après elle. C'est comme ça qu'elle nous l'a décrit. C'est une fille intelligente, vous savez, Cristina. Elle travaille dans cette fabrique de glace pour payer ses études, mais elle n'y restera pas. Elle étudie l'archéologie et l'antiquité à Vigo. Elle est passionnée par la mythologie, les civilisations anciennes… Attendez, j'ai une photo.

L'homme se leva. Il se dirigea vers un bahut, en revint avec une photo encadrée qu'il tendit à Arias. On y voyait Cristina radieuse, une pile de livres dans les bras, avec en arrière-plan des bâtiments modernes qui devaient être ceux de l'université.

— Bref, reprit le père, un jour elle a fini par se cacher et suivre à son tour le type quand il est retourné à sa voiture. Verte, petit modèle. Elle n'a pas pu lire la plaque d'immatriculation parce qu'elle était trop sale, mais elle m'a dit qu'il y avait un autocollant avec le dessin d'un chat noir sur la vitre arrière.

— Un dessin ? De chat ? Il y avait quelque chose d'écrit ?

L'homme haussa les épaules :

— Je ne sais pas… Elle ne me l'a pas dit. Si j'avais su… qu'il allait se passer… ce qui s'est passé… je lui aurais demandé plus de détails.

Il étouffa un sanglot. Arias vit la culpabilité flamber dans le regard du père.

— Et vous avez fait quoi ? demanda-t-il.

— J'ai prévenu la Guardia Civil. Et j'ai dit à Cristina de faire attention. Je voulais l'accompagner, mais elle m'a dit de ne pas m'inquiéter. Avec toutes ces histoires de disparitions, je lui ai fait promettre de ne pas partir seule le matin au travail et de ne pas rentrer seule le soir. Mais elle ne m'a pas écouté. Vous connaissez la suite.

Le garde civil jeta un coup d'œil en contrebas, vers la route qui passait devant la terrasse du restaurant. Elle était déserte. Pour le moment.

— Vous avez du personnel au restaurant ? demanda-t-il.

L'homme releva la tête.

— Oui, on a deux employés. Pourquoi ?

— Évitez de parler à la presse, lui intima Arias. Si vous donnez une interview, vous allez avoir les journalistes sur le pas de votre porte du matin au soir. Et si jamais ça arrive, baissez vos persiennes, évitez de sortir, faites-vous livrer vos courses, et confiez votre restaurant à vos employés le temps que ça se tasse ou fermez-le temporairement.

Debout les deux poings serrés sur la table, il se pencha vers le père recroquevillé sur sa chaise.

— Au début, ils se montreront empathiques, compréhensifs, vous aurez l'impression que ce sont vos amis, mais dites-vous bien que ce n'est qu'une façade : la presse n'est pas votre amie.

Dehors, le vent sifflait. Une tempête approchait.

— Si je tenais ce type, gronda le père, je le torturerais jusqu'à ce qu'il me dise où est ma fille. Je lui… Monsieur, elle est tout pour nous, hoqueta-t-il, Cristina est notre seule enfant, notre soleil. Promettez-moi que vous allez la retrouver avant qu'il…

Il n'eut pas la force de terminer. La pomme d'Adam de Jorge Suquet montait et descendait comme un ascenseur express le long de son cou maigre. Arias eut l'impression de recevoir un coup de poing à l'estomac.

— Je ne peux rien vous promettre, lâcha-t-il à regret. Mais dites-vous bien qu'on déploie des moyens colossaux pour la retrouver au plus vite.

C'était tout ce qu'il pouvait dire. Pas de promesses. Jamais. Il se l'interdisait. *Une ombre*, songea-t-il brusquement : une ombre sinistre et malfaisante était entrée dans la vie de ces pauvres gens pour détruire de fond en comble tout ce qui faisait leur bonheur, pour l'ensevelir sous une épaisse couche de cendre. Une ombre qui rôdait au plus près, dans la brume, sous la pluie, allant de port en port, à la recherche de sa prochaine proie.

Je te trouverai, se jura Arias. *Avant que les cinq jours ne soient écoulés, je te trouverai.*

18

De retour au bureau, Lucia trouva cinq nouveaux mails dans sa boîte de réception après avoir introduit sa carte d'identification dans la fente du clavier. Trois étaient des directives comme la direction générale de la Guardia Civil aimait en arroser régulièrement les services. Un quatrième, le rapport détaillé des premières constatations effectuées sur le corps de Nicolás Gallardo.

Le dernier émanait de *ma-mcd-madrid-opc@guardia-civil.org*, un expéditeur inconnu mais appartenant à la maison. Lucia l'ouvrit distraitement, l'esprit ailleurs.

Salope, tu te crois supérieure aux autres ? Laisse-moi te dire une chose : TU NE L'ES PAS. Tu n'es pas aussi bonne que tu le crois. Les FEMMES DANS TON GENRE sont des connasses imbues de leur personne qui s'imaginent que les autres NE VOIENT PAS CE QU'ELLES SONT, qu'elles n'auront jamais à payer pour TOUT LE MAL QU'ELLES FONT. Mais moi, tu ne me trompes pas, SALE GARCE : j'ai avalé LA PILULE NOIRE.

Elle leva les yeux pour regarder rapidement autour d'elle, eut l'impression que le feu lui montait au visage, que ses joues se marbraient et qu'une chaleur soudaine s'en dégageait comme d'un radiateur. Sous le bureau, sa jambe gauche se mit à remuer convulsivement. SJSR : syndrome des jambes sans repos. Qu'est-ce que c'était que ça ? Bien sûr, elle savait qu'elle n'était pas aimée de tout le monde à l'UCO, tant s'en fallait, mais *ça* ? Elle relut le message, incrédule – une fois, deux fois –, abattit son poing sur le bureau, ensuite de quoi elle jura copieusement, attirant quelques regards.

Puis elle décrocha son téléphone.

— J'ai reçu un mail.

— Et… ? demanda Nacho.

Il devait boire quelque chose à l'aide d'une paille, car elle entendit un bruit d'aspiration.

— Je préfère que tu viennes voir.

— OK. J'arrive.

Elle en profita pour sortir le message sur l'imprimante de son bureau, vérifia l'heure d'expédition. C'était tout frais. Cela correspondait au moment où elle était en réunion avec Peña, Soler et les autres. Elle rédigea une réponse laconique :

Va sucer ta mère

L'envoya. Comme elle s'y attendait, elle reçut dans la seconde un message automatique lui indiquant que l'adresse n'existait pas. Ou plus…

Elle l'examina de nouveau. OPC signifiait « Office périphérique de communication ». Un service qui, lui, existait bel et bien. De toute évidence, le type qui avait expédié ce truc connaissait la maison.

Et que voulait dire : « *j'ai avalé la pilule noire* » ?

— Bon, alors, c'est quoi, le problème ? demanda l'informaticien dans son dos.

Elle lui montra l'écran. Nacho se pencha, lut. « Ouah ! » fut son seul commentaire.

— Comme tu dis.

— Je suppose que vous ne savez pas qui a pu vous écrire ça, ma lieutenante ?

— Exact.

— Vous permettez ? dit Nacho en posant sa canette de Red Bull zéro calorie avant de tendre les mains vers le clavier. Déjà, il n'y a pas de virus, sinon l'antivirus l'aurait détecté. Et c'est quelqu'un qui sait comment construire une adresse mail ayant l'air d'appartenir à la Guardia Civil… Il est malin. À partir du moment où l'extension et le préfixe semblent officiels et qu'il les fait passer pour une adresse de chez nous, il échappe aux défenses du système.

— Tu crois que c'est quelqu'un de la maison ?

— Peut-être. « J'ai avalé la pilule noire », lut-il ensuite. Voilà qui est intéressant…

Il se redressa.

— Vous avez déjà entendu parler des *incels* ? demanda-t-il.

— Des quoi ?

Nacho reprit sa canette de Red Bull, téta la paille plongée dedans avec un bruit de succion désagréable pour aspirer les dernières gouttes dans le fond.

— Les *incels*… Un mot-valise, contraction d'*involuntary celibates* : « célibataires involontaires ».

— Des gens comme toi, en somme, plaisanta-t-elle.

— J'ai une copine, s'insurgea-t-il en souriant.

— Ah bon ? Et elle arrive à supporter tous tes TOC ?

Nacho était connu pour en avoir un paquet. On se gaussait de ses nombreuses manies à l'UCO, mais on respectait ses compétences. Son sourire s'agrandit :

— Maintenant que vous le dites, elle est un peu spéciale, elle aussi. Mais revenons à ce truc. Les *incels* ne sont pas à prendre à la légère. Le terme désigne des communautés d'hommes en ligne – pour la plupart âgés de dix-huit à trente-cinq ans – qui souffrent de leur manque de succès auprès des femmes et qui se retrouvent sur Internet pour s'apitoyer sur leur sort, se plaindre de leur solitude, et surtout partager leur haine viscérale de la gent féminine, décharger leurs frustrations, prêcher la misogynie et la violence.

— Quelle sorte de violence ? voulut-elle savoir, sourcils froncés.

Nacho écarta la longue mèche qui cachait la moitié de son visage et ses yeux creusés par trop d'heures passées devant des écrans.

— Les appels au viol et au meurtre sont fréquents sur les forums *incel*. Les échanges y sont violemment misogynes, les incitations au harcèlement constantes. On vous apprend comment séduire les femmes en les maltraitant et en ignorant leur… hum… consentement. Certains postent même des tutoriels enseignant des techniques de viol, d'autres affirment que le viol est bien plus excitant que le sexe classique, ce genre de trucs… Beaucoup pensent que c'est une guerre que les femmes mènent désormais contre les hommes et que, par conséquent, le meurtre est lui aussi… euh… autorisé pour se défendre. Leur « héros » s'appelle Elliot Rodger, surnommé « le Chevalier suprême ». Dans une vidéo où il s'est filmé, Rodger a déclaré quelque chose comme : « Je détruirai les femmes parce que je ne peux jamais les avoir, je les ferai souffrir pour ne pas avoir voulu de moi », avant de tuer six personnes à Isla Vista en Californie et de se suicider. Il avait vingt-deux ans. Il y a aussi Alek Minassian, qui clamait : « La rébellion *incel* a déjà commencé, on va renverser tous les Chads et les Stacys », avant de tuer dix personnes – essentiellement des femmes – en les percutant avec sa voiture dans le centre de Toronto.

— Les « Chads » et les « Stacys » ?

Il balança sa canette vide dans une corbeille distante de plusieurs mètres. Trois points.

— Ça fait partie de leur terminologie : les *Chads* désignent des hommes attractifs, riches, populaires, qui ont du succès auprès des femmes, et les *Stacys* des femmes hyperféminines, attirantes, inaccessibles aux *incels*. Il y a aussi les *Beckys*, des femmes complexées par leur physique, mal habillées, timides. Les seules que les *incels* peuvent espérer avoir, selon eux, mais globalement ce sont des hommes qui n'ont aucun succès auprès des femmes. Ils font aussi le distinguo entre les hommes *alpha*, séducteurs, leaders, sûrs d'eux, multipliant les partenaires sexuelles – les *incels* les haïssent presque autant qu'ils haïssent les femmes parce qu'ils ont conscience que jamais ils ne seront l'un d'entre eux –, et les hommes *bêta*, que les femmes dominent, manipulent, utilisent pour obtenir de l'argent, la sécurité matérielle ou des avantages professionnels. Comme les *sugar daddies*, par exemple.

— Charmant, commenta Lucia.

— Le truc, c'est que « l'armée des *incels* », comme ils s'autoproclament, grossit de jour en jour. On compte des milliers de membres sur les forums, la plupart anglo-saxons, mais l'idéologie *incel* se répand aussi en Espagne et dans le reste de l'Europe. Un forum *incel* sur Reddit a compté jusqu'à 40 000 membres avant d'être fermé. Ils considèrent que les hommes en général sont des victimes du féminisme, que les femmes ont acquis trop de pouvoir et changent la société à leur profit. Leur objectif est la défense des droits des hommes par tous les moyens. Ils se radicalisent de plus en plus. On devrait les surveiller davantage, au même titre que d'autres mouvances, mais cela demande du temps et des moyens. Et on n'en a déjà pas assez pour surveiller tous les apprentis terroristes qui prêchent le djihad contre l'Occident et les fanatiques assoiffés de chaos qui circulent dans nos rues. Ce monde est devenu un vrai bordel, conclut-il.

Lucia n'en revenait pas : elle ignorait tout de leur existence avant que Nacho ne lui en parle.

— Et qu'est-ce qui te fait penser que l'expéditeur de ce message est un… *incel* ?

— La phrase « j'ai avalé la pilule noire ». C'est une allusion à la saga *Matrix* que les *incels* utilisent. Une référence au choix que doit faire Neo, le héros du film, entre la pilule bleue, qui le laissera dans le monde des illusions, et la pilule rouge, qui lui fera voir le monde tel qu'il est réellement et rejoindre la rébellion. En prenant la pilule noire, les *incels* voient le monde tel qu'il est selon eux : dominé secrètement par les femmes, par la tyrannie féministe. Et ils embrassent la rébellion *incel* faite de misogynie, de haine des femmes et d'ultraviolence.

— Ça fait froid dans le dos.

— Ce pourrait être aussi le début d'une campagne de *mobbing* – du harcèlement en ligne dans le cadre du travail – contre vous, ma lieutenante. Ça ne sent pas bon, si vous voulez mon avis. Vous en avez parlé au commandant ?

— Pour l'instant, on garde ça pour nous. Tu crois que tu peux remonter jusqu'à celui qui a expédié le message ?

— Je vais voir ce que je peux faire, mais je ne suis pas optimiste.

Lucia hocha la tête et le remercia.

— Qu'est-ce qu'il voulait, le *nerd* ? demanda Soler alors qu'il entrait dans le bureau en brandissant deux tasses de café, dont une qu'il tendit à Lucia.

— Rien d'important.

— Mmm. Tiens. Americano sans sucre, comme tu aimes.

— Merci.

Elle se demanda s'il essayait de se racheter après sa conduite chez Gema Gallardo. Elle envisageait déjà de demander à Peña de lui trouver un autre adjoint. Et elle n'avait pas envie de parler de l'enquête avec lui en cet instant. Elle s'aperçut que le mail s'affichait toujours sur son écran et elle s'empressa de le faire disparaître. En sonnant, le téléphone lui apporta une diversion bienvenue. Mais quand elle vit que c'était Arias, son estomac se noua.

— Une autre fille a été enlevée, annonça-t-il d'emblée.

Elle eut l'impression qu'un poids lui tombait sur la poitrine.

— Cristina Suquet Hermida, vingt-deux ans. Probablement enlevée sur le chemin du travail comme les autres. Elle bosse dans une fabrique de glace à Malpica. Elle n'est jamais arrivée à son boulot ce matin.

Merde…

— Mais il y a du nouveau, reprit Arias. Elle a vu son ravisseur avant qu'il l'enlève. Il la suivait depuis plusieurs jours, elle l'a repéré et elle a eu la bonne idée, quoique imprudente, de le suivre à son tour. Elle l'a vu monter dans une voiture verte, un petit modèle, avec un dessin de chat sur la vitre arrière. Elle en a parlé à ses parents. Ça colle : la description qu'elle leur a faite correspond à celle du type qu'on a vu à Combarro.

Lucia sentit son pouls s'accélérer.

— On vérifie les enregistrements de toutes les caméras de surveillance qu'on trouve dans un périmètre de cinq kilomètres autour du lieu supposé de l'enlèvement pour voir si l'une d'elles n'a pas capturé l'immat d'une voiture verte, expliqua Arias. On va faire pareil avec les péages de l'autoroute la plus proche.

— Beau boulot, dit-elle. Tiens-moi au courant.

— C'était qui ? demanda Soler dès qu'elle eut raccroché.

Elle se rendit compte qu'il était resté derrière elle à écouter et elle n'aima pas ça.

— Arias. Au sujet de l'autre enquête, en Galice.

— Vous avez du nouveau ?

— Peut-être.

Elle se retourna à temps pour surprendre le regard qu'il lui lança en s'en allant. Un regard plein d'animosité.

Sans doute était-il offensé par le caractère élusif de ses réponses. Elle demeura pensive quelques secondes. La culpabilité revenait plein pot. Semblable à une vieille blessure pas tout à fait cicatrisée qu'un geste a rouverte. Elle avait abandonné ces femmes à leur sort, elle avait suivi les ordres sans protester, elle aurait dû se battre davantage pour elles. Elle s'en voulut toutefois d'éprouver plus de tendresse et d'empathie pour les victimes de Galice que pour Nicolás Gallardo et Marta Millán.

C'est parce que tu pourrais être l'une d'entre elles…

Elle se demanda également si le géant de Galice faisait partie de ces *incels* dont Nacho venait de parler.

Deux tueurs.

Un qui haïssait les femmes, l'autre qui détestait les riches…

C'était donc ça ?

Peña mit fin à ses pensées en surgissant tel un diable de sa boîte.

— On y va, lança-t-il en frappant dans ses mains. La directrice nous attend.

19

Ils prirent l'ascenseur pour le sixième étage, celui des services du personnel et de la direction, furent immédiatement introduits dans le bureau de la colonelle Pilar Molina Marcos, la directrice de l'Unité centrale opérationnelle. Il était 16 heures passées de quelques minutes, et Lucia perçut la tension dès qu'elle entra dans la pièce.

La colonelle était une femme anguleuse, dépourvue de charme et qui ne faisait guère d'efforts pour en déployer. Personne ne l'aimait vraiment, mais tous respectaient son autorité comme sa compétence. Il se disait dans les couloirs qu'elle briguait le poste de général de la police judiciaire, peut-être même de directeur adjoint opérationnel.

Ce jour-là, l'expression de Pilar Molina Marcos était lugubre.

Elle indiqua d'un geste les trois fauteuils de l'autre côté de sa table de travail sans même les regarder, plongée dans la lecture d'une épaisse liasse de documents. Continua de les feuilleter comme si de rien n'était – et Lucia se dit que ce petit manège n'était pas dans ses habitudes. La colonelle était quelqu'un de direct, qui ne prenait pas de gants mais qui jouait franc jeu d'ordinaire. Pas un de ces crétins manipulateurs qui appliquent des techniques de management débiles apprises dans un séminaire ou dans un magazine.

— Vous avez une piste ? demanda-t-elle sans lever les yeux de sa lecture.

Lucia inspira à fond.

— C'est trop tôt, répondit-elle.

Pilar Molina Marcos reposa ses lunettes sur les documents, leva enfin la tête et la fixa :

— Des indices ? Une intuition ? Quelque chose ?

— On a une masse d'informations à éplucher, répondit Peña à la place de Lucia. Nous avons bon espoir qu'il en sortira un suspect.

La directrice se tourna vers elle :

— Vous confirmez ?

Lucia soutint le regard de la colonelle, puis elle hocha brièvement la tête. Elle ne voulait pas mentir, mais elle ne voulait pas non plus mettre son chef en porte-à-faux.

— Une semaine, dit Pilar Molina Marcos.

Lucia écarquilla les yeux :

— Une semaine pour quoi ?

— Une semaine pour me trouver un suspect qui tienne la route.

— C'est trop court, répondit-elle.

Elle sentit sur elle les regards conjugués de la colonelle, de Peña et de Soler, et aussi la gêne qui rosissait ses joues.

— Une semaine, martela la colonelle en adoptant un air sévère. Et toute nouvelle information importante devra m'être remontée sur-le-champ.

Sur ces mots, elle chaussa ses lunettes et se replongea dans sa lecture.

— Une semaine pour boucler l'affaire, on n'a jamais vu ça ! râla Lucia en ressortant.

— Mais, à ce qu'il paraît, si quelqu'un peut y parvenir, c'est toi, glissa Soler en marchant à côté d'elle et de Peña, ce dernier affichant la mine des mauvais jours. Ou pas ?

Elle fusilla le jeune sergent du regard. À quoi il jouait, bon Dieu ?

— Ici, on travaille en équipe, lui rétorqua-t-elle, agacée. Il ne s'agit pas de moi.

Soler avait de nouveau son petit sourire satisfait sur les lèvres :

— Mais, au final, si on y parvient, tout le mérite te reviendra, je me trompe ?

Elle pensa au mail qu'elle avait reçu : « Tu te crois supérieure aux autres ? » Et si c'était lui le… comment déjà… l'*incel* ?… Son téléphone lui offrit un petit massage à hauteur du bassin avant qu'elle ait le temps d'y réfléchir plus longtemps. Elle le sortit. Le légiste. Elle prit la communication.

— J'ai examiné le dossier médical des deux victimes, déclara Elton John sans préambule. Il y a quelque chose de bizarre. De vraiment bizarre.

20

Malpica, Côte de la Mort, Galice

Malpica. Un port minuscule, enchâssé entre de hautes façades d'immeubles. Serrées, empilées, se chevauchant telles des dents dans une bouche trop petite au-dessus des anciennes murailles qui abritaient l'étroit mouillage des terribles tempêtes hivernales venues de l'Atlantique. Et justement, ce lundi-là, une tempête faisait rage.

Arias se souvint qu'autrefois Malpica était le principal port baleinier de la Côte de la Mort, et que les baleines aiment les eaux agitées et les tempêtes.

Des vagues pareilles à des essaims blancs sautaient par-dessus les brise-lames dans un vacarme apocalyptique, auquel s'ajoutaient les criailleries éperdues des oiseaux. Le vent soufflait, la pluie déferlait, rinçant les visages d'Arias et de son collègue, leur dégoulinant dans le col. Elle ne semblait pas affecter en revanche le garde civil de la police judiciaire de La Corogne. Vêtu d'une veste en cuir ouverte sur une chemise trempée, il leur désignait sans broncher l'un des remparts. Il était grand, costaud. Ses cheveux ruisselants et peignés en arrière lui tombaient sur la nuque. Il avait une allure qu'instinctivement Arias n'aima pas.

— La rampe inclinée que vous voyez là, Cristina la descend tous les jours à pied depuis la rue haute Camiño-do-Río, lança-t-il en élevant la voix pour couvrir le bruit de la tempête. Elle habite là-haut, sur les remparts : un appart dans un des immeubles. Tous les matins, une fois descendue sur le port, elle le contourne jusqu'au dock nord où se trouve la fabrique de glace de la Confrérie des pêcheurs. (Il tendit le doigt vers un bâtiment au pied des remparts nord, au-delà des bateaux en cale sèche, des portiques élévateurs et des brise-lames.) C'est là qu'elle travaille. Moins de cinq minutes de marche entre son domicile et son boulot… Un trajet qu'elle fait de nuit en hiver.

Arias nota que l'OPJ de La Corogne parlait d'elle au présent. Il devait estimer qu'il était trop tôt pour la mettre au rang des victimes. *Car si le tueur suivait le même timing que pour les autres, elle était encore vivante à cette heure.*

— Le ravisseur devait l'attendre dans sa voiture en bas de l'immeuble, poursuivit l'OPJ. On a trouvé des traces de sang sur la chaussée des remparts. En faible quantité. Il a dû l'attaquer quand elle passait près de son véhicule, la frapper pour l'étourdir avant de la forcer à monter dans sa caisse. On suppose que c'est ainsi qu'il a opéré. Ensuite, il est descendu par là jusqu'au port (il montra de nouveau la rampe inclinée). Il a dû quitter le port par la rue Anselmo-Villar-Amigo. Puis il est parti vers l'ouest, vu que dans l'autre direction il n'y a que des rues sans issue. De cette façon, il a pu rejoindre l'autoroute par l'AC418 ou poursuivre par la DP4307.

La pluie redoublait, torrentielle. Le jour terne déclinait, encore assombri par les nuages. Arias sentit le froid humide de la haute mer pénétrer jusque dans ses os. Il essuya de la main l'eau qui dégoulinait sur son visage.

— Le même mode opératoire que pour les autres, dit-il en se retenant de claquer des dents. Je ne vois aucune caméra de surveillance. Il a bien choisi son endroit. Mais, derrière toutes ces fenêtres, il y a peut-être quelqu'un qui aura vu quelque chose. Nos équipes passent déjà en revue toutes les caméras de surveillance dans un périmètre de cinq kilomètres. Je veux aussi une enquête de voisinage dans tous les immeubles donnant sur le port. Chargez-vous-en. Mettez le maximum d'agents sur le coup. Demandez aussi si quelqu'un a vu un grand type traîner dans le coin ces jours-ci, il a forcément fait des repérages.

Il éternua, sortit un mouchoir, montra la ruelle par laquelle ils étaient arrivés, qui menait au centre du bourg :

— J'ai vu deux banques en venant. Appelez le juge : il nous faut identifier tous ceux qui ont tiré de l'argent peu de temps avant l'enlèvement. Même si je ne pense pas qu'il ait commis pareille erreur. Et renseignez-vous sur les propriétaires des bateaux, les patrons et les employés des bars et des magasins aux alentours. Vérifiez leurs casiers. On ne sait jamais.

L'OPJ lissa ses cheveux mouillés en leur décochant un regard torve. Il n'aimait pas recevoir des ordres d'un autre service. Encore moins de l'UCO et d'un type dont un œil disait merde à l'autre.

— On pourrait aussi interroger les mouettes tant qu'on y est, plaisanta-t-il en adressant à Arias et à son collègue un rictus narquois.

L'instant d'après, Arias l'avait saisi par le col. Le type faisait presque une tête de plus que lui mais, monté sur la pointe des pieds, Arias colla son visage au sien.

— Écoute-moi bien. Trois filles sont mortes et une autre est en ce moment même aux mains de ce salopard. Alors tu gardes tes blagues foireuses pour toi, et tu te mets à bosser comme jamais encore dans ta vie de petit branleur.

Arias lâcha le type – qui rajusta sa veste en le foudroyant du regard – et s'éloigna pour se mettre à l'abri dans la voiture. L'OPJ se tourna vers l'autre représentant de l'UCO, qui avait assisté à la scène sans broncher. Les lèvres du garde civil de La Corogne étaient blanches et ses mains tremblaient de fureur tandis que la pluie coulait au bout de son nez.

— Il est toujours comme ça, ton patron ? Quel sale con ! Vous autres de l'UCO, vous jouez les divas. Mais pendant que vous foulez de la moquette, nous on foule des fientes d'oiseau et du fumier. Et après, vous venez nous donner des leçons. Mais pour qui vous vous prenez, bordel ? Nous, on remonte des cadavres des bouchots, que ces messieurs les narcos ont laissés à notre intention, on enterre nos jeunes qui, à vingt ans, ont gagné leur première Porsche en débarquant la came de Colombie et qui se sont enroulés autour d'un arbre. Ici, on est sur le territoire des « Lulús » : les maîtres de la Côte de la Mort, le clan le plus puissant de Galice.

Plus au sud, dans les rias, on a les « Charlines », les « Peques », les « Piturros », les « Panarros »… Il y a plus de drogue que de fruits de mer dans cette foutue région, et plus d'overdoses que nulle part ailleurs dans le pays. Alors venez pas nous faire chier… Et, à propos, tu sais que les mouettes chient en priorité sur les mecs aux cheveux châtains comme Arias et toi ?

— Quoi ?

— C'est pas des blagues. Ça a été prouvé scientifiquement.

21

— Il y a quelque chose de bizarre. De vraiment bizarre.

Les paroles du légiste résonnaient dans le téléphone comme dans l'esprit de Lucia. Elle attendit la suite en retenant son souffle.

— J'ai examiné l'historique médical de nos deux victimes. Toutes les deux avaient une maladie grave, continua Elton John. Parkinson pour Marta Millán, cirrhose à un stade avancé pour Nicolás Gallardo. Autant dire que leur avenir était plutôt… *sombre.*

La bouche de Lucia s'ouvrit mais aucun son n'en sortit. *Le tueur avait opéré l'ablation d'un bout du cerveau de Marta Millán et d'un bout du foie de Nicolás Gallardo.*

— L'assassin était au courant, conclut-elle. Il savait. Ça ne peut pas être une coïncidence.

— À vous les conclusions, dit le légiste prudemment, mais oui, ça m'en a tout l'air. Ils n'avaient pourtant pas le même médecin, ajouta-t-il, j'ai vérifié.

Elle pensa aux comptes bancaires des deux victimes. Ils n'avaient pas le même médecin, *mais bien le même chirurgien esthétique*. Elle remercia le légiste, se tourna vers Peña et Soler pour partager ses infos, consulta sa montre.

— Il faut appeler le juge Galván. Il nous faut un ordre judiciaire pour rendre visite au Dr Casablanc dans sa clinique. Demain matin si possible. Le plus tôt sera le mieux.

En rentrant chez elle ce soir-là, Lucia passa par le Carrefour Market de la rue Alberto-Aguilera où elle acheta une omelette aux pommes de terre fraîchement cuisinée au petit stand à l'entrée, une salade au bar à salades et un pack de Red Bull. Le plateau du dîner sur les genoux, dans son minuscule salon, elle alluma la télé, chercha les chaînes d'info.

La présentatrice, une blonde au physique interchangeable – elle se demanda pourquoi, sur la plupart des chaînes, on continuait de sélectionner les présentatrices en fonction de critères physiques aussi voyants –, prit son air le plus grave pour annoncer que des émeutiers avaient tagué le slogan « TUONS LES RICHES » sur une vingtaine de banques dans le centre de Madrid et aspergé leurs façades de peinture rouge.

La phrase en passe de devenir un *trending topic* apparaissait en arrière-plan, ainsi que des images de poubelles incendiées, de vitrines brisées, et la présentatrice expliqua sur le même ton de gravité que la police antiémeute était en train de disperser plusieurs manifestations.

« Ces images pourront paraître choquantes, commenta-t-elle en lisant son prompteur, dans la mesure où ce qu'elles nous montrent, ce sont de petits groupes qui manifestent leur soutien aux assassins de Marta Millán et de Nicolás Gallardo tout en reprenant à leur compte le slogan “TUONS LES RICHES”. Ces groupes se sont formés spontanément, semble-t-il, après que plusieurs mots d’ordre ont circulé sur les réseaux sociaux. La présidente de la communauté de Madrid (le visage de celle-ci s’afficha à son tour à l’écran) s’en est émue. Elle vient de s’exprimer et de déclarer que “ces manifestations sont une honte pour le pays”. Un point presse du ministre de l’Intérieur Juan José Morales est attendu d’un moment à l’autre, et nous lui demanderons bien sûr de commenter ces faits gravissimes. »

Lucia coupa le son, mais elle le remit quand le sigle UCO apparut à l’écran : la conférence de presse donnée par la colonelle et par Peña plus tôt dans la journée. On lui avait demandé d’être présente – mais on l’avait gardée loin des micros.

« Tous les progrès de l’enquête vous seront communiqués, était en train de déclarer Pilar Molina Marcos, dans la mesure où la divulgation de ces informations n’aura pas de conséquences négatives sur les investigations en cours. Nous mettons toutes nos ressources disponibles sur cette enquête, elle est une priorité absolue.

— Est-il vrai que la lieutenante Guerrero a été déchargée de l’enquête sur les rapts et les meurtres de jeunes femmes en Galice pour prendre la tête du groupe d’investigation ici ? » demanda un journaliste dans la salle.

Lucia vit la paupière droite de la colonelle tressauter sous l’effet d’un tic nerveux.

« C’est inexact, répondit fermement la directrice de l’unité. La lieutenante Guerrero n’était pas chargée des investigations en Galice quand cette enquête a été ouverte. Elle se trouvait à Madrid. Et nous avons encore renforcé là-bas le groupe qui enquête sur les meurtres de ces jeunes femmes. »

Un mensonge et une demi-vérité, songea Lucia. La meute des journalistes se mit à hurler, micros et caméras tendus, dès que la directrice eut fini. Le tapage et la confusion noyèrent les dernières déclarations du porte-parole de l'unité. Lucia éteignit le téléviseur. On était déjà lundi soir. Il fallait qu'elle appelle Samuel, qu'elle annonce à Álvaro qu'elle ne pourrait pas être avec lui ce week-end. Elle eut l'impression d'avoir un petit os coincé dans la gorge. Comment le lui dire sans le blesser, sans lui laisser penser qu'une fois de plus sa maman l'abandonnait ?

Ce soir, elle ne s'en sentait pas la force. *Demain... Il fallait qu'elle dorme...*

Mais elle savait que le sommeil la fuirait, que l'insomnie était son ennemi le plus redoutable, celui qui allait la priver des quelques heures de repos qui la séparaient de l'aube – et à cette pensée elle se sentit vidée, démoralisée.

En sortant sur le balcon pour contempler la rue endormie, elle se répéta ce qu'elle s'était dit plus tôt dans la journée : elle n'avait pas affaire à *un* mais à *deux* tueurs redoutables.

Un qui haïssait les femmes.

L'autre qui détestait les riches.

22

— En somme, dit le sergent Mateo Soler le lendemain devant la clinique du Dr Oriol Casablanc, l'assassin a prélevé sur chaque victime une partie de l'organe qui l'aurait tuée à petit feu s'il ne s'en était pas chargé lui-même. Tu as déjà vu quelque chose d'aussi tordu ?

— La question, c'est surtout qui peut avoir intérêt à faire ça, dit Lucia, quel sens ça a.

Il était 10 h 15 et ils se tenaient devant un mini-palais kitsch rose et blanc, tournant le dos aux nombreuses voies rugissantes de la rue Joaquín-Costa, dans le quartier des Nouveaux ministères.

Lucia pressa le bouton d'une sonnette en forme de téton dans le pilier de droite, au-dessous de l'œil de la caméra. La plaque de marbre indiquait : « DR CASABLANC ». Rien d'autre. Elle expliqua le but de leur visite en brandissant le papier signé par le juge. Une minute passa. Puis la grille noire s'écarta et à peine eurent-ils gravi les marches du perron que la monumentale porte de chêne s'ouvrit.

— Si vous voulez bien me suivre, dit avec une douceur remarquable une jeune femme dans la vingtaine.

Chignon savant, visage étroit, grands yeux de chat aux iris myosotis, robe hors saison, corps parfait…

Elle les mena vers une salle d'attente haute de plafond, assez grande pour accueillir une réunion d'actionnaires d'Iberdrola[1]. Plusieurs personnes patientaient dans des fauteuils certainement dessinés par un designer tant ils semblaient inconfortables – ce que Lucia put vérifier en s'asseyant. Trois femmes entre quarante et soixante ans (à moins qu'elles n'en eussent soixante-dix : difficile de se prononcer en un tel lieu). Vêtements haute couture, chaussures Louboutin et Fendi, Lucia aperçut même un sac à main Birkin qui devait valoir dans les 250 000 euros. Des femmes peut-être pas tout à fait aussi riches que Marta Millán, mais néanmoins suffisamment pour avoir un jardinier qu'elles suivaient à la trace en lui donnant leurs instructions, une bonne, un pisciniste, un chalet à la montagne et une autre résidence au bord de la mer, et un paquet de miles sur Iberia et Air Europa. C'étaient les mêmes qu'on croisait avec leurs enfants ou leurs petits-enfants dans les boutiques de la Milla de Oro ou encore dans le lounge VIP du terminal 4 à l'aéroport, attendant leur vol en famille. Non pas que Lucia volât en business, mais une enquête avait un jour amené son équipe à arrêter un suspect, avant qu'il ne s'envole pour une destination exotique n'ayant pas d'accord d'extradition, dans le lounge en question, sous l'extraordinaire plafond ondulé en bambou dessiné par l'architecte Richard Rogers, et elle avait été sidérée par le nombre

1. Entreprise espagnole, l'un des dix plus grands producteurs mondiaux d'électricité.

d'Espagnols qui fréquentaient la zone VIP dans un pays censé affronter une crise économique.

Il y avait aussi, dans la salle d'attente de la clinique, un couple dans la trentaine. Lui à l'évidence assidu des salles de sport, elle ayant déjà confié au chirurgien, malgré son jeune âge, sa bouche, son nez et probablement aussi son audacieuse poitrine.

Quelques rayons de soleil dardaient à travers les hautes fenêtres, ayant percé la couche orageuse, et donnaient à ce décor l'allure intemporelle d'une image de magazine.

En attendant, Lucia se pencha pour attraper une plaquette sur une table basse, la feuilleta. Des photographies sur papier glacé, épais, représentant un monde idéal de beauté et de luxe. Les prix étaient moins idéaux. Rhinoplastie : 4 370 euros, liposuccion Vaser haute définition : 5 000, remplissage dermique, lèvres : 340 euros la fiole, cernes : 450, pommettes : 480, augmentation mammaire : 7 000, abdominoplastie : 6 000, bichectomie : 1 800, blépharoplastie : 3 500, chirurgie intime, augmentation des grandes lèvres : 1 700, reconstruction d'hymen : 2 800. Il y en avait pour tous les goûts, pas à dire. On en avait pour son argent.

Lucia reposa la plaquette quand la jeune femme de tout à l'heure vint les chercher, au grand dam des autres clients.

L'hôtesse se mouvait d'une pièce à l'autre comme si elle était la maîtresse des lieux, ce qu'elle était peut-être. Elle poussa une porte matelassée et insonorisée – on privilégiait la discrétion dans la clinique – et s'effaça. Assis derrière un vaste bureau presque vide de tout objet, Oriol Casablanc se leva sans manifester la moindre surprise : Lucia lui avait passé un coup de fil pour le prévenir. Elle l'observa. La première chose qui frappait chez lui, c'étaient ses yeux. Rieurs. Expressifs. Ironiques. Très légèrement bridés. Des yeux de chat… Les mêmes que ceux de la jeune femme qui les avait conduits jusqu'ici. Soit c'étaient le père et la fille, soit ils avaient subi la même opération des paupières. Lucia opta pour la deuxième explication. Elle croyait pourtant que les chirurgiens esthétiques dissuadaient leurs trop jeunes clients.

À part ça, impossible de lui donner un âge. Il avait la silhouette et les traits d'un homme dans la quarantaine qui s'entretient, mais Lucia soupçonna aux fines pattes-d'oie et aux tendons dans son cou qu'il avait beaucoup plus. Bronzage éclatant, chevelure aux plis vigoureux. Casablanc portait une blouse blanche d'où dépassait un stylo en or. Dessous, Lucia devina un costume et une cravate hors de prix.

Un vrai cliché...

Elle comprit toutefois, à son regard rusé, plein d'humour, qu'il en était parfaitement conscient : il donnait à voir à ses clients/patients ce qu'ils venaient chercher.

— Ça marche bien, on dirait, la chirurgie esthétique, attaqua Soler sur un ton qui déplut à Lucia.

— On dit aussi plastique, réparatrice, corrigea tranquillement Oriol Casablanc en défiant le jeune garde civil. Je sais ce que vous pensez… Cela peut paraître superficiel. Une forme de coquetterie en somme, à l'usage de gens fortunés : c'est ce que vous vous dites. Un culte de l'apparence qui s'est transformé, il est vrai, en véritable tyrannie dans nos sociétés contemporaines. (Oui, c'était bien là ce que Lucia pensait.) Et je ne peux pas vous donner complètement tort. À cause d'Instagram et des réseaux sociaux, des gens de plus en plus jeunes viennent me voir. Je dois même refuser des adolescents. Mais ce que je fais ici, c'est aussi soigner la souffrance psychologique à travers une amélioration de l'apparence. J'aide ceux qui sont persuadés que seule une intervention chirurgicale pourra effacer leurs complexes, ceux qui veulent en finir avec le manque d'estime de soi, ceux qui espèrent ralentir le vieillissement qui, croient-ils, les défigure…

Il eut un petit geste de la main, comme pour évacuer la gravité de son discours. C'est alors que Lucia remarqua la prothèse en or à l'annulaire de sa main gauche – comme un tube en forme de doigt glissé sur le moignon, avec le dessin d'un ongle au bout. Il surprit son regard :

— Un accident de montagne, précisa-t-il en réponse à la question qu'elle n'avait pas posée.

Il montra, à côté des diplômes encadrés, les photos aux murs, où on voyait un Oriol Casablanc casqué, harnaché, suspendu au-dessus du vide le long d'une vertigineuse paroi verticale.

— Docteur, dit-elle, désolée d'interrompre vos consultations, mais nous avons quelques questions à vous poser.

Il inclina la tête pour l'inviter à poursuivre.

— Cet ordre judiciaire nous autorise à vous auditionner en tant que témoin, précisa-t-elle en présentant le papier qu'elle avait imprimé.

— Dans certaines limites, compléta le chirurgien sans cesser de sourire.

— Marta Millán et Nicolás Gallardo avaient fait appel à vos services, n'est-ce pas ?

Il sourit. Cette fois avec moins d'enthousiasme. De ses yeux de chat émanait une vive lumière.

— Je me doutais bien que vous viendriez me voir tôt ou tard… C'est horrible, ce qui s'est passé. Aujourd'hui, la barbarie n'épargne plus personne. Personne n'est à l'abri.

Lucia se souvint de ce que sa sœur avait dit à l'hôpital. La même phrase, presque mot pour mot.

— Saviez-vous que Marta Millán souffrait de la maladie de Parkinson et que Nicolás Gallardo était atteint d'une cirrhose à un stade avancé ?

Il parut sincèrement surpris :

— Je l'ignorais.

— Pourtant, avant de les opérer, vous devez bien demander à vos… patients leurs antécédents médicaux, non ?

— Oui. C'est ce que je fais. Je demande à chaque patient les affections dont il souffre. Mais personne n'oblige ce patient à me dire la vérité. Ou à tout me dire… Dans les deux cas, ni l'un ni l'autre ne m'avait informé de sa maladie, je m'en souviendrais. C'est… terrible.

Il avait l'air touché.

— L'assassin, lui, était au courant, dit Lucia.

Il eut l'air perplexe, cette fois :

— Comment ça ?

Elle lui résuma les prélèvements effectués sur les deux victimes – cerveau pour l'une, foie pour l'autre – et elle le vit se décomposer au fur et à mesure. Tout à coup, le Dr Casablanc parut glacé d'horreur.

— Mon Dieu, souffla-t-il, bouleversé.

— Gallardo souffrait d'une cirrhose avancée, dit Soler, il y a des symptômes évidents à ce stade, non ? Idem pour le Parkinson de Marta Millán. Vous n'avez rien noté ?

Ils virent un Dr Casablanc extrêmement pâle s'absenter un court instant sous leurs yeux. Partir ailleurs. Perdu. Puis il revint vers eux.

— Il y a longtemps que je n'ai pas vu Nicolás et Marta..., répondit-il lentement, comme s'il s'éveillait d'un cauchemar.

— Alors, comment vous expliquez que leurs derniers paiements datent de moins de deux mois ? revint à la charge le jeune sergent.

Lucia vit l'expression du chirurgien esthétique changer, elle le vit se fermer, prendre mentalement ses distances. Ce qui se traduisit physiquement : il se rejeta dans son fauteuil.

— Vous n'êtes pas sans savoir qu'il existe quelque chose qui s'appelle le secret professionnel, dit-il finalement. Il s'applique aux avocats comme aux médecins. Je suis médecin, et j'ai un très bon avocat. Par ailleurs, parmi mes clients, il y a deux juges. Et aussi des gens célèbres, dont je me dois de protéger la vie privée. Vous imaginez si la presse apprenait que tel homme politique, telle actrice, tel présentateur de télévision est venu me voir ? D'après l'ordre judiciaire que vous m'avez montré, je suis entendu à titre de témoin libre. On en restera donc là. Tout ce que je peux vous dire, c'est que ces paiements n'ont rien à voir avec votre enquête.

— C'est à nous d'en juger, trancha Lucia.

— Certainement pas, insista Casablanc, à ce stade c'est à *moi* d'en juger.

Lucia leva les yeux vers les photos accrochées au mur.

— Impressionnant, dit-elle pour changer de sujet, donc vous pratiquez l'escalade ?

Il acquiesça.

— Quand vous êtes dans la montagne, énonça-t-il d'une voix calme, c'est comme si tous les aspects superficiels de votre vie disparaissaient, comme si plus rien n'avait d'importance que l'essentiel : respirer, progresser, vivre… La vie devient incroyablement simple là-haut.

— Vous devriez dire ça aux personnes qui sont dans votre salle d'attente, fit remarquer Soler.

Le chirurgien le toisa une fois de plus avec un mépris non dissimulé.

— La montagne ne paie pas les factures, dit-il.

— Il avait peur, dit Lucia en sortant.

Soler lui retourna un regard sombre. Il avait l'air bougon.

— On aurait dû le cuisiner davantage. Il aurait fini par craquer.

— Il a surréagi quand je lui ai parlé des maladies de Marta Millán et de Gallardo, poursuivit-elle comme si elle n'avait pas entendu. Il était terrifié.

— Et il aime le pognon… Ça pue le fric là-dedans. Tu as remarqué les tableaux dans son bureau ? J'ai reconnu un Antonio López et un Christoph Thalmayr. Si ce ne sont pas des copies, ça vaut des fortunes. Soit la clinique marche super bien, soit il a d'autres sources de revenus.

— On appelle le juge, trancha-t-elle, une fois de plus surprise par les connaissances de son adjoint. Il nous faut le mettre sur écoute. Il n'est pas clair.

— Je ne crois pas qu'on ait assez d'arguments pour obtenir un ordre judiciaire, objecta Soler en se grattant le front. On va perdre notre temps. Il vaudrait mieux aller voir le juge quand on aura plus de biscuit.

Elle lui décocha un regard mi-figue mi-raisin.

— D'accord, admit-elle.

23

Il était midi passé, ce mardi, quand ils retrouvèrent les bureaux en proie à la même frénésie que lorsqu'ils les avaient quittés. Une télé posée sur un classeur à tiroirs diffusait, son coupé, les images d'une chaîne d'info et, à intervalles réguliers, la phrase « TUONS LES RICHES » défilait sur un bandeau en bas de l'écran. Ainsi que les visages de la colonelle, du ministre, d'opposants politiques critiquant l'action du gouvernement (Lucia n'avait pas besoin du son pour deviner qu'ils n'étaient pas en train de la saluer), à quoi s'ajoutaient des scènes d'émeute dans les rues de Madrid la nuit précédente.

Lucia s'était à peine installée à son poste encombré de piles de dossiers pour taper son rapport que Nacho fit irruption dans la pièce.

— Ça bouge ! s'écria-t-il avec un enthousiasme qui n'aurait sans doute pas été plus grand s'il avait découvert un jeu vidéo meilleur que *The Last of Us*.

— Qu'est-ce qui bouge ?

— Je peux ? demanda-t-il en montrant l'écran et le clavier de Lucia. Le même « TUONS LES RICHES » est partout ! Il fait partie des *trending topics* sur Twitter et des tendances sur Google depuis hier soir. Ça se répand comme une traînée de poudre. Les réseaux sociaux et les forums en sont pleins.

— Pas étonnant avec les chaînes d'info qui en font des tonnes, estima-t-elle en jetant un coup d'œil par la porte à la télé dans le fond de l'open space. Et qu'est-ce que ça dit ?

Le geek afficha sur l'écran un forum où les commentaires se nourrissaient les uns des autres à toute vitesse, comme des micro-organismes filmés en accéléré dans une boîte de Petri. Il fit la grimace.

— Ceux qui montrent de la compassion pour Marta Millán et Nicolás Gallardo sont minoritaires. Certains disent qu'on se soucie plus de ces deux victimes parce qu'elles étaient riches que de la centaine de migrants morts dernièrement en Méditerranée. La plupart tiennent un discours anticapitaliste : l'ultralibéralisme qui creuse les inégalités et qui tue partout dans le monde, les 1 % les plus riches qui captent 27 % de la croissance totale, l'accroissement vertigineux des hauts patrimoines, les fortunes indécentes qui ne cessent de se créer pendant qu'on exploite des enfants et qu'on détruit la planète, etc. Ce genre de choses… Beaucoup soulignent que quand les démocraties deviennent incapables de réduire les inégalités, quand au contraire elles les augmentent, le peuple doit passer à l'action. Le refrain habituel, quoi. Et un paquet de messages de haine.

— Contre le meurtrier ?

— Non, contre les victimes.

Lucia repensa à Paz, à Andrea, à Vera : les victimes du tueur galicien. Celles-là, personne ne se mobiliserait pour elles parce que personne – en dehors de leurs familles et du groupe d'enquête – ne s'en souciait.

— Mmm, fit-elle. Et The Human Experiment ?

— Il ne s'est pas manifesté depuis l'autre nuit.

Jusqu'à la prochaine fois, pensa-t-elle.

— Merci, Nacho. Tiens-moi au courant s'il pointe le bout de son nez.

Une heure plus tard, elle prenait son troisième café tout en réfléchissant. Elle le buvait à petites gorgées. Même à ce café-là, elle était accro. *Surtout à ce café-là.* Aussi rituel que la première cigarette au réveil pour un gros fumeur. À l'heure où on inventait tout un tas de boissons bizarres, elle se fit la réflexion qu'on n'avait encore rien découvert de mieux que le café.

Et ça faisait quatre siècles que ça durait.

La légende voulait que ce fût un berger d'Abyssinie qui eût le premier repéré les vertus des fruits du caféier en voyant ses chèvres plus agitées que d'habitude.

Mais Lucia savait ce que valent les légendes. Il en circulait un certain nombre la concernant sur Internet.

Elle tourna la tête en voyant approcher à grands pas un des membres de son groupe d'enquête. Pujol. Un échalas hirsute tout en os, aux yeux gris aussi profonds qu'un lac de montagne.

— Votre chirurgien, il a un sacré pedigree, lui lança-t-il alors qu'il était encore à trois mètres.

— Quoi ?

— Ce type, Casablanc, sa vie ressemble à une série télé.

Un petit frisson la parcourut. Il finit de s'approcher, jeta un coup d'œil à la cafetière.

— Tu veux un café ? demanda-t-elle.

Il fit signe que oui.

— Vas-y, je t'écoute, dit Lucia en le servant.

Il consulta ses notes :

— En 2007, alors qu'il effectuait une rhinoplastie sur un patient de vingt-trois ans, celui-ci s'est retrouvé plongé dans un état végétatif après, semble-t-il, une erreur d'anesthésie. À cette époque, Casablanc ne travaillait pas encore à son compte mais pour une autre clinique. Les parents ont porté plainte contre la clinique en question, sans succès : la plainte a débouché sur un non-lieu. Cependant, des mois plus tard, le témoignage de Casablanc accusant l'anesthésiste a entraîné une révision du procès. Selon lui, l'anesthésiste s'était couché à 3 heures du matin la nuit précédant l'opération. L'avocat de la clinique a fait valoir que le témoignage de Casablanc était mensonger, mais le baveux n'a convaincu personne et, cette fois, la clinique a été condamnée à verser plus de 1 million d'euros aux parents.

Lucia hocha lentement la tête. Il continua :

— En 2010, deux des ex-épouses du bon docteur – il a été marié trois fois et a sept enfants – l'ont attaqué pour défaut de paiement de pension alimentaire : il a été condamné à leur verser près d'un demi-million d'euros. Il y a trois mois, il est agressé alors qu'il ferme sa clinique par deux individus cagoulés qui cherchaient à l'évidence quelque chose dans son coffre. Il a refusé de leur donner le code, ils lui ont alors coupé un doigt avec un couteau (*nom de Dieu*, pensa Lucia, *un accident de montagne, tu parles !*) et il a fini par le leur filer. Ils ont ouvert le coffre. Seulement, il avait activé l'alarme grâce au bouton secret et les deux individus ont déguerpi en entendant la police.

Le regard fixé sur Pujol, elle devina qu'il n'avait pas terminé :

— Continue.

— Il n'a pas été très clair sur ce qu'on lui avait volé dans le coffre. Il a dit dans une première version que c'étaient des documents, puis des montres et des bijoux dans une seconde, mais ceux-ci étaient assurés, et il n'a fait aucune déclaration de vol. Un vrai polar, la vie du bon docteur.

Lucia avait des fourmis dans les membres.

— Juste un ravaleur de façade et un sculpteur de nichons, rectifia-t-elle. Ce qui, en soi, n'a rien de répréhensible.

Elle se précipita vers le poste de travail qu'on avait attribué à Clara Borrel, l'officier du département de délinquance économique, Pujol sur les talons.

— Tu me trouves tout ce que tu peux sur le Dr Oriol Casablanc et sa clinique à Madrid, dit-elle. S'il a des dettes, s'il est au bord de la faillite, s'il a déjà eu un contrôle fiscal, s'il est mêlé à des trucs pas nets.

Elle repartit aussitôt en direction du poste de Soler.

— Va voir le juge. On en a assez cette fois pour obtenir une perquisition et une mise sur écoute.

24

La Corogne, Galice

En ce mois de janvier, La Corogne offrait son visage le plus sombre. Comme si la météo se mettait au diapason de l'horreur, se dit-il en contemplant à travers les fenêtres larmoyantes de la *comandancia* un ciel en deuil recouvert d'un linceul de pluie.

Les buildings de la ville noyés dans la tempête et l'océan à la surface gris acier lui filaient le blues. Ou bien était-ce l'affaire ? Il fallait des nerfs solides quand on travaillait à la criminelle, et Arias avait déjà eu son content de crève-cœur : des enfants qui n'avaient connu au cours de leur brève existence dépourvue de lumière que les cris et les coups de parents qui auraient dû les aimer et qui, au lieu de cela, avaient fini par les tuer ; des femmes que des hommes jaloux avaient défigurées à l'acide ou battues à mort parce qu'ils estimaient qu'elles étaient leur propriété ; des jeunes gens dont on avait défoncé le crâne pour des motifs aussi insignifiants qu'une cigarette refusée.

Mais ces femmes de Galice le touchaient par la simplicité et la modestie de leur mode de vie, elles qui se levaient tous les matins avant l'aube, elles qui œuvraient dans l'ombre pour que tous ceux qui se lèveraient plus tard puissent trouver à leur réveil un univers en ordre de marche. C'était le genre de drame auquel tout le monde aurait dû compatir, parce que tout le monde connaît dans son entourage des femmes invisibles comme celles-là. Arias s'était blindé au cours de sa carrière à l'UCO, mais ces victimes faisaient ressurgir en lui un sentiment qu'il n'aimait pas. *La haine*. La haine de tous les salopards, les ordures, les pourris, les sadiques, les manipulateurs, les tordus et les imbéciles qui rendent le monde moins vivable, moins beau, moins humain.

Il regarda le mail qui venait d'arriver. La liste. *La liste des détenus qui avaient partagé la cellule d'Isaac Salas*... Envoyée par la coordination de la sécurité pénitentiaire.

Il déglutit.

Le mail était rédigé dans le style bureaucratique habituel avec cependant une économie de mots qui disait que le fonctionnaire avait passé le moins de temps possible à cette tâche.

La liste suivait en pièce jointe.

Elle tenait sur deux pages.

Une demi-douzaine d'individus en tout et pour tout...

Il se pencha vers l'écran.

Fit défiler les fiches.

Son regard s'arrêta sur la quatrième...

L'enfant au ballon avait parlé de Slenderman.

Cristina Suquet d'un homme très grand et très costaud.

Et Salas lui-même d'un codétenu de près de deux mètres.

Antón Freire. Selon sa fiche, il mesurait un mètre quatre-vingt-treize, pesait cent vingt-trois kilos, était âgé de trente-deux ans.

Condamné pour avoir agressé violemment et tenté à deux reprises d'enlever des prostituées (Arias se dit qu'il avait eu le temps de réfléchir à la façon d'améliorer sa technique en prison – et peut-être aussi avait-il bénéficié de conseils). Relâché pour bonne conduite l'année précédente. Un visage d'enfant aux joues rondes, aux yeux doux. Presque candide. Arias le fixa. Sa respiration s'était faite plus courte. *Salopard, je te tiens...* Il se retourna vers le groupe d'enquête, et spécialement vers les deux membres du département homicides, séquestrations et extorsions de l'UCO que Madrid leur avait envoyés après le départ de Lucia.

— Votre attention, s'il vous plaît, lança-t-il. J'ai reçu la liste de la coordination de sécurité pénitentiaire. On a un *match* ! Et pas sur Tinder ! Il s'appelle Antón Freire ! Il correspond aux descriptions des témoins et il a partagé la cellule de Salas. Et son adresse est *ici*... putain, à La Corogne, rue... Amargura (il consulta un plan de la ville sur son ordinateur). En plein centre ! On appelle le juge !

Il vit la sergente arrivée de Madrid se jeter sur le téléphone.

25

Rúa Amargura. « Rue de l'Amertume ».

Un nom approprié pour une obscure ruelle planquée dans un quartier sinistre au cœur de la vieille ville. Il est possible qu'à la belle saison le touriste trouvât à ces demeures anciennes une beauté secrète, un intérêt historique, mais, en cet après-midi d'hiver, le silence des rues n'était troublé que par le chant de la pluie et La Corogne paraissait hantée.

La *rúa* Amargura était une ruelle pavée, inclinée, serrée entre des façades dont les encorbellements absorbaient en grande partie la lumière. Sous la saillie des étages, les portes et les fenêtres surmontées de linteaux ressemblaient aux ouvertures d'habitations troglodytiques.

Arias était nerveux.

Tout le monde gardait les yeux rivés sur l'entrée du 9 *bis*. Les hommes de l'UEI – l'Unité spéciale d'intervention – devant ; Arias et ses collègues de l'UCO en retrait. Il leva le regard vers les nombreuses fenêtres qui perçaient la façade sur trois étages. La pluie dégringolait entre les avant-toits et lui tombait droit sur la tête, lourde, froide. De grosses gouttes frappaient sa cornée et il cligna des paupières, guettant si un rideau bougeait. Pas de signe de vie. D'après les plans obtenus à la mairie, l'édifice, très étroit, reliait deux rues entre elles et on avait placé une deuxième équipe de l'autre côté, *rúa* Nosa Señora do Rosario. Il émanait de ce bâtiment quelque chose de lugubre, mais peut-être était-ce son imagination qui parlait. Il s'aperçut qu'il transpirait.

L'officier à la tête du groupe tactique donna ses instructions par gestes, tout le monde se boucha les oreilles. L'instant d'après, la porte explosa.

Les hommes de l'unité se ruèrent à l'intérieur en criant « Guardia Civil ! » et Arias perçut des « *limpio*[1] *!* » à mesure qu'ils avançaient de pièce en pièce. De la rue, il les entendit grimper dans les étages, leurs pas lourds faisaient couiner l'escalier. Les « *limpio !* » se succédaient d'un étage à l'autre, et il commença à baliser. Où était Freire ? Il se força à contrôler les battements de son cœur. Cinq minutes encore et l'officier qui dirigeait l'opération ressortit :

— Il n'est pas là… mais il faut que vous voyiez ça…

Arias suivit l'officier. La maison était étroite et ne comportait qu'une pièce ou deux par étage, en plus de la cage d'escalier. Il n'y avait absolument rien à voir au rez-de-chaussée. Il avait été vidé de son mobilier – et Arias se surprit à craindre que Freire n'eût quitté le nid depuis longtemps.

Les marches de bois grinçaient sous leurs pas et il entendait ceux des hommes au-dessus, qui faisaient craquer et gémir le plancher. Devant les fenêtres à croisillons, le rideau de pluie continuait de tendre son cocon

1. « Propre ! » en espagnol.

liquide et Arias trouva à l'atmosphère qui régnait dans cette bicoque vide quelque chose d'hypnotique.

Quand il parvint sur le palier intermédiaire, une odeur désagréable lui piqua les narines. Mais il n'y avait rien à voir, là non plus.

— C'est au deuxième que ça se passe, grogna l'officier, mâchoires serrées, et, entre l'odeur et son ton, Arias commença à redouter le pire.

Une autre victime ?

La tension de l'officier déteignait sur lui. Alors qu'ils parvenaient sur le palier du deuxième, l'odeur devint insupportable. *Nom de Dieu...* Deux hommes de l'unité d'intervention s'écartèrent pour leur céder le passage. Ils avaient l'air écœurés, et Arias sentit son centre de gravité descendre très bas. L'officier lui montra l'unique porte, à sa gauche.

Grande ouverte.

Arias se raidit. S'approcha.

Cinq jours, songea-t-il. D'ordinaire, Freire laissait passer cinq jours avant de les tuer… Avait-il changé son mode opératoire, paniqué en sentant que l'étau se resserrait, et accéléré le tempo ? Arias avait rencontré au cours de sa carrière des criminels doués d'une étrange forme de prescience qui anticipaient les mouvements de la police, avaient toujours une longueur d'avance. Jusqu'au moment où ils perdaient leur sixième sens et commettaient une erreur.

Il pensa à Cristina Suquet. *Faites que ce ne soit pas elle, qu'elle ne soit pas là-dedans...*

Il revit ses parents éplorés mais pleins d'espoir malgré tout. Il ne voulait pas avoir à leur annoncer que…

Un bruit.

Il évoquait un grouillement ou un gigantesque grignotis : cela montait de la pièce.

Arias prit une inspiration et entra.

Elle était plus grande qu'il ne l'aurait pensé. Tout un mur, sur sa droite, n'était qu'une double série de fenêtres derrière lesquelles la façade pleurait. Le plancher, fait de lattes grossières, était recouvert d'une fine couche de poussière. L'odeur pestilentielle provenait d'une demi-douzaine d'écuelles remplies de nourriture pour chats en train de pourrir. Arias aperçut sur le sol des dizaines d'asticots blancs, gros comme des grains de riz, et il s'arrêta sur le seuil, à la fois pour ne pas souiller une éventuelle scène de crime et pour ne pas écraser quelques larves sous ses semelles. Mais ce n'était pas le plus choquant.

Un autre spectacle extraordinaire et effrayant l'attendait sur les murs.

Des centaines de cafards rampaient du sol au plafond, agitant leurs antennes. Ce grouillement immonde lui flanqua un haut-le-cœur. Il avait l'esprit tellement accaparé par ce tapis noir et mouvant qu'il mit un certain temps à remarquer ce qu'il y avait en dessous…

Car les cafards ne rampaient pas directement sur les murs, mais sur du papier.

Pas n'importe quel papier…

Des photos. Des portraits de jeunes femmes. Par centaines. Par milliers. Découpés dans des revues, des journaux, des publicités, tirés de magazines ou pris à l'insu de leurs modèles. Abasourdi, Arias pensa au temps qu'il avait fallu à Freire pour rassembler cette impossible collection. Les cafards se déplaçaient sur les visages, souriants pour la plupart, de manière obscène.

Arias se demanda s'ils allaient trouver au milieu de ces milliers de clichés les portraits des victimes. De prime abord, rien ne les distinguait des autres.

Il eut l'impression d'entendre son cerveau bourdonner, mais c'était sans doute le sang qui battait dans ses tempes. Il était en sueur. Il s'efforça de refréner la nausée qui montait – mais il éprouvait en même temps un énorme soulagement : *Cristina Suquet n'était pas dans la pièce.*

— Il dormait et vivait là-haut.

C'était un des hommes du groupe tactique qui avait prononcé cette phrase en redescendant du troisième étage. Arias fit le trajet inverse, gagnant le dernier palier.

Deux petites chambres, l'une vide, l'autre pleine d'un capharnaüm de CD, de DVD, de revues empilés sur des étagères basses, de vieux objets tels que lampes, grille-pain, radio à piles, réchaud, bouilloire. Apparemment, malgré les trois étages de la maison, Freire ne vivait que dans une seule pièce. Un lit défait au milieu. *L'oreiller gardait l'empreinte d'une tête, comme si le géant avait dormi ici récemment.* Ce que confirmait la nourriture pour chats pourrissante mais pas encore sèche et dure à l'étage en dessous.

Où était-il passé ?

— Cet endroit me donne la chair de poule, commenta la sergente Salcedo arrivée dernièrement de Madrid. Il y a un dangereux malade dehors.

Arias hocha la tête, visage fermé. *Comme si je ne le savais pas.*

— On embarque tout, dit-il. Les photos, les magazines, les DVD… On passe tout au peigne fin. Appelez le juge : il nous faut un ordre de réquisition pour les opérateurs téléphoniques. Ce type a bien un téléphone ! Et trouvez-moi l'adresse des parents, ce type a aussi une famille, bon sang !

26

23 heures, ce mardi. Une fois le dernier agent parti, le calme retombé sur les bureaux de l'UCO, l'immobilité de l'open space faiblement éclairé était à peine troublée par le bourdonnement de quelque machine, dont la pulsation lumineuse trouait l'obscurité au rythme d'un cœur qui bat.

Et par le cliquetis des touches d'un clavier sous les doigts de la lieutenante Lucia Guerrero, dans un petit bureau dont la porte était restée ouverte.

D'ordinaire, elle aimait cette heure où elle était entourée d'une chape de silence, où elle pouvait se concentrer sans être dérangée, où elle avait tout le temps de laisser ses raisonnements se déposer en elle comme un précipité chimique. Pas ce soir. Ce soir, une sourde inquiétude infectait son cerveau – celle née du mail découvert dans son courrier électronique. Les assassins, les violeurs, les truands, elle pouvait les tenir à distance. Mais pas celui qui avait écrit ça. Il était là, *tout près* : il s'était immiscé dans sa vie par une faille, s'y était installé à son corps défendant. Et, à présent, il pouvait l'observer, la guetter, l'épier à loisir… Qui était-il ?

Un ami ? Un proche ? Un collègue ? Quelqu'un en tout cas qui en connaissait assez sur elle pour savoir sur quels boutons appuyer, quels ressorts activer.

Chaque fois qu'elle y pensait, c'était le visage de Mateo Soler qui surgissait. Non. Trop facile. Trop évident. Soler était certes arrogant, sûr de lui, exaspérant – mais ça n'en faisait pas un harceleur pour autant.

Par les fenêtres du petit bureau réservé aux trois capitaines et au lieutenant – elle-même – qui dirigeaient les quatre groupes d'enquête du département, elle apercevait des hangars et de gros avions reposant telles des baleines échouées sur les pistes de l'aéroport de Barajas, dans le jour éternel des lampes au sodium éclairant la zone de fret. Soudain, elle sentit un très léger courant d'air sur sa nuque. Qu'est-ce que c'était ? L'air était presque immobile ici, le soir, quand il n'y avait plus âme qui vive. Il avait une sécheresse particulière, due peut-être aux appareils qui continuaient de tourner dans l'ombre.

Mais ce qu'il n'y avait pas, en revanche, c'étaient des déplacements d'air sans mouvement – sans une porte qu'on ouvre ou qu'on ferme.

Sans une *présence*.

Elle faillit demander à voix haute s'il y avait quelqu'un. Continua d'éplucher le rapport qu'Arias lui avait envoyé de Galice. La photo d'Antón Freire s'affichait sur son écran. Elle l'avait secrètement surnommé « Slenderman » à cause de l'image sur le téléphone du gosse à Combarro.

Elle téléchargea ensuite les photos prises par Arias dans la maison du 9 *bis*, rue Amargura. Ces portraits de jeunes femmes sur lesquels rampaient des cafards.

Pourquoi tu les as collectionnés ? Qu'est ce qui t'attire chez elles ? Tu ne les violes pas, tu ne les tortures pas, ce n'est pas leur souffrance physique que tu recherches, alors c'est quoi ?

Lucia était fascinée par les documentaires animaliers, c'est ce qu'elle matait le plus souvent à la télé, avant d'aller dormir. Fascinée par la cruauté de la nature, qui n'avait rien à envier à celle des hommes.

Elle se demandait parfois si la violence, le sadisme, la prédation n'étaient pas l'ordre naturel des choses et la bonté, la justice, des inventions humaines. Un subterfuge darwinien pour éviter la guerre de tous contre tous et un trop grand gaspillage d'énergie au sein des populations. Si tel était le cas, ça avait moyennement fonctionné. Elle avait ainsi appris devant sa télé qu'il existait plusieurs stratégies de prédation dans la nature. Il y avait les chasseurs à l'affût, qui attendent patiemment que les proies tombent dans les pièges qu'ils leur tendent, comme l'araignée, les chasseurs solitaires et mobiles, comme le léopard, qui jouent de la surprise et d'attaques foudroyantes, les chasseurs en groupe, comme les orques, aussi disciplinées que les membres d'un groupe tactique…

Le géant, lui, pratiquait un autre type de chasse : *la chasse passive*. Il se plaçait sur le chemin de ses proies et il attendait tranquillement qu'elles viennent à lui, tel le crocodile dans le marigot.

Pour ce faire, le crocodile devait connaître parfaitement le marigot, identifier le lieu idéal pour guetter, celui par où le gibier avait l'habitude de venir au point d'eau. De même, le géant scrutait les habitudes de ses proies et se plaçait au meilleur endroit possible. Elle écrivit sur son bloc-notes :

Pendant combien de temps tu les observes ? Et surtout comment tu les repères ? Une à O Pindo, une autre près de Muros, une troisième à Combarro, et maintenant une à Malpica ?

Arias précisait dans son rapport que Freire n'avait ni frère ni sœur et qu'il avait été élevé par sa mère, qui vivait à Muros. *Muros...* Une des victimes avait été trouvée non loin de là... Lucia était sûre qu'Arias l'avait noté, mais elle lui envoya quand même un texto pour le lui signaler. Il tenait en cinq mots :

Lieu de captivité proche Muros ?

Arias continuait en disant que Freire devait utiliser des téléphones à carte prépayée, car ils n'avaient trouvé aucune trace d'un téléphone à son nom. À moins qu'il n'en eût pas l'usage. Arias annonçait que, dès le lendemain, ils allaient interroger la mère. *Dès le lendemain...* Lucia pensa aux heures qui défilaient pour Cristina, toujours en captivité. Elles devaient lui paraître interminables – alors que, de leur côté, elles s'écoulaient aussi rapidement que le sable dans un sablier.

Les fins cheveux sur sa nuque se dressèrent : de nouveau ce courant d'air.

— Il y a quelqu'un ?

Pas de réponse. Ce qui en soi était un soulagement : cela lui épargnait le ridicule. Mais qui, d'un autre côté, n'était guère rassurant.

Car il y avait eu quelqu'un.

Elle en était sûre à présent.

Elle repoussa son siège dont les petites roues couinèrent, se leva et tendit le cou par la porte ouverte, qui donnait sur l'open space.

— Hé oh !

De la lumière là-bas, à gauche dans le fond, du côté du couloir qui menait aux toilettes, à d'autres bureaux et aux ascenseurs. Elle hésita un instant. Puis fonça. Elle voulait en avoir le cœur net. Le *bling* de l'ascenseur… Elle traça vers ses portes.

— Hé ! s'écria Nacho avec un mouvement de recul en émergeant de la cabine. Où vous courez comme ça, ma lieutenante ?

Lucia stoppa net. Elle avait failli lui rentrer dedans.

— Tu étais là il y a un instant ? demanda-t-elle.

— Dans mon bureau ? Oui, pourquoi ?

— Non, je veux dire : tu es venu au quatrième étage il y a quelques minutes ?

— Hein ? Non. Pourquoi ?

Il l'observait à présent comme s'il craignait de commettre un impair.

— Tu voulais quoi ? demanda-t-elle.

— Je voulais vous parler du mail, dit-il. J'ai préféré attendre que tout le monde soit parti.

Elle hocha la tête en signe d'assentiment.

— Celui qui vous l'a envoyé n'a pas utilisé Tor ni un VPN parce que notre système de sécurité les aurait détectés et l'aurait bloqué. Il connaît manifestement toutes les procédures de sécurité maison et notre système informatique. L'hypothèse la plus probable est que *c'est quelqu'un d'ici*, ma lieutenante. Mais qui envoie ses mails de l'extérieur, il n'est pas assez con pour utiliser l'ordi de son bureau.

Lucia eut l'impression que le sol se dérobait sous elle.

Quelqu'un d'ici...

Même si elle avait envisagé pendant un moment que ce fût Soler, elle accusa le coup. Bordel, quelle espèce d'enfoiré dans l'unité pouvait la détester à ce point ? Le mot « salope » qui apparaissait dans le mail était gravé au fer rouge dans son esprit. *Était-ce parce qu'elle était une femme ?* Elle avait rencontré des résistances à ses débuts dans la Guardia Civil, mais c'était il y a longtemps. L'UCO ne l'avait pas recrutée au sortir de l'école, comme beaucoup ; elle était un pur produit de la promotion interne. Elle avait dix-neuf ans quand elle avait laissé tomber la fac de droit pour intégrer l'académie de Baeza et devenir garde. Après quoi, elle avait été jetée dans la mêlée sous la supervision d'un « vrai » garde civil. En ce temps-là, elle devait en faire trois fois plus que les autres pour être prise au sérieux. Mais elle avait un écusson et un uniforme et toute latitude pour dire aux machos de service d'aller se faire mettre, ce dont elle ne s'était pas privée. Certains vieux gardes de province l'avaient cependant regardée avec un mélange de colère et de condescendance, comme si elle était une insulte à leur profession. Elle se souvint qu'il y en avait même pour refuser de sortir en patrouille avec elle et, quand elle avait eu Álvaro, personne ne lui avait fait de cadeaux. Bien au contraire. *T'avais qu'à pas faire de môme* était une opinion partagée par beaucoup à cette époque. Mais les mentalités changeaient, les femmes qui rejoignaient le corps aujourd'hui avaient des exigences qu'elle-même n'aurait jamais osé avoir. Et, dès qu'elle avait pu, elle était retournée à Baeza pour suivre une formation de sous-officier puis, quelque temps plus tard, elle avait intégré l'AOGC, l'école des officiers à Aranjuez. Elle avait près de trente ans quand elle était entrée à l'UCO. Elle connaissait chaque rouage, chaque échelon, chaque chausse-trape de la maison.

Ou bien toutes ces insultes étaient-elles dues au fait que la presse parlait trop d'elle et qu'elle était devenue, à son corps défendant, une sorte de… « célébrité » ?

Quelqu'un d'ici.

Désormais, elle allait regarder tous ses collègues avec suspicion ; elle ne pourrait plus en croiser un dans les couloirs sans se demander si c'était lui l'auteur du mail.

Et merde.

De là à développer un comportement paranoïaque, il n'y avait qu'un pas.

— Merci, Nacho, dit-elle. Tiens-moi au courant si tu as du nouveau. Bonne nuit.

Il lui adressa un clin d'œil.

— Je n'ai pas dit mon dernier mot, lui lança-t-il depuis l'intérieur de l'ascenseur. C'est un défi intéressant pour un fouineur comme moi. Bonne nuit, ma lieutenante.

Elle esquissa un sourire. Les portes se refermèrent. Elle savait qu'il essayait de lui remonter le moral, mais ça manquait de conviction. Elle retourna à son poste. Elle allait éteindre l'ordinateur lorsqu'elle vit un nouveau mail dans sa messagerie.

Elle l'ouvrit avec un nœud à l'estomac. Que le contenu ne fit que resserrer :

Lucia, tu es UNE MENTEUSE PATHOLOGIQUE ET UNE SALOPE INCAPABLE D'AIMER. *Tout le monde le pense : ta mère, ton ex-mari* ET MÊME TON FILS. *Et dans le travail, tu n'es pas aussi bonne que tu le crois.* JE VEUX QUE TU MEURES, SALE PUTE. UN JOUR, QUELQU'UN VA TE TUER.

27

Elle éteignit l'ordinateur. Se dirigea vers les ascenseurs. Elle avait pensé dans un premier temps montrer le mail à Nacho. Ça attendrait. Elle était trop nauséeuse, trop frustrée, trop enragée pour le moment.

Dans le parking, elle frappa le volant du Hyundai de toutes ses forces en jurant copieusement. *Enfoiré de saloperie de taré !* Elle hurla sans retenue, puis espéra qu'aucune caméra n'avait capturé sa crise de nerfs, sans quoi l'enregistrement risquait de finir sur YouTube avec toutes ces vidéos où on voyait des gens dégoupiller.

Puis elle démarra en faisant crier les pneus sur le revêtement et fila vers la sortie, quitta comme si elle avait le diable à ses trousses ce quartier proche de l'aéroport où des immeubles de bureaux pompeusement baptisés du nom d'un ancien président américain côtoyaient des taudis et des terrains vagues.

Au lieu de regagner le centre, elle se mit à rouler au hasard sur les multiples voies rapides illuminées et les échangeurs qui cernent la capitale, intermonde d'asphalte et de béton sur lequel la nuit ne tombe jamais. Elle se demanda qui pouvait être au courant pour son ex-mari et sa mère. Elle n'était pas du genre à étaler sa vie privée au bureau. Même Peña n'en connaissait pas tous les détails. En roulant, elle commença à retrouver ses nerfs. L'auteur du mail – l'*incel*, comme l'appelait Nacho – avait obtenu exactement ce qu'il désirait : lui faire péter les plombs. *Tu ne dois pas laisser ce salaud manipuler tes émotions, squatter ton esprit de sa présence toxique. Plus tu réagiras de manière épidermique, plus il marquera des points.*

Elle alluma la radio, histoire de se changer les idées et aussi de se tenir au courant de ce qui se passait à la périphérie de l'enquête après les événements de la veille. Capta un bulletin météo – quelques flocons voletaient dans l'air froid tandis qu'elle dérivait bien au-dessus de la vitesse autorisée sur les voies presque désertes de la M11 – puis des échos de l'habituelle cuisine politique locale et nationale avant de tomber sur le sujet qui l'intéressait :

« En ce moment même, dans plusieurs quartiers de Madrid, mais aussi à Barcelone, à Valence, à Séville, à Málaga, à Saragosse, des groupes de jeunes adultes défient les forces de l'ordre, s'attaquent aux façades des banques à coups de pavés et de barre de fer, brûlent des poubelles, cassent des vitrines de boutiques de luxe et vandalisent des voitures en reprenant ce slogan qui est désormais sur toutes les lèvres, slogan apparu, on vous le rappelle, après la mort de Marta Millán et de Nicolás Gallardo. On est en droit de se demander comment ces meurtres particulièrement ignobles, loin de soulever une indignation légitime, peuvent être approuvés par toute une frange de la population. Quelle idéologie, quel sentiment d'injustice peuvent justifier qu'on excuse le meurtre, la cruauté, qu'on répande la haine et qu'on n'ait pas un mot de compassion pour les victimes ? Dans plusieurs villes, on signale aussi des affrontements sporadiques avec la police. »

Lorsqu'elle eut roulé assez de temps pour se calmer, elle quitta l'autoroute pour la reprendre en sens inverse et retourner vers le centre. Dès qu'elle fut entrée dans les rues, elle entendit des sirènes, croisa des fourgons de police qui filaient à toute allure dans la nuit, par convois de quatre ou cinq, gyrophares en action. La ville faisait penser à un volcan en éruption. Les flics étaient partout, les unités antiémeute occupaient les rues. Elle en aperçut plusieurs qui franchissaient les carrefours en courant, visières des casques baissées, boucliers et matraques levés. Elle ne vit pas les casseurs en revanche. Ils devaient jouer à cache-cache avec la police. Elle régla sa radio sur les fréquences de celle-ci et devina la nervosité ambiante. On aurait dit que Madrid était en état de siège.

À un moment, un hélicoptère survola les immeubles en barattant de ses pales l'air nocturne et elle trouva que cela ressemblait à un putain de film.

C'était pour le moins inhabituel. Il n'y avait pas eu de mouvements populaires de cette ampleur depuis les Indignés en 2011, si on exceptait les violences urbaines et les émeutes de Barcelone l'année précédente, circonscrites à la Catalogne.

On n'était pas chez le voisin du Nord.

Quand elle descendit de voiture, elle perçut le lointain mugissement des sirènes, mais son quartier restait calme. Elle fit quelques achats au Carrefour Market – quelqu'un avait tout de même tenté de taguer le slogan sur la vitrine, mais il n'avait pas eu le temps de terminer apparemment, car la phrase se limitait à « TUONS LES R » –, puis elle regagna son appartement, alluma la télé avant de se préparer un repas rapide : carpaccio de bœuf, roquette, huile d'olive et parmesan, le tout entre deux tranches de bagel sans gluten.

Quand elle retourna dans son salon, le visage allongé et triste du ministre de l'Intérieur emplissait l'écran de sa télé, avec son air de chien battu et sa barbiche poivre et sel. Il se tenait dans cette même position un peu étrange, une épaule plus haute que l'autre, qu'on lui voyait toujours devant les caméras. Elle l'entendit déclarer de sa voix profonde de gros fumeur :

« Soyez assurés que nous ferons preuve de la plus grande sévérité. Nous avons procédé hier et ce soir à plus de cinquante interpellations. Nos forces de l'ordre resteront en alerte toute la nuit. Et nous allons travailler avec la justice pour que ces vandales comparaissent le plus rapidement possible. Il est ignoble de prendre pour prétexte… »

Elle lui coupa le sifflet, zappa sur Disney+ à la recherche d'un documentaire, tomba sur un qui s'intitulait *Planète hostile*, et qui se résumait ainsi : « *Planète hostile* vous emmènera dans les environnements les plus extrêmes et vous contera des histoires épiques de survie dans le royaume animal. » Parfait. C'était exactement ce qu'il lui fallait : des stratégies de survie en milieu hostile.

Avant de lancer le doc, elle pensa à Álvaro. Il devait dormir à cette heure-ci mais peut-être pas son père. Elle aurait dû appeler tout de suite son ex-mari pour lui annoncer qu'elle ne pourrait pas prendre leur fils ce week-end. Elle eut l'impression que la peur siphonnait toute son énergie, que du coton l'emplissait brusquement de la tête aux pieds.

Elle ne s'en sentait pas la force. Pas plus qu'hier.

Tu vas remettre ça jusqu'à quand ? se morigéna-t-elle.

Puis elle pensa aux paroles de Nacho concernant son messager anonyme : *quelqu'un d'ici*...

Elle lança le documentaire.

28

*Cuenca, communauté autonome
de Castille-La Manche*

Musée d'Art abstrait. Le marchand d'art Juan Fulgar porta sa coupe de champagne à ses lèvres en grimaçant. Une cuillère venait de tinter. Christoph Thalmayr s'apprêtait à faire son discours. Où il ne parlerait, comme d'habitude, que de lui : c'était le seul sujet qui l'intéressât. La centaine d'invités – dont certains venus de Madrid – avait très vite rempli l'espace restreint du musée au milieu des œuvres de Fernando Zóbel, de Gustavo Torner, de Tàpies, de Rueda, de Chillida. Fulgar adorait cet endroit. Il habitait à deux pas : une des *casas colgadas* – une des maisons suspendues. Il l'avait achetée dix ans auparavant pour la bagatelle d'un million d'euros, rénovée et réformée pour 400 000 euros de plus.

— Merci de l'avoir convaincu, dit la femme à côté de lui en souriant.

Il rendit son sourire à la directrice du musée. Un sourire qui se voulait modeste. Mais personne n'était dupe. Pour accéder à Thalmayr, on devait passer par lui.

Christoph avait accepté de prêter plusieurs de ses œuvres au musée pour la prochaine expo itinérante de celui-ci. Elles allaient partir faire le tour du monde, avec une vingtaine d'autres. Première étape : le MoMA à New York. Une excellente opération, se dit Fulgar. La réputation de son poulain ne cessait de croître. Les collectionneurs, les milliardaires, les musées se l'arrachaient, exposaient ses œuvres, accueillaient ses performances. Et surtout *payaient*.

Il laissa Christoph faire son speech, sortit sur le balcon contempler le paysage nocturne.

On se serait cru dans un décor des *Mille et Une Nuits*.

Sur sa gauche, sous un croissant de lune, les balcons des maisons suspendues défiaient les lois de la pesanteur en s'avançant au-dessus de la gorge du Huécar, qui coulait plusieurs dizaines de mètres plus bas. Devant lui, le front rocailleux de la colline et les murs anciens du Parador faisaient face aux antiques murailles de la ville haute. Entre les deux, une passerelle de fer traçait un trait d'union de cent mètres de long au-dessus d'un abîme à cette heure noir comme une rivière d'encre.

En se tournant vers la droite, il pouvait aussi apercevoir, là-bas, les lumières de la ville moderne – laide, bruyante, philistine.

Terrible contraste, se dit-il. Ici, perchée, proche du ciel, intacte comme un îlot du temps, la ville haute millénaire et, dans l'écrin des salles blanches du musée, des œuvres qui tendaient à l'abstraction, à l'épure, à l'essentiel.

En bas, les goûts triviaux, la vulgarité remuante, proliférante, assourdissante de l'époque.

Foutue époque, songea-t-il, lui qui aurait voulu naître aux alentours de 1400 à Florence, être celui qui aurait découvert le chromatisme sublime de Fra Angelico, la perfection lumineuse de Piero della Francesca. Au lieu de ça, il avait été le premier à repérer le talent de Christoph Thalmayr. Pas si mal. Surtout par les temps qui couraient. Thalmayr était autrichien et, quand Fulgar l'avait repéré, son credo, c'était *l'actionnisme viennois*. Un courant qui regroupait dans les années 1970 des artistes comme Otto Muehl, Hermann Nitsch, Rudolf Schwarzkogler – des types qui, plus de cinquante ans auparavant, avaient fait scandale au nom de l'art en exposant des cadavres, en fomentant des orgies, en se mutilant, en incorporant dans leurs rituels corps animaux et humains, sang, excréments, boue, éléments liturgiques.

Fulgar était marchand d'art. Il n'avait jamais cru à ces conneries d'anti-art, de transgression, de négation, d'art brut ou d'*arte povera*.

Mais il avait vu les dessins de Thalmayr, et Fulgar avait l'œil. Il avait tout de suite senti le potentiel du jeune artiste révolté. Il l'avait pris sous son aile, tolérant ses happenings douteux pour mieux l'encourager à explorer d'autres voies, à intégrer toutes les formes d'art : peinture, photographie, architecture. Il avait aussi usé de ses réseaux pour accroître la notoriété de son poulain pendant trois décennies. Résultat, Thalmayr était aujourd'hui un des artistes plasticiens les plus cotés sur le marché et, comme il fallait s'y attendre, son ego avait grandi à proportion de sa réputation.

Fulgar entendit que Christoph avait terminé. On portait un toast. Il retourna à l'intérieur, s'appuyant sur une béquille, traînant sa jambe dans le plâtre. La faute à un accident d'escalade. Ici, à Cuenca, beaucoup la pratiquaient, plusieurs voies étaient accessibles à pied depuis la ville et les autres en quelques minutes à peine en voiture. Il avait eu de la chance. Ça aurait pu être pire.

Tandis que le marchand d'art refermait la porte-fenêtre et s'avançait vers les invités, Christoph Thalmayr le désigna aux autres en tendant sa coupe dans sa direction.

— Juan ne supporte plus mes discours ! plaisanta-t-il, déclenchant quelques rires polis. Je le comprends. Je ne les supporterais pas non plus à sa place. (Rires plus sincères, cette fois.) Nous l'avons échappé belle : il a failli se rompre les os en voulant jouer à son âge les Edmund Hillary. Résultat, une jambe cassée et un plâtre. Quelqu'un peut me trouver un feutre ? dit l'artiste en regardant autour de lui. On ne va pas laisser ce plâtre vierge ! Allez ! lança-t-il. Tout le monde laisse son petit mot ! Je veux qu'il n'y ait plus un centimètre carré de libre sur ce fichu plâtre !

Ses yeux gris étincelants, il se pencha pour glisser à l'oreille de Fulgar :

— J'espère que ça te plaît, vieille canaille. Ils vont tous être obligés de s'agenouiller devant toi.

— Je ne goûte pas autant que toi les génuflexions, Christoph, lui glissa en retour le marchand d'art.

— Non, toi, ce que tu goûtes, c'est le fric, fit Thalmayr en s'éloignant. Entre marchand d'art et marchand d'armes, il n'y a qu'une syllabe, tu as remarqué ?

Pas faux, mais il aurait pu le dire autrement, songea Fulgar. Quelquefois la franchise de Christoph le heurtait. D'autant plus qu'il n'était pas question de faire preuve de la même avec lui. Thalmayr aimait irriter, choquer, blesser – mais la moindre critique à son endroit le faisait entrer dans des colères noires. *Un enfant gâté.* Que Fulgar choyait comme son propre fils – à supposer que les pères eussent pu hériter de la fortune de leurs fils.

— Mesdames et messieurs ! cria-t-il. Christoph a raison : écrivez ce que vous voulez ! Je le lirai en rentrant, pour combattre l'insomnie !

Nouveaux rires. La directrice du musée prit le feutre des mains de Thalmayr et s'approcha. Aussitôt, un mouvement se fit et Fulgar fut très entouré.

Une épaule appuyée au mur, Christoph l'observait de loin, sourire aux lèvres, en sirotant quelque chose qui ressemblait à de l'eau mais n'en était certainement pas. Le regard qu'il posait sur le marchand d'art parut tout à coup à celui-ci un très curieux mélange d'affection, d'admiration et de… mépris. Quand tout le monde eut écrit, Thalmayr revint vers lui, s'inclina et, en deux traits vifs et précis, il dessina une étoile dans un poisson : le symbole avec lequel il signait toutes ses œuvres. (Fulgar lui avait demandé un jour s'il s'agissait de l'étoile de Bethléem et de l'Ichthus chrétien, Christoph lui avait répondu que son interprétation était trop *littérale.*) Il se redressa, ramena en arrière ses cheveux blond-gris un peu trop longs. Il portait comme souvent une chemise en denim et un jean ajusté. La chemise était largement ouverte sur un torse bronzé et le jean moulait complaisamment son anatomie. Il s'entretenait, mais le temps faisait son œuvre – et Fulgar trouva que son poulain ressemblait de plus en plus à une caricature de lui-même.

— Je rentre, dit-il une heure plus tard. À mon âge, il ne faut pas trop changer ses habitudes.

— Bonne nuit, vieille fripouille, dit distraitement Thalmayr, qui était en grande conversation avec une jeune fille dont Fulgar se demanda si elle était majeure.

Il alla saluer la directrice du musée et son assistante, une poignée d'invités, puis descendit lentement les marches vers la sortie, s'aidant de sa béquille.

Avec l'humidité de la nuit, un banc de brume était monté du Huécar jusqu'aux ruelles de la vieille cité. Il se glissait dans les passages, s'infiltrait sous les porches, coulait comme un songe à travers les grilles. Dieu qu'il l'aimait, cet endroit, cet Olympe accroché en plein ciel, ce Shangri-la ibère. Même le flot des touristes, l'été, n'était pas parvenu à l'en dégoûter : l'entrée de sa maison donnait sur un passage étroit, à l'écart – la *ronda* Julián-Romero –, qui sinuait comme une couleuvre entre les toits de la vieille ville, parallèlement à la gorge, et ses murs épais le protégeaient de la rumeur tandis que ses fenêtres et ses balcons surplombaient l'abîme et un petit jardin suspendu.

Cependant, ce soir, un esprit inquiet hantait les rues. Il savait que ce n'était pas seulement dû au brouillard. Ni à la nuit. Ni à la lueur fantasmagorique des lanternes, diffractée par la brume.

Comme tout le monde, il avait entendu les infos, appris ce qui était arrivé à Marta et à Nicolás. Il n'avait aucune raison de se sentir concerné, cela s'était passé à Madrid.

Vraiment ? Madrid n'est qu'à une heure de train et à moins de deux heures de route.

Aurais-tu oublié le passé ? Il s'est pourtant rappelé à toi récemment...

Oui, mais c'est une époque révolue. Tout est différent aujourd'hui.

Il continua d'avancer. Moins de deux cents mètres entre le musée et sa maison mais, avec ce fichu plâtre, ça revenait presque à marcher sur des kilomètres.

Soudain, ce ne fut plus aussi féerique. L'humidité du brouillard réveillait son arthrite et il avait froid. Il se dit qu'il aurait été bien en peine de courir si le besoin s'en était fait sentir. *Mais pourquoi aurait-il eu besoin de courir ?*

Il avançait clopin-clopant, s'appuyant sur sa béquille tel un pirate de pacotille. La brume dissolvait les contours de la cité ; par un temps pareil, il n'y avait pas un chat dehors. Il écouta le silence. Pour une fois, il trouva que c'était trop calme. Bigrement trop calme.

Marta avait cherché à le joindre il y a quelques semaines, mais il avait refusé de prendre l'appel, sachant de quoi elle allait lui parler... Il transpirait maintenant. La maison était en vue, mais entre elle et lui il y avait un porche étroit et sombre à franchir, avec un recoin obscur sur la droite, où quelqu'un aurait pu se cacher.

Il ralentit, hésita.

Il avait deux marches à gravir avant le passage. Sa béquille se coinça entre la première et la seconde et il faillit tomber, jura pour se donner du courage et s'engagea sous le porche, sentant tout le poids de la maison qui était au-dessus et celui de l'ombre autour de lui. Il jeta un vif coup d'œil vers la droite, là où un individu aurait pu se dissimuler.

Personne.

Fulgar émergea de l'autre côté du porche avec un soulagement ridicule. Sa porte était là. À quatre mètres à peine. Il y avait un écriteau de part et d'autre ; l'un disait : « maison protégée par systèmes de sécurité », l'autre : « zone vidéosurveillée ». Une caméra attestait ce dernier point.

Il introduisit la clé dans la serrure. Poussa le battant. Entendit des pas derrière lui.

Il ne chercha même pas à savoir qui c'était. Il se rua à l'intérieur, le cœur tambourinant, claqua le battant sur la ruelle brumeuse, et ses gros doigts tournèrent en tremblant la clé dans la serrure.

Puis il désactiva l'alarme.

L'écran ne signalait aucune tentative d'intrusion. D'ailleurs, il aurait reçu une alerte sur son téléphone.

Il était en sécurité.

Juan Fulgar suspendit son manteau de laine dans l'entrée, essuya son front liquéfié avec son écharpe, qu'il suspendit avec le manteau, puis descendit les trois marches qui menaient au salon, lequel occupait la majeure partie de l'étage de plain-pied.

Il y en avait trois autres : un étage au-dessous du niveau de la rue et deux au-dessus, tous surplombant le vide. Il avait conservé les solives au plafond, le plancher brut d'origine, les portes anciennes, mais avait accroché des toiles contemporaines aux murs et fait installer un système d'éclairage sophistiqué qui le suivait partout où il allait. En l'occurrence, au bar. Il se servit un double whisky sans glace, bien que son médecin lui eût déconseillé tout alcool fort après son triple pontage – « un verre de vin par jour si vous voulez, rien d'autre ».

Il alla s'asseoir sur une méridienne recouverte de velours bordeaux, hissa et posa sa jambe plâtrée sur le velours. Un rai de lumière tombait d'un spot juste au-dessus du meuble, car c'était là qu'il avait coutume de lire avant d'aller se coucher.

La double dose de whisky se chargea de lui rendre un semblant de courage et, son cœur battant moins vite, il se pencha sur le plâtre en dépit des douleurs dorsales que son chiropracteur n'était jamais parvenu à soulager.

Il était trop curieux de ce qu'il allait lire.

Les premiers mots le firent sourire : « Vieille canaille, je t'aime. » Seul Christoph l'appelait ainsi.

La deuxième phrase disait : « Toi qui es déjà au sommet, quel besoin as-tu d'escalader ? »

Amusant. Sans plus.

Les phrases suivantes étaient des flatteries déguisées en jugements de valeur. Ses yeux bleus irradiaient. D'avidité, de curiosité. De satisfaction. Il se demanda si c'était un symptôme de vieillesse, cet intérêt grandissant, malsain, pour les petites phrases, les compliments les plus outrés.

Brusquement, alors que l'instant d'avant son rythme cardiaque était redevenu normal, presque paisible après la traversée de la vieille ville et ses frayeurs, il fut saisi d'un haut-le-cœur, envahi par un sentiment de vertige et de panique.

Il regarda nerveusement autour de lui la maison vide, comme si quelqu'un pouvait l'observer. Songea, l'espace d'une seconde, que son esprit lui jouait des tours, stupéfié par l'emprise que trois mots pouvaient avoir sur lui.

Pas n'importe quels mots, il est vrai. Car, sur le plâtre, au milieu des signatures et des phrases, était écrit :

« *Tuons les riches* »

29

— Allume ta télé.

Lucia était encore sous la douche quand le téléphone avait sonné vers 8 h 30 ce mercredi, mais le ton de Peña la fit se précipiter dans le salon, une serviette nouée autour de la poitrine, une autre autour des cheveux.

— Quelle chaîne ? demanda-t-elle, le téléphone coincé entre l'épaule et la joue, ses pieds nus laissant des traces humides sur le sol.

Il le lui dit.

L'émission « España despierta[1] ». Un des programmes matinaux les plus regardés. Gros plan sur la présentatrice qui, ses beaux sourcils froncés, un air d'intense concentration sur le visage, était en train de poser une question : « Selon vous, ce n'est pas la bonne personne ? Pourtant, c'est avec ce genre de personnage qu'on fait les bonnes histoires, non ? »

Sourire mesuré de la présentatrice, visiblement satisfaite de son trait d'esprit.

1. « L'Espagne se réveille ».

Mouvement de caméra vers la gauche du plateau, là où se tenait l'invité du jour.

Ou plutôt *l'invitée*.

Lucia sentit un frisson la traverser. Candace Boix. Blondeur impeccable – le coiffeur de l'émission était passé par là –, teint également – maquillage pro –, regard vif et sérieux : à peine un léger sourire pour saluer la petite plaisanterie inoffensive de la présentatrice.

— Pour tout dire, je me demande si la lieutenante Guerrero est la mieux placée pour mener cette enquête.

La journaliste fronça encore plus ses sourcils noirs et effilés.

— Pourquoi ? Elle a eu des résultats remarquables dans l'affaire Francisco Manuel Mélendez, et aussi dans l'enquête sur celui qu'on a surnommé « le tueur de la Renaissance ».

Candace Boix eut une moue éloquente :

— Elle a surtout eu de la chance. Mélendez est venu à elle plus qu'elle n'est venue à lui, comme tout le monde le sait. Il lui a tendu un piège, et le piège s'est retourné contre lui. Quant au « tueur de la Renaissance », il se trouvait dans son environnement immédiat sans qu'elle y soit pour quoi que ce soit non plus. On dirait presque qu'elle les attire… Pour le reste, tout le monde à l'UCO est d'accord sur le fait que la lieutenante Guerrero a des méthodes peu orthodoxes, et certains estiment qu'elle s'affranchit beaucoup trop des règles.

En bonne professionnelle qu'elle était, avec près de mille émissions au compteur à raison de cinq par semaine, la présentatrice se jeta dans l'ouverture.

— Certains, c'est qui ? Vous avez des contacts à l'intérieur de l'UCO ou ce sont juste des supputations ?

La journaliste esquissa un sourire poli du genre : « Tu ne m'auras pas comme ça, ma belle. »

— Vous me permettrez de garder mes sources confidentielles. Tout ce que je peux dire, c'est que ce sentiment est partagé par un certain nombre de personnes au sein de l'unité.

Regard en direction de la présentatrice qui signifiait : « On en reste là si tu veux bien. »

Cette dernière hocha la tête d'un air entendu.

— Merci, Candace. Nous allons à présent parler des émeutes qui ont frappé Madrid cette nuit. Et pas seulement Madrid…

Lucia éteignit la télé. À ce stade, elle avait laissé tomber l'une de ses serviettes, mais elle ne s'en était même pas aperçue. Les donneurs de leçons de la presse. Ces crapules moralisatrices. Combien de fois par jour s'interrogeaient-ils sur leur propre moralité ? Et sur leurs *motivations* ?

— La garce ! s'exclama-t-elle.

— Tout va bien ? demanda Peña toujours en ligne.

— Qui a balancé ? voulut-elle savoir.

— Personne. Elle bluffe.

— Tu en es sûr ?

Silence au bout du fil.

— L'autorisation du juge pour la perquise chez Casablanc, elle est arrivée ? demanda-t-elle.

Nouveau silence. Peña soupira.

— J'ai annulé la demande.

— Quoi ?

— On n'a pas assez d'éléments, Lucia. Tout ce que vous avez, c'est des rumeurs, des on-dit…

— Il s'est fait agresser sans doute parce que des voleurs cherchaient un document dans son coffre, il n'a pas été clair là-dessus, et il était à la fois le chirurgien de Marta Millán et celui de Nicolás Gallardo.

— Et de plein de gens comme eux. Tu as vu sa clinique ? Il roule sur l'or, ce type. C'est normal qu'on veuille lui vider son coffre. Et je suis sûr que la moitié des liftings de Madrid sont faits chez lui.

Pendant une fraction de seconde, elle eut la vision d'un défilé de clones aux yeux bridés, aux pommettes rehaussées. Ne finissait-on pas par se sentir aliéné à force de gommer la personnalité de ses clients ?

— Je suis désolé, dit Peña.

— Ce type n'est pas clair, insista-t-elle. Je croyais que la colonelle voulait un suspect fissa.

— Trouve-moi plus d'éléments et j'irai moi-même faire la demande au juge, trancha-t-il avant de raccrocher.

Et zut...

Trouve-moi plus d'éléments. Il y avait un million de façons de faire sortir le gibier du bois, songea-t-elle. Question de timing. De patience. De savoir qui du gibier ou du chasseur tiendrait le coup le plus longtemps.

Tant qu'Oriol Casablanc ne portait pas plainte pour harcèlement, elle pouvait toujours *jouer un peu avec lui*. Elle fit le numéro de la clinique. Une voix suave lui répondit, qu'elle reconnut pour être celle de la très jeune femme à l'accueil : Yeux-de-chat.

— C'est la Guardia Civil, passez-moi le docteur, s'il vous plaît.

— Il n'est pas là, répondit la jeune femme avec toujours la même douceur égale, comme si la vie glissait sur elle.

— Ah, et vous savez où on peut le joindre ?

— Normalement, il devrait être au cabinet à cette heure-ci. J'espère qu'il ne va pas tarder. Les premiers patients s'impatientent. Il est peut-être encore chez lui.

Lucia se dit que le jeu de mots était sans doute involontaire. Est-ce qu'elle allait pousser la chose plus loin ? Jusqu'à l'appeler chez lui ? Pourquoi pas, après tout ?

— Vous avez le numéro de son domicile ?

Yeux-de-chat le lui donna.

— Oui ? dit une nouvelle voix de femme.

— Je voudrais parler au Dr Casablanc, je suis la lieutenante Guerrero, de l'UCO.

— Il est à la clinique, répondit la femme.

Lucia tiqua.

— Ah bon ? Je viens d'appeler la clinique, il n'y est pas.

Un silence à l'autre bout.

— Oriol est parti pour le travail il y a près d'une heure. Il s'est peut-être arrêté en chemin pour faire une course. Il n'avait peut-être pas de rendez-vous tout de suite…

Oriol…

— Pourtant, sa secrétaire m'a dit que les premiers patients étaient déjà là et qu'ils… *s'impatientaient.*

Cette fois, le silence se prolongea.

— C'est curieux. (Une nuance de perplexité dans la voix.) Vous m'avez dit que vous êtes ?

— Lieutenante Guerrero, de la Guardia Civil. Et vous ?

— Son épouse. Qui voulez-vous que je sois ? Vous avez essayé de le joindre sur son portable ?

— Je n'ai que ces deux numéros, répondit Lucia, le vôtre et celui de la clinique. Vous pouvez l'appeler, s'il vous plaît ?

Elle entendit l'épouse bouger. Quelques secondes passèrent.

— Il ne répond pas…

— Il répond tout de suite d'habitude ?

— Pas quand il est en rendez-vous avec un patient. Mais vous m'avez dit qu'il n'est pas à la clinique…

Cette fois, la perplexité avait laissé place à l'inquiétude dans la voix de l'épouse. Lucia n'hésita qu'une seconde.

— Je peux venir vous voir ? J'aurais quelques questions à vous poser.

En Galice, Arias regarda la sergente Salcedo consulter ses notes dans son téléphone en se rongeant un ongle.

— La mère d'Antón Freire travaille dans l'administration de la junte de Galice, déclara-t-elle. Au pôle emploi de Noia. On l'a interrogée à son travail. Elle ne sait pas où est son fils, elle refuse de lui parler depuis cette histoire d'agression sur des prostituées et elle n'est pas non plus allée le voir en prison.

— Quel effet elle vous a fait ?

De nouveau, la sergente Salcedo se rongea le coin de l'ongle.

— Le genre fermé à double tour. (Elle réfléchit.) Je l'ai sentie en colère. Comment ne pas l'être ? J'imagine les ragots qu'on doit colporter dans son dos, sur la façon dont elle a éduqué son fils, tout ça… Ça ne doit pas être facile à vivre quand on a un enfant qui a fait de la taule pour s'en être pris à des femmes. Et ça ne va pas s'arranger quand on l'aura chopé.

— Justement, dit Arias assis sur le coin d'un bureau, vous avez des informations sur la façon dont elle l'a éduqué ? Dans quels endroits ils ont vécu ? Si le petit Antón avait des habitudes particulières, des cachettes ? Quelque chose qui pourrait nous aider à le trouver ? Et son père, il est où ?

Le deuxième membre du département homicides, séquestrations et extorsions envoyé en renfort par Madrid fit la grimace.

— Elle n'a pas été très loquace. On se proposait, Inés et moi, de l'interroger en dehors de ses horaires de travail.

Arias hocha la tête en les regardant à tour de rôle.

— Je m'en charge, dit-il. En attendant, allez voir le juge, demandez l'accès aux fadettes de la mère. Entre ce qu'elle dit et ce qu'elle fait… Elle reste une mère, non ? Et n'oubliez pas : il y a une jeune femme qui peut encore être sauvée. Allez, au boulot, merci !

Il fixa par la fenêtre le ciel sombre, les vagues de pluie qui se succédaient, balayant la mer, les buildings, le port, argentées et luisantes. De temps en temps, une brève lueur trouait les nuages et ravivait pendant une seconde le paysage avant l'averse suivante. Il trouvait l'atmosphère de cette ville déprimante. Il aimait les hivers madrilènes, froids et secs. *Toute cette pluie...* Il en était venu à se dire qu'elle l'empêchait de penser correctement.

Puis il se demanda ce qu'il s'était déjà demandé un millier de fois. *Comment il les choisit ? Comment il les repère ? Toujours des femmes qui partent au travail tôt le matin mais dans des villes différentes.*

Il avait si souvent examiné la carte, les endroits où elles avaient été enlevées, ceux où on avait retrouvé les corps.

Malpica, Combarro, O Pindo, Muros... des lieux éloignés les uns des autres. Il les observe, il les suit, il les espionne... Il sait où elles habitent... Mais d'où est-ce qu'il les connaît ? Elles ne se connaissaient pas entre elles, elles n'exerçaient pas le même métier, elles n'avaient pas les mêmes amis, n'avaient pas fréquenté les mêmes écoles...

Il avait effectué ces vérifications des dizaines de fois – au cas où quelque chose leur aurait échappé.

Comment elles apparaissent sur ton radar, salopard ?

Puis il pensa au temps qu'il leur restait. Plus de quarante-huit heures s'étaient écoulées depuis le rapt de Cristina Suquet. Si le tueur suivait le même schéma que pour les précédentes, il leur en restait moins de soixante-douze pour la retrouver vivante. Il attrapa sa veste.

— Je vais voir la mère, dit-il.

— Mais on vient juste de…

— Appelez le juge pour les fadettes. À plus tard.

30

— Vous avez une idée de l'endroit où il peut être ?

— En montagne.

Assise dans un canapé XXL, Lucia regarda la femme. Elle n'avait plus l'air aussi inquiète que tout à l'heure au téléphone.

— Quelle montagne ?

— Ça dépend. Partout où il y a des voies intéressantes. Oriol est un excellent grimpeur. (Lucia se souvint du discours du chirurgien esthétique à propos de la montagne.) Généralement à moins de trois heures de route de Madrid : Guadarrama, San Martín de Valdeiglesias, Valdepeñas de la Sierra, Cuenca… L'hiver, il pratique l'escalade sur glace.

María Casablanc ressemblait à son mari. Elle avait subi les mêmes opérations, mais le résultat était plus subtil. Il fallait un œil exercé pour repérer les petites retouches, les légères accentuations, les discrètes corrections d'une beauté déjà naturellement présente. Quand la science venait corriger un fonds génétique comme celui de María Casablanc avec suffisamment de doigté, cela donnait une des plus belles femmes de Madrid.

— J'ai vérifié. Il a emporté une partie de son matériel.

— Et il ne vous a pas prévenue ?

L'épouse parut embarrassée.

— Il a eu plusieurs accidents au fil des ans. Des chutes. De multiples fractures, des traumatismes crâniens. Il sait que je m'inquiète quand il part en montagne. Alors il a préféré me dire qu'il se rendait à la clinique, je suppose.

Ça paraissait logique. *Trop* logique. Et il aurait laissé ses patients en plan sans prévenir personne ? Est-ce que la vraie raison de sa disparition avait quelque chose à voir avec leur visite à la clinique la veille ? Est-ce qu'Oriol Casablanc *paniquait* ?

— Et son téléphone ?

— Il y a des endroits là-bas où ça ne passe pas.

— María, dit soudain Lucia, choisissant de passer au prénom. Je crois que votre mari est en danger.

Les yeux de la femme s'agrandirent.

— Que voulez-vous dire ?

— Je crois que vous devriez me dire *absolument tout ce que vous savez* parce que votre mari est en grand danger, répéta-t-elle.

María Casablanc sursauta.

— Quel danger ?

Le ton avait changé. Il n'était plus aussi assuré.

— Nous avons toutes les raisons de penser non seulement qu'il est mêlé aux assassinats de Marta Millán et de Nicolás Gallardo, mais aussi qu'il pourrait être le prochain sur la liste des victimes.

Elle s'abstint de dire qu'ils envisageaient aussi qu'il fût l'assassin. Elle vit la femme pâlir malgré son joli teint. Tout à coup, les petits artifices qui la rajeunissaient de quinze ans perdirent de leur efficacité et elle accusa son âge.

— Je vous assure que je ne sais pas où il est, insista María Casablanc. Il a bien pris son matériel.

— Est-ce qu'il avait l'air préoccupé ces derniers temps ? Est-ce qu'il vous a dit quelque chose ?

— Oriol ne parle jamais de ses affaires avec moi. Mais je sais qu'il a des problèmes, je ne suis pas aveugle ni sourde, vous savez. Je surprends parfois des bribes de conversations au téléphone, je vois à sa tête que quelque chose ne va pas. Et puis, il y a tous ces cauchemars qu'il fait ces derniers temps. Il parle dans son sommeil, on dirait… un petit enfant terrifié…

Lucia la vit frissonner à cette évocation.

— Il parle dans son sommeil, répéta-t-elle. Vous savez ce qu'il dit ?

L'épouse du chirurgien planta son regard dans celui de Lucia :

— Il y a une phrase qui revient tout le temps : « C'est lui le pire. » Il ne cesse de répéter ces mots : « C'est lui le pire. »

Une fois dehors, dans le pâle soleil de janvier, Lucia respira l'air froid puis rappela la clinique. Elle jeta un coup d'œil à sa montre. 10 h 15.

— Il n'est toujours pas arrivé ?

— Il a téléphoné juste après vous, répondit Yeux-de-chat. Il est malade, il a annulé tous ses rendez-vous du jour.

Malade, penses-tu…

Ils flottaient. Entre ciel et terre. Deux insectes. Escaladant un temple de glace avec ses colonnes, ses corniches, ses frises. Un cocon blanc et gris autour d'eux. Une Hyperborée de nuées, de neige et de vent.

— Ça se gâte ! cria Oriol Casablanc, le bassin plaqué contre la glace.

Il la traversa avec la lame du piolet au manche galbé. Un geste sûr, ferme, précis.

Une petite douche d'éclats de glace l'arrosa.

Puis il planta un de ses crampons mono-pointe dans la masse joliment gelée.

Belle glace, se dit-il. Compacte, translucide. Aussi lisse que du marbre mais sculptée, bombée comme les seins qu'il implantait à ses patientes. Il était assez rare que les températures fussent suffisamment basses dans le secteur pour avoir des colonnes de glace aussi épaisses et aussi denses. Il jeta un coup d'œil au-dessus de lui. Il était presque arrivé.

Cinq minutes plus tard, il était assis au sommet. Il attendit son partenaire. On n'entendait que les rafales de plus en plus violentes soufflant sur Peñalara, dans la sierra de Guadarrama, à cinquante kilomètres au nord-ouest de Madrid, et la neige tourbillonnait comme un essaim autour de son casque et de ses lunettes de protection. On n'y voyait pas à dix mètres. Il était plus que temps de redescendre.

Il sortit une paire de gants secs de sa veste étanche, fourra les autres dans sa poche. Son partenaire le rejoignit à travers les bourrasques et s'assit près de lui.

— On avait vraiment besoin de monter jusqu'ici pour parler ?

Casablanc considéra son voisin à travers le polycarbonate de ses lunettes, qui lui faisait les yeux jaunes.

— Ouais, répondit-il, parce que ici au moins personne ne peut nous écouter.

Le casque noir pivota dans sa direction :

— Mais putain, de quoi tu parles ?

— La Guardia Civil est venue me voir, dit Oriol, ils savent que Marta et Nicolás sont tous les deux passés par mon cabinet, et en plus ils ont repéré les versements…

Sa voix trembla quelque peu quand il raconta au casque noir la visite des deux enquêteurs. Pas à cause du vent glacial, non. À cause de l'image suivante : une prison, des portes métalliques qui claquent, des cris d'animaux, un compagnon de cellule qui admirerait son joli visage refait avec un sourire de prédateur, des promenades où ce même visage serait la source de quolibets, des douches communes…

— Et tu proposes quoi, toubib ? demanda son voisin d'une voix lente, à peu près à la même température que la glace qui les environnait.

— J'ai fait une erreur, confessa Casablanc piteusement.

— Tu parles de ton petit chantage ? Quand je pense que c'est moi qui t'ai raconté cette histoire…

— J'avais besoin d'argent, gémit le chirurgien. La banque menace de me couper les vivres pour la clinique. Derrière sa façade, c'est un gouffre financier… Et il y a aussi les pensions de mes ex-femmes, l'éducation des enfants. Je n'y arrive plus…

— Et tu n'as rien trouvé de mieux que de les faire chanter avec ce que je t'avais dit. C'était stupide et dangereux.

— Je sais ! Mais j'étais aux abois, je n'ai pas réfléchi…

La voix de Casablanc tremblait de plus en plus. Il suait à grosses gouttes sous sa cagoule et ce foutu casque.

— Toi, tu as… euh… une idée… de qui il est ?

— À ton avis ? dit son voisin. Nous ne sommes plus très nombreux, non ? Qu'est-ce que t'en penses ? Lequel d'entre nous a le plus à perdre si la police apprend ce qui s'est passé cette nuit-là ? Tu y as pensé ?

Une rafale plus forte que les autres les chahuta. D'ordinaire, au centre de cette blancheur, Casablanc avait l'esprit clair, et toutes ses questions trouvaient des réponses. C'était ici après tout qu'il avait imaginé le projet de la clinique, ici qu'il avait décidé d'épouser María.

Mais pas aujourd'hui. Aujourd'hui, son esprit était à l'image du temps : gris, gelé, sans visibilité.

— Oui…, souffla le chirurgien, oui, j'y ai pensé… Je vois où tu veux en venir… Et si on… en parlait à la police ?

Il osait à peine élever la voix pour couvrir les rafales, à cause de l'énormité de ce qu'il venait de dire.

— Tu tiens vraiment à aller en prison ?

Casablanc n'hésita qu'une fraction de seconde :

— Je préfère encore être en prison que mort.

Un silence, seulement troublé par la plainte flûtée du vent.

— Et si tu te gourais sur l'identité de l'assassin ? suggéra brusquement le casque noir.

— Comment ça ?

— Si ce n'était pas celui que tu crois ? Qui d'autre ça pourrait être à ton avis ? Tu ne vois pas ?

Casablanc tourna la tête, croisa le regard de son voisin à travers les lunettes jaunes. L'espace d'un instant, il cut peut être le pressentiment de ce qui allait arriver. Car sa bouche s'arrondit en O un quart de seconde seulement avant que la lame du piolet ne traverse sa cagoule juste en dessous du bord du casque, et dans le même mouvement son oreille, son tympan, son cerveau.

Un geste sûr, ferme, précis…

Un filet de sang coula presque aussitôt de son oreille le long de son cou, jusqu'au tee-shirt thermique à l'intérieur de la veste étanche, trempant le col montant de celui-ci.

Oriol Casablanc s'affaissa sur lui-même pendant que l'homme au casque noir et aux lunettes jaunes tranchait la corde.

Après quoi, il poussa le chirurgien dans le vide, suivit des yeux la chute du corps jusqu'au premier ressaut de glace, sur lequel il rebondit, minuscule et désarticulé, glissant ensuite telle une luge sur la pente intermédiaire, avant de replonger dans le vide et de disparaître, avalé, englouti par la grisaille et les nuages.

31

Arias pressa de nouveau le bouton de la sonnette. Deux secondes. La porte finit par s'entrouvrir.

— Vous voulez quoi ?

Dans l'entrebâillement, le regard était aussi aiguisé qu'un silex, plein de morgue et de défiance.

— Nieves Carballo ? Je suis le sergent Arias de l'UCO, dit-il en montrant sa plaque. J'aurais quelques questions à vous poser.

— J'ai déjà répondu à la Guardia Civil.

Le ton était cassant, hostile.

— Mais pas à moi. Je peux entrer ?

Au lieu de répondre, elle le détailla avec la méticulosité froide d'Herbert West examinant un cadavre (Arias était fan de Lovecraft), puis la porte s'ouvrit.

Il suivit la femme le long d'un couloir aussi sombre qu'un tunnel. Nota au passage les images pieuses qui peuplaient les murs, criant silencieusement du fond de leur pénombre la foi de la maîtresse des lieux en un Dieu qu'il avait pour sa part du mal à se représenter : saints auréolés, photos de Lourdes, de Saint-Jacques-de-Compostelle, de Fátima, statue de la Vierge pleurant des larmes de sang, Padre Pio, douleur, mortification, exaltation, extase. Il frissonna.

Même déco mystique dans la cuisine. Entre les placards fabriqués à la chaîne dans une usine suédoise et une fenêtre donnant sur la mer flagellée de pluie, les saints observaient Arias avec une douceur qui était en revanche totalement absente des yeux de son hôtesse.

Des yeux de gerfaut derrière de grandes lunettes, des cheveux teints en blond paille, des doigts noueux aux ongles pointus, recourbés. Comme des serres. Il lui donna la cinquantaine. Elle s'assit à la table de la cuisine, lui montra l'autre chaise.

Nieves Carballo portait un épais cardigan de laine marron sur un pull fin à col roulé. La température dans l'appartement ne devait pas dépasser les dix-huit degrés. Un matou gras se frotta dans les jambes d'Arias puis décampa. Il pensa aux gamelles pleines de nourriture pour chats aperçues rue Amargura et se raidit. La femme ne le quittait pas des yeux. Elle porta à ses lèvres une bouteille de bière déjà entamée, but une longue rasade, la reposa sans le lâcher du regard une seconde. Elle ne lui en proposa pas.

— Alors ? dit-elle.

— Antón Freire, c'est bien votre fils, n'est-ce pas ?

Un hoquet méprisant.

— Comme si vous ne le saviez pas.

— Vous l'avez vu récemment ?

Les petits yeux durs le fouaillèrent comme si elle cherchait à pénétrer dans son crâne.

— J'ai déjà dit tout ça à vos collègues. Je n'ai plus de contact avec ce dégénéré.

Il laissa passer un silence, guettant le moindre bruit qui montât de l'appartement.

— Vous croyez qu'il a kidnappé et tué ces pauvres filles, c'est ça ? ajouta-t-elle.

— Et vous, vous en pensez quoi ? demanda-t-il.

Elle but une nouvelle gorgée de bière, rota, montra du menton les images pieuses sur les murs :

— Je vais trois fois par semaine à l'église prier pour ces malheureuses.

— Antón, c'était quel genre d'enfant ?

— Qu'est-ce que ça peut bien vous foutre ?

Le ton était de plus en plus venimeux.

— J'essaie de comprendre…

Elle hésita, méfiante, cherchant où était le piège.

— Le genre facile à vivre, obéissant, tranquille… Il a perdu son père très tôt. Ça l'a beaucoup marqué. C'était un enfant solitaire. Il ne participait pas aux jeux dans la cour de récréation et il y avait toujours des salopiauds pour l'embêter. Les mioches, ils sont aussi cruels que les adultes, vous savez. L'innocence des enfants, c'est des conneries. Jusqu'au jour où Antón a grandi et où il en a eu assez. Alors il en a bousculé un. Comme il était de loin le plus grand et le plus costaud de sa classe, ça a fait tout un foin. Après ça, il est devenu encore plus renfermé et plus méfiant… Mais à la maison, c'était un bon garçon, plein d'amour. Il ne demandait pas grand-chose. Il ne lui en fallait pas beaucoup pour être heureux. C'était le genre de gosse qui se suffit à lui-même. Je suis sûre que ce n'est pas lui qui a tué ces filles… Je sais ce que vous pensez. Il y a eu cette histoire d'agressions, la prison et tout et tout… Mais ces catins-là, croyez-moi, elles l'avaient bien cherché.

— Je croyais que c'était un dégénéré ? Que vous ne vouliez plus rien avoir à faire avec lui ? C'est bien ce que vous avez dit, non ?

Arias vit les pupilles de la femme noircir. Il avait déjà croisé cette sorte de noirceur par le passé. Méchanceté, égoïsme, aridité de l'âme. Une personnalité narcissique. Une vision du monde dominée par la paranoïa. Une haine instinctive de l'autre. L'insensibilité de cette femme le glaçait.

— Le 9 *bis*, rue Amargura à La Corogne, ça vous dit quelque chose ?

— Bien sûr. C'est là qu'il crèche.

— Comment il fait pour payer le loyer ? Il a un travail ?

— La baraque est à nous. Héritage. On l'a mise en location pendant un temps puis, quand Antón a voulu s'installer en ville, je la lui ai laissée.

— Pourquoi il a voulu s'installer en ville ?

— Pourquoi les jeunes gens partent à la ville d'après vous, monsieur le garde civil ?

Le ton était ironique, presque malveillant.

— Vous avez dit que c'était un solitaire, poursuivit-il. Il avait une copine ? Il se comportait comment avec les filles ?

— Et vous, monsieur le garde civil, quel genre d'homme êtes-vous avec les femmes ? siffla-t-elle.

Arias vit son reflet dans le verre des lunettes, son propre visage, traversé par le regard de serpent de Nieves Carballo. Il ne put empêcher ses poils de se hérisser sur ses avant-bras.

— Vous ne portez pas d'alliance. Divorcé ? Les flics divorcent beaucoup, il paraît… Est-ce que vous dormez bien avec toutes les horreurs que vous voyez ? À force, vous ne devenez pas comme les gens que vous traquez ? Ou pire même… Parce que vous avez la loi pour vous… Vous pouvez vous permettre toutes les saloperies du monde, pas vrai ? Comme torturer psychologiquement les honnêtes gens, entrer chez eux pour insinuer des choses… Avouez que vous aimez ça… (Elle renifla de mépris.) Vous ne me croyez pas, n'est-ce pas, quand je vous dis que je ne sais pas où il est ? Vous êtes de belles ordures, vous, les gardes civils… Allez-y, regardez partout. Vous en mourez d'envie.

— Vous m'autorisez ?

Elle fit un signe bref, qu'il choisit de prendre pour un assentiment. Il se leva. Il y avait une porte ouverte à gauche. Un salon minuscule de l'autre côté, avec un meuble télé, un canapé convertible, une table basse et une box. La pluie rinçait la fenêtre, la mer grondait. On se serait cru à bord d'un bateau. Il se pencha sur le canapé et les coussins : ils portaient l'empreinte d'une seule personne.

Il poursuivit son exploration. Trois chambres, un seul lit défait. Dans la salle de bains, *une* brosse à dents, *un* verre. Le parfum qui flottait partout était celui de Nieves Carballo. Il n'en distinguait pas d'autre. Il revint dans la cuisine.

— Satisfait ? demanda-t-elle. Et maintenant, foutez le camp.

32

— Où étais-tu ? demanda Peña.

— Dans le bureau du juge.

— Hein ?

— Pour obtenir un ordre judiciaire.

— Un ordre pour quoi faire ?

— Pour localiser le téléphone portable de Casablanc.

Elle le vit rester un instant en arrêt.

— Le chirurgien esthétique ? Je croyais t'avoir dit d'attendre. J'ai pas été assez clair ?

Il réprima un soupir.

— Et qu'est-ce qu'il a dit, le juge ?

Lucia glissa un regard en direction de Soler, qui se taisait et comptait les points.

— Il a signé l'ordre : Casablanc a disparu, il est parti de chez lui très tôt ce matin, il a dit à sa femme qu'il allait à la clinique, mais il n'est jamais arrivé. Il a appelé la clinique pour dire qu'il était malade. Sa femme a essayé de le joindre sur son portable il y a une heure encore, mais son téléphone est éteint. La dernière fois qu'il a activé un relais, c'était à Navacerrada, sur la M601. C'était il y a quatre heures. Depuis, *nada*.

Peña fronça ses sourcils épais.

— Selon sa femme, il a emporté du matériel d'escalade, poursuivit-elle. Elle dit qu'en hiver il pratique l'escalade sur glace. Peñalara est un spot réputé.

— Je connais, dit Peña. Et tu n'as pas jugé bon de m'informer avant ?

— Le temps pressait.

— Il est peut-être en train d'escalader et il n'y a pas de réseau là où il est, suggéra Soler.

— Il aurait prévenu quelqu'un pour dire où il allait. C'est ce que font les alpinistes dans ces cas-là. Lui, il a appelé la clinique pour dire qu'il était malade et il a annulé tous ses rendez-vous. Ça ressemble plutôt à un départ précipité.

— D'accord, dit Peña. Qu'est-ce que tu proposes ?

— Il faut le retrouver avant qu'il ne fasse d'autres victimes ou qu'il n'en devienne une lui-même. On ne sait pas trop quel rôle il a joué dans tout ça, mais on a désormais la quasi-certitude qu'il est mêlé à cette histoire d'une manière ou d'une autre. Et qu'il a filé quand il a senti l'étau se resserrer. Ça le met en danger… ou ça met d'autres personnes en danger… Il est peut-être déjà trop tard. Il est parti au volant de son Range Rover. On a l'immat.

Peña se renfrogna, devinant le reproche déguisé, mais il hocha la tête :

— D'accord. Soler et toi, vous filez là-bas. Trouvez le véhicule. Moi, j'appelle le GREIM[1].

Les feux du crépuscule teintaient d'or le mur de glace. Des lueurs auxquelles se joignaient, dans la

1. Groupe spécial de sauvetage et d'intervention en montagne.

partic basse de la paroi, les éclats bleus des véhicules du GREIM. Des nuages voguaient au-dessus du soleil couchant, s'accrochant aux sommets tels des lambeaux d'étoffe. Le vent soufflait, glacial. Un vent à vous geler les os. Lucia remonta son écharpe de laine sur son nez rouge et considéra le chantier : la neige au pied de la muraille avait été méchamment piétinée par les hommes du GREIM puis par les gardes civils du coin. Elle demanda :

— Quel temps il faisait il y a une heure ?

— Tempête, répondit le capitaine du GREIM.

Ce qui signifiait que les traces de celui qui avait assassiné Oriol Casablanc ne se trouvaient sans doute pas parmi celles, nombreuses, qu'elle voyait.

Elle contempla, une nouvelle fois, la phrase peinte à la bombe sur la glace :

« TUONS LES RICHES »

Au moins il n'y aurait pas besoin d'effacer celle-là : elle disparaîtrait dès que la glace commencerait à fondre et peut-être même avant.

— Il y a des traces plus bas, lança Soler qui remontait la pente en ahanant. Dans la forêt. À l'abri, sous le couvert des sapins. Je pense que ce sont les siennes (il désigna le corps sans vie étendu à quelques mètres) et celles de la personne qui l'accompagnait.

— Qu'est-ce qui te fait dire ça ?

— On a deux traces à l'aller, une seule au retour – qui est la même que l'une des deux de l'aller. L'autre sera redescendu à travers la forêt, une fois son forfait commis, jusqu'au parking de Puerto de Cotos, où se trouve le Range Rover de Casablanc. Et il sera reparti avec son propre véhicule.

Elle avait vu en effet le Range Rover sur le parking. Les hommes du GREIM l'avaient malheureusement touché et examiné pour s'assurer qu'il n'y avait personne à l'intérieur. Leur premier devoir était de secourir – pas d'isoler une possible scène de crime.

— On est passés devant le centre des visiteurs, commenta-t-elle. Je n'ai vu aucune caméra.

Le chef des secouristes secoua la tête.

— À ma connaissance, il n'y en a pas. Ni au carrefour de Puerto de Navacerrada ni sur la route.

Elle grimaça.

— Donc pas moyen d'identifier le véhicule qui était garé à côté du Range Rover, s'il y en avait un…

— Il a peut-être laissé des traces de pneus, proposa Soler.

— Sans doute effacées par la tempête et, de toute façon, ça ne nous donnera pas l'immat.

Un grand bruit monta vers le sud, distant, avant qu'un gros insecte de métal ne s'approche à l'horizon : l'hélicoptère du GERA, le groupe de sauvetage en altitude, dont tous les membres appartenaient au corps des pompiers de la communauté de Madrid.

Le bruit enfla, devint assourdissant.

L'appareil se posa à quelque distance, toutefois insuffisante, car l'atterrissage souleva un nuage blanc qui vola jusqu'à eux et de la neige gifla le visage de Lucia.

— Super, s'écria-t-elle en fermant les yeux et en se protégeant de la main. Maintenant, on est sûrs que, s'il y avait des indices, ils sont enfouis sous la neige !

Un grand tremblement orageux secoua le ciel. Elle se tourna vers les dernières lueurs du couchant, le visage peint en orange comme si elle s'était tartinée d'autobronzant.

— Le temps ne va pas tarder à se gâter, confirma près d'elle le type du GREIM.

Lucia vit le légiste descendre de l'hélico. Elle lui fit un petit signe de sa main gantée.

— Si j'avais su, lança-t-il en s'approchant, je me serais habillé plus chaudement ! Et ce pilote ! Un vrai danger public !

Elton John remonta ses immenses lunettes sur son nez. Il se tourna l'air maussade vers le corps d'Oriol Casablanc étendu dans la neige.

— Vous êtes sûrs que ce n'est pas un accident ?

— À vous de nous dire, répondit Lucia, mais vu le trou qu'il a dans l'oreille, ça m'étonnerait.

— Un piolet à glace, c'est ça qui lui a percé le tympan, précisa le chef des secouristes.

— Pas de conclusion hâtive, jeunes gens, mais j'en prends bonne note, fit le légiste. Il faudra m'en fournir un pour comparaison.

— Pas de problème, dit l'homme du GREIM.

— Faites vite, dit Lucia. Le temps va se gâter.

— On aurait au moins pu monter une tente pour protéger le corps et moi avec, fit remarquer Elton John en soupirant avant de s'éloigner d'une démarche pataude. Et j'aimerais bien une Thermos de café chaud, s'il vous plaît ! C'est possible, ça ? Merci !

Les rafales de flocons descendues de la montagne les surprirent sur le chemin du retour. Ils dépassèrent le centre des visiteurs de Peñalara, traversèrent la route que le chasse-neige avait dégagée, laissant des monticules inégaux sur les bas-côtés. Les sapins floqués de blanc, la forêt pétrifiée par le froid, les grands champs de neige sous le ciel bas… Le paysage aurait pu être féerique en d'autres circonstances.

Sur le parking de Puerto de Cotos stationnaient un fourgon orange et jaune de la Protection civile, des tout-terrains de la Guardia Civil et d'autres véhicules qui devaient appartenir à des randonneurs ou à des grimpeurs. Lucia se dirigea vers son Hyundai. Une silhouette jaillit d'un SUV proche, micro tendu.

— Est-il vrai que « le tueur de riches » a fait une nouvelle victime ? lui lança Candace Boix, la journaliste de *Toda la Verdad*, un nuage de buée devant la bouche.

Sa jolie bouche aussi venimeuse que celle d'un taïpan du désert. Non, Candace Boix était plutôt une tique : un parasite se nourrissant de sang et transmettant cette maladie contemporaine qu'est le voyeurisme décomplexé. *Il faut que tu arrêtes de regarder des documentaires animaliers.*

— Ne réponds pas, lui conseilla Soler à côté d'elle dans un murmure, et Lucia eut envie de lui dire à lui aussi d'aller se faire foutre.

— Pensez-vous être capable d'arrêter cette série ? persista la journaliste. Avez-vous la moindre piste ?

Lucia pressa le pas en essuyant les flocons qui saupoudraient son cuir. Candace Boix trottinait maladroitement dans la neige sale à côté d'elle, lui tendant son micro. Lucia se surprit un court instant à souhaiter la voir déraper et se fouler une cheville.

— Lieutenante Guerrero, il se dit que vos faits et gestes sont étroitement surveillés par la hiérarchie, c'est vrai ? On dit même que vous êtes sur un *siège éjectable*…

Un doigt.

Un beau doigt d'honneur bien dressé fut sa réponse avant de s'asseoir au volant.

Elle sut immédiatement qu'elle avait fait une connerie. Manœuvrant nerveusement pour mettre le Hyundai dans le sens de la sortie, elle surprit le sourire de Candace Boix. Qui se tourna vers sa gauche alors que Lucia passait devant elle.

C'est à ce moment-là qu'elle vit le photographe.

Et merde…

33

— Je serais curieuse de savoir quel est le fils de pute qui refile ses infos à cette garce, lâcha-t-elle tandis qu'ils roulaient vers Madrid.

Elle devina que Soler l'observait.

— Et pourquoi pas une femme ? souleva celui-ci. Tu crois peut-être que les femmes sont moins jalouses, moins menteuses, moins tordues et moins manipulatrices que les hommes ?

— En arrivant, file voir le juge, dit-elle sans relever. Je veux la liste de tous les patients de Casablanc. Et obtiens un ordre de perquisition pour demain. Il nous faut aussi éplucher ses fadettes des dernières semaines. Qui l'a appelé, qui il a appelé… Et ses relevés de comptes bancaires.

Elle glissa un regard en direction de Mateo Soler. Il hochait la tête sans conviction. *Tu auras plus d'initiative quand tu auras fait tes preuves*, pensa-t-elle.

— On n'a rien trouvé dans sa voiture, mais dis au labo d'activer et qu'ils passent le Range au peigne fin : fibres, ADN, cyanoacrylate, tout le tremblement. Tout est urgent : pendant que tu vas voir le juge, je vais annoncer à l'épouse de Casablanc la mort de son mari.

María Casablanc pleurait. Elle semblait même nantie d'un réservoir quasi inépuisable de larmes. Cela faisait bien un quart d'heure qu'elles roulaient sur ses joues à intervalles réguliers et qu'elle les épongeait avec de petits mouchoirs comme un marin écope une voie d'eau. Il y avait sur la table basse tout un tas de boules de papier roses et bleues.

Lucia avait besoin de réponses. Pas le temps d'attendre. Que la veuve d'Oriol Casablanc ait retrouvé ses esprits. Que le labo ait examiné l'auto. Que Soler ait obtenu un ordre de perquisition.

— Madame Casablanc, votre mari fréquentait-il Marta Millán et Nicolás Gallardo en dehors de sa clinique ? Est-ce que vous et votre mari les fréquentiez ?

— Non.

— Vous en êtes sûre ?

— Oui.

— Vous savez avec qui il avait l'habitude d'escalader ? Des amis ? Un club ?

— L'escalade, c'était son truc. Ça ne m'intéressait pas.

— Est-ce qu'il avait des ennemis ?

— Pas à ma connaissance.

— Et pourtant il a été attaqué il y a trois mois. Savez-vous ce que les gens qui l'ont agressé cherchaient dans son coffre ?

— Non.

— Ça devait être important pour qu'ils lui aient coupé un doigt…

— Je ne sais pas… je ne sais pas ce qu'ils cherchaient.

— Il ne vous en avait pas parlé ?

— Si. Mais il ne le savait pas non plus.

— Est-ce qu'il aurait pu vous mentir ?

— C'est possible.

— Est-ce que votre mari avait des secrets ? Des choses qu'il gardait pour lui, qu'il vous cachait ?

— Oui.

— Comment le savez-vous ?

— Huit ans de mariage. Ça aide à cerner les gens.

— Quel genre de secrets, d'après vous ?

— Je ne sais pas.

— Une liaison ?

— Je ne sais pas.

— Une maladie ?

— Je ne sais pas. Écoutez… écoutez… je suis… fatiguée…

— Des ennuis d'argent ?

María Casablanc leva soudain les yeux.

— La clinique est au bord du dépôt de bilan, répondit-elle en fixant Lucia.

Laquelle constata que la question de l'argent avait réveillé la veuve.

— Comment vous le savez ? Je croyais qu'il ne vous parlait pas de ses affaires ?

— Après votre appel, j'ai eu la banque et je leur ai annoncé la mort de mon mari. Le directeur est un ami. Je dois pouvoir avoir accès aux comptes, vous comprenez ?

— Et il vous a dit que la clinique est au bord de la faillite ?

Nouveau sanglot.

— Oriol ne me laisse que des dettes. Je ne sais pas ce qu'on va devenir. C'est affreux…

Une vilaine grimace enlaidit brutalement le visage de María Casablanc. Lucia songea que c'était curieux comme les gens beaux peuvent devenir encore plus laids que les autres dans pareilles circonstances.

— Je ne sais pas comment on va s'en sortir, poursuivit la veuve. Comment je vais faire pour élever mes enfants ? Ils sont… si jeunes…

La vie est une loterie, se dit Lucia. Un jour vous êtes au sommet, le lendemain au fond du trou. La roue tournait pour tout le monde. En fait, non : c'était toujours le plus motivé qui s'en tirait, qui l'emportait – le trader, le soupirant, le terroriste, le chef de bande, l'illuminé, l'artiste. Parce que non seulement la chance ne passait pas les plats deux fois, mais elle souriait d'abord à ceux qui la saisissaient à la gorge.

María Casablanc allait devoir être sacrément motivée dans les semaines et les mois à venir. Lucia se leva, salua, rejoignit sa voiture.

Dès qu'elle fut de retour dans le service, Peña fit son apparition.

— On y va, dit-il.

— On va où ?

— Tu verras.

34

19 heures. La ville s'illuminait peu à peu tout en s'enfonçant dans les ténèbres quand ils franchirent à pied le portail du 5 *paseo* de la Castellana. Comme la plupart des visiteurs, ils avaient laissé leurs voitures à côté, rue Alcalá-Galiano, à l'emplacement que leur avait indiqué un planton.

Lucia regarda autour d'elle : elle n'était encore jamais venue ici. Hormis le drapeau flottant sur le toit, rien ne laissait imaginer que ce pavillon néoclassique de trois étages représentait l'un des principaux centres du pouvoir dans le pays. Le bâtiment n'impressionnait guère, ni par sa taille ni par sa sécurité. Qui parut à Lucia au mieux discrète, au pis légère. Rien à voir avec la Moncloa[1] et tout le complexe immobilier construit autour. Même si elle savait que la plupart des bureaux du ministère se trouvaient dans une rue adjacente.

Elle déposa son arme et son téléphone dans un panier en plastique avant de franchir le portique de détection. Une secrétaire les attendait de l'autre côté, qui les guida

1. Résidence officielle du président du gouvernement.

à travers couloirs et escaliers jusqu'à une porte au premier étage, où elle frappa et s'effaça. Lucia constata en entrant derrière Peña que le bureau du ministre était une coque sécurisée aménagée entre des murs plus anciens. Elle distinguait les colonnes à chapiteau et la balustrade ouvragée du balcon d'origine à l'extérieur, mais les grandes vitres qui les en séparaient étaient blindées et beaucoup plus récentes. Une vaste table toute simple, encombrée de papiers, un ordinateur portable, deux téléphones, une lampe d'architecte et une bouteille d'eau : on aurait pu se croire dans le bureau de n'importe quel cadre d'entreprise.

Lucia fut surprise : le ministre était seul. À sa connaissance, jamais un ministre de l'Intérieur n'avait reçu directement un groupe d'enquête de l'UCO.

Elle lui trouva une mine de déterré, l'air de n'avoir guère dormi lui non plus. Elle se dit qu'après tout ils étaient peu ou prou dans la même situation, assis tous les deux sur des sièges éjectables. Ils retrouveraient un poste si ça tournait mal, mais ça n'enlèverait rien à l'humiliation.

Il leur fit signe de prendre place sans autre forme de procès, joignit l'extrémité de ses longs doigts noueux sous son menton.

— Ce pays est à feu et à sang, attaqua-t-il d'entrée. Il y a des émeutes un peu partout, ça prend des proportions cataclysmiques, c'est devenu totalement hors de contrôle.

Lucia se fit la réflexion qu'il y allait un peu fort tout de même avec son tableau apocalyptique : il y avait certes des troubles ici et là, qui visaient surtout des agences bancaires et des boutiques de luxe, mais on était encore loin du tremblement de terre des Gilets jaunes dans le pays d'à côté.

— Je suis la situation de très près, poursuivit-il, la mine sombre. On ne peut pas continuer comme ça. J'ai bien réfléchi et je ne vois qu'une solution.

Ils attendirent la suite en silence.

— Trouvez-moi un coupable, traduisons-le en justice, faisons un exemple et tout rentrera dans l'ordre, conclut le ministre. Vous m'entendez, lieutenante ?

Elle sentit sur elle les regards de Peña et de Soler, tandis que Juan José Morales attendait une réponse.

— *Un* coupable ou *LE* coupable ? demanda-t-elle.

Une lueur passa dans les yeux du ministre. Stupeur, agacement. Il devait être habitué à plus de déférence.

— Le coupable, précisa-t-il sèchement. Ne jouez pas sur les mots, lieutenante. Vous savez bien ce que je veux dire. Et ne me faites pas regretter de vous avoir choisie.

Lucia observa une pause.

— Justement, dit-elle, avec tout le respect que je vous dois, monsieur le ministre, je n'ai rien demandé, moi. Quand on m'a appelée, j'étais en train d'enquêter sur ces malheureuses femmes assassinées en Galice qui ne bénéficient pas, j'en ai peur, de la même attention.

Elle entendit Peña s'éclaircir la gorge avec embarras à côté d'elle.

— Une autre femme a disparu lundi, probablement enlevée par le même individu, poursuivit-elle. Nous savons que le tueur suit toujours le même patron : il les tue au bout de cinq jours. (Elle vit le ministre serrer les dents.) Cela veut dire qu'il nous reste un peu plus de quarante-huit heures avant d'avoir une nouvelle victime sur les bras. Là-bas aussi, le temps nous est compté, monsieur le ministre.

Un silence. Les hommes politiques en général aiment à rester dans leur monde fait de chiffres, d'idées et d'abstractions. Ils n'aiment pas qu'on leur rappelle les déplaisantes réalités du terrain. Le ministre laissa durer le silence suffisamment longtemps pour mettre tout le monde mal à l'aise.

— Je peux vous assurer que toutes les enquêtes font l'objet de la même attention, lieutenante, répondit-il. Cependant, je vais demander dès ce soir que les effectifs dédiés à celle de Galice soient doublés.

Peña toussa :

— Monsieur le ministre, entre les effectifs de l'UCO sur place et les renforts venus de Madrid, nous avons déjà pas mal de monde engagé sur cette enquête.

Le ministre se tourna vers lui.

— Je comprends ce que la lieutenante Guerrero veut dire, commandant : que c'est elle qui devrait la mener. Dès que vous aurez terminé ici, lieutenante, vous retournerez en Galice, vous avez ma parole. En espérant toutefois que le coupable aura été arrêté d'ici là… En attendant, nous allons quand même augmenter les effectifs sur place. Combien d'agents l'UCO peut-elle encore envoyer là-bas ?

Le ton du ministre était faussement conciliant : c'était celui d'un homme qui détestait la contradiction. Et qui détestait encore plus avoir à faire des concessions. Puis il attrapa son téléphone et le tourna vers eux avec une expression lugubre. Lucia se raidit. Sur l'écran, elle se vit *en train de faire un doigt d'honneur*.

— Et je ne veux plus voir ce genre de choses, fulmina-t-il. Sinon je vous envoie tous les trois faire la circulation à Ibiza, est-ce assez clair ?

Très clair. Ibiza était peut-être un paradis pour les jet-setteurs, les fêtards, les proxénètes, les dealers, les amateurs de bronzage et les DJ – mais certainement pas pour les gardes civils. Lucia avait entendu dire que des jeunes nouvellement affectés étaient contraints d'y dormir dans des caravanes ou sous la tente faute de pouvoir payer un loyer et de places dans les casernements. Loin de se dorer la pilule au soleil, la plupart n'avaient qu'une envie : repartir.

— Merci, messieurs, vous pouvez disposer, déclara Juan José Morales. Pas vous, lieutenante.

Soler fronça les sourcils. Peña eut une seconde d'hésitation. Ils sortirent.

— Lieutenante, fit le ministre une fois qu'ils furent seuls, en qui avez-vous confiance ?

— Comment ça ?

— Je ne veux plus que des informations filtrent dans la presse. Visiblement, il y a quelqu'un dans votre service qui informe cette journaliste…

Tiens, ça ne lui avait pas échappé.

— Candace Boix.

— Peu importe son nom. Je vous le redemande : en qui avez-vous confiance ?

— J'ai confiance en mon groupe, répondit-elle prudemment.

— *Tout* votre groupe ?

Elle pinça les lèvres sans répondre.

— Je vois, fit le ministre. Le commandant Peña ?

— Ça ne peut pas être lui.

— La directrice ?

— Non plus.

— Le sergent Soler ?

Lucia cilla. Elle se demanda, l'espace d'un instant, qui avait briefé le ministre sur la composition du groupe. La colonelle sans doute. En tout cas, il avait pris le temps de se pencher dessus et elle respectait ça. Comme elle tardait à répondre, Morales poussa un soupir et fit le tour de son bureau.

— Dorénavant, je veux que vous me communiquiez toute information importante qui viendrait à votre connaissance. Vous pouvez mettre le commandant Peña dans la confidence, mais évitez de partager les infos les plus sensibles avec le reste du groupe. Sauf, naturellement, si c'est nécessaire à la conduite de l'enquête. Comme ça, s'il y en a qui sortent, je pourrai vous en tenir pour responsable. *Vous et vous seule*... Merci, lieutenante, j'ai terminé.

Il retourna derrière son bureau.

35

LE TUEUR DE RICHES FAIT UNE NOUVELLE VICTIME

par Candace Boix

Il y a quelques heures a été découverte au pied du mont de Peñalara, dans la sierra de Guadarrama, une nouvelle victime de celui qu'il est désormais convenu d'appeler « le tueur de riches ». Il s'agit du Dr Oriol Casablanc, chirurgien esthétique réputé, dont la clinique madrilène accueille une clientèle de patients fortunés et célèbres. D'après nos sources, la même phrase qui se trouvait chez Marta Millán et Nicolás Gallardo, « Tuons les riches », était peinte près du corps de la victime. Il semblerait que le Dr Casablanc pratiquait l'escalade sur glace au moment où il a été assassiné. La lieutenante Guerrero et son équipe étaient sur place cet après-midi. Nous avons voulu lui poser quelques questions sur le parking de Puerto de Cotos, sans interférer, conscients que nous sommes de la gravité de la situation. Voici quelle a été sa réponse.

La photo de Lucia, majeur dressé…

Le tout mis en ligne quelques minutes seulement après l'incident. Candace Boix avait visiblement assimilé les nouveaux codes de la communication. Très bientôt, les journalistes à l'ancienne – ceux qui soignaient leur style, vérifiaient leurs infos, ne faisaient pas de fautes de syntaxe et pesaient chaque mot – seraient mis au rancart, remplacés par une nouvelle génération plus réactive, plus fébrile, plus en phase avec son époque.

Information instantanée. Buzz. Clash. Punchlines. *Modernité…*

Lucia pesta en rejoignant les voitures, rue Alcalá-Galiano, au sortir du ministère. *Cette garce de Boix…* Soler et Peña l'attendaient.

— Qu'est-ce qu'il te voulait, le ministre ? demanda le second.

Elle jeta un coup d'œil à Soler.

— Je te dirai ça au bureau.

Son téléphone sonnait. Elle le tira de sa poche, examina l'écran. *L'hôpital…* Elle eut l'impression qu'un guérisseur philippin plongeait les mains dans son ventre.

— Lucia Guerrero ? dit une voix au bout du fil.

Elle mit une demi-seconde à répondre.

— Qu'y a-t-il ?

— Peut-être une bonne nouvelle, dit la voix d'homme prudemment. Votre mère… elle a montré des signes de conscience. Attention, ne nous emballons pas : je ne veux pas vous donner de faux espoirs, mais il est possible qu'elle se réveille prochainement… *Possible, pas certain.*

— Prochainement, c'est quand ?

— Il ne faut pas s'emballer, je vous le répète. Ce n'est pas comme au cinéma, du genre *on/off.* Mais le fait est qu'on a quelques signes positifs. Par exemple, elle…

— J'arrive, décréta-t-elle, l'interrompant.

Elle regarda Soler.

— Tu rentres avec Peña.

— Quoi ?

— Je t'expliquerai.

Elle démarra. Madrid était Madrid, c'est-à-dire embouteillée. Elle aurait pu mettre le gyro, mais le toubib lui avait dit que le réveil n'était pas pour tout de suite. Si sa mère se réveillait… Lucia ne voulait pas se bercer d'un espoir déraisonnable. Elle nota tout de même que sa vision était brouillée tandis qu'elle conduisait. *Du calme…* Pourquoi du calme ? Elle avait entendu assez de mauvaises nouvelles comme ça, non ? Elle voulait voir. Elle voulait savoir. D'un coup de volant, elle se déporta sur la voie des bus. Mit la sirène et le gyro. Accéléra. Son et lumière, messieurs-dames, dégagez, dégagez, ça urge…

Elle entra en trombe dans la rue Diego-de-León, pila presque aussitôt.

C'était quoi, ce bordel ?

Un barrage de police fermait la chaussée d'un trottoir à l'autre. Impossible d'aller plus loin. Pas seulement un barrage : casques et boucliers en nombre. *Antidisturbios* : unités antiémeute… Quelque chose se passait.

Elle arrêta le Hyundai Tucson au milieu des quatre voies vidées de leurs voitures, à quelques mètres du barrage et des véhicules de police aux feux tournoyants. Descendit. Tendit le cou pour regarder au-delà, vers l'entrée de l'hôpital public. Au pied des marches, le trottoir était occupé par un groupe de manifestants brandissant des banderoles et hurlant dans des mégaphones. Les taxis qui d'ordinaire stationnaient à cet endroit avaient déguerpi. Lucia estima le nombre des manifestants à moins d'une cinquantaine. Les unités antiémeute ne bougeaient pas, se contentant d'attendre et d'observer. Elle repéra celui qui semblait diriger la manœuvre. S'approcha.

— Qu'est-ce qui se passe ? demanda-t-elle en dégainant son insigne.

L'homme abaissa le regard. Sa visière relevée reflétait l'incendie des gyrophares et ses yeux en dessous brûlaient d'une fièvre familière. Lucia connaissait ça : le shoot des moments à haute intensité, ces moments sur le fil du rasoir, où tout peut basculer en une seconde.

— Trois manifestants ont été hospitalisés ici la nuit dernière après avoir été blessés lors d'une intervention, dit-il. Le bruit s'est répandu sur les réseaux sociaux que la police les retient prisonniers et qu'elle les… interroge dans l'enceinte de l'hôpital avec la complicité des médecins. Ce genre de foutaises… Et voilà le résultat. Ils exigent leur libération immédiate ou au moins de pouvoir leur rendre visite et s'assurer qu'on ne les maltraite pas.

— Il y a un moyen d'entrer dans l'hôpital par les urgences de la rue Maldonado ? demanda-t-elle. Ou par l'entrée des livraisons ?

L'officier eut un geste de dénégation.

— Non. C'est bloqué là-bas aussi. Les manifestants ne laissent passer que les ambulances.

Lucia se mit sur la pointe des pieds pour examiner le parvis de l'hôpital par-dessus les épaules massives des *antidisturbios*.

— Bon, décida-t-elle. Ouvrez-moi un passage au milieu de vos hommes, s'il vous plaît.

L'officier la fixa.

— Vous comptez faire quoi, ma lieutenante ?

— Entrer dans cet hôpital.

Il émit un sifflement, appréciateur.

— Je ne crois pas que ce soit une bonne idée…

— J'en prends la responsabilité.

L'homme hésita. Sa réticence était palpable. Puis il haussa les épaules et entreprit de lui ouvrir un passage parmi ses hommes. Dans son sillage, elle se sentit toute petite au milieu de ces grands gaillards bardés de protections en polypropylène et en mousse, armés de boucliers et de bâtons, qui baissaient les yeux vers elle.

Quand elle se retrouva seule dans le no man's land qui séparait l'unité antiémeute des manifestants, elle se demanda si elle n'était pas en train de faire une nouvelle connerie. Trop tard, se dit-elle. Trop tard pour rebrousser chemin, trop tard pour changer d'avis.

Elle prit une profonde inspiration, redressa les épaules, se mit en marche.

On ne pouvait pas la louper : il n'y avait personne d'autre à trente mètres à la ronde. On se serait cru dans un western. Elle soupira et continua d'avancer, tous les regards braqués sur elle à présent, devant comme derrière.

— Qui tu es, toi ? Et où tu vas comme ça ?

Celui qui avait parlé était un barbu vêtu d'un poncho bariolé et d'un jean. Il avait fait un pas en avant pour s'adresser à elle.

Elle jeta un rapide coup d'œil aux autres. Tous avaient l'air hostiles. Il y avait à peu près autant de garçons que de filles. Pas une bonne nouvelle, ça. Elle savait que les filles seraient plus difficiles à amadouer que les mecs si ça s'envenimait.

— Hé ! Je t'ai posé une question ! Pourquoi ils t'ont laissée passer ?

Le ton était clairement agressif. Elle ne répondit rien. Se contenta d'avancer dans sa direction.

— Ma mère est là-dedans, dit-elle quand elle fut à moins d'un mètre. C'est urgent.

Le barbu sembla imperméable à l'argument. Mais il eut une seconde de perplexité, pendant laquelle il la détailla de la tête aux pieds. Puis il sourit. Un sourire plein de provocation et d'amusement qui énerva Lucia.

— Et alors ? Qu'est-ce que tu veux que ça me foute ?

Elle se mordit la langue pour ne pas lâcher quelque chose de trop vif.

— Il faut que je la voie, affirma-t-elle calmement, comme si elle énonçait une évidence dont elle ne démordrait pas.

Elle se refusait à implorer ce type. À lui donner des détails. Ça ne le concernait pas.

— Elle ment, lança une fille près d'eux. C'est un flic ! Je l'ai vue sortir sa carte là-bas !

Le regard du barbu se durcit. Il approcha son visage pour la scruter.

— C'est vrai ? T'es une merde de flic ?

— Laisse-moi passer, dit-elle fermement, je viens voir ma mère. Tu as bien une mère, toi ? Tu as de la chance si elle est en bonne santé.

Un doute s'insinua dans le regard de son vis-à-vis. Peut-être avait-il eu fugitivement une vision de sa propre mère. Il ne s'écarta pas pour autant. Il semblait peser le pour et le contre.

— C'est un flic, je te dis, répéta la fille de tout à l'heure, je l'ai vue. T'es une pourrie de flic, pas vrai ? cria-t-elle à l'adresse de Lucia.

— Bon, alors, c'est pour aujourd'hui ou pour demain ? dit Lucia au barbu, ignorant délibérément la fille.

Il la fixait sans prendre de décision. Lucia entendit des cris s'élever autour d'eux. Un gamin qui n'avait pas plus de vingt ans l'attrapa par le bras. Elle le repoussa sèchement.

— Toi, tu me touches pas ! réagit-elle.

Le gamin la toisa en ricanant, ses yeux lançaient des éclairs.

— Pourquoi ? Tu vas faire quoi, hein ?

Elle regarda le barbu.

— Allez, laisse-moi passer.

— Tu vas faire quoi ? répéta le gamin, de plus en plus tendu et agressif. Tu vas faire quoi, putain ?

— C'est une keuf, répéta la fille. Je l'ai vue !

Soudain, un manifestant plus grand et plus âgé passa devant le gamin et la bouscula en posant sur elle un regard qui parut à Lucia de haine pure. Sous la poussée, elle faillit tomber en arrière, recula d'un mètre. La colère, l'adrénaline lui fouettèrent les sangs. Elle fit un pas en avant. En se rapprochant, elle rétrécissait intentionnellement le champ de vision de l'homme. Dans le même mouvement, elle fit mine de lever une main vers son torse, comme si elle voulait à son tour le repousser, attirant l'attention de son agresseur sur sa main. Hors champ, elle en profita pour lancer son pied droit vers la rotule de ce dernier. Elle vit ses prunelles s'agrandir presque comiquement de surprise et de douleur. Elle enchaîna avec un coude levé en rotation, qui vint frapper très violemment l'angle de la mâchoire. L'homme s'effondra.

Elle reçut le premier coup juste après. Puis un deuxième.

Elle fut pressée, rudoyée par le groupe qui s'était resserré autour d'elle. Des mains la secouaient, la frappaient, heureusement sans élan. Dans le dos, sur la nuque, partout. Elle vit trente-six chandelles, manqua d'air, sentit quelque chose de chaud couler de sa bouche sur son menton, se maintint debout tant bien que mal. *Ne pas tomber... Surtout ne pas tomber...* À terre, ce serait pire. Elle entendit le sergent de l'unité antiémeute gueuler là-bas : « On y va ! On y va ! », le martèlement des bottes se rapprochant, perçut le déplacement d'air que provoquèrent les hommes de l'unité quand ils entrèrent dans la mêlée tels des *running backs*. Elle fut ballottée à l'épicentre de la confusion, perdit toute notion de temps et d'espace, puis des mains la saisirent, l'entraînèrent à toute vitesse, et elle se retrouva soudain dans le hall de l'hôpital, loin de la meute. Au calme.

— Bon Dieu, qu'est-ce qui vous a pris ? beugla le chef de l'unité antiémeute, tout rouge sous son casque.

À cause de l'adrénaline, il respirait vite et sa large poitrine se soulevait.

— Regardez le merdier que vous avez foutu !

De fait, sur le parvis de l'hôpital, ça hurlait et cognait dans tous les sens. Une autre nuit de violence. Violence antisystème *versus* violence d'État. Huile et eau. Feu et glace. Deux conceptions opposées du pouvoir, de la légalité, de la légitimité. Communautés. Clans. Comportements tribaux. C'était bien documenté : les tribus se dressaient les unes contre les autres et chaque membre sacrifiait son égoïsme, sa sécurité personnelle et même ses intérêts propres pour défendre ceux de la tribu. Ou plutôt pour défendre, à son insu, les intérêts de la ou des personnes – chef, sorcier, homme-médecine, politique, meneur – qui tiraient les ficelles. Celles-là n'oubliaient jamais leurs intérêts.

Elle porta une main à sa bouche. Vit qu'elle saignait. Récupéra un mouchoir en papier dans la poche arrière de son jean.

— Merci, dit-elle en tamponnant sa lèvre.

— Pas de quoi. Pourquoi vous vouliez à tout prix entrer dans cet hôpital ?

Elle hésita.

— Ma mère, dit-elle, elle est peut-être en train de sortir du coma.

Le grand policier la fixa, incrédule. Il avait les yeux toujours aussi brillants d'excitation.

— Faut que j'y aille, dit-il tout à coup en montrant le chaos dehors. Bonne chance pour votre mère.

Il abaissa sa visière et retourna au combat avec, sembla-t-il à Lucia, une sorte de fébrile empressement, de jubilation électrique.

— On appelle ça stade de réponse ou état de conscience minimale. Le premier signe en est une certaine connexion avec l'environnement, connexion en l'occurrence visuelle. Quand les infirmières sont entrées dans sa chambre ce matin, elles ont tout de suite remarqué que votre mère les suivait des yeux. C'est un indicateur du fait qu'elle commence à reprendre conscience, mais, comme je vous l'ai dit, il ne faut pas s'emballer.

Le jeune toubib en blouse blanche parlait d'une voix calme, un ton de vieux sage, en examinant les pupilles de sa mère à la lueur d'un petit stylo-lampe. Il avait jeté un coup d'œil étonné au visage de Lucia quand elle était entrée dans la chambre, lui avait demandé si elle voulait se faire examiner. Elle lui avait répondu que ça pouvait attendre.

— Si votre mère sort du coma, elle va commencer à réagir aux stimuli audio, à bouger un membre... Ça peut prendre quelques heures comme quelques jours et les réveils sont plus fréquents chez les jeunes patients que chez les personnes âgées. L'important, dit-il, c'est la présence régulière d'un membre de la famille qui peut être un stimulus efficace dans le cas de personnes en état de conscience minimale comme votre mère.

Elle ne voulait pas pleurer. Non. Pas question. Mais c'était quand même mouillé au bord de ses paupières. En entrant dans la chambre trois minutes plus tôt, elle avait vu sa mère *réagir*.

Sa mère l'avait *suivie des yeux*. Sans un mot. Le visage dépourvu d'expression. *Sa première réaction depuis des mois*...

Lucia sentit ses tripes se tordre. Comment elle allait faire avec deux enquêtes sur les bras ?

— Je suis au courant pour votre enquête, dit le jeune médecin en lisant le doute dans son regard. J'ai vu les nouvelles... Je sais que vous êtes très occupée... Mais vous avez une sœur, elle est venue ici deux ou trois fois. Elle pourra être présente quand vous ne l'êtes pas.

De toute façon, il faut éviter qu'il y ait trop de monde en même temps autour de votre mère. Trop de stimuli pourraient avoir l'effet inverse de celui escompté en saturant son cerveau. Et il lui faut du repos. Entre les infirmières qui passent souvent, votre sœur et vous, ça devrait suffire… Je passerai aussi la voir deux fois par jour.

On n'entendait plus les cris dans la rue. La fenêtre de la chambre donnait sur une cour intérieure. Un goût de sel au coin de sa bouche. Zut, elle pleurait pour de bon cette fois. Elle chialait pour cette femme qui ne l'avait jamais ménagée. Cette mère pour qui elle était toujours passée après Mónica. Quand elles étaient enfants, il n'y en avait que pour sa sœur. Mónica par-ci, Mónica par-là. Et quand Lucia était entrée dans la Guardia Civil, sa mère avait lâché d'un ton de reproche : « Ça ne m'étonne pas de toi. » Alors pourquoi elle pleurait à présent ?

— Nous allons aussi lui administrer certains médicaments qui peuvent accélérer le processus de réveil, poursuivit le jeune médecin. Par exemple, un somnifère tel que le zolpidem. Ça peut paraître paradoxal, mais son efficacité a été constatée dans des cas comme celui de votre mère.

Lucia hocha la tête, s'essuya les yeux.

— D'accord, dit-elle, faisons ça.

Elle songea que le premier visage que sa mère verrait à son réveil serait celui de sa sœur. Et que c'était sans doute ce qu'elle aurait souhaité.

En ressortant, elle chercha la borne qui permettait d'activer la télévision dans les chambres. Elle paya une semaine. Le prix était prohibitif. Elle avait visité des prisons à plusieurs reprises, certaines équipées du même type de dispositif – mais elle ne se souvenait pas que les tarifs aient été aussi déraisonnables.

En sortant de l'hôpital, elle constata que la manifestation avait été dispersée.

La rue Diego-de-León portait les stigmates de l'affrontement : panneaux renversés, pavés épars, bouteilles cassées. Il ne restait que deux véhicules de police qui stationnaient un peu plus loin. Son Hyundai n'avait pas changé de place. Il se trouvait toujours au beau milieu de la chaussée – qui n'avait pas encore été rouverte à la circulation.

Elle se mit au volant, consulta son téléphone. Elle avait un message audio de Peña. Elle hésita. Sentit venir les problèmes. L'altercation avait-elle été filmée ? Elle respira un bon coup avant d'écouter le message.

« Lucia, qu'est-ce que t'as encore foutu ? C'est quoi ce merdier à l'hôpital ? Je viens de me faire passer un savon par la colonelle ! Je me doute que tu es avec ta mère mais faut qu'on parle. Demain à la première heure. »

Une seconde plus tard, le signal d'un nouveau message, écrit celui-là, entrant dans l'appareil.

J'espère que ta mère va crever

Elle le fixa. Qui était au courant de sa visite à l'hôpital ? Il y avait un lien juste en dessous. Elle l'ouvrit : une vidéo. Image tressautante, tantôt floue, tantôt nette. On voyait une mêlée furieuse devant l'entrée de l'hôpital et elle au milieu, recevant des coups avant d'être soulevée et emportée comme un colis par plusieurs gaillards casqués aux allures de footballeurs américains. L'image manquait de netteté, de luminosité, et il y avait une foule autour d'elle, ce qui rendait son identification difficile.

Difficile mais pas impossible…

D'accord, mettons que tout le monde fût au courant pour l'hôpital, qui savait à part Peña qu'elle allait rendre visite à sa mère ? Et qui avait son numéro ?

Elle ferma les yeux.

Les rouvrit.

Elle aurait voulu parler à quelqu'un, se confier, mettre tout sur la table. Trouver une bonne âme pour l'écouter. Vider son sac. Il y avait Adrián. Mais Adrián était aussi bon flic, bon amant et bon spécialiste de l'art qu'il était piètre psychologue.

Il y avait bien quelqu'un…

Une solution non conventionnelle…

C'était lui-même qui le lui avait appris : quand toutes les solutions qu'on a en soi ont échoué, il faut sortir de soi.

Oui. S'il y avait quelqu'un qui pouvait l'aider à avancer, c'était bien *lui*. Elle chercha son numéro dans son répertoire. Ça faisait combien de temps ? Deux ans ? Trois ? Est-ce qu'il avait toujours le même numéro ? Il avait pris sa retraite, mais avant cela il était l'un des meilleurs dans sa partie.

Elle le trouva : « Geraldo N. » Écrivit :

J'ai besoin de vous voir

Un des gardes civils qui demeuraient dans la rue Diego-de-León s'approcha de sa vitre. Elle l'abaissa.

— On va rétablir la circulation, annonça-t-il.

Elle hocha la tête.

— D'accord. Je m'en vais.

Elle mit le contact. Son téléphone : elle avait un message. Elle se pencha vers le siège passager, regarda l'écran :

Venez

36

L'adresse était *calle* de La Cruz. En plein centre. Un vieil immeuble dont le rez-de-chaussée était occupé par deux tavernes aux noms fantasques : *Las fatigas del querer* et *La oreja de Jaime*[1]. Si merveilleusement poétiques que Lucia se demanda quel ivrogne à l'esprit noble et sentimental les avait baptisées ainsi.

Elle s'était garée plus loin parce que la rue de La Cruz, qui aurait eu un certain pittoresque sans la noria de taxis, de voitures et de deux-roues qui la submergeait matin et soir, était impraticable.

En grimpant les marches, elle se rendit compte qu'elle avait mal aux cervicales – là où un de ses assaillants l'avait frappée – et aussi dans le dos. Heureusement, ils n'avaient touché aucun point sensible. Et jusqu'à présent l'adrénaline qui courait dans son sang et le sentiment d'urgence avaient relégué la douleur au second plan.

Au dernier étage, une seule porte. Ancienne. Elle sonna.

---

1. « Les épreuves de l'amour », traduction approximative, et « L'oreille de Jaime ».

— C'est ouvert, répondit une voix.

Elle fronça les sourcils. Il n'y avait que lui pour ne pas verrouiller sa porte à la nuit tombée en plein centre de Madrid. Un couloir interminable plongé dans l'obscurité. Il faisait noir comme dans un four là-dedans. Mais elle apercevait une petite lueur dans le fond, après l'étroit et long corridor bordé de deux hautes murailles de livres.

Elle s'avança.

Il y avait aussi de la musique. Quelque chose de pastoral, d'élégiaque. Clochettes, flûtes, cors, imitations de chants d'oiseaux. Classique… elle n'y connaissait rien. Sans doute un compositeur allemand, ou autrichien, du XIXe siècle. Elle se souvint que c'était sa marotte.

Combien de temps qu'elle ne l'avait pas vu ?

Elle ne put empêcher les battements de son cœur d'adopter un rythme plus alerte. Elle s'éprouva faible et vulnérable tout à coup. Le plancher grinçait. Elle savait qu'il écoutait : son pas, sa respiration, son allure. Que son cerveau diabolique en tirait des informations, analysait, évaluait, concluait.

Et toujours ces clochettes, ces cymbales, ces pipeaux. Cette musique d'un autre âge.

Cette ombre là-bas, sur le mur…

C'était lui…

Non qu'il aimât les effets théâtraux, mais il ne supportait pas les lumières trop vives : photophobie.

Elle eut envie de faire demi-tour, de partir en courant. Mais qu'aurait-il pensé si elle l'avait fait ? Il ne l'aurait pas jugée, non : il l'aurait *comprise*. Ou plutôt il aurait compris ce qui la tourmentait. Et ç'aurait été pire.

Elle atteignit le bout du corridor, déboucha sur un minuscule cabinet tendu de velours noir. Les rideaux, épais, étaient tirés. Un globe sur un guéridon, qui dispensait un halo laiteux. Il était assis dans un fauteuil à oreilles. Si pâle qu'il ne semblait pas avoir vu la lumière du jour depuis des lustres. Mais toujours svelte, vêtu de la même manière sobre et élégante : veste sombre sur une chemise noire au col ouvert. Et toujours les mêmes vigoureuses boucles brunes sur le front, cette beauté non académique que les années n'avaient pas altérée, malgré les rides au coin des yeux. Elle pensa, comme jadis, à cette série télé, *En analyse*, et à son acteur principal : Gabriel Byrne.

La même élégance, le même demi-sourire contrôlé, sceptique, la même voix. Profonde.

Quand il parla, elle la reconnut instantanément, cette voix qu'elle n'avait pas entendue depuis deux ans et demi, cette voix qu'un amateur d'opéra – ce qu'elle n'était pas – aurait qualifiée de baryton-basse.

— Lucia, dit-il, ça fait longtemps.

37

— Lucia Guerrero, déclara-t-il en souriant, je savais que vous viendriez quand je vous ai vue aux infos.

— Vraiment ? Vous me croyez donc si fragile, Geraldo ? Si… *dépendante* ?

C'était Geraldo Noé qui l'avait remise d'aplomb après l'affaire Francisco Manuel Mélendez. Son métier, c'était le profilage. Pour l'UCO, pour d'autres services. Mais, à l'occasion, Geraldo ne dédaignait pas de jouer les thérapeutes. Avant que sa photophobie ne s'aggrave, et qu'il ne prenne sa retraite de psychologue.

— Oh non, ni fragile ni dépendante, corrigea-t-il. Seulement obstinée. Vous vous êtes peut-être souvenue de ce que je vous ai dit : quand on n'y arrive pas, il faut penser de manière non conventionnelle.

— Vous et vos théories.

Son sourire étira un peu plus les commissures de ses lèvres, puis se changea en moue.

— Ah non, s'il vous plaît. Ne m'insultez pas. J'ai coutume de dire que les gens épris de théories méprisent les détails, alors que ce sont les détails qui comptent.

— C’est vrai, je me souviens de ça, dit-elle en souriant à son tour.

Il se leva.

— Regardez tous ces historiens qui ont écrit sur les batailles napoléoniennes, pas un seul n’aurait fait un bon général ni un bon stratège. Et croyez-vous que ce soient les économistes qui ont assuré la prospérité de l’Occident ? Vous avez entendu parler du « culte du cargo » ? Non ? Après la guerre du Pacifique, certaines tribus de Papouasie-Nouvelle-Guinée, ayant constaté que les Occidentaux obtenaient l’arrivée de vivres et de médicaments à bord de cargos en utilisant des cabines pour opérateurs radio, se sont mis en tête de construire des répliques approximatives de ces cabines dans le but d’invoquer les « dieux du cargo », et ainsi de parvenir au même résultat. Un tas de gens aujourd’hui n’agissent pas autrement : ce qu’ils ne voient pas ou ne comprennent pas parce que c’est trop complexe n’existe pas pour eux. On appelle ça *opacité causale*. J’ai un tas de confrères – pas tous – qui appliquent les théories psychologiques comme ces indigènes construisaient leurs simulacres de cabines : sans se soucier des détails. Or ce sont toujours les détails qui font la différence, Lucia.

Elle sourit.

— Ça m’avait manqué, vos grands discours.

Il rit. Puis coupa son rire aussi brusquement que s’il avait appuyé sur un commutateur.

— Si vous êtes là, j’en conclus que vous êtes perdue… Allez-y, racontez.

Elle lui résuma les derniers jours : l’enquête sur le « tueur de riches », les femmes massacrées en Galice, sa mère en train de sortir du coma, son fils, la photo d’elle prise sur le parking de Puerto de Cotos et maintenant la vidéo devant l'hôpital devenue virale.

— Il n'y a pas que le cerveau de votre mère qui risque d'être saturé d'informations, commenta-t-il quand elle eut terminé. Il y a aussi le vôtre. Et ce qui se passe dehors m'inquiète. (Il se tapota les lèvres du bout des doigts, comme souvent quand il réfléchissait.) L'expérience de Stanford en 1971 a montré qu'une personne habituellement équilibrée, modérée, peut se transformer en extrémiste et faire preuve d'un comportement violent lorsqu'elle est placée dans un groupe qui lui donne de bonnes raisons pour exercer cette violence. Or, il ne manque pas de bonnes raisons d'en vouloir aux riches ces derniers temps, on est d'accord. Et, que vous le vouliez ou non, vous êtes considérée par beaucoup comme leur rempart, Lucia.

— Moi ?

— Bien sûr. Aux yeux de milliers de personnes, vous êtes devenue malgré vous un symbole : le symbole d'une institution, celle pour laquelle vous travaillez, qui est elle-même le symbole de l'ordre établi, qui protège les puissants. Il y a chez l'homme un besoin constant de dissoudre son intelligence individuelle dans la stupidité ovine du troupeau. L'expérience de Stanford a montré au monde les dangers du mimétisme, mimétisme encore aggravé de nos jours par les réseaux sociaux. Où vous êtes, hélas, devenue très tendance, j'ai vérifié. On n'en est pas encore au lynchage en ligne, mais on n'en est pas loin, et si ça devait vous arriver, Lucia, dites-vous bien que le lynchage de masse n'est jamais le fait des vertueux. Le vrai vertueux défend la vérité quand elle est impopulaire. Pas quand c'est facile. Et il ne hurle pas avec les loups.

Elle frissonna.

— Je ne veux pas être un symbole.

Il haussa les épaules :

— J'ai bien peur que vous n'ayez pas le choix. Les sociétés ont besoin de boucs émissaires. C'est ainsi qu'elles fonctionnent, ainsi qu'elles ont toujours fonctionné. Vous connaissez la Troisième Vague ?

— Non.

— Encore une expérience de psychologie. Menée par un professeur d'histoire dans un lycée californien en 1967, un certain Ron Jones. La Troisième Vague a montré à quel point il est facile de manipuler les esprits, surtout ceux, plus malléables, des adolescents et des jeunes adultes, pour les faire verser dans le totalitarisme au nom de prétendues valeurs. Ron Jones voulait faire comprendre à ses élèves comment tant d'Allemands avaient pu fermer les yeux sur les horreurs du nazisme. Sans leur dire que tel était son but, il leur a proposé de fonder un parti, la Troisième Vague, basé sur l'esprit de corps et la discipline, un parti qui mettrait en avant les valeurs d'égalité, de solidarité et l'accent sur la communauté plutôt que sur l'individu. Dans un premier temps, il a institué des règles et des rites communs sur la façon de se lever, d'entrer dans la classe et d'en sortir, d'écouter les cours, de répondre. Dès le deuxième jour, il a commencé à distribuer des cartes du parti et invité les élèves à dénoncer ceux qui ne suivaient pas les règles. Ron Jones a constaté que les plus médiocres étaient aussi les plus zélés, alors que les plus brillants gardaient davantage leurs distances avec le programme du « parti ». Mais aussi que les réponses en classe se faisaient moins argumentées, plus stéréotypées, plus mécaniques. Très vite, de plus en plus d'élèves se sont mis à prendre très au sérieux ce mouvement qui n'était au départ qu'une simple expérience, à dénoncer, intimider et menacer physiquement au nom de ses valeurs ceux qui le critiquaient. Le lundi, Ron Jones avait trente élèves dans sa classe, le vendredi deux cents – qui, pour la plupart, croyaient dur comme fer aux principes du parti et étaient désormais prêts à toutes les extrémités pour le défendre. Cela a pris des proportions telles qu'il a dû mettre fin à l'expérience prématurément, en expliquant aux élèves comment il les avait manipulés. Ron Jones a qualifié cette expérience d'« un des événements les plus effrayants qu'il ait jamais vécus dans une salle de classe ». Et pourtant, tous ces élèves étaient convaincus que leurs motivations comme leurs comportements étaient nobles…

Geraldo Noé tournait autour de Lucia comme il avait coutume de le faire dans le temps quand il se livrait à une de ses démonstrations.

— Voilà qui devrait nous faire sombrer dans un profond pessimisme, n'est-ce pas : découvrir que *notre jugement moral dépend du contexte, de l'époque, et surtout du groupe auquel nous appartenons, de notre environnement, et non de valeurs morales prétendument universelles* comme nous voudrions tant le penser, car celles-ci n'existent pas. Nos jeunes gens là-dehors croient que leurs valeurs morales sont supérieures à celles de leurs aînés. Nous avons cru la même chose en notre temps. Et leurs enfants le croiront également. En réalité, ils sont, comme nous tous, *sous influence*.

En outre, il y a fort à parier que les donneurs de leçons qui sont derrière ne se sentent pas obligés d'appliquer à eux-mêmes les leçons qu'ils donnent aux autres. Ce dernier point n'est pas la conclusion d'une quelconque expérimentation psychologique, mais le fruit de mon expérience personnelle.

Elle sourit, laissant son regard errer un moment sur la trentaine de petits tableaux de maîtres qui peuplait les murs du cabinet, dans l'ombre. Rien que des portraits.

— Vous êtes l'esprit de contradiction incarné, Geraldo, dit-elle.

— Non, je suis un sceptique. Au risque de passer pour un salaud infréquentable, je refuse les contrevérités même quand elles nous donnent le beau rôle ou quand elles sont dans l'air du temps. Tenez : votre surnom, « la Guerrière », va à l'encontre de cette idée reçue qu'il y aurait moins de conflits s'il y avait plus de femmes au pouvoir. Eh bien, les faits aussi la démentent. Trois spécialistes de géopolitique des universités de Pennsylvanie, de Virginie et du Michigan ont passé en revue les dirigeants et dirigeantes au pouvoir de 1875 à 2004. Le résultat est intéressant : elles sont 36 % à avoir déclenché au moins un conflit militarisé, contre 30 % des hommes.

Il tapa dans ses mains :

— Mais revenons à vos deux enquêtes. Dites-m'en plus !

Lucia n'hésita pas une seconde. Elle avait confiance en Geraldo. Par le passé, il avait eu accès à tous leurs dossiers et il avait gardé ça pour lui. Il n'en avait même pas fait un livre, malgré les affaires retentissantes qu'il avait contribué à résoudre. Geraldo fuyait la lumière, dans tous les sens du terme.

Quand elle eut fini, il hocha sombrement la tête.

— D'après vous, quel est le point commun entre toutes ces femmes de Galice ? demanda-t-il.

— Le point commun ? Nous avons cherché. Sans succès. Elles n'habitaient pas les unes près des autres, elles ne se connaissaient pas, pour ce qu'on en sait elles ne s'étaient jamais croisées, elles n'avaient pas le même travail…

— Et cependant…

— Cependant ?

— Cependant cette histoire de travail est importante, vous ne croyez pas ? dit-il.

— Comment ça ?

— Il est là, le point commun : il les a toutes enlevées *quand elles partaient au travail.*

Lucia haussa les épaules.

— Ça, nous le savons. Il connaissait leurs horaires, il les a observées, espionnées. Forcément. Mais ça ne nous dit pas comment il les repère.

— Par leur travail.

— Je viens de vous dire qu'elles n'avaient pas le même métier. Et leurs lieux de travail étaient très éloignés les uns des autres, elles n'empruntaient pas non plus les mêmes itinéraires pour s'y rendre. On a vérifié tout ça, vous vous en doutez. Il n'y a rien.

Il secoua la tête, l'air contrarié.

— C'est pourtant dans cette direction qu'il faut chercher. Le rasoir d'Ockham, Lucia. L'explication la plus simple. Toujours. Ce n'est pas un hasard s'il les kidnappe à ce moment précis… La solution est là : c'est du côté de leur travail que vous devez creuser…

Oui, elle en avait eu le pressentiment dès le début. Ils avaient plusieurs fois cherché de ce côté. Mais comme ça n'avait rien donné, ils étaient passés à autre chose.

Il caressa son menton.

— Quant à ce… « tueur de riches », vous ne trouvez pas curieuse la différence de *modus operandi* entre ces trois meurtres ? Je veux dire : on pourrait presque croire qu'ils ont été commis par trois personnes différentes.

— C'est ce que vous pensez ?

— Non, ce n'est pas ce que j'ai dit. J'ai dit : « presque ». Je pense qu'il n'y a qu'un seul auteur, mais que ce n'est peut-être pas un tueur sériel.

— Pourtant, il y a cette signature…

— Oui, oui… (De nouveau, il tapota ses lèvres pincées du bout des doigts.) *La signature*… Comme si… comme s'il voulait attirer notre attention dessus, vous ne trouvez pas ?

— Que voulez-vous dire ?

— Que le message « TUONS LES RICHES » n'est peut-être qu'un écran de fumée pour dissimuler un autre mobile.

Ça aussi, elle se souvenait de l'avoir pensé à un moment donné. Il caressa un buste posé sur un guéridon, qui représentait une de ces figures barbues et fort laides de l'Antiquité.

— Socrate, dit-il en surprenant son regard, sans doute le penseur le plus utile pour notre temps avec Nietzsche. Lucia, ajouta-t-il, vous êtes à la croisée des chemins. Vous devez choisir ce qui est le plus important pour vous : être là quand votre mère se réveillera ou résoudre ces enquêtes et empêcher que ces monstres ne fassent d'autres victimes. Je ne peux pas faire ce choix à votre place. Il vous appartient. Mais le médecin n'a-t-il pas dit que le réveil de votre mère peut prendre quelques jours ou quelques semaines ? Il est possible que vous ayez résolu ces affaires avant…

— Pour mettre la pression, vous vous posez là, Geraldo. Vous avez une drôle de façon de me détendre.

Il évacua ce reproche d'un geste vague.

— C'est parce que vous ne voyez pas clairement le concept de dilemme moral, Lucia. Un dilemme moral est une situation avec deux issues possibles sans qu'aucune soit bonne ou juste du point de vue moral. Il y a un choix à faire, c'est inévitable, car les deux actions ne peuvent être menées simultanément, mais aucune option ne l'emporte sur l'autre. Le philosophe français Jean-Paul Sartre en a donné un exemple assez proche de votre situation : le cas d'un étudiant parisien qui, pendant la Seconde Guerre mondiale, a dû choisir entre rester à Paris pour soigner sa mère malade – sachant qu'elle n'avait que lui – ou s'engager dans les Forces françaises libres. Le fait qu'aucune réponse évidente ne se dégage, qu'on ne puisse hiérarchiser les valeurs en conflit, accentue le sentiment de responsabilité et le doute chez celui qui doit trancher. Le dilemme moral nous parle de *la complexité du monde*, du fait qu'à tout moment nous devons prendre des décisions difficiles, voire impossibles. À l'heure où beaucoup de gens ont des réponses toutes faites sur un tas de sujets sans véritable réflexion ni retour sur soi, le dilemme moral nous amène à questionner nos certitudes. Il nous enseigne que vouloir trouver des réponses simples à des questions complexes est illusoire. Si vous admettez qu'il n'y a pas, en l'occurrence, de bon ou de mauvais choix, que quel que soit le choix que vous ferez il ne sera ni plus ni moins valable que l'autre, vous pourrez avancer. Mais, je le répète, je ne peux pas faire ce choix à votre place.

L'air de rien, il l'avait conduite le long du corridor jusqu'à la porte. C'était sa façon de procéder. Sorti de ce bavardage en apparence décousu, quelque chose allait faire son chemin en elle, lentement, subtilement, telle une eau résurgente s'infiltrant entre fissures et failles de la roche pour réapparaître plus loin. Elle s'était plus d'une fois demandé s'il n'utilisait pas une forme discrète d'hypnose.

Et quand elle se réveillerait, elle aurait les idées plus claires.

C'était ça, l'effet Geraldo. Du moins elle l'espérait.

38

C'était la deuxième fois qu'elle surprenait le regard du gosse. Il ne devait pas avoir plus de vingt ans.

Elle poursuivit ses achats dans les rayons du Carrefour Market de la rue Alberto-Aguilera. Mangue, kiwis, salades bio, deux escalopes de dinde, une pizza sans gluten. Puis elle se dirigea vers les vins.

Elle croisa un autre gamin du même âge.

Un regard appuyé vers elle en passant. Quand elle se retourna pour le suivre des yeux, elle vit qu'il s'était retourné lui aussi. Des fans de MILF en plein fantasme ? Un troisième la mata par-dessus les rayons alors qu'elle jetait son dévolu sur un ribera-del-duero. Elle ne l'aurait pas remarqué si elle n'avait levé la tête à ce moment-là. Elle le vit rejoindre les deux autres un peu plus loin pour un conciliabule à voix basse ponctué de coups d'œil dans sa direction.

Qu'est-ce qu'ils lui voulaient ?

Est-ce qu'ils l'avaient reconnue à cause de la vidéo – c'était peu probable eu égard à la qualité des images – ou bien est-ce qu'ils étaient à la manif devant l'hôpital ?

Ou alors ils avaient vu sa photo – majeur dressé – sur Internet.

Elle eut envie de déguerpir tout à coup. Se dirigea vers la caisse – qui, à cette heure, était déserte, comme les rayons. Moins de trois minutes plus tard, elle émergeait dans la nuit humide mais pas encore pluvieuse. Son pas rapide sur le trottoir. Accompagné presque aussitôt d'un discret écho : d'autres pas la suivaient. Au moins deux personnes. *Les gosses du supermarché.* Elle accéléra. Derrière elle, les pas firent de même.

Elle stoppa. Fit volte-face.

Ils parvinrent à sa hauteur dix secondes plus tard. Un des trois gamins la filmait avec son téléphone, les deux autres souriaient. Celui qui la filmait portait un tee-shirt qui disait : « *Désolé, je suis déjà pris, flirte avec moi et ils ne retrouveront jamais ton cadavre (oui, c'est ma copine qui m'a acheté ça)* ».

— Qu'est-ce que vous voulez ?

Elle s'était plantée devant eux. Ils la dépassaient tous les trois d'une bonne tête et ils la toisèrent d'un air condescendant, lèvres cousues mais méchamment souriantes. Elle pensa aux ados vêtus de blanc du film *Funny Games*.

— Je vous ai posé une question.

Pas de réponse. Ils la regardaient comme si elle était un étron qu'il fallait enjamber.

— Apparemment, vous n'avez pas encore atteint le stade de l'alphabétisation, tenta-t-elle.

C'était assez piteux comme attaque, soit. Mêmes sourires goguenards en guise de réponse. Comme s'ils trouvaient son humour à la fois désopilant et méprisable.

— Putain, achetez-vous un cerveau ! leur lança-t-elle en se retournant et en se remettant en marche.

Derrière, les pas l'imitèrent. Bordel. Elle ne voulait pas qu'ils voient où elle habitait. Ils allaient refiler l'info à d'autres et elle circulerait sur Internet. Elle ne voulait pas non plus les menacer ni sortir sa carte, parce qu'elle n'était pas en service et qu'elle savait que ça aussi, ça finirait sur Internet. Après tout, ils n'avaient rien fait d'autre que la toiser et la filmer. Pas de quoi fouetter un chat.

Bon sang. Elle n'allait quand même pas marcher à travers la ville jusqu'à ce qu'ils se lassent de ce petit jeu ! Il était probable qu'elle se fatiguerait avant eux.

Elle tourna dans sa rue. Plus que cent mètres et elle serait devant sa porte. Elle prit sa décision en un quart de seconde. Il y avait un immeuble en rénovation à sa gauche. Une barrière « CHANTIER INTERDIT AU PUBLIC » en prohibait l'accès, mais il était facile de se glisser entre deux tôles de la palissade. Elle le fit, s'enfonçant dans les ombres, trébuchant et se cognant le pied sur des gravats, serra les dents pour ne pas jurer.

— Où est-ce qu'elle est passée ? lança une voix à l'extérieur quinze secondes plus tard.

Dans la clarté jaune qui provenait des éclairages de la rue, elle distinguait des gaines électriques qui pendaient du plafond et des tas de gravats qui encombraient le sol. Puis elle vit quelque chose qui fit chuter sa température corporelle : un des gosses venait de franchir la barrière en tôle et de se glisser dans l'immeuble. Suivi d'un deuxième. Elle se rencogna dans l'entrée d'un couloir obscur qui se perdait dans les entrailles du bâtiment.

Ils enclenchèrent la fonction torche de leurs téléphones et tout à coup la salle fut balayée par des lueurs dansantes qui sautèrent d'un mur à l'autre. Plaquée contre la cloison, Lucia retint son souffle, s'efforçant de penser à la façon dont elle réagirait quand ils l'auraient découverte. Elle se sentit ridicule, mais elle se demanda aussi jusqu'où ils étaient capables d'aller. Elle n'aimait pas ça. C'était dans ce genre de situation que les choses dérapaient.

Elle sursauta violemment quand une voix s'éleva.

— Éteignez-moi ces foutues lampes ! Ça me fait mal aux yeux ! Qu'est-ce que vous fichez chez moi, les minus ? Dégagez ! Allez jouer ailleurs !

Voix éraillée, avinée, rugueuse. Comme le son d'un rabot sur du bois. Une salve de rires méprisants lui répondit.

— Ta gueule, vieil ivrogne ! Coucouche panier. Nous fais pas chier.

Lucia entendit alors un grincement – celui d'un lit de camp qui gémit sous le poids de quelqu'un qui se lève – et aussitôt après un bruit de verre brisé reconnaissable entre tous : une bouteille dont on a cassé le goulot contre un mur.

— Qu'esssse t'as dit, morveux ?

Elle devina la stupeur des gosses au silence qui suivit.

— Hé ! Du calme ! glapit un des trois jeunes gens d'une voix brusquement montée d'une demi-octave. Faut pas vous énerver comme ça, m'sieur ! On s'en va !

— Ouais, c'est bon, on s'casse, dit un autre.

Elle entendit le sans-abri cracher par terre.

— Petits-bourgeois de merde, tirez-vous de chez moi ! lâcha-t-il, tandis que des semelles piétinaient les gravats en direction de la sortie.

Puis, quand ils furent partis :

— C'est bon, vous pouvez sortir de votre cachette.

Elle s'avança.

Une lampe-tempête jeta soudain sur les gaines et les tuyaux du plafond une grande lueur blafarde, creusant partout des ombres profondes, fantasmagoriques.

— Qu'est-ce qu'ils vous voulaient ? demanda le sans-abri en la scrutant de ses yeux injectés.

Il était maigre, les joues si caves qu'elles devaient lui coller aux dents. Sa tignasse grise lui descendait dans le dos comme la queue d'un cheval, dont elle avait l'aspect de crin raide. Elle lui donna dans les soixante ans, mais il en avait peut-être beaucoup moins s'il vivait dans la rue depuis longtemps.

— Je ne sais pas, dit-elle prudemment.

— Vous portez un flingue sous votre veste… Vous êtes flic, c'est ça ?

Il était observateur. Elle hocha la tête.

— Vous allez m'arrêter ?

— Non.

— Z'avez une petite pièce, quelque chose à bouffer ?

Il fixait son sac de courses. Elle le déposa devant lui.

— Tenez. Faudra vous trouver un four pour la pizza, dit-elle.

— Vous inquiétez pas pour ça. Passez une bonne nuit, mademoiselle.

— Euh… vous aussi.

Des cris dans la rue, sous le balcon du salon. Elle avait réussi à s'endormir pour une fois. Elle ouvrit les yeux. Tendit l'oreille. Pas de doute : ça gueulait et ça beuglait là en bas.

Elle se tourna vers la table de chevet, regarda l'heure sur son téléphone.

1 h 13 du matin.

Se levant, elle traversa la chambre puis le salon pieds nus en direction du balcon, sans allumer la lumière, s'orientant entre les masses sombres des meubles grâce à la lueur provenant de la rue, avant de jeter un coup d'œil dehors.

Un petit groupe de personnes. Elles criaient, leurs visages pleins de colère levés vers ses fenêtres. Des cris indistincts, que Lucia avait du mal à comprendre, mais dans lesquels revenaient les mots « justice », « police », « dictature », « riches », « liberté ».

Quelqu'un avait balancé son adresse sur Internet...

Elle eut envie de son côté de leur vider un seau d'eau sur la tête. Des insultes, ça elle avait le droit, non ? Mais même les insultes se retourneraient contre elle au final. Pourquoi ces gens venaient-ils au beau milieu de la nuit déverser leur colère sous ses fenêtres ? Qu'est-ce qu'elle avait fait pour mériter ça ?

Des coups à la porte de son appartement. Elle sursauta. Des coups véhéments… *Ils avaient réussi à pénétrer dans l'immeuble...* Elle passa dans l'entrée, s'approcha de la porte aussi silencieusement que possible. Colla sa pupille à l'œilleton. *Ses voisins du dessous...* Un couple d'un certain âge, lui grand escogriffe en pyjama à rayures, ses cheveux gris en bataille, elle, petite, boulotte, attifée d'un vieux peignoir et de pantoufles en forme de chats.

Elle défit les verrous. Tira le battant.

— Bonsoir, dit-elle.

— Qu'est-ce que vous attendez ? mugit aussitôt la femme en la fusillant du regard.

Lucia fronça les sourcils.

— Pourquoi vous ne faites rien ? insista sa voisine avec une rage froide. Ils sont là à cause de vous ! Qu'est-ce qui va se passer s'ils entrent dans l'immeuble ? Vous y avez pensé ?

— Qu'est-ce qui vous a pris aussi de frapper ce manifestant ! s'exclama son mari. Grands dieux, quelle honte ! La Guardia Civil, vous vous comportez comme des voyous !

— On ne veut pas de ça dans notre immeuble, renchérit sa bourgeoise.

Lucia se demanda ce qu'elle entendait par « ça » : du désordre ? des cris à 1 heure du matin ? une manif sous les fenêtres ? ou une garde civile ?

— Rentrez chez vous, leur dit-elle.

Elle leur claqua la porte au nez.

— Vous allez faire quoi ? s'écria la femme de l'autre côté. Sans répondre, elle alla chercher son téléphone. Fit le 112. Elle expliqua la situation, donna son nom, son adresse – mais ne mentionna ni son grade ni sa fonction.

Quand enfin elle entendit les sirènes, elle retourna se coucher. Tout en sachant qu'elle ne parviendrait pas à dormir.

39

— Je veux une surveillance devant le domicile de mon ex-mari et devant l'école de mon fils.

Elle venait de montrer à Peña la photo qu'elle avait prise en sortant de chez elle ce matin : un tag sur la façade de son immeuble. Il était 9 heures passées de quelques minutes.

On sait où tu habites et où habite ton fils

— D'accord, lui concéda Peña.

— Et je reçois des menaces de mort sur WhatsApp depuis hier. Mon téléphone aussi a fuité.

Comme pour confirmer ses dires, l'appareil vibra et tinta à trois reprises, indiquant que trois nouveaux messages étaient entrés.

— Comment Candace Boix a-t-elle eu ses infos ? Comment savait-elle que nous étions à Peñalara ? Comment mes données personnelles ont pu fuiter ? *Il y a une taupe dans le service*...

Peña garda un moment le silence.

— Doucement, finit-il par dire. Doucement… Ça peut être quelqu'un d'extérieur à l'UCO, quelqu'un à la direction ou ailleurs…

— Combien de personnes savaient qu'on se rendait à Peñalara hier ?

— Il y a déjà les services du légiste, le GREIM qui a trouvé le corps, le GERA, la Guardia Civil locale…

— Tu crois sincèrement que c'est une personne d'un de ces services qui a vendu la mèche à Candace Boix ? Sérieux ? Et il y a autre chose : j'ai reçu plusieurs mails malveillants de quelqu'un qui est sans doute de la maison.

Peña ouvrit de grands yeux.

— Quoi ? Comment ça ?

— Quelqu'un m'insulte, me menace, me traite de menteuse pathologique, me souhaite de crever… (Elle omit le mot « salope ».) Les mails émanent d'une adresse bidon, mais qui ressemble comme deux gouttes d'eau à une adresse maison.

— Et tu n'as pas jugé utile de m'en parler ?

— Ça vient d'arriver. J'en ai parlé à Nacho, et je voulais voir où ça nous menait avant d'aller plus loin.

Le geek, à qui elle avait demandé de venir, se gratta le sommet du crâne.

— J'ai scanné les mails, dit-il. Ils ne contenaient pas de virus ni de menace pour notre système informatique mais l'expéditeur sait comment contourner nos défenses.

Peña prit un air sévère.

— Entre ta photo majeur dressé dans *Toda la Verdad*, la petite vidéo d'hier devant l'hôpital, les manifs en bas de chez toi et maintenant ça, ça commence à faire beaucoup, tu ne trouves pas ? La solution serait peut-être qu'on te retire l'enquête le temps que ça se tasse…

Lucia eut l'impression que le sang quittait son visage.

— T'es pas sérieux, là ?

Peña afficha un air maussade :

— C'est ce qu'a suggéré la colonelle après le dernier incident. Je persiste à croire que le groupe est plus efficace avec toi que sans toi, et je ne peux pas me permettre de perdre un chef de groupe en ce moment. Mais au prochain incident, tu sautes.

Le chalet de vacances d'Oriol Casablanc à Navacerrada ressemblait à celui de Marta Millán en modèle réduit. Du bois, de l'ardoise, de la pierre. Un petit air de Grand Nord mais tout le confort moderne : on était loin de Jack London. Des stalactites étincelaient sous les poutres de l'avant-toit et le thermomètre extérieur affichait quatre degrés au-dessous de zéro quand Lucia émergea sur la terrasse.

La vue portait loin sur les montagnes et sur la plaine. Elle colla son téléphone à son oreille rougie par le froid – le chauffage était en position « antigel » à l'intérieur – et appela Soler, qui dirigeait la deuxième équipe à la clinique.

— On n'a rien trouvé, annonça-t-elle en regardant son souffle s'élever dans l'air glacial.

— Idem ici, répondit-il. Le coffre de Casablanc ne contenait que des bijoux, des montres et du cash.

Avant cela, ils avaient commencé par perquisitionner la résidence d'Oriol et María Casablanc dans le quartier du Retiro. Sans plus de résultats.

— Emportez tout, rappela-t-elle, les ordinateurs, les téléphones, les documents, les classeurs, le courrier…

Elle mit fin à la communication, contempla le paysage glacé dans la lumière du matin : des lignes pures, de grandes étendues blanches sillonnées par le tracé noir des routes, des lignes d'arbres déshabillés par l'hiver. Son esprit ressemblait à ce paysage. Gelé. Traversé de routes dont on ne savait où elles menaient. L'auxiliaire de l'administration de justice la rejoignit quand elle rentra dans la maison.

— C'est bon pour nous, dit-il.

— Très bien. Allons-y.

Ils sortirent du chalet côté rue, suivirent l'allée encadrée de grotesques statues d'ours et de chamois – ou d'isards – jusqu'au portail en fer forgé qui reproduisait le profil des montagnes. Elle allait remonter dans la voiture quand son regard fut attiré par la neige sale qui recouvrait la chaussée devant le portail.

Il y avait plusieurs traces de pneus… Des véhicules dont certains avaient fait demi-tour, d'autres s'étaient garés avant de repartir en marche arrière. Au moins trois voitures. *Traces fraîches.* Elles étaient certainement déjà là quand Lucia et son équipe avaient débarqué, mais elle ne leur avait pas prêté attention, tant son esprit était accaparé par ce qu'ils allaient trouver à l'intérieur.

Elle se fit la réflexion qu'il neigeait à leur arrivée. Pourtant, les traces étaient bien visibles, à peine effacées par les derniers flocons. Elle se tourna vers l'un des gardes civils locaux.

— Ces traces-là, ce sont les vôtres ?

Il baissa les yeux sous sa casquette.

— Non. Nous, on est garés là-bas.

— Il a beaucoup neigé cette nuit ?

— Toute la nuit, oui. Ces traces ont été faites ce matin, pas de doute.

Quelqu'un était passé peu de temps avant eux...

Elle franchit de nouveau le portail. Vit de nombreuses traces de pas le long de l'allée. Elle calcula qu'ils étaient quatre ce matin à être entrés dans le chalet à l'occasion de la perquisition. Les traces de pas se chevauchaient, s'oblitéraient les unes les autres. Difficile de dire si plus de quatre paires de pieds avaient foulé cette allée.

Elle s'accroupit néanmoins, les prit toutes en photo. Fit de même avec les traces de pneus sur la route au-delà du portail. Puis elle appela l'équipe technique.

— J'ai besoin de moulages à Navacerrada. C'est urgent. Avant qu'il se remette à neiger.

40

Muros et Noia, Galice

Quelques heures plus tôt, Arias avait vu Nieves Carballo sortir de son immeuble et monter dans sa Seat. Il était 8 h 21.

Il craignit un instant qu'elle ne le repère quand elle balaya la rue de son œil de faucon, mais elle se mit au volant sans paraître l'avoir vu. Elle portait ce matin-là un gros pull et un jean informes. Une femme qui ne se souciait pas plus de son apparence que de l'opinion des autres, se dit-il. Il avait rarement rencontré un tel concentré de malveillance et d'arrogance. Cette femme lui faisait froid dans le dos. Il la croyait, malgré son aspect frêle et son âge, dotée de ressources insoupçonnées quand il s'agissait de nuire à autrui ou de se défendre.

Il garda ses distances pour ne pas se faire repérer parce que les individus comme Nieves Carballo sont souvent paranos. Il avait entendu au sujet des narcos galiciens des histoires prétendant qu'on les reconnaissait aux tours de ronds-points qu'ils faisaient au volant de leurs voitures de luxe. Et il y avait beaucoup de ronds-points en Galice…

Toutefois, à cette heure, la circulation entre Muros et Noia était dense et il n'eut aucun mal à se fondre dans le trafic. La route suivait plus ou moins la côte et les rias. Entre mer et collines, forêts et plages. Un paysage où l'eau embrassait la terre comme les doigts enlacés de deux mains, où les collines et les caps hérissés de pins semblaient flotter sur l'océan.

Il traversa un premier bras de mer sur un pont en béton ; de la brume planait sur l'estuaire, entre deux pentes boisées. Puis il franchit une deuxième ria aux eaux aussi calmes et lisses qu'un miroir – il n'y avait pas la moindre vague – alors qu'une lumière de plomb fondu crevait les nuages devant lui et inondait le pare-brise.

Il entra dans Noia quelques minutes plus tard, dans cette lumière changeante, virevoltante. Se rangea dès qu'il vit la Seat de Nieves Carballo ralentir. Le bureau de l'emploi de la junte de Galice était certainement un des bâtiments les plus impressionnants de la ville, bien qu'à La Corogne ou à Madrid il fût passé parfaitement inaperçu. Nieves Carballo descendit de voiture, disparut à l'intérieur.

Arias consulta sa montre. 9 heures du matin.

OK, elle est au boulot. Plus qu'à attendre.

Les minutes passèrent, les heures. Moins de deux jours avant la fin du compte à rebours. Cette échéance lui rendit l'attente insupportable.

Chaque fois qu'il y songeait, l'angoisse lui tordait l'estomac. Il ne pouvait rester là sans rien faire. Même s'il savait qu'à La Corogne l'équipe s'activait, il devait exploiter de son côté chaque minute.

Comme la mère d'Antón Freire ne risquait pas de ressortir de sitôt, il redémarra à la recherche d'un café, se gara quand il en eut trouvé un, puis traversa la rue pour s'installer en terrasse malgré le froid. Après quoi, Arias sortit son téléphone. Il se souvenait d'une phrase qu'avait prononcée Nieves Carballo : « Je vais trois fois par semaine à l'église prier pour ces malheureuses. » La veille, il avait cherché sur Internet le curé de la paroisse de Muros. Le père Rodrigo Leira. D'après sa photo, un jeune prêtre dynamique, peut-être de cette espèce nouvelle qui regardait le Vatican comme le dernier vestige d'une époque révolue.

Il composa le numéro.

— Oui ? dit une voix.

Timide, pas vraiment enthousiaste. Ou alors il se réveillait.

— Mon père, je suis le sergent Arias de la Guardia Civil, j'enquête sur la mort des trois jeunes femmes, je suppose que vous en avez entendu parler ?

Un blanc à l'autre bout.

— Bien sûr, comme tout le monde ici… Que puis-je pour vous, mon fils ? Je ne vois pas ce que…

— Vous connaissez Nieves Carballo ?

— Oui, c'est une de nos paroissiennes. Mais là encore je…

La réticence du curé était palpable.

— Ne vous inquiétez pas, mon père, le rassura Arias, je ne vais rien vous demander qui violerait le secret de la confession. Je voudrais juste savoir une chose : elle vient souvent à l'église ?

Nouveau blanc.

— Pourquoi cette question ? Quel rapport avec votre enquête ? Vous êtes de quel service, vous dites ?

À présent, le jeune prêtre semblait sur la défensive. Une fourgonnette sale se gara derrière la voiture d'Arias. Un type en salopette en descendit. Grand, costaud, il aurait pu s'agir d'Antón Freire, mais Arias avait suffisamment étudié la physionomie de celui-ci pour savoir que ce n'était pas lui. Le type passa devant sa table et entra dans le bar. Arias soupira.

— J'appartiens à l'UCO, mon père. Guardia Civil. Je peux me déplacer si vous voulez, mais ça nous fera perdre un temps précieux. Or une nouvelle jeune femme a été enlevée. Chaque minute compte. Il y a un rapport, croyez-moi, mon père, sans quoi je ne vous importunerais pas. Alors répondez, s'il vous plaît.

Il se mit à pleuvoir. Il sentit de petites gouttes froides traverser le tissu du parasol au-dessus de lui.

— Je ne la connais pas bien, finit par préciser le curé. J'ai parlé avec elle quelques fois, c'est une femme croyante mais peu pratiquante : je ne la vois que pour la messe de Noël. Donc, la réponse est non : elle ne vient pas souvent.

— Est-ce que par hasard elle pourrait aller prier ailleurs ?

Un silence.

— Prier ? Je ne crois pas, non… Comment dire ?… Je ne crois pas que ce soit… le genre à prier à l'église… et ce n'est pas non plus, à mon humble avis, une bonne personne.

Arias se redressa sur sa chaise.

— Comment ça, mon père ?

— D'abord, c'est une méchante langue. Elle adore dire du mal des autres. Y compris du curé. Elle a fait courir des bruits sur moi quand je suis arrivé dans la paroisse, des bruits qui me sont revenus aux oreilles, des bruits vraiment… infamants… Je ne sais pas ce que vous cherchez, mais laissez-moi vous dire une chose : Nieves Carballo n'est pas quelqu'un de bien.

41

Lucia avait laissé les équipes rentrer à Madrid. Elle déjeuna en vitesse dans un bar de la station de ski puis, en ressortant, reprit la direction du chalet de Casablanc, peu après 15 heures. Elle ne savait pas si cela avait la moindre importance, mais les traces de pneus récentes devant le chalet la préoccupaient.

Se garant à une vingtaine de mètres du bâtiment, elle descendit et fit le reste du chemin à pied jusqu'au portail, évitant soigneusement de piétiner les traces, promenant son regard alentour, examinant chaque mètre de son trajet. Qu'espérait-elle trouver ?

Peut-être *ça* : une poubelle roulante à cinq mètres environ du portail.

Lucia marcha jusqu'à elle, souleva le couvercle. À l'intérieur, plusieurs sacs en polyéthylène noir mais aussi un gobelet en carton et un emballage en papier jetés par-dessus les sacs-poubelle. Elle enfila ses gants de nitrile avant de saisir entre deux doigts le gobelet de café vide et l'emballage de viennoiserie, les fit tourner sur eux-mêmes. Il y avait un logo sur le gobelet. Starbucks.

Et, en caractères minuscules, une date de péremption sur l'emballage en papier.

Cette dernière lui apprit une chose : la viennoiserie avait été fabriquée – et consommée – à une date très récente. Elle aurait parié que le café avait été bu et la viennoiserie avalée par l'une des personnes qui avaient laissé ces traces de pneus le matin même. *Une des personnes passées avant eux.* Et que le café venait d'un des Starbucks de Madrid, car il n'y en avait certainement pas dans le secteur.

Comme c'est l'usage, le serveur ou la serveuse avait inscrit au feutre le prénom du client : *Miguel.*

Elle récupéra dans sa poche un sachet à scellés, y glissa le gobelet et l'emballage. Alors qu'elle avait repris la route de Madrid et mis My Chemical Romance dans les enceintes – la chanson s'intitulait *Bulletproof Heart*, « Un cœur à l'épreuve des balles » – elle reçut le coup de fil. C'était Samuel, son ex-mari.

À l'épreuve des balles. Ça restait à voir.

— C'est une idée à toi, la Guardia Civil devant notre porte et devant l'école d'Álvaro ?

Le ton disait clairement sa désapprobation.

— Je ne le fais pas de gaieté de cœur, Samuel, se justifia-t-elle. La menace est sérieuse. Je ne veux vous faire courir aucun risque.

Un soupir dans l'appareil.

— Oui. Je suppose qu'on devrait te remercier… Tu imagines l'effet que ça a sur ses petits camarades ?

— J'en suis désolée, mais il s'est passé des choses.

— Oui, j'ai vu ça aux infos. Faut toujours que tu fasses des tiennes, pas vrai ? Ça ne changera jamais, putain. Comment j'ai pu croire un jour qu'avec le temps tu changerais ?

Elle se fit violence pour ne pas lâcher une réponse trop vive. Elle se souvint qu'avant que les choses ne commencent à se gâter entre eux, alors qu'elle en était encore à faire ses preuves dans son métier et qu'ils parlaient d'avoir un enfant, il lui avait demandé un soir, devant un verre de vin, si c'était elle qui les protégerait, l'enfant et lui – ou bien lui qui devrait les protéger. Il lui avait aussi dit, sur le ton de la plaisanterie – mais elle avait senti qu'il ne plaisantait qu'à moitié –, qu'il trouvait bizarre qu'elle portât une arme, que ce n'était pas naturel pour une femme, et il s'était demandé en rigolant s'il n'était pas lui-même en danger. En ce temps-là, Samuel sortait de l'université. Il portait encore l'« uniforme » de la fac : vestes kaki, écharpes de laine, tee-shirts avec des messages plus ou moins politiques ou humoristiques, et son rapport aux forces de l'ordre oscillait entre le mépris et l'animosité. Il considérait la Guardia Civil comme une excroissance de l'ordre ancien. Une tumeur, un kyste, un adénome. Quelque chose qu'il aurait fallu extraire. Et elle comprit que cela ressurgissait : ce complexe de protection qu'il nourrissait jadis, ce besoin d'être le protecteur et non le protégé, ce bon vieux réflexe paternaliste.

La personnalité de Samuel, qui, en public, affichait ouverture d'esprit et tolérance, avait toujours été faite de sectarisme et de rigidité, elle s'en était aperçue trop tard.

— Au fait, lâcha-t-elle, je ne pourrai pas… prendre Álvaro ce week-end.

— Ça, on l'avait compris, figure-toi. Tu pourras le lui dire toi-même : je te passe ton fils, il veut te parler.

— Maman ? dit soudain la voix frêle et haut perchée dans le téléphone. Ne t'inquiète pas, maman, ça ne fait rien, je comprends. On se voit bientôt. Bisous.

La tonalité. Il avait raccroché.

Son fils si mûr pour son âge. Si intelligent. Si précoce. Elle eut envie de hurler. Étreignit le volant de toutes ses forces. Devant elle, la route et le paysage blanc se brouillèrent : « *Tu es* UNE MENTEUSE PATHOLOGIQUE ET UNE SALOPE INCAPABLE D'AIMER. *Tout le monde le pense : ta mère, ton ex-mari* ET MÊME TON FILS. »

Oui, peut-être bien que cette pourriture planquée derrière son ordinateur avait raison.

42

La magie de Cuenca opérait toujours, soir après soir, inlassablement, depuis qu'il avait acheté la maison. Juan Fulgar ne se fatiguait jamais de cette vue.

Ce théâtre de lumière dressé des siècles auparavant sur cette colline lui donnait l'impression d'être Cosme de Médicis au balcon d'un palais florentin. Ce soir pourtant, la magie n'opérait pas. Car il ne parvenait pas à oublier ce qui était arrivé à Oriol Casablanc. Chirurgien d'opérette pour vieilles peaux à retendre et maître chanteur. Désormais décédé. RIP.

Ce soir, Fulgar avait peur.

Il jeta un dernier coup d'œil au petit jardin suspendu en dessous du balcon, aux ombres noires qui le peuplaient, et à celles encore plus noires qui noyaient les collines alentour et la gorge, puis il rentra dans la maison.

— D'abord Marta, puis Nicolás, dit-il. Et maintenant, c'est au tour de cette petite merde de Casablanc, ce petit enfoiré de maître chanteur. Qui viendra ensuite : toi ou moi ?

La voix de Fulgar chevrotait presque. Il était parfaitement conscient d'avoir l'air mort de trouille. Mais c'est parce qu'il *était* mort de trouille, nom de Dieu. Comment ne pas l'être ? Il avait l'impression de se trouver dans un roman d'Agatha Christie, celui qui se passait sur une île et qu'on n'avait plus le droit d'appeler par son vrai titre, ou bien l'autre, à bord de l'*Orient-Express*.

— Le nombre de possibilités se réduit, tu ne crois pas ? dit Christoph Thalmayr, assis dans le salon. Et note bien que tout a commencé avec le chantage d'Oriol. Alors, il a mérité d'être sur la liste, si tu veux mon avis.

— Qu'est-ce que tu veux dire ? chevrota Fulgar, car, cette fois, sa voix évoquait vraiment un bêlement.

Il boita jusqu'au bar en traînant sa jambe dans le plâtre, s'appuyant sur sa béquille.

— Que le coupable est forcément l'un d'entre nous. Toi, moi ou *lui*…

Fulgar leva les yeux.

— Tu es sérieux ?

— Tu vois une autre possibilité ?

Juan Fulgar se servit un whisky sans glace derrière le bar, avala une longue rasade, reposa le verre.

— Tu repenses parfois à ce qui s'est passé cette nuit-là ? Moi, j'y pense souvent. Tout ça ne serait pas arrivé si tu n'avais pas…

— Si je n'avais pas quoi… ?

— Eu cette idée…, émit le marchand d'art dans un souffle.

Un ricanement hautain lui répondit.

— Tu étais le premier à vouloir y assister, je te signale. Bon, il est tard, je dois y aller. Je me lève tôt demain matin.

— Tu n'as pas peur de rentrer à pied avec ce qui se passe ?

L'artiste autrichien était déjà debout.

— Tu n'es plus qu'un vieillard sénile et craintif, Juan. Où est passé le négociant intraitable ? Tu crois vraiment que le tueur est là-dehors à guetter l'occasion de nous sauter dessus ? Tu vois trop de films.

En quelques marches, ils étaient passés du salon au vestibule et Juan Fulgar ouvrit la lourde porte basse donnant sur la ruelle. En jetant des regards à celle-ci, il dit :

— Il est près de nous, j'en suis persuadé. Il sait tout ce qu'il y a à savoir, tout ce que nous faisons, tout ce que nous disons. Il voit chacun de nos gestes, chacun d'entre nous. Il joue à être Dieu. Il nous connaît, Christoph. Il a suivi Nicolás dans la rue, il a surgi et surpris Marta, qui était pourtant sur ses gardes depuis le chantage de Casablanc. Et si on disait ce qu'on sait à la police ?

— Tu veux finir en prison ?

— Je préfère passer quelques mois en prison qu'être tué par ce… monstre.

— Pas moi. À demain, Juan.

Fulgar regarda la silhouette de son poulain s'éloigner sous les voûtes pluriséculaires de la cité. Il referma la porte. Tira les verrous. Le silence de la maison lui tomba dessus comme le couvercle de marbre sur un tombeau. Il eut soudain envie d'être moins seul, envie de se retrouver dans un endroit chaleureux, plein de monde, à savourer un *ajo arriero*[1] suivi d'un sublime

1. Plat typique à base d'ail, d'œuf, d'huile d'olive, de morue, de chapelure et de pommes de terre.

mérou accompagné d'une sauce aux agrumes et d'une mayonnaise à l'orange. Le *Raff*, sa « cantine » préférée. Il n'était qu'à cinquante mètres. Cinquante petits mètres le séparaient d'une cuisine délicieuse servie dans le décor tout en pierre d'anciennes écuries.

Est-ce qu'il était devenu à ce point poltron qu'il allait se priver d'un bon repas par une triste soirée d'hiver comme celle-ci ? Il vivait trop isolé, trop loin du monde.

Juan Fulgar passa son manteau, son écharpe, ses gants de chevreau. Attrapa ses clés, sa béquille et sortit.

Cinquante mètres…

Il y serait en moins de cinq minutes. Il eut un dernier frisson en émergeant dans la ruelle déserte, en tournant la clé dans la serrure et en activant l'alarme. Il jeta un coup d'œil à droite et à gauche. Pas un chat dans les venelles. Il était seul. Les hautes et anciennes façades du passage le surplombaient, le cliquetis métallique de sa béquille sur les pavés faisait écho à son pas alourdi par le plâtre : il sut que ces cinquante mètres allaient lui paraître interminables.

Est-ce qu'il avait entendu un pas derrière lui ?

Il s'arrêta, prêta l'oreille.

Non, il n'y avait personne. Ou alors l'autre s'était arrêté en même temps que lui. Il n'avait pas envie de se retourner pour vérifier. Pas envie de découvrir qu'il avait raison d'avoir peur. L'entrée du *Raff* était déjà en vue.

Quand il passa la porte pour pénétrer dans la chaleur douillette du restaurant, il exhala un soupir. Le patron l'accueillit avec cette courtoisie un peu démodée dont il entourait toujours ses clients les plus fidèles et que Fulgar appréciait bien plus que certaines manières rudes et modernes. Il détestait la flagornerie, mais il détestait tout autant ceux qui s'imaginent que faire preuve d'une franchise brutale en toutes circonstances les place au-dessus de la mêlée.

Il s'installa à la même table que d'habitude, allongea son plâtre à côté comme s'il était Long John Silver à la taverne de la *Longue-vue*, se laissa bercer par l'environnement légèrement régressif des lieux. Il était encore tôt et, en cette soirée de semaine et d'hiver, il n'y avait pratiquement personne.

Le silence à peine troublé par les murmures feutrés d'un vieux couple et les va-et-vient trop discrets du patron eurent tôt fait de lui mettre les nerfs à vif. Quelle atmosphère sinistre ! Il n'avait jamais remarqué avant ce soir à quel point dîner seul dans un lieu public pouvait être déprimant. Il engagea la conversation avec le patron pour avoir quelqu'un à qui parler et surtout pour ne pas laisser son esprit rebondir d'une pensée inquiète à l'autre.

Mais, quand le repas fut terminé, le dernier verre bu, les derniers mots prononcés, il se dit qu'il allait falloir rentrer par le même chemin et que la nuit était encore plus avancée. En quittant la chaleur du restaurant, il regretta pour une fois de ne pas habiter la ville basse, où on pouvait croiser du monde à toute heure du jour et de la nuit ou presque.

La brume était montée du Huécar le long de la falaise jusqu'à investir les ruelles de la ville haute – et le décor lui fit penser à un vieux film Universal des années 1930 avec Basil Rathbone dans le rôle de Sherlock Holmes. Cinquante mètres. Personne en vue. Il avait le ventre plein, le cerveau ralenti par le vin et la bouffe. Il fut parcouru par un long frisson qu'il choisit d'attribuer au froid humide tandis qu'il remontait le col de son manteau d'hiver sur sa nuque et se mettait en route.

Une ville de fantômes vigilants, de pierres vivantes, d'esprits éternels, voilà ce qu'elle était. Une ville où le temps passait plus lentement qu'ailleurs, une ville où il avait trouvé la paix que lui refusait le milieu trop fébrile des artistes contemporains, ces petits ego sur pattes qui se prenaient pour Michel-Ange et qu'il devait constamment cajoler, menacer, intimider, supplier.

Et voici que cette ville se retournait contre lui, que montaient du fond de ses passages et de ses ruelles les terreurs ancestrales, les peurs ataviques. Il avançait aussi vite qu'il pouvait, la respiration courte, les joues inondées de sueur.

Quand enfin il parvint devant sa porte et qu'il introduisit la clé dans la serrure, qu'il désactiva l'alarme, son cœur grimpa dans le rouge. Il était persuadé que quelque chose allait se passer *là, maintenant*. Dans les films, c'était toujours ce moment, quand le protagoniste se pensait enfin à l'abri, que choisissait le tueur. Il se précipita à l'intérieur, referma le battant, tira les verrous, le cœur battant. Alors seulement, Juan Fulgar commença à respirer et son pouls à ralentir. Il se souvint d'un récit de la collection « Alfred Hitchcock présente » qu'il avait lu adolescent : une femme traversait de nuit, la peur au ventre, une ville dans laquelle un tueur sévissait depuis des mois. Finalement, quand enfin elle se croyait parvenue à bon port, saine et sauve, la porte de sa maison refermée, le verrou tiré, elle entendait une toux derrière elle, dans l'obscurité.

Mais rien de tel ici. Il n'y avait personne. Il s'était monté la tête. Il allait activer de nouveau l'alarme quand quelqu'un cogna le heurtoir de l'autre côté de la porte. Il sursauta. Appuya sur le bouton de l'interphone. Une silhouette encapuchonnée, le visage dans l'ombre, sur l'écran.

— Oui ?

— C'est moi.

Juan Fulgar soupira. Défit un par un les verrous et ouvrit le battant sur la rue brumeuse.

— Qu'est-ce que tu… ?

Il n'eut guère le loisir d'en dire plus. L'espace d'une seconde, il ne comprit pas pourquoi la silhouette levait le bras de cette façon. Jusqu'au bruit. Le bruit précéda le choc, ou peut-être pas : un grand bruit éclatant dans son crâne et un grand choc en même temps. Sa vue se troubla. Quelque chose de liquide, de chaud coula en abondance sur son front, dans ses yeux, colorant sa vision de rouge. Rouge vif. Il eut une pensée.

Une seule. C'était donc *lui*. Un deuxième énorme choc quand sa tête heurta très violemment le sol.

La joue contre le plancher froid, la bouche ouverte, un filet de bave sur le menton, une flaque rouge s'élargissant sous son crâne, il voulut parler, dire quelque chose, *penser*…

Mais rien.

Aucun son ne sortit de sa bouche, aucune pensée rationnelle de son cerveau. Sinon celle-ci : on le traînait par les pieds à l'intérieur – et c'était bien.

Au moins, il mourrait dans sa maison, pas dans la rue.

43

Lucia regardait sa mère. Laquelle la fixait en retour. Le visage de sa mère était dépourvu d'expression. Ses yeux ne trahissaient pas la moindre émotion, mais ils suivaient chacun des gestes de Lucia. Et ils l'accompagnaient à travers la chambre lorsqu'elle se déplaçait.

Alors Lucia lui parlait, lui racontait sa journée. Évoquait certains souvenirs d'enfance où figuraient sa sœur et elle. Des souvenirs *heureux*. Plutôt rares en fait. Ceux où elle avait partagé avec sa mère et sa sœur des moments de joie, de jeu, de bonheur parfois.

Sa mère écoutait. La fixait.

Zéro réaction.

Est-ce qu'elle allait vraiment finir par sortir de sa torpeur ? Ou est-ce qu'elle allait rester comme ça indéfiniment ?

Lucia était assise au bord du lit médicalisé. Elle en eut marre tout à coup. Marre d'évoquer des souvenirs si étrangers à ce qu'elles étaient devenues. Elle se leva, attrapa la télécommande, alluma la télé.

Sa mère reporta aussitôt son attention sur le téléviseur. Un débat entre plusieurs invités. Sur les troubles qui secouaient le pays. Du pain bénit pour les médias et pour les chaînes d'info, qui y consacraient l'essentiel de leur temps d'antenne, à raison de plusieurs heures par jour, tandis qu'un raz-de-marée d'articles et de commentaires envahissait la presse et Internet et que cela se traduisait de plus en plus dans la rue. Derrière le joli visage de la présentatrice, dont une épaisse couche de fond de teint gommait les imperfections, défilaient des images d'affrontements entre émeutiers et police.

« Ces émeutes sont la conséquence de la faiblesse de la réponse judiciaire et aussi de la faiblesse de l'État, du sentiment d'impunité qui s'est développé dans ce pays, était en train de dire un jeune homme dans la trentaine rasé de frais et vêtu d'un strict costume gris. La conséquence de décennies de politiques laxistes et permissives.

— Vous oubliez, monsieur le député, que la justice n'est pas là pour répondre à l'émotion, si légitime soit-elle, intervint calmement son voisin, un homme dans la cinquantaine vêtu d'une veste de tweed aux coudes renforcés de cuir qui sentait son universitaire. Son rôle est d'évaluer les responsabilités individuelles, non les fautes collectives, et d'appliquer les sanctions conformément au barème prévu par la loi, pas de rendre une justice pour l'exemple… »

La présentatrice hochait la tête à chaque intervention, adoptant l'air grave qui seyait à la situation, encourageant discrètement les clashs et les prises de bec – car son producteur et elle n'avaient qu'une seule religion : celle de la Sainte Église de l'Audience et du Buzz.

« Ces émeutes sont surtout la conséquence du creusement des inégalités, intervint avec véhémence une jeune femme blonde, porte-parole de son parti, vêtue d'un jean et d'un pull jaune, la conséquence de l'enrichissement fou des élites et de la façon dont les richesses sont de plus en plus accaparées par une minorité qui bénéficie de juteux placements financiers et de mesures fiscales en sa faveur… »

La voix de la jeune représentante du peuple tremblait d'émotion, de colère, ses grands yeux bleus étincelant de mépris pour son contradicteur en costume.

« Ces émeutes sont aussi la conséquence de la loi *mordaza*[1], poursuivit-elle avec le même feu, loi qui, comme chacun sait, bafoue les principes de la démocratie et de notre Constitution. »

Le jeune homme au costume gris arbora un fin sourire. Il adorait qu'on lui tende ce genre de perche.

« Vous préféreriez que ce soit le chaos périodique et avoir un pays ingouvernable comme notre voisin du Nord ? ironisa-t-il.

— Là-bas au moins le peuple s'exprime », riposta-t-elle.

Le jeune député parut satisfait de cette réponse qui, estima-t-il, démontrait une fois de plus l'irresponsabilité du camp d'en face.

« Nous allons donner la parole à notre correspondante à Madrid, Lorena Marcos, plaça la présentatrice, qui contrôlait strictement, grâce à son oreillette et à la régie, le temps de parole de chacun. Lorena, où en est la manifestation de la Puerta del Sol ? »

1. La loi « bâillon » (*mordaza*, en espagnol) est le surnom donné à la loi de protection de la sécurité des citoyens de mars 2015, qui constitue selon ses opposants un outil de répression aux mains de l'État et une atteinte aux libertés individuelles comme au droit de manifester.

Une femme qui avait à peu près le même âge que les deux députés apparut à l'écran, s'abritant sous un grand parapluie des trombes d'eau qui déferlaient.

« Un violent orage a éclaté sur Madrid, comme vous le voyez, répondit-elle, et il semblerait que le déluge soit en train de disperser les manifestants sans que la police ait besoin d'intervenir.

— Merci, Lorena. La météo comme auxiliaire de la police, en somme ? plaisanta de sa voix caressante la présentatrice en se tournant vers l'homme dans la cinquantaine aux cheveux grisonnants et aux sourcils noirs. Professeur, enchaîna-t-elle, quelle est votre analyse ? Comment expliquez-vous que des crimes aussi sordides que les meurtres de Marta Millán et Nicolás Gallardo puissent se traduire par un mouvement populaire d'une ampleur qu'on n'a pas vue depuis presque dix ans, un mouvement qui ne les condamne pas, mais qui les soutient ? »

Un bandeau en bas de l'écran afficha le nom et la profession de l'intervenant : « Itziar Úbeda, historien, psychologue social, spécialiste des mouvements sociaux ». Lucia se méfiait chaque fois qu'elle voyait apparaître le mot « spécialiste » sur une chaîne d'info. Gros plan sur ledit spécialiste. Un visage jovial, des cheveux gris qui dansaient en deux nuages symétriques derrière de grandes oreilles. Il prit la parole d'une voix grave, nuancée – le genre de voix, se dit Lucia, qui donnait à n'importe quel propos l'allure d'une vérité profonde.

« Marta Millán et Nicolás Gallardo sont dépersonnalisés par le mouvement, répondit doctement le spécialiste. Peu importe aux yeux de ceux qui manifestent qui ils sont, ce qui importe c'est ce qu'ils représentent. C'est difficile de haïr quelqu'un que l'on connaît vraiment, parce que personne, à de rares exceptions près, n'est à ce point haïssable. Alors, pour pouvoir haïr en toute bonne conscience, il faut dépersonnaliser l'objet de cette haine. Et puis, ce n'est pas Marta Millán et Nicolás Gallardo qui sont visés par ces manifestants, c'est leur statut social…

— Tout de même, cette phrase, "Tuons les riches", qu'on voit partout dans les rues est d'une violence inouïe, fit remarquer la présentatrice avec une feinte indignation, qui masquait mal sa jubilation d'avoir à prononcer ces mots à l'antenne.

— Une violence symbolique, compléta l'universitaire. Je ne pense pas qu'il faille prendre cette phrase au sens littéral.

— Parce que deux meurtres, ce n'est pas assez *littéral* pour vous ? » persifla le jeune homme en costume assis en face du spécialiste.

Lequel parut se recroqueviller.

« Euh… ce n'est pas ce que je voulais dire…

— Je crois qu'on s'éloigne du sujet, s'emporta la jeune députée en jean, sujet qui est que les injustices deviennent de plus en plus criantes dans ce pays. Ces deux meurtres horribles – que nous condamnons sans réserve – ne doivent pas occulter l'essentiel : l'enrichissement outrancier d'une toute petite partie de la population aux dépens de toutes les autres, la précarité d'un côté, les abus des banques et les fortunes indécentes qui se constituent de l'autre.

— Et nous remédierons à cela, enchaîna froidement le jeune homme en lissant la soie de sa cravate, quand nous serons au pouvoir. Contrairement à vous. C'est dans notre programme, lisez-le : imposer les riches. Mais, en attendant, c'est de sécurité que nous parlons, d'ordre – ou plutôt de désordre, de scènes de chaos dans les rues de nos villes… Je ne vous ai pas entendue les condamner… »

La jeune femme avait déjà suffisamment d'expérience pour ne pas tomber dans le panneau.

« Nous condamnons bien entendu toute forme de violence quelle qu'elle soit, même si nous comprenons les racines de cette violence, contrairement à vous… »

Lucia coupa le son. Elle en avait assez entendu. Elle laissa l'image pour sa mère, qui ne quittait plus l'écran des yeux. Des yeux de zombie en Haïti : aucun éclat n'émanait des pupilles. Mais quand elle s'approcha de la porte, le regard de sa mère lâcha l'écran pour la suivre.

— Bonne nuit, maman, fit-elle. Je repasse demain.

Pas de réaction. Lucia referma la porte. Sur le parvis de l'hôpital, elle constata que la correspondante de la chaîne de télévision n'avait pas menti : un vrai déluge. La rue Diego-de-León était sous cinq centimètres d'eau et les voitures soulevaient d'immenses corolles sur leur passage, tandis que l'averse scintillait dans la lueur des phares.

En courant vers le Hyundai, elle repensa à ce que Geraldo Noé lui avait dit : « Le message TUONS LES RICHES n'est peut-être qu'une façade destinée à dissimuler un autre mobile. » OK. Mais quel mobile ?

La vengeance ?

L'argent ?

Le sexe ?

44

Il était 22 h 40 ce jeudi quand elle déboucha au quatrième étage désert du siège de l'UCO. Elle savait que la phrase de Geraldo tournerait dans sa tête jusqu'à ce qu'elle obtienne une réponse.

En entrant dans son bureau, elle chercha une serviette dans un tiroir pour sécher ses cheveux mouillés, alla à la machine se préparer un café puis fila dans les toilettes se rincer la figure. Après quoi, elle revint à son bureau à travers l'open space silencieux. Elle alluma l'ordinateur. Au-delà des fenêtres, un gros-porteur était au roulage sur les pistes illuminées de la zone de fret. Que cherchait-elle ? Un *mobile*... Pas un mobile politique, revendicatif. Pas une fiction pour la galerie comme « TUONS LES RICHES », non : quelque chose de plus intime, de plus *personnel*.

Autrement dit, le tueur n'avait pas choisi ses victimes au hasard. Cela elle le savait depuis que le concierge lui avait révélé la proximité entre Marta Millán et Nicolás Gallardo. Elle se souvint de la première question qu'elle avait posée à Soler : *Comment savait-il que Marta Millán serait seule ce soir-là ?*

Il les connaissait...

Pas par la presse à scandale ou par la télévision, non : *intimement*. Il faisait partie de leur cercle rapproché. Ou du moins il était assez proche pour connaître leurs habitudes. Un ami, un employé, un vigile – quelqu'un qui évoluait dans la même sphère qu'eux, à proximité.

Elle reprit le dossier déjà volumineux, le parcourut.

Son regard s'arrêta sur les relevés bancaires de la clinique, ceux qui avaient permis de la relier à Marta Millán et à Gallardo. Chacun lui avait versé 150 000 euros. Une sacrée somme. Même pour de la chirurgie esthétique. Elle vérifia les dates : 5 et 6 décembre. Huit semaines auparavant. Elle fut presque aussitôt frappée par un détail : quelques jours plus tard, le 9 décembre, il avait aussi reçu 50 000 euros d'un dénommé Juan Fulgar. Elle se renversa en arrière. Comment avaient-ils pu passer à côté de ça ?

Juan Fulgar... Elle se connecta à Google, lança une recherche. Un marchand d'art. Google lui proposait un certain nombre d'artistes associés au nom de Fulgar. Elle les passa en revue, s'arrêta soudain sur l'un d'eux.

Thalmayr. Où avait-elle déjà entendu ce nom-là ?

Dès qu'elle l'eut soumis à son tour au moteur de recherche, elle constata qu'il y avait plus d'une centaine d'entrées au nom de l'artiste. Et des musées célèbres, comme le MoMA à New York, le Guggenheim à Bilbao, la Fondation Louis Vuitton à Paris ou encore la Tate Modern à Londres, lui étaient associés. Tout à coup, ça lui revint : Soler lui avait fait remarquer que le chirurgien esthétique avait une toile de Thalmayr dans son bureau et que ça valait une fortune, et Adrián l'avait cité parmi les artistes dont Marta Millán possédait des œuvres. Putain ! Sur le moment, elle n'y avait pas prêté attention. Après tout, ces richards devaient collectionner peu ou prou les mêmes artistes. Ceux que leur dictait la mode du jour. Bon sang, quel pouvait être le rapport entre un marchand d'art, un artiste contemporain et des meurtres, s'il y en avait un ?

Nouvelle recherche. Associant cette fois les noms de Marta Millán, Nicolás Gallardo, Juan Fulgar et Christoph Thalmayr. Aussitôt lui sautèrent à la figure des photos d'un vernissage de 2018 dans la galerie Heinrich Ehrhardt à Madrid. On y voyait Fulgar et Thalmayr tout sourires entourés de Marta Millán, de Gallardo et d'une poignée d'autres personnes. Elle zooma. Le marchand d'art avait l'air d'un vieux monsieur respectable, l'artiste plasticien d'un con prétentieux, le genre qui se prend pour le sel de la terre parce que la vie lui a souri à un moment donné et que quelqu'un a su changer son petit talent en or. On sous-estime le rôle du hasard dans presque tous les domaines, se dit-elle. Mais elle savait qu'il était injuste de cataloguer les gens sur la base d'une simple photo. Peut-être qu'il s'était battu pour arriver là où il était, peut-être qu'il avait construit tout ça à la force du poignet et qu'il ne devait sa réussite qu'à lui-même. Qui sait ? Sauf que son métier avait amené Lucia à fréquenter toutes sortes de milieux et à saisir à quel point, dans certains, les relations, les réseaux, les amitiés comptaient plus que le talent ou les compétences.

D'accord, ils se connaissaient. Et après ? Dans ce milieu, tout le monde se connaît et se croise...

Oui, mais il y a ce virement que Fulgar a envoyé à Casablanc presque en même temps que les autres...

Elle continua d'explorer la bio de Juan Fulgar mais Google renfermait infiniment moins d'informations sur ce dernier que sur Thalmayr. Elle enchaîna donc avec la vie et l'œuvre de l'artiste plasticien. Né en Autriche, sur les rives du lac Wörthersee, Carinthie, en 1969, il avait étudié à l'université des Arts appliqués de Vienne mais en était sorti sans diplôme. Il avait ensuite été séminariste avant de renoncer subitement à sa vocation. Sa biographie, probablement largement fictive, disait qu'il avait exercé des dizaines de métiers. C'était en travaillant dans une entreprise de pompes funèbres qu'il avait commencé à se familiariser avec le corps humain (Lucia s'arrêta sur ce paragraphe : devant le corps coupé en deux de Marta Millán, Mateo Soler avait fait remarquer qu'il fallait un minimum de connaissances anatomiques pour découper un cadavre de cette façon), et l'artiste avait découvert à peu près à la même époque l'actionnisme viennois, « sans doute l'un des mouvements artistiques les plus radicaux et les plus subversifs de tous les temps », disait sa biographie, porté par des artistes aux performances extrêmes comme Otto Muehl, Rudolf Schwarzkogler ou Hermann Nitsch.

Lucia soupira. Sa méconnaissance de l'art contemporain était un obstacle. Elle en aurait pour des heures à débroussailler ça toute seule. Elle fixa la photo prise à la galerie Heinrich Ehrhardt. Thalmayr en compagnie de Marta Millán, Nicolás Gallardo et Juan Fulgar. Il y avait quelque chose dans le regard de Thalmayr… Une lueur… Ou au contraire une ombre… Il souriait comme les autres, mais il semblait en même temps à l'écart, dans son monde. Un coup d'œil à l'horloge : bientôt minuit. Elle saisit son téléphone. Il y avait une solution plus rapide que de se taper toute l'histoire de l'art dans la seconde moitié du XXe siècle.

— Lucia ? fit Adrián Sanz sur un fond bruyant de commentaires sportifs. Qu'est-ce qui se passe ?

— Parle-moi de l'actionnisme viennois, dit-elle de but en blanc.

Un silence. Il baissa le son de la télé.

— T'es sérieuse ? Tu as vu l'heure ? Depuis quand tu t'intéresses à ce genre de... trucs artistiques ?

— Depuis que je m'intéresse à Christoph Thalmayr.

— Comment ça ?

— Je t'expliquerai... Il est écrit dans sa bio qu'à ses débuts Thalmayr était influencé par l'actionnisme viennois.

— C'est vrai.

— Tu peux m'en dire plus ?

— Attends. Je me sers un verre de vin, je vais en avoir besoin, on dirait.

Elle l'entendit couper le son de la télé, marcher à travers l'appartement, ouvrir un placard, se servir. De son côté, les bureaux étaient totalement silencieux, et elle avait beau savoir qu'elle ne risquait rien ici, elle n'oubliait pas que celui qui la harcelait était certainement de la maison.

— OK, fit-il après avoir bu une gorgée et fait claquer sa langue. L'actionnisme viennois... Probablement le mouvement artistique le plus radical de l'après-guerre, et peut-être même de toute l'histoire de l'art.

— Oui, c'est ce que j'ai lu. C'était dans les années 1970, c'est ça ?

— Années 1960-1970 pour la plupart de ses représentants, oui. Ces types ont poussé les performances artistiques à l'extrême limite du supportable, dit-il. Et de la folie. Ils ont eu recours à la scatologie, à la pornographie, à l'automutilation, au blasphème. Ils se sont littéralement roulés dans le sang, la merde, l'urine, la boue et la peinture. Ils ont transgressé tous les tabous. Ils prétendaient évacuer le refoulé du passé nazi de leur pays, fusionner l'art et la réalité, provoquer une prise de conscience du public et en finir avec l'art bourgeois.

— Je ne veux pas un cours d'histoire de l'art, Adrián. Je veux juste que tu me résumes les faits les plus marquants.

Il soupira :

— Très bien. Laisse-moi te parler dans ce cas des artistes eux-mêmes… Otto Muehl, par exemple. Dans les années 1960, il prônait le sadisme, la perversion, l'obscénité comme moyens de lutte contre le conformisme et le matérialisme. Il s'est livré à des happenings à base de scatologie et d'actes sexuels avant de s'éloigner peu à peu des milieux artistiques pour fonder une communauté, l'AAO, l'Aktionsanalytische Organisation. Il estimait que tout le mal de nos sociétés vient de la cellule familiale. Par conséquent, dans sa communauté, on séparait les mères de leurs enfants et on invitait ces derniers à, je cite, « jouer à baiser ». Il a été condamné pour sévices sexuels sur mineurs et viols[1].

— Charmant, commenta Lucia, et les autres ?

— Rudolf Schwarzkogler présentait de son côté des corps nus, ligotés, couverts d'objets médicaux tels que

1. Condamné à sept ans de prison, une fois sa peine purgée, Otto Muehl est parti vivre au Portugal, où il est mort en 2013, à l'âge de quatre-vingt-sept ans.

seringues, tuyaux, pipettes. Il faut dire que son père, médecin de guerre, s'était suicidé en 1943. Rudolf Schwarzkogler est mort d'une manière assez bizarre à l'âge de vingt-huit ans, il est tombé du quatrième étage d'un immeuble. On privilégie la thèse du suicide : il était dépressif.

Lucia était à la fois fascinée par l'étendue des connaissances d'Adrián – même si l'histoire de l'art était son domaine de compétence au groupe du patrimoine historique – et impatiente qu'il en vienne à Thalmayr.

— OK, continue…

— Günter Brus, l'un des fondateurs du mouvement, se livrait à des performances qui consistaient à boire sa propre urine ou à pratiquer des incisions sur son corps à l'aide d'une lame de rasoir. Il a été condamné à six mois de prison pour s'être enduit le corps d'excréments au sein de l'université, avoir vomi et s'être masturbé en chantant l'hymne national autrichien. Ça s'appelait *Art et Révolution*.

— Seigneur, souffla Lucia. Tu en as encore beaucoup comme ça ?

— Enfin, le plus célèbre est sans doute Hermann Nitsch, compléta Adrián, qu'il était difficile d'arrêter une fois lancé. Il pratiquait dans son château baroque – eh oui, être antisystème, ça peut rapporter gros – ce qu'il appelait son « Théâtre des orgies et des mystères ». Un mélange de théâtre, de musique et de performances. Comme asperger des heures durant de sang animal des figurants nus aux yeux bandés. Sa centième performance, faisant intervenir de nombreux figurants et de nombreux animaux, a duré six jours et six nuits. Elle a amené des associations de défense des animaux ainsi que l'Église catholique à accuser Nitsch de blasphème et de cruauté envers les animaux. L'actrice française Brigitte Bardot l'a même qualifié de « Caligula autrichien ». Ça n'empêche pas Nitsch d'avoir plusieurs musées à son nom en Autriche et en Italie.

À mesure qu'Adrián parlait, Lucia sentait une fascination malsaine s'emparer d'elle. Que cherchaient à prouver ces artistes en exhibant ainsi la souffrance, la cruauté et la mort ?

— Et Thalmayr ? demanda-t-elle dans un souffle.

Un temps. Elle devina qu'il rassemblait ses idées.

— Quand le jeune Thalmayr a commencé à s'intéresser à l'actionnisme viennois, répondit-il, il y a longtemps que le mouvement avait cessé d'exister. Mais il semble que sa mère, une artiste elle aussi, ait été pendant un moment une disciple de Nitsch et de Schwarzkogler. C'est sans doute elle qui l'a initié au mouvement. D'une certaine manière, le jeune artiste autrichien a tenté à ses débuts de le ressusciter en multipliant à son tour les happenings extrêmes et en se plongeant dans les œuvres et la pensée de Sade, de Nietzsche, de Bataille, de Freud. Parmi ses performances les plus mémorables, il y a celle où il a demandé à un assistant de lui tirer une balle dans l'épaule alors qu'il était attaché à une cible sur laquelle était écrit « À bas la bourgeoisie ». L'assistant était un excellent tireur et il était à moins de cinq mètres, mais il avait la tremblote parce qu'il n'avait jamais tiré sur quelqu'un et la balle a traversé le poumon. Thalmayr a dû être transporté d'urgence à l'hôpital. Heureusement, c'était un petit calibre.

Il marqua une pause.

— Ensuite, il est passé à des choses disons plus… conventionnelles. Si l'on peut dire. Des photographies plus ou moins pornographiques qui ne sont pas sans rappeler un Robert Mapplethorpe, des peintures à base de ce qu'il appelle les « matières originelles » : terre, sable, poussière, craie, vin, sang, semence.

— Oui, dit-elle, je me souviens d'une toile de ce genre chez Marta Millán.

— Puis il est passé à la peinture figurative, poursuivit Adrián. Il est aujourd'hui très coté sur le marché de l'art. Chacune de ses œuvres se vend des millions de dollars. À propos, tu sais quelle anagramme André Breton, le pape du surréalisme, avait formée à partir du nom et du prénom de Salvador Dalí ?

— Euh… non.

— Avida Dollars.

Elle devina qu'il était content de son petit jeu de mots et ne put s'empêcher de sourire non de la plaisanterie elle-même, mais des choix d'Adrián en matière de blagues.

— Tu peux m'expliquer ce que tu cherches exactement ?

— Pas maintenant, fit-elle. Je dois encore vérifier un certain nombre de choses. Merci, Adrián.

— Mmm. Pas de quoi… Bonne nuit.

Elle raccrocha. « À bas la bourgeoisie »… Dans le silence des bureaux déserts, elle frissonna : comment ne pas noter la parenté existant entre cette phrase et le slogan « Tuons les riches » ? Sans parler de la violence des happenings de Thalmayr dans sa jeunesse. Et si les meurtres étaient eux-mêmes des… *performances* ?

L'idée lui parut absurde, irréelle. Un conte. Mais Lucia avait depuis longtemps appris qu'en matière de crime la rationalité n'était pas toujours au rendez-vous.

Elle continua de rechercher des informations sur l'artiste autrichien. Découvrit qu'il habitait à moins de deux heures de route de Madrid.

Cuenca…

En art, sa dernière période était non seulement figurative, mais aussi revendicative. Elle afficha quelques tableaux à l'écran. Lucia ne connaissait rien à la peinture, mais elle dut admettre que la puissance de ces toiles l'ébranlait. Le noir était la couleur dominante – et au milieu de cette noirceur se déployaient des visions infernales, cauchemardesques : horizons hérissés de puits de pétrole en feu, soldats aux yeux fous pataugeant dans des flaques d'hydrocarbures et s'entretuant à coups de baïonnette, squelettes ricanant au milieu de forêts en proie aux flammes, créatures semi-humaines pleines d'appendices technologiques forniquant avec des humains ; des scènes de carnages, de viols, de meurtres, de fins du monde ; une violence extrême, une bestialité sans limites. Dans ses œuvres régnait un enfer perpétuel : celui d'un futur possible et peut-être probable. Il émanait d'elles un effroi qui secoua Lucia. Elle se demanda quel cerveau malade les avait enfantées. Et surtout si ce cerveau avait pu enfanter d'autres cauchemars plus *réels*… Elle se dit que celui qui avait peint ça n'était pas tout à fait de ce monde. C'était comme si la puissance et la noirceur de ses visions la contaminaient, aidées en cela par le silence et la pénombre qui régnaient dans les bureaux.

Elle respira profondément. Il y avait une inquiétude scellée dans sa poitrine, contenue, sous clé, mais qui ne demandait qu'à se libérer.

Christoph Thalmayr était-il la personne qu'ils recherchaient ?

Elle continua de passer en revue les articles. Soudain, ses yeux s'arrêtèrent sur un titre :

La fille de l'artiste et performeur Christoph Thalmayr impliquée dans le kidnapping et le meurtre du milliardaire Hector Crespo

Elle se souvenait vaguement de cette histoire. L'article datait de 2013. Il expliquait que le CNI, le Centro nacional de inteligencia, les services de renseignement espagnols, espionnait depuis un certain temps une cellule anarchiste qui préparait le kidnapping d'un homme d'affaires sans que la cible ait pu être identifiée. Il y avait eu des ratés, des problèmes de communication interservices, des guéguerres internes, et un milliardaire – Hector Crespo, qui avait fait fortune dans le vin – avait été kidnappé, puis assassiné bien que la famille eût payé la rançon. Des plans, des armes et des horaires avaient été retrouvés quelque temps plus tard dans une planque de Valence louée au nom d'Alba Thalmayr, que l'article présentait comme « la fille de l'artiste et performeur autrichien mondialement connu résidant en Espagne ».

Lucia entra « Alba Thalmayr » dans la barre de recherche et obtint plusieurs articles sur le sujet, dont un qui clamait : « *La fille de Christoph Thalmayr blanchie de toutes les charges* ». Le papier déclarait qu'Alba

Thalmayr avait été libérée, mais que ses coaccusés risquaient la prison permanente révisable. Il ne donnait pas plus d'explications. Dans d'autres articles, on voyait le père et la fille ensemble ; ils paraissaient très proches et la ressemblance était frappante. Une nouvelle fois, Lucia se rejeta contre le dossier de son siège. Le regard tourné sans les voir vers les avions de la zone de fret qui stationnaient dans la lueur des projecteurs, elle essaya d'assembler les éléments dont elle disposait, mais aucune image cohérente ne lui vint. Il lui manquait une pièce du puzzle. Une pièce essentielle. Pourtant, d'instinct, elle sentait qu'elle n'était pas loin, qu'elle touchait au but : la solution se trouvait là, sous ses yeux, dans ce tas de données.

Elle revint à Juan Fulgar. Le marchand d'art. C'était lui, selon sa fiche Wikipédia, qui avait découvert Christoph Thalmayr, qui l'avait imposé au monde. Apparemment, il était connu pour être un détecteur de talents hors pair. Juan Fulgar partageait sa vie, disait la fiche, entre New York, Londres et Cuenca.

Cuenca... Par conséquent, voisin de l'artiste autrichien. Et, comme lui, à moins de deux heures en voiture de Madrid. Et même une heure si on prenait le train…

Moins de deux heures par la route – et, pourtant, Lucia n'avait jamais visité les fameuses *casas colgadas*, les « maisons suspendues ». Une incuriosité qu'elle entendait bien corriger. Dès cette nuit.

45

La Corogne, Galice

Bientôt minuit. Arias eut une pensée pour Lucia. Que faisait-elle en ce moment ? Il la connaissait assez pour savoir qu'elle ne dormait pas. En regardant les postes de travail désertés autour de lui, il songea qu'il aurait bien aimé l'avoir ici à ses côtés.

Il avait passé la journée à filocher Nieves Carballo. Sans résultat. L'avait-elle repéré ? Il devait d'urgence trouver une autre stratégie. Le temps filait…

Lucia lui avait envoyé un message laconique ce matin : *Cherche du côté de leur travail.*

Qu'est-ce qu'elle voulait dire ? Il se l'était demandé toute la journée en collant aux basques de la mère du géant. Certes, toutes les victimes avaient été enlevées en se rendant à leur travail – mais ils avaient déjà exploré cette voie des dizaines de fois sans le moindre embryon de piste.

Puis, brusquement, il avait eu une idée.

Il avait repris le volumineux dossier et l'avait feuilleté jusqu'à dénicher l'emploi du temps des victimes non pas quelques heures ou quelques jours avant le rapt, *mais plusieurs mois en arrière*.

Et là, tout à coup, ça lui avait sauté aux yeux. C'était comme si on lui envoyait un signe divin. Exactement ça, bordel. Un foutu signe venu d'en haut.

Toutes ces femmes avaient connu une période de chômage, avaient été à la recherche d'un emploi et en avaient trouvé un *peu de temps avant d'être kidnappées*.

C'était écrit, noir sur blanc, dans les témoignages de leurs employeurs : « Vera travaillait chez nous depuis six mois », « Paz a dû arriver chez nous en avril, ça fait trois mois donc », « Andrea débutait, mais elle a très vite appris le métier »… Putain ! C'était là : sous leurs yeux, depuis le début, perdu au milieu des centaines de pages de procédure !

Vas-y, pousse ton raisonnement plus loin : elles étaient au chômage, elles trouvent un emploi et peu de temps après elles sont kidnappées… Tu en conclus quoi ?

Réfléchis ! Réfléchis !

Il avait entrouvert la fenêtre, la rumeur de la ville qui montait jusqu'à lui faisait un accompagnement sonore à ses pensées.

Et soudain, il l'entrevit.

La solution…

Nieves Carballo. La mère d'Antón Freire. Il la vit entrant devant lui dans Noia au volant de sa voiture, ralentissant et se garant devant son lieu de travail : *le bureau de l'emploi de la junte de Galice*.

Il se leva nerveusement, fit le tour de son poste de travail, donna un grand coup de tatane dedans, se rassit et se mit à pianoter fébrilement sur le clavier. Il tapa les mots « emploi », « galice ». Parmi les réponses, une entrée arrivait en tête : *Emprego.xunta.gal.* Sur le site de recherche d'emploi de la junte de Galice, il cliqua sur « trouver un emploi », puis sur « trouver un emploi en Galice », et enfin sur « offres d'emploi privées ».

Emploi	**Localité**	**Date**
Orthophoniste	Pontevedra	30/01/2020
Secrétaire exécutif	Saint-Jacques-de-Compost.	30/01/2020
Maçons	Vilalba	30/01/2020
Infirmières auxiliaires	La Corogne	30/01/2020
Esthéticienne	Pontevedra	30/01/2020
Serveur	Vigo	30/01/2020
Soudeurs de structures métalliques lourdes	Silleda	30/01/2020

Arias repoussa son siège à roulettes, se leva d'un bond. Il abattit un poing sur son bureau. *C'est là que tu les as repérées, ordure !*

Elles ont répondu aux annonces et quelqu'un t'a transmis l'information, t'a donné leur adresse, leur âge, te les a décrites... quelqu'un au bureau de l'emploi...

Ta mère... Nieves Carballo.

Ton poisson-pilote, ta complice. La mère et le fils. C'est ça. Unis dans la même sinistre entreprise...

Il fut parcouru d'un frisson glacé. Consulta sa montre. S'ils mettaient Nieves Carballo en garde à vue dans l'heure qui suivait et qu'elle ne lâche rien, Cristina Suquet serait morte avant la fin de la GAV. Il n'y avait qu'une façon de sauver la jeune femme : trouver la mère, continuer à la suivre en espérant qu'elle le mènerait au fils et, si le temps venait à manquer, lui faire cracher le morceau par tous les moyens à sa disposition – qu'ils fussent légaux ou pas.

Il allait se saisir de sa veste sur le dossier de sa chaise quand il surprit un mouvement du côté de la fenêtre.

Un battement d'ailes silencieux.

Une ombre noire.

Avelaiña... Papillon de nuit...

Le lépidoptère venait d'entrer, attiré par la lumière. Les pupilles d'Arias s'assombrirent en fixant l'imago. Ses ailes, membraneuses et fragiles, étaient noires, tout comme son corps et ses trois paires de pattes. Arias avait de la famille en Galice, du côté de sa mère. Il connaissait les superstitions locales. Il savait ce qu'un papillon noir signifiait ici : *qu'une âme en peine demandait son aide*.

Il sentit ses avant-bras et sa nuque se couvrir de chair de poule, se pencha pour fermer la fenêtre, attrapa sa veste, son arme et sortit.

Il était minuit passé quand Antón Freire se gara le long d'une place rectangulaire cernée par une ligne d'arbres. Le géant, dont le crâne touchait le plafond de la petite Seat, coupa le moteur et contempla la place déserte.

Une chapelle, sur la gauche, et de vieilles maisons se dressant au-delà de la ceinture d'arbres entouraient l'aire de terre battue. De l'autre côté de la place, un passage obscur s'enfonçait entre deux maisons, menant à une troisième.

C'était là...

Sa mère lui avait dit que la vieille qui habitait la bicoque au fond du passage avait cassé sa pipe une heure plus tôt. Le géant avait aussitôt sprinté jusqu'à sa voiture et il avait dévalé la colline jusqu'au village. Il avait lu quelque part que l'âme quitte le corps dans les heures qui suivent la mort, il avait aussi lu des témoignages de gens qui affirmaient avoir vu une espèce de fumée s'élever au-dessus du défunt, et pour certains au-dessus de sa maison.

Il voulait voir ça de ses yeux. Il voulait en avoir le cœur net.

Cette nuit...

Pour se convaincre qu'*il y avait bien quelque chose.*

Tout plutôt que rien.

Tout plutôt que la certitude du néant, de la nuit éternelle, de l'anéantissement. Plutôt que la pensée qu'un jour il cesserait d'exister. Il était encore jeune pour avoir ce genre de pensée, mais il avait éprouvé cette crainte dès tout petit. Et tuer des femmes n'avait rien arrangé... Il avait désespérément cherché des signes au moment où elles basculaient de l'autre côté. Mais rien. Pas le moindre signe. Elles s'étaient éteintes comme des bougies qu'on souffle. Quand il les avait transportées, elles n'étaient déjà plus que des poids morts, des sacs de viande inertes. Elles avaient quitté ce monde, et il n'était pas sûr que ce fût pour entrer dans un autre.

Il voulait savoir. Assis dans la pénombre de l'habitacle, Antón Freire attendit, la gorge serrée.

Un quart d'heure. Une demi-heure.

Il allait repartir quand, enfin, il vit quelque chose. C'était encore flou, mais pas de doute : ça remontait le passage obscur vers la place.

Un mouvement d'air, une vapeur...

Il se figea, tous ses poils se hérissèrent. Il la voyait plus nettement à présent : la chose ondulait, se déplaçait, aussi inconsistante qu'une fumée, mais une fumée horizontale, serpentine. Il eut tout à coup la respiration courte, le cœur battant comme un tambour. *Alors c'était ça, l'âme...* Cette chose impalpable qui voyageait dans la nuit. Il la vit se faufiler entre les arbres, traverser la place en direction de… *la chapelle* !

Il éprouva une peur panique, sentit un grand froid l'envahir. Il resta sans bouger, terrifié, mort de peur à l'idée que l'âme flaire sa présence, qu'elle perçoive toutes les choses mauvaises qu'il avait faites dans sa vie. Parce que si cette âme chrétienne se dirigeait résolument vers la chapelle, cela signifiait-il que la sienne irait… en enfer ?

Il ferma les yeux, les rouvrit, regarda de nouveau en direction de la place, l'esprit empli de terreur.

Mais au lieu de la vapeur de tout à l'heure, il y avait maintenant de la fumée partout autour de lui.

Et, subitement, il comprit. Il partit d'un grand rire explosif. Secoua la fumée de la main. Car la fumée n'était pas *dehors* mais *dedans* : c'était celle de son joint – la fumée de son pétard avait envahi l'habitacle !

TROISIÈME PARTIE

LES UNS ET LES AUTRES

46

Lucia Guerrero roulait sur l'A40 en direction du sud-est. Les rafales poussaient la pluie en travers, d'un bord à l'autre des voies, sous forme de rideaux liquides sur lesquels le pinceau des phares rebondissait ; les essuie-glaces menaient un combat perdu d'avance : visibilité quasi nulle.

Elle était à moins de dix kilomètres de sa destination lorsque des fanaux clignotants l'invitèrent à ralentir. Des cônes de plastique sur la chaussée, un agent de sécurité au gilet réfléchissant qui agitait son bâton lumineux sous la flotte, des véhicules de secours.

Un accident...

Lucia ralentit, se déporta sur la voie de gauche, comme on l'invitait à le faire, entraperçut un hélicoptère posé dans un champ.

Les gyrophares de plusieurs ambulances et de la Guardia Civil égratignaient les ténèbres liquides. Elle ne put s'empêcher de jeter un coup d'œil en passant, d'autant qu'elle roulait comme les autres à moins de vingt kilomètres/heure. Son estomac se noua quand elle aperçut la carcasse presque entièrement broyée d'une petite Fiat blanche. Les vitres avaient explosé, le châssis et le toit s'étaient tordus, convulsés, recroquevillés sous le choc comme sous la poigne d'un géant, se refermant en un piège mortel sur le ou les occupants. Lesquels avaient déjà été de toute évidence désincarcérés. Peut-être se trouvaient-ils dans l'hélico. L'espace d'une seconde, Lucia pensa à des traumatismes crâniens, à des membres comprimés avec *crush syndrome* au niveau des reins ou amputés par la tôle transformée en sabre, à des geysers de sang artériel, des cages thoraciques en miettes…

L'autre véhicule impliqué était un luxueux coupé-cabriolet Mercedes SL350. Stationné un peu plus loin, presque intact, en dehors du pare-brise explosé et de la calandre enfoncée. Enveloppée dans une couverture de survie métallisée, qui réverbérait l'éclat des gyrophares en un brasillement syncopé, une femme se tenait à côté du cabriolet, se protégeant du déluge sous un parapluie, le visage ravagé par les larmes. La conductrice de la Mercedes… Les occupants de la Fiat n'étaient visibles nulle part… Même ici, sur la route, songea Lucia, pauvres et riches n'étaient pas égaux.

Elle parvint à Cuenca vingt minutes plus tard.

Traversa la ville basse, qu'elle trouva fort laide. Après avoir suivi une dernière rue étroite serpentant entre des façades décrépites, elle prit à droite et commença à rouler au pied des fantastiques murailles et des antiques façades de la ville haute empilées comme un jeu de Tetris. Il faisait plus froid ici. En lieu et place de la pluie, des essaims de flocons argentés tourbillonnaient autour des lampadaires.

Et, brusquement, alors que la route se hissait encore, elle découvrit un panorama illuminé par des projecteurs qui évoquait sous la neige une féerie de Noël.

Lucia gara son Hyundai sur le parking du Parador. Elle marcha ensuite vers la longue passerelle métallique qui enjambe le défilé et mène à la ville haute. Elle était sujette au vertige et elle serra les dents en sentant l'interminable pont de fer vibrer sous ses pas, avec l'abîme noir en dessous et les flocons glacés qui blanchissaient son blouson.

Mais le décor accidenté qu'elle avait face à elle surpassait tout ce qu'elle avait imaginé. Cette passerelle, c'était une machine à remonter le temps. Et l'empilement des maisons suspendues couronnant la falaise, le sentiment d'éternité qu'elles dégageaient, lui disaient que la vie humaine n'a guère d'importance, que ces façades jetées sur le ciel nocturne avaient vu naître et mourir des milliers d'individus depuis longtemps retournés à la poussière, que ces pierres étaient plus vivantes, plus réelles que tous les fantômes qui les avaient un jour contemplées. Elle songea qu'Adrián était en train de la contaminer avec son amour de l'Histoire et, n'eussent été les circonstances, elle en eût souri.

Puis elle atteignit l'extrémité du pont de fer. Les guiboles flageolantes, elle consulta son GPS et, se faufilant sous un porche noir, s'enfonça parmi les ruelles de la vieille ville.

Elle regarda les fenêtres éclairées à l'étage, puis sa montre, sonna à l'interphone, à droite de la porte basse et voûtée, dans l'ombre de la profonde embrasure.

— Oui ? dit une voix surprise au bout d'une minute.

— Christoph Thalmayr ?

Un temps.

— C'est à quel sujet ?

— Bonsoir. Désolée pour l'heure tardive. Je suis la lieutenante Lucia Guerrero de l'UCO.

Nouveau silence.

— Vous êtes qui, vous dites ?

— Lieutenante Guerrero, j'enquête sur les meurtres de Marta Millán, de Nicolás Gallardo et du Dr Oriol Casablanc.

— À 1 heure du matin ?

Elle hésita.

— Je peux revenir demain si vous voulez. J'ai vu que c'était allumé, que vous ne dormiez pas. Alors, je me suis dit que j'allais tenter ma chance.

— Foutez le camp.

— D'accord. Je repasse dans quelques heures avec un ordre du juge.

Un silence.

— Ne bougez pas. Je descends.

La porte basse s'ouvrit une minute plus tard.

— La question, fit-il en s'encadrant sur le seuil et en la dévisageant, c'est : qu'est-ce que vous foutez sous mes fenêtres à une heure pareille ?

— Je viens d'arriver à Cuenca. J'ai voulu en profiter pour découvrir la vieille ville, les *casas colgadas*. Je ne les avais encore jamais vues. C'est très impressionnant… Je comptais venir sonner chez vous demain matin, mais j'ai vu que c'était encore allumé, alors…

Il la regarda d'un air qui disait : *ne me prends pas pour une bille, ma jolie*. Il ne l'avait toujours pas invitée à entrer et, frigorifiée, elle se demanda s'il allait le faire.

Il la détaillait comme un joueur de poker qui cherche à deviner la main des autres joueurs et qui calcule toutes les probabilités. Épaules larges, mâchoire forte, taille mince, grand. Chevelure blond-gris vigoureuse mais un peu trop longue, teint hâlé, yeux clairs. Il était vêtu de toile de jean de la tête aux pieds, lesquels étaient nus.

Un fauve. Elle se dit que ses photos ne lui rendaient pas justice : il avait moins l'air d'un con prétentieux et snobinard au naturel – mais il avait aussi l'air plus dangereux. Et séduisant.

— OK, dit-il sans cesser de la dévisager. Entrez.

Elle se glissa dans la chaleur de son intérieur. Il avait conservé la maison dans son jus – solives au plafond, lames du plancher polies par le temps – mais il avait couvert les murs de dessins, de petits tableaux colorés, de photos, de miroirs, de masques africains, et rempli le moindre recoin de lampes et de meubles.

— Vous voulez boire quelque chose ?

— Un café, vous avez ?

Une musique assez forte montait des grandes enceintes dans les angles. Elle la reconnut. Cage The Elephant. L'album *Tell Me I'm Pretty*. Elle l'avait écouté et réécouté. Il baissa le son, lui prépara son café, lui tendit la tasse par-dessus le bar. Pas de femme – ni d'homme – en vue.

— Bon, il est tard, dit-il. Alors, allez-y, posez vos questions.

— Vous êtes allé à Madrid récemment ?

Il la regarda droit dans les yeux.

— Je vais à Madrid au moins une fois par semaine.

— Pour y faire quoi ?

— Tout ce qu'on ne peut pas faire ici. Cuenca est une toute petite ville, il ne s'y passe pas grand-chose.

Il y a un ou deux bons restaurants, plusieurs musées, mais c'est sans comparaison.

— Quand vous vous rendez à Madrid, vous y passez la nuit ?

— Des fois oui, des fois non. Tout dépend de ce que j'ai à y faire.

— Vous connaissez Marta Millán et Nicolás Gallardo ?

De nouveau, il plongea son regard dans le sien.

— Vous le savez déjà, non ? Je leur ai vendu des tableaux. Enfin, pas moi, Juan…

Elle dressa l'oreille.

— Juan ?

— Juan Fulgar, un marchand d'art, mon agent.

Elle hocha la tête.

— Je sais qui c'est. Lui aussi, j'ai prévu de le questionner.

L'espace d'un instant, elle lut la surprise dans les yeux plissés, soupçonneux, de Christoph Thalmayr.

— Juan ? Pour quelle raison ?

— Peu importe. Et Oriol Casablanc, ça vous dit quelque chose ?

Elle le vit hésiter, sourcils froncés.

— Le chirurgien esthétique ? Oui. Vaguement.

Lucia regarda fixement sa tasse.

— *Vaguement* ? Vous lui avez vendu un tableau…

Elle leva la tête. De nouveau, les yeux plissés. Il agita les mains dans un geste de reddition, avec une petite moue embarrassée.

— Écoutez, dit-il. Vous croyez que je ne sais pas ce que vous faites ? Je connaissais trois personnes qui ont toutes été victimes de meurtre et par le passé je me suis livré à des… expériences plutôt bizarres. Alors, vous

vous dites que j'ai peut-être quelque chose à voir avec tout ça. C'est pour ça que vous êtes là, non ?

Il avait parlé d'une voix douce, patiente. Il la fixait comme s'il cherchait à deviner les informations qu'elle avait en sa possession.

Si c'est lui, il a coupé une femme en deux, dit une petite voix en elle, *il l'a suspendue à un lustre et il a battu un homme à mort. Et toi, tu te pointes chez lui en pleine nuit sans avoir prévenu personne, pour poser des questions qui en font à l'évidence un suspect...*

— Vos « expériences », répéta-t-elle. Vous parlez de vos performances, c'est ça ? J'ai lu que vous avez été influencé par l'actionnisme viennois.

Une lueur ironique dans son regard. Il émit un bref sifflement. *Il a prélevé un bout du cerveau de Marta Millán*, pensa une part d'elle avec un surprenant détachement, *et un fragment du foie de Nicolás Gallardo...*

— Ouah ! Vous connaissez quelque chose à l'art contemporain, lieutenante ?

— Rien du tout.

— Alors laissez-moi vous expliquer...

Il se servit un scotch à la bouteille de Macallan *single malt* posée sur le bar. Il avait des mains fortes et bronzées aux ongles abîmés par la manipulation d'outils, de solvants ou de produits chimiques. Des mains d'artiste. Ou peut-être des mains de tueur. Il avait suffi à Lucia de quelques échanges pour estimer qu'elle tenait sans doute son homme.

Il a balancé Casablanc du haut d'une montagne après lui avoir planté un piolet dans le tympan...

— Ces gens qui assistaient à mes performances, commença-t-il de la même voix lente, ils sont richissimes, blasés, ils ont déjà tout vu. Ils se croient plus malins, plus intelligents, plus aptes, plus compétitifs que le reste de l'humanité. Et, dans une certaine mesure, ils le sont. Ils estiment que la position qu'ils occupent, ils la doivent naturellement à leur talent et à leurs aptitudes. Ils aiment la beauté, ils aiment l'art, mais par-dessus tout ils aiment être surpris, choqués, remués. Ils veulent de la nouveauté.

Il porta le verre à ses lèvres, but une gorgée sans la quitter des yeux.

— Alors je leur proposais quelque chose de nouveau, du jamais-vu. Je leur offrais non pas d'assister à une simple performance, mais de participer à une expérience unique, d'éprouver ce qu'ils n'avaient jamais éprouvé auparavant.

— Des drogues étaient utilisées pendant vos… expériences ? voulut-elle savoir.

— Bien entendu. Toutes sortes de substances parfaitement illicites – vous pouvez me mettre en prison pour ça si vous voulez – qui permettaient d'entrer dans une autre dimension spirituelle. Et aussi toutes sortes de fluides. C'étaient des expériences absolument uniques, je le répète. Même pour eux. *C'était…* J'ai définitivement tourné la page. Aujourd'hui, mon art se limite à la peinture et à la photo.

— Pourquoi avoir arrêté ?

Il hésita :

— Pour plusieurs raisons… Disons que j'ai évolué. Dans mon art, je veux dire. Je suis passé à autre chose.

— Et, bien entendu, vous vous faites… vous vous *faisiez* payer pour ça ?

Il eut un sourire de crotale – ses yeux posés sur elle ne souriaient plus : ils étaient gelés, inertes.

— Horriblement cher. Mais après tout, ils ne savent pas quoi faire de leur argent, alors pourquoi ne pas les aider à le dépenser, pas vrai ?

Oui, pourquoi ? se demanda-t-elle. *Et pourquoi ne pas les zigouiller tant qu'on y est... Et maintenant, je fais quoi ?*

— Vous avez des tatouages, monsieur Thalmayr ?

Il observa un moment de silence.

— Pourquoi ? articula-t-il lentement. Laissez-moi deviner : vous avez une vidéo de l'assassin où on voit ses tatouages, c'est ça ? Oui, j'en ai... Vous voulez les voir ?

Sans attendre la réponse, il déboutonna sa chemise en denim. Il la retira. Il était musclé, hâlé. Des abdos comme sculptés au ciseau à bois. Des pectoraux et des biceps saillants. Mais, au niveau des aisselles et des coudes, la peau commençait à former de petits plis comme on en voit chez les lézards, des plis qui trahissaient son âge.

Plusieurs tatouages, aucun sur le bras gauche, constata-t-elle en entendant son sang bourdonner dans ses tempes.

— D'habitude, les enquêteurs de l'UCO ne se déplacent pas par deux ? interrogea-t-il en passant sa chemise. Au point où nous en sommes, je devrais vous demander un ordre judiciaire ou quelque chose dans le genre, je suppose. Mais puisque vous avez fait tout ce chemin, pourquoi ne pas aller au bout du truc ?

Elle se demanda ce qu'il entendait par là. Il avait les paupières mi-closes à présent, mais en dessous ses yeux gris-bleu brûlaient d'un feu blessant.

Il est grand et plus fort que toi. S'il devait t'attaquer maintenant, il emploierait sûrement la surprise. C'est ainsi qu'il a procédé avec Marta Millán et les autres...

Il se pencha pour prendre quelque chose sous le bar et, l'espace d'une seconde, elle approcha la main de ses reins, où se trouvait son arme. Il se redressa et déposa une deuxième bouteille de Macallan sur le comptoir.

S'il était sûr que tu n'en as parlé à personne, il ne te laisserait sans doute pas repartir...

— Juan Fulgar réside lui aussi à Cuenca, n'est-ce pas ? demanda-t-elle, consciente de la tension dans sa voix.

Mais il ne peut pas en être sûr...

— Oui, à deux cents mètres d'ici… C'est Juan qui m'a fait découvrir la ville haute et son musée d'Art abstrait. Il était tombé sous le charme de l'une comme de l'autre, et ça a été aussi mon cas. Dès que Juan m'a appris que l'une des maisons suspendues était à vendre, je me suis précipité. Vous voulez lui parler ? Juan souffre d'insomnies, il ne dort pas plus de quatre heures par nuit… Il sera sûrement content d'occuper son temps, les nuits sont longues pour les insomniaques.

Bienvenue au club, pensa-t-elle. Thalmayr avait déjà saisi son téléphone posé un peu plus loin sur le bar, près de la tireuse de bière. Il chercha le numéro, appela.

— C'est curieux, il ne répond pas. Il répond toujours quand je l'appelle. Même au milieu de la nuit.

Il traversa le salon, sortit sur le balcon de bois, se pencha vers la gauche.

— En tout cas, il ne dort pas et il n'est pas encore monté se coucher : il y a de la lumière au rez-de-chaussée.

Il se tourna vers elle. Il attendait visiblement qu'elle le rejoigne dans l'espace très réduit du balcon, où ils seraient beaucoup trop proches. *Tu n'auras aucun moyen de sortir ton arme si ça tourne mal et, à cette distance, il pourra se jeter sur toi en une fraction de seconde.*

Un flocon déposa une caresse mouillée sur sa joue quand elle émergea sur le balcon, à quelques centimètres du peintre. L'abîme noir en dessous d'eux lui tordit les boyaux. S'il essayait de la pousser, aurait-elle la force de résister ? *Est-ce que quelqu'un m'entendra crier ?*

— C'est la maison qui est là-bas, dit-il, celle qui s'avance sur le promontoire, au bord de l'à-pic, avec le petit jardin suspendu.

Elle regarda dans la direction qu'il lui indiquait, se dit qu'elle n'aurait pas aimé vivre ici, dans une de ces maisons si anciennes qu'on se demandait comment elles tenaient encore debout, avec le risque de dégringoler en bas de la falaise au premier tremblement de terre.

Christoph Thalmayr était déjà rentré dans le salon. Il avait repris son téléphone.

— Bizarre, dit-il en le reposant. J'espère qu'il ne lui est rien arrivé. Juan a eu quelques petits ennuis de santé ces derniers temps. Si on allait voir ?

— Non. Vous, vous restez ici, je m'en occupe, décréta-t-elle.

Elle n'avait pas envie de sortir dans la nuit en sa compagnie. La minute suivante, elle avançait d'un pas vif le long de la ruelle. D'épais flocons dansaient dans le halo des lanternes. Les rues étaient désertes, le froid l'étreignait comme une main d'acier. Elle regretta de ne pas être restée bien au chaud dans son lit.

Deux écriteaux, « maison protégée par systèmes de sécurité » et « zone vidéosurveillée », de part et d'autre de la porte, avec le dessin d'une caméra sur l'un d'eux.

Elle pressa le bouton de la sonnette.

Pas de réponse.

Souleva et frappa le heurtoir contre le disque de métal cloué au battant.

Pourtant, il y avait de la lumière derrière les barreaux de la fenêtre à sa gauche. Elle fit une nouvelle tentative. Sans plus de succès. Lucia hésita. Thalmayr lui avait dit que c'était inhabituel que Fulgar ne réponde pas au téléphone. Lui était-il arrivé quelque chose ? Elle tourna à tout hasard la grosse poignée ronde en fer ouvragé.

Ouverte...

— Fulgar ? lança-t-elle, un pied sur les pavés de la rue, l'autre sur la grosse barre de seuil en pierre incurvée par le temps.

Le silence qui l'accueillit fit circuler son sang plus vite dans ses artères. Elle tendit l'oreille.

— Fulgar !

Elle fit un pas à l'intérieur, s'attendant à entendre hurler l'alarme quand elle s'avança dans le vestibule, mais rien de tel ne se passa. Un manteau d'hiver et une écharpe accrochés à des patères. *Il est là.* Posée sur un guéridon, une lampe couronnée d'un abat-jour à glands éclairait l'entrée.

Elle baissa les yeux.

Se figea.

Du sang.

Sur les dalles...

D'un geste fluide, elle attrapa son arme sur ses reins, la tint à deux mains devant elle, exerça une légère pression sur la détente.

— Guardia Civil ! hurla-t-elle.

47

L'horreur est vieille comme le monde. Ainsi de la Sima de los Huesos à Atapuerca – le « gouffre aux ossements » –, où ont été retrouvées sur des crânes vieux de quatre cent trente mille ans des traces de coups mortels : le plus ancien meurtre connu de l'histoire de l'humanité. Quoi qu'il en soit, l'horreur reste l'horreur, même pour une enquêtrice de l'UCO qui a eu son content de cadavres.

Celui qui gisait au milieu du salon était une image terrifiante tout droit sortie d'un enfer à la Jérôme Bosch : nu, blanc, gras, couché de côté sur le tapis, presque en position fœtale, Juan Fulgar était étroitement ligoté avec des câbles et des tuyaux tandis que des seringues hypodermiques, des paires de ciseaux et des lames de rasoir étaient plantées un peu partout dans sa chair, dans son corps et dans ses membres.

On eût dit une créature rampante, larvaire, mi-homme mi-crustacé, pleine d'appendices, de pattes et d'antennes. En outre, il avait une jambe dans le plâtre et le sexe emmailloté dans de la gaze, comme une poupée sur un doigt.

Lucia en avait vu, des tableaux délirants, au cours de sa carrière, mais celui-ci tenait la corde avec le meurtre de Marta Millán dans la catégorie « horreur absolue ». Et, dans le silence de la maison vide, elle s'efforça de respirer normalement sans y parvenir tout à fait. La vision des lames de rasoir, des seringues et des ciseaux qui hérissaient le corps était insoutenable.

— Une authentique œuvre d'art, dit une voix derrière elle.

Elle tressaillit. Se retourna. Christoph Thalmayr la fixait.

— Qu'est-ce que vous faites ici ? demanda-t-elle, la voix aussi rêche que du papier de verre.

— J'ai appelé Juan pour le prévenir de votre visite, ça ne répondait toujours pas, alors je suis venu voir. La porte était ouverte… (Il désigna le cadavre.) Pauvre Juan… Ça a l'air d'une œuvre originale, mais c'est une copie.

Elle fronça les sourcils en signe d'incompréhension :

— Comment ça ?

— C'est la reproduction d'une œuvre de Rudolf Schwarzkogler, un artiste performeur autrichien associé à l'actionnisme viennois, précisa-t-il. Les ciseaux, les lames de rasoir et le sexe dans la gaze suggèrent la castration, des blessures intimes. C'était du moins le sens de l'œuvre originale, celle de 1967. Schwarzkogler inventait toutes sortes de dispositifs pour rendre palpable au spectateur la réalité de la douleur, de la mort, de la torture.

Il avait parlé d'une voix froide, dépourvue d'émotion. Comment l'horreur qu'il avait sous les yeux pouvait-elle ne pas l'affecter davantage ?

— C'est votre œuvre ? demanda-t-elle.

Il se fendit d'un sourire. Glaçant.

— Vous parlez sérieusement ? Vous me croyez assez idiot ?

— Ou assez fou, répliqua-t-elle, les nerfs à vif. Ne bougez pas. Restez là où vous êtes !

Elle sortit son téléphone.

— Il y a mon ADN partout de toute façon, la prévint-il tranquillement, et celui de pas mal de gens sur le plâtre… Tous ceux qui l'ont signé avant-hier.

Elle se pencha sur la jambe plâtrée, lut les messages, jusqu'au moment où l'un d'eux arrêta son regard.

« TUONS LES RICHES »

Stupeur. Effroi. Vertige.

Du coin de l'œil, elle continuait de surveiller Thalmayr qui, de son côté, ne la quittait pas des yeux. Il n'avait pas bougé d'un pouce, mais il suivait chacun de ses gestes avec la patience et la vigilance d'un fauve qui attend le bon moment pour se jeter sur sa proie.

Sans plus tarder, elle passa un coup de fil, en priant pour que son interlocuteur réponde.

— Lieutenante, dit le juge Galván. Vous avez vu l'heure ? Que se passe-t-il ?

Elle le lui dit. Sans omettre un seul détail. Elle parla pendant plusieurs minutes.

— Bon sang, c'est incroyable ! s'exclama le magistrat.

— Croyez-moi, c'est encore pire en vrai, ajouta-t-elle en gardant l'Autrichien dans sa ligne de mire.

— Vous avez rendu visite à cet artiste, Thalmayr, à 1 heure du matin ? ajouta le juge, incrédule.

Elle eut une hésitation.

— Il a accepté de me recevoir, éluda-t-elle.

— Mmm. Admettons… La scène de crime se trouve où, vous dites ?

C'était maintenant l'instant crucial, elle le savait.

— Dans une des maisons suspendues de la vieille ville de Cuenca.

Un temps.

— C'est en zone police, conclut-il au bout d'une seconde. Ça revient à la police de Cuenca.

— Sauf si vous en décidez autrement, objecta-t-elle.

— Désolé, ce n'est pas ma juridiction, lieutenante, répondit-il fermement. C'est du ressort d'un juge de Cuenca. Et de sa police…

Elle émit un soupir.

— Il s'agit de *votre* investigation, monsieur le juge. À l'évidence, Juan Fulgar est une nouvelle victime de celui que nous cherchons, celui que la presse appelle « le tueur de riches »…

Ce fut au tour du juge de soupirer :

— Lieutenante, ceci va contre tous les usages. C'est du ressort du parquet et de la police de Cuenca. Je le répète, je n'ai pas la main.

Lucia soupira.

— Vous voulez des résultats ? lança-t-elle soudain. Ou vous voulez respecter les usages ? À vous de voir… C'est vous le juge, c'est vous la loi. Ceci n'est pas une question de juridiction, mais une question de… courage.

Elle avait failli employer un autre mot plus viril. Cette fois, le silence se prolongea. Elle se dit qu'elle était allée trop loin. Elle l'entendit s'éclaircir la gorge.

— Faites attention à ce que vous dites, lieutenante, la reprit-il d'une voix égale mais qui n'en contenait pas moins une nuance de menace. Vous êtes à deux doigts de l'outrage à magistrat… Très bien, l'enquête est à vous. À vous et à la Guardia Civil. Dans le cadre plus large de l'opération « Sierramar », c'est bien comme ça que vous l'appelez, non ? Demain, je contacterai mes collègues de Cuenca. Ils ne vont pas être contents. Ne me faites pas regretter ma décision, lieutenante.

— Merci, monsieur le juge.

Sans quitter l'Autrichien des yeux, elle passa deux nouveaux coups de fil : l'un à la Guardia Civil de Cuenca pour qu'on sorte de leurs lits les enquêteurs locaux, l'autre à Peña pour qu'il envoie sans plus tarder l'ECIO, l'équipe d'inspection oculaire, et qu'il rapplique avec Soler.

48

Murs gris. Une table, avec un ordinateur d'un côté, un microphone et des haut-parleurs de l'autre. Sur l'écran de l'ordinateur, Christoph Thalmayr allongé sur une couchette dans sa cellule, les yeux au plafond, les mains derrière la nuque.

— Il n'a parlé que d'art toute la nuit, dit le capitaine Conte, qui appartenait à l'unité administrative de la police judiciaire de la Guardia Civil. Impossible de lui arracher quoi que ce soit d'autre. Il dit qu'il ne parlera qu'à vous.

— Mmm, fit Lucia.

Ils sortirent dans la grande cour plantée d'arbres et cernée par les bâtiments de la Guardia Civil. Il faisait un froid de canard, la neige recouvrait les pelouses, mais les rafales glacées avaient cessé et le vent était tombé. Conte alluma une cigarette, qui grésilla dans l'air froid. L'aube, elle, allumait de rose le ciel au-dessus des toits blancs de la caserne et sous le ventre des nuages. Après l'effroi de la nuit, Lucia accueillit cette lumière comme un baume. C'était toujours la même chose : le matin chassait les ténèbres, reléguait les peurs et les cauchemars au fond de la cave ; on reprenait sa routine, on reprenait courage – mais on savait que ce n'était que partie remise, qu'il y aurait d'autres nuits, d'autres cauchemars, d'autres terreurs à venir.

Elle avait suivi avec Soler et Peña les opérations là-haut, dans la « maison de l'horreur » (elle ne doutait pas que la presse allait monter l'épisode en épingle), puis elle était descendue dormir quelques heures à la caserne avant de rejoindre les équipes de Cuenca. Elle connaissait celui qui dirigeait l'interrogatoire. Conte. Un bon enquêteur. Ils s'étaient réparti les tâches. À eux de cuisiner Thalmayr dans un premier temps, d'attendrir la viande. Puis, quand tout le monde serait éreinté, le peintre comme ses interrogateurs, elle prendrait le relais.

— On en est où là-haut ? demanda-t-elle.

— On a fini avec la maison de Fulgar, on passe la sienne (il désigna d'un coup de menton le bâtiment où était détenu Thalmayr) au peigne fin en ce moment même.

— Il faut chercher l'arme du crime, la barre avec laquelle il a frappé Juan Fulgar et Marta Millán. C'est sans doute la même. Il faut aussi analyser son téléphone, ses tablettes et ordinateurs. Il a filmé Nicolás Gallardo pendant qu'il le tuait. Peut-être que la vidéo se trouve encore quelque part. Il faudrait également récupérer ses mots de passe, avoir accès à son cloud. Si vous rencontrez des difficultés, on a une très bonne équipe d'informaticiens à l'UCO, de vrais *nerds*.

— D'accord, dit Conte.

Elle jeta un coup d'œil à sa montre.

— C'est bon, on le sort de sa cellule, annonça-t-elle.

Conte hocha la tête. Ils retournèrent à l'intérieur. Un couloir après l'accueil, au rez-de-chaussée. La pièce pour les auditions était la première sur leur droite. Au fond se trouvaient les cellules de garde à vue. Murs blanc et gris, portes métalliques, caméras et boutons d'appel. Celle de Thalmayr se trouvait à gauche.

— Allez, Thalmayr, dit Conte en ouvrant la porte. On y retourne.

Elle vit l'Autrichien s'étirer et bâiller nonchalamment, comme s'il se réveillait, en s'asseyant au bord de sa couche, son épaisse chevelure blond-gris en bataille. Elle savait qu'il n'avait pas eu le loisir de dormir beaucoup. Il y avait moins d'une heure qu'il était là-dedans et le néon était resté allumé tout le temps.

— Je peux aller aux toilettes ? demanda-t-il.

Conte la consulta du regard. Elle hocha la tête. Les toilettes se trouvaient à côté des cellules. Métalliques, lisses, brillantes, tout en bords arrondis, sans la moindre aspérité. Ils attendirent qu'il eût terminé, puis le conduisirent à la salle d'audition.

— Cuenca, le 31 janvier 2020, il est 8 h 40 et nous reprenons l'interrogatoire de Christoph Thalmayr par l'officier TIP[1] G13047P, déclara Lucia dans le micro.

Elle leva les yeux vers lui, soupira. Lucia avait été récemment envoyée se former aux nouvelles méthodes d'interrogatoire à l'essai parmi les forces de l'ordre espagnoles. Des modèles comme PEACE et SUE, qui préconisaient d'éviter toute forme de confrontation, de coercition et de gestuelle agressive avec les suspects,

1. *Tarjeta de identificación personal*, « carte d'identification personnelle ».

d'adopter au contraire une attitude non intimidante, de pratiquer une écoute active, de se montrer empathique – empathique ! – et de créer un lien de confiance. Elle n'avait aucune envie de se montrer empathique avec un type qui avait coupé une femme en deux et battu un ivrogne à mort. Elle préférait la bonne vieille technique. Pression. Anxiété. Intimidation. Thalmayr n'était pas un témoin, c'était un putain de tueur, elle en avait la certitude. Et il avait déjà été cuisiné. Elle décida de cogner fort d'emblée, de provoquer choc et sidération pour voir comment l'Autrichien réagissait. Une façon de paralyser sa réflexion, à la façon d'une grenade flashbang.

— On sait que tu as tué Juan Fulgar et Marta Millán de la même façon, déclara-t-elle, tu les as frappés de face sur le crâne avec un tuyau ou une barre de fer en les prenant par surprise quand ils t'ont ouvert leur porte. C'était quoi exactement ? Avec quoi les as-tu frappés ? Un tuyau ? Une barre de fer ?

Thalmayr resta silencieux un moment, observant Lucia comme si c'était lui qui menait l'interrogatoire.

— Je n'ai frappé ni tué personne. Et je n'ai pas la moindre idée de la façon dont ils sont morts, je sais seulement ce qui s'est dit dans la presse.

Il avait répondu calmement, patiemment, sans manifester la moindre inquiétude.

— Tu étais où la nuit où Marta Millán a été tuée ?

— Je ne m'en souviens pas.

Réponse rapide. Trop rapide.

— Pas grave. Ton téléphone répondra à ta place. Même chose pour Gallardo et Casablanc. D'ailleurs, concernant ce dernier, on a déjà relevé tous les téléphones qui ont borné dans la montagne à Navacerrada mercredi. Avec le mauvais temps, il n'y en a pas tant que ça. Et il se trouve que je viens de voir ton numéro dans la liste. Donc, nous savons que tu es monté à Peñalara le jour de sa mort. Vous avez parlé de quoi là-haut ? Tu avais déjà décidé de le tuer avant de partir ou c'est à cause de ce qu'il t'a dit que tu l'as fait ?

— C'est impossible. Je n'étais pas à Peñalara.

— Ah bon ? Tu as un alibi ? Tu as prêté ton téléphone à quelqu'un ?

Il garda le silence une poignée de secondes.

— Vous croyez que, si je l'avais tué, j'aurais été assez stupide pour garder mon téléphone allumé sur moi ? Vous croyez que je ne regarde pas les séries et les films comme tout le monde ? On m'a volé mon téléphone il y a dix jours, j'ai dû en acheter un autre, c'est facile à vérifier.

— T'as vraiment pas de chance alors... Et tu l'as acheté quand, ce nouveau téléphone ?

— Il y a quelques jours... Je le répète : vous me croyez assez idiot pour me rendre là-bas avec mon téléphone, tuer Casablanc et me débarrasser de mon téléphone une fois qu'il aura borné à proximité ?

— Non, je ne te crois pas stupide, répondit-elle. C'est pourquoi je crois que tu n'avais pas prévu de le tuer là-haut. Dans le cas contraire tu as raison : tu aurais laissé ton téléphone à la maison. Mais quelque chose s'est passé qui t'a fait changer d'avis. Tu l'as tué, puis tu as déclaré le vol de ton téléphone à une date antérieure. Mais il sera facile de vérifier à quelle date tu as acheté le nouveau, et je parie que c'est *après* la mort de Casablanc et non avant.

Il la regarda sans broncher. Un bon joueur de poker. Impossible à déchiffrer. Mais une certitude la foudroya : elle avait vu juste.

— Et vous croyez que ça suffira comme preuve ? demanda-t-il.

Quelque chose clochait. C'était sa voix. Maîtrisée, distante, sans une once de panique. Pourtant, il aurait dû paniquer, ou à tout le moins être nerveux.

Pas aussi relax en tout cas que s'il passait un entretien d'embauche en étant sûr que le poste lui reviendrait.

— Marta Millán, Gallardo et Juan Fulgar ont tous versé des sommes importantes à Casablanc, dit-elle. Il les faisait chanter, c'est ça ?

Une question fermée cette fois. Il hésita, puis, à la surprise de Lucia, acquiesça d'un signe de tête.

— Oui, pour quelque chose qui a eu lieu dans le passé, lâcha-t-il en la regardant droit dans les yeux.

Elle se garda de montrer son émotion. Était-ce un début d'aveu ? Il avait fait un premier pas. Il était temps de lui donner le sentiment qu'il était libre de parler ou non, même si Thalmayr était trop intelligent pour tomber dans le panneau.

— Tu as envie d'en parler ? s'enquit-elle.

De nouveau, une hésitation.

— Les rituels dionysiaques de la Grèce antique, ça vous dit quelque chose, lieutenante ?

Désarçonnée par la question, elle fit signe que non. Il prit une profonde inspiration :

— Ils n'étaient pas très différents des performances de certains représentants de l'actionnisme viennois, expliqua-t-il. Le *sparagmos*, un rituel associé aux ménades – les disciples féminins de Dionysos –, consistait en danses extatiques, chants, ivresse, cris, jusqu'à la perte de contrôle, jusqu'à la possession et au délire bachique. Après quoi les célébrantes, saisies d'une folie orgiastique, sacrifiaient un animal ou un être humain en le démembrant et en le lacérant, puis en pratiquant l'*omophagie* : la consommation de la chair crue de l'animal ou de l'humain démembré.

Lucia frissonna. Elle ne comprenait pas grand-chose à ce jargon, mais elle avait saisi au vol les mots « sacrifice » et « démembrement ».

— J'ai voulu retrouver l'esprit de ces rituels à travers mes performances. Il s'agissait d'événements très privés. Très peu de participants. Triés sur le volet. Il fallait leur donner le sentiment qu'ils assistaient à quelque chose d'exclusif, je vous l'ai dit. Ces gens-là ont déjà tout vu. Alors, il fallait leur offrir quelque chose de différent. Une impression de transgression, de limites franchies…

Lucia le fixait, les yeux écarquillés.

— N'allez pas vous imaginer je ne sais quelle absurdité, dit-il soudain en voyant son expression. Qu'on tournait des *snuff movies* ou ce genre de stupidités. Non, non, ce n'était pas ça du tout.

— C'était quoi alors ?

— Comme j'ai dit, c'étaient des fêtes censées retrouver l'esprit de la Grèce antique, des cérémonies complexes. Chants, danses, transes, accouplements. Fureur, animalité, force vitale… C'étaient des orgies. J'avais des assistants. Des jeunes gens. Très beaux. Je leur faisais prendre des drogues. Dionysos n'est-il pas le dieu de l'Extase et de l'Ivresse, de la Végétation, de la Fête et de tous les Excès ? C'est que nous cherchions à atteindre : extase, délire, être *entheos*, c'est-à-dire *en état de possession, pleins de la divinité*… Et ça marchait : à la fin de la nuit, nous étions tous devenus littéralement fous ; on entrait dans une autre dimension.

Lucia se dit qu'elle n'avait pas la moindre idée de ce dont il parlait : elle n'avait jamais rien connu de semblable ni même d'approchant si ce n'est, peut-être, quelques fêtes trop arrosées dans sa jeunesse accompagnées de quelques joints.

— Mais une nuit, il y a quatre ans, ça a mal tourné. J'ignorais que la fille qui m'assistait avait déjà pris de la drogue avant de venir. Pourtant, je les mettais toujours en garde. Ils devaient être à jeun et n'avoir avalé aucune substance vingt-quatre heures avant la « cérémonie ».

— Qu'est-ce qui s'est passé ?

— Overdose… J'ai essayé de la ranimer, mais c'était trop tard. J'ai transporté moi-même la fille à l'hôpital, où elle est décédée. Heureusement, cette nuit-là, je n'avais qu'un seul couple d'assistants. On a acheté le silence du garçon. De toute façon, les invités étaient masqués. L'autopsie a conclu à une overdose accidentelle – ce qui était le cas.

— Marta Millán et Nicolás Gallardo étaient présents ?

— Oui.

— Donc, ça rapportait beaucoup d'argent, tes… « performances » ?

— Oui. Je vous l'ai dit. Mais ce n'était pas uniquement pour le blé. C'était aussi pour… m'ouvrir des portes, me faire des relations, un réseau… Marta Millán était une collectionneuse très réputée, elle connaissait énormément de monde dans le milieu. Idem pour Gallardo.

— Juan Fulgar était présent ?

— Oui. Juan était là.

— Et Casablanc ?

— Non. Oriol, c'est différent. Avec Oriol, on avait l'habitude de pratiquer l'escalade sur glace ensemble, c'est comme ça qu'on s'est connus. On est devenus amis. Du moins, je le croyais. Un soir où j'étais ivre et défoncé, j'ai fait la connerie de lui raconter ce qui s'était passé cette nuit-là, et ce con en a profité pour les faire chanter parce que sa clinique était un gouffre financier.

— Cette fête, l'overdose, ta tentative pour la ranimer, tu as des preuves de ce que tu avances ?

— Il y a une vidéo... Tout a été filmé.

Elle le regarda avec un mélange de prudence et d'intense curiosité.

— Tu l'as conservée ?

Il hocha la tête.

— C'est dans le cloud.

Il lui fournit le serveur, l'identifiant, le mot de passe.

— Je reviens, dit-elle en se levant.

Une heure plus tard, elle se frotta les paupières, secouée. Elle avait visionné la vidéo ; elle avait assisté, médusée, au délire des participants masqués dansant, chantant, criant, pleurant, pris de frénésie, hystériques... Elle savait d'expérience que plus des personnes sont dans le contrôle, plus elles ont de responsabilités et de pression, plus les moments où elles libèrent leurs instincts primitifs peuvent être violents, emportant tout sur leur passage.

Sur la vidéo, ils portaient tous des masques, blancs ou noirs, rieurs ou colériques, sinistres, grimaçants. Mais, en dépit des masques, elle avait reconnu Marta Millán et Nicolás Gallardo. Puis, bien qu'il n'y eût pas de son, elle avait deviné le malaise soudain dans l'assistance quand quelqu'un avait remarqué que la fille allongée sur l'autel ne bougeait plus. Effectivement, Thalmayr lui avait pris le pouls, avait examiné ses pupilles, effectué un massage cardiaque pour tenter de la ranimer devant les autres participants brutalement dégrisés, avant qu'elle ne soit emportée hors de la pièce.

Lucia avait vu ce passage-là une deuxième fois. Puis une troisième. Elle envoya chercher Thalmayr dans sa cellule.

— Quand as-tu vu Juan Fulgar pour la dernière fois ?

— Hier soir.

— Chez lui ou chez toi ?

— Chez lui.

— Pour quelle raison ?

— On a besoin de raisons pour se retrouver entre amis ?

— Pas de raison particulière alors ?

— Je viens de le dire.

— C'est lui qui voulait te voir ou l'inverse ?

— C'est lui.

— Vous avez parlé de quoi ?

Il haussa les épaules.

— Le musée d'Art abstrait de Cuenca prépare une exposition itinérante de plusieurs artistes. On leur a prêté quelques-unes de mes œuvres. On a parlé de se rendre à New York avec Juan, pour la première étape de l'expo.

— Et c'est tout ?

— Non. Il avait peur…

— Peur de quoi ?

— D'être sur la liste du tucur… Il voulait parler à la police du chantage de Casablanc.

— Et après ?

— Après je suis rentré chez moi.

— Tu sais ce qu'il a fait de son côté ?

Il haussa derechef les épaules.

— Non.

— Et toi, tu as fait quoi ?

— J'ai travaillé. Un peu… Et puis j'ai nettoyé mes pinceaux, j'ai bu, j'ai fumé, en écoutant de la musique… Jusqu'au moment où vous avez sonné à ma porte.

— Quelle heure était-il quand tu es parti de chez Fulgar ?

Nouveau haussement d'épaules.

— Je dirais… aux alentours de 22 heures… Dans ces eaux-là.

— Il t'a paru comment ?

— Déprimé. Juan était un homme constamment déprimé. Et effrayé, je viens de vous le dire.

Brusquement, une idée vint à Lucia.

— Quel genre d'œuvres vous avez prêté pour cette exposition itinérante ?

— Des toiles et aussi des œuvres en 3D.

— En 3D ?

— Des genres de sculptures hyperréalistes.

— De quelle façon elles sont expédiées ?

Elle le vit froncer les sourcils.

— Dans des caisses. Pourquoi ?

Elle se leva sans répondre, sortit de la pièce, appela l'équipe qui fouillait la maison de Thalmayr.

— Je veux que vous alliez au musée d'Art abstrait et que vous ouvriez les caisses qui contiennent les œuvres de Christoph Thalmayr, celles qui doivent partir à l'étranger, leur dit-elle.

Elle donna ses instructions à la Guardia Civil de Cuenca pour qu'on ramène Thalmayr en cellule, puis roula jusqu'au centre-ville boire un café et manger un morceau. Elle avait faim. Elle se gara quelques minutes avant 10 heures en face de l'adresse qu'on lui avait indiquée. Elle trouva l'endroit chaud et accueillant ; la plupart des clients avaient passé la soixantaine et dispensaient leur sagesse à une jeune serveuse résignée. Lucia espéra qu'ils lui donnaient de bons pourboires à titre de compensation, mais rien n'était moins sûr. Elle s'assit dans un coin et essaya de joindre Arias. Tomba directement sur le répondeur. Elle lui laissa un message. Elle avait à peine terminé son americano et son donut caoutchouteux que Soler l'appelait.

— On a trouvé quelque chose au musée…

— Quoi ?

Soler lui décrivit ce qu'il avait sous les yeux. Bon sang ! Elle se dépêcha de payer, fonça vers sa voiture garée de l'autre côté de l'avenue et démarra en trombe en direction de la caserne, à la périphérie de la ville.

— Sortez Thalmayr de sa cellule ! lança-t-elle en entrant dans le bureau de Conte. Et vous, venez avec moi : on l'amène quelque part.

— Où ça ? demanda le garde civil, surpris.

— Là-haut, au musée d'Art abstrait.

49

Cet univers était totalement étranger à Lucia. Des salles blanches, vides à l'exception d'œuvres singulières réduites à quelques traits ou quelques taches de couleur minimalistes. Elle se dit qu'à sa place Adrián aurait été dans son élément, qu'il se serait sans doute extasié et qu'il aurait trouvé à chacune de ces œuvres un sens caché qui échappait complètement à Lucia.

Thalmayr suivait, menotté par-devant, entre Conte et un autre garde civil. Certains passages très étroits du musée, où il fallait tourner et grimper des marches en même temps, les obligèrent à progresser à la queue leu leu, le musée ayant été aménagé dans une très ancienne maison suspendue, dont les balcons de bois, qui évoquaient l'architecture japonaise traditionnelle, surplombaient eux aussi l'abîme.

Quand Lucia découvrit les caisses ouvertes au milieu d'une des salles non accessibles au public, son pouls s'emballa. Une boîte à outils, des visseuses, des marteaux, un niveau jonchaient le sol autour des caisses en bois clair ; le ruban adhésif rouge qui les scellait avait été tranché pour l'occasion. Sur les grandes étiquettes étaient inscrits la destination, les dimensions, le poids. Des flèches noires indiquaient le haut et le bas. Sur une autre étiquette, Lucia lut : « *A-0354/20, Christoph Thalmayr, 128 × 29 × 105 Hcm. FUNDACIÓN MARCH* ». Ailleurs, elle aperçut de grandes vitres pourvues de ventouses pour le transport, sans doute des vitrines.

Plusieurs toiles avaient été extraites des caisses, mais ce qui attira immédiatement son attention, ce fut le mannequin. Bien que peu versée dans les beaux-arts, Lucia reconnut un saint Sébastien aux flèches qui perçaient ses flancs et traversaient ses jambes. À la différence près que celui-là n'était pas torse et jambes nus comme dans les peintures de la Renaissance mais habillé d'un smoking. Un vrai smoking en tissu. Des billets de banque, qui avaient l'air vrais eux aussi, dépassaient de ses poches. Son plastron blanc était taché de rouge à l'endroit du cœur comme si on lui avait tiré dessus. Il y avait autre chose. *Un trou dans son crâne et un autre dans son abdomen*, à travers la veste de smoking, à hauteur du foie.

— On a trouvé ça au fond des trous, dit Soler en lui tendant deux sachets à scellés.

Lucia comprit instantanément : un bout de foie et un fragment de matière grise.

— Mon Dieu, souffla Thalmayr derrière elle.

Elle se retourna. Les yeux écarquillés, une lueur hallucinée dans le regard, il fixait le mannequin de taille humaine.

— Ce n'est pas… ce n'est pas mon œuvre, bégaya-t-il.

— Ce saint Sébastien n'est pas de toi ? Il était dans une de tes caisses pourtant.

L'Autrichien était presque aussi blanc que les murs alentour.

— Si, si, mais ce ne n'est pas moi qui ai…

— Qui ai quoi ?

— Mis ça… ces…

Brusquement, quelque chose se passa que ni Lucia ni les autres gardes civils n'avaient vu venir. Sans que rien, l'instant d'avant, l'eût laissé prévoir, Thalmayr bouscula d'un violent coup d'épaule le garde civil qui se tenait près de lui et se jeta dans les marches menant au niveau inférieur. En trois bonds, il fut hors de vue.

— Merde, merde ! rugit Lucia en se lançant aussitôt à sa poursuite, avant même que les autres aient eu le temps de réagir.

Elle dévala les marches comme une furie jusqu'au rez-de-chaussée, se cognant dans les angles. L'étroitesse et la disposition biscornue des lieux l'empêchaient de courir et par conséquent de regagner du terrain sur le fuyard. Elle n'en fit pas moins irruption dans la rue à temps pour voir Christoph Thalmayr disparaître dans un passage, lequel s'enfonçait sous une maison. Elle l'imita, attrapant l'arme sur ses reins sans cesser de droper, émergeant à fond de train de l'autre côté.

Gêné par les menottes, l'artiste descendait maladroitement la côte pavée bordée à droite par un gros parapet de pierre et par l'abîme, à gauche par la section haute de la falaise supportant les maisons suspendues. Il trottinait en direction de la passerelle métallique, celle que Lucia avait empruntée et qui franchissait le défilé quelques mètres plus bas.

C'était de la folie.

— Thalmayr, arrête-toi ! cria-t-elle en le mettant en joue. Tu n'as aucune chance !

Mais il devait savoir qu'elle ne lui tirerait pas dans le dos, car il continua de galoper maladroitement, atteignant l'entrée de la passerelle.

Au-dessus des toits de la ville haute, les nuages gris matelassaient le ciel en masse, et quelques flocons duveteux voletèrent dans l'air froid. Le vent attaquait Lucia de face – lui donnant l'impression d'être entrée dans une soufflerie – et la faisait larmoyer. De son côté, Thalmayr s'était engagé sur la longue passerelle vibrante. Lucia s'aperçut qu'il y avait des gardes civils, silhouettes minuscules, sur l'autre rive de l'abîme. Ils s'engagèrent à leur tour sur l'interminable pont de métal jeté au-dessus du vide, mais sans la moindre hâte. Avaient-ils compris au moins ce qu'il se passait ?

— Ne tirez pas ! beugla-t-elle, rangeant elle-même son arme pour donner l'exemple, mais ils étaient trop loin et le vent emporta ses paroles.

Soudain, parvenu presque au milieu de la passerelle, Thalmayr stoppa. Il venait de remarquer la présence des pandores à l'autre bout. Il se retourna et la vit. Lucia sentit ses poils se hérisser. Il était pris au piège au-dessus du vide. Il avait l'air d'un cerf acculé par la meute et les chasseurs, un cerf paniqué, terrifié – qui n'a plus sa lucidité.

Elle continua d'avancer mais très lentement, pour ne pas le stresser davantage. Thalmayr la regarda, puis il pivota vers les deux gardes civils dans le fond, qui progressaient pareillement vers lui.

Un coup d'œil à droite, un autre à gauche. Il semblait perdu.

Une seconde s'écoula.

Deux.

Lucia avançait toujours.

C'est alors que les rouages du destin se mirent en marche en grinçant. Elle vit l'artiste autrichien s'approcher de la rambarde, jeter un regard en bas.

Elle eut aussitôt le vertige.

Un picotement dans sa nuque.

Les deux mains menottées de l'artiste empoignaient à présent la balustrade…

Il observa Lucia, puis tourna la tête presque à cent quatre-vingts degrés pour surveiller les deux gardes civils qui approchaient, avant de jeter un nouveau coup d'œil vers le bas, vers le fond de la gorge.

Ne fais pas ça ! songea-t-elle.

— Christoph ! beugla-t-elle. Écoute-moi ! Tu vas me dire ce qui s'est vraiment passé ! Nous allons bavarder tranquillement, d'accord ?

Nouveau regard dans sa direction. Ce qu'elle y lut fit chuter sa température corporelle.

— Christoph, écoute-moi !

Il avait posé un pied sur la rambarde.

Putain, non, pas ça !

— Christoph !

Comme dans un rêve, Lucia vit Thalmayr enjamber maladroitement la main courante, gêné par ses menottes, passer de l'autre côté, fixer une dernière fois le vide.

— Christoph, noooooon !

Il ne tomba pas au ralenti, comme dans les films. Non. Sa chute fut au contraire étonnamment rapide.

Il ne plana pas tel un homme-oiseau : il décrivit une trajectoire parfaitement verticale, comme tirée au fil à plomb.

Il alla s'écraser tout en bas, quelque part entre la route qui suivait le fond de la gorge et le *río*, après avoir rebondi sur les branches des arbres.

Elle sentit ses jambes fléchir tout à coup ; elle se laissa choir à genoux sur les planches de la passerelle, la respiration trop rapide, le cœur cognant trop violemment. Elle tombait elle aussi. Une chute lente, interminable. Une chute intérieure qui durait depuis si longtemps. Qui durait, en vérité, depuis celle de Rafael – le plus merveilleux, le plus spirituel, le plus fragile des frangins ; Rafael se jetant du haut de la falaise ; Rafael, son double, son rayon de soleil, son complice, pour qui la vie s'était révélée un fardeau bien trop lourd à porter ; Rafael qui l'avait laissée toute seule à l'orée de l'âge adulte, qui l'avait abandonnée pour le restant de ses jours, lâchement condamnée à une vie sans lui, et dont l'absence ne cesserait jamais de se faire sentir.

Trop, c'est trop, songea-t-elle, les yeux brillants.

Elle regarda, au sommet de la falaise, les façades à l'indifférence millénaire, la neige posée comme un pansement sur un monde blessé, les centaines de nuages qui voguaient d'un bord à l'autre du grand ciel vide, vide, vide. Elle écouta le silence de Dieu.

Puis elle hurla.

50

Noia, Galice

— Qui gère les offres d'emploi ? Qui met à jour la liste quand un emploi est pourvu ?

Au bureau de l'emploi de la junte de Galice, Arias regarda la jeune femme dont les cheveux, coupés à la diable, comportaient des mèches bleues et d'autres auburn.

— C'est nous, c'est le bureau, répondit-elle.

— Les demandeurs d'emploi, vous les recevez en personne ?

— Des fois oui, des fois non… L'entreprise peut aussi nous prévenir directement que l'emploi est pourvu si quelqu'un a répondu à son annonce sans passer par nous. Dans ce cas, on retire l'offre de la liste.

— Donc vous avez toutes les informations sur ces personnes dans vos fichiers : âge, adresse, numéro de téléphone ?

La jeune femme mâcha son chewing-gum, les pupilles aussi vides qu'un tableau de Klein.

— Ouais, bien sûr.

— Et vous conservez ces informations longtemps ?

— Ben, un certain temps… On finit par les supprimer… Tôt ou tard…

Arias hocha la tête d'un air encourageant, lui offrant son plus beau sourire.

— Vous pouvez vérifier si vous avez encore dans vos fichiers les noms suivants : Vera Sáez Louro, Cristina Suquet Hermida, Paz Ruíz Barranco, Andrea del Árbol Castro ?

— Une minute.

Elle avait un petit écouteur blanc fiché dans l'oreille, d'où sortait un grésillement d'insecte qui devait être de la musique. Pendant qu'elle pianotait, il consulta son téléphone. Il avait reçu un appel de Lucia.

— Elles sont toutes encore dans le fichier, confirma la jeune femme au bout d'une poignée de secondes. Dites, ces noms, c'est pas ceux de… ?

Elles sont toutes dans le fichier… Arias cligna des yeux, sentit son pouls passer la cinquième.

— Nieves Carballo est bien une de vos collègues, n'est-ce pas ? l'interrompit-il.

La jeune femme hocha la tête, sourcils froncés, soupçonneuse tout à coup. *Tiens, pas si endormie que ça, en fin de compte.*

— Elle a une autre adresse que celle de Muros ? Je n'arrive pas à la joindre.

Il vit l'employée hésiter :

— Un instant.

Elle se leva, passa dans le bureau voisin. Un bref conciliabule à voix basse et pressante à côté, puis la jeune femme revint, accompagnée d'une femme plus âgée.

— Vous cherchez quoi exactement ? demanda cette dernière du même air suspicieux.

Elle avait l'air d'une maîtresse d'école à l'ancienne, avec ses lunettes, son gilet en laine et ses cheveux ramenés en chignon. Arias lui répondit. Elle fronça à son tour les sourcils.

— Nieves n'est pas très bavarde, c'est le moins qu'on puisse dire. Je ne crois pas qu'elle ait une autre adresse dans le coin. Pas à ma connaissance en tout cas. Mais elle appartient à une vieille famille de Muros, son père avait des terres plus haut dans les collines. Je suppose qu'elles ont été vendues à sa mort.

— Où ça ?

— Au-dessus d'Arestiño. Mais tout ça, c'est du passé. Plus personne ne les cultive.

— Il reste des bâtiments ? Une grange ? Une étable ? Quelque chose ?

Une lumière passa dans le regard de l'employée.

— Des bâtiments ?... Oui, il y a tout un hameau en ruine là-haut... Du côté de la centrale et des éoliennes. Tout un village abandonné. À ce que je sais, plus personne n'y vit.

Arias eut l'impression que son sang entrait en ébullition.

— Il se trouve où exactement, ce hameau ?

— Vous avez Google Maps sur votre téléphone ?

Il sortit son appareil. Elle se pencha sur l'écran.

— Cherchez A Ribeira de Maio, lui dit-elle.

Il le fit.

— Là, vous voyez... Agrandissez... Ici : vous suivez la route de Lestelle, A Penseira et Arestiño. Vous montez jusqu'aux éoliennes, tout là-haut. Vous verrez : il y a une petite centrale électrique au milieu de nulle part, vous ne pouvez pas la louper. Prenez la piste qui est au bout du parking de la centrale. C'est un cul-de-sac, il vous conduira à un hameau qui se trouve plus bas dans la forêt. Mais, je le répète, plus personne ne vit là-haut. C'est désert et ça tombe en ruine.

— Merci, dit Arias avant de filer.

51

Il se gara dans la clairière. Il avait suivi la piste qui descendait en lacet la colline, sous le couvert des arbres. Les bâtiments se devinaient à peine à travers la pluie, au-delà des broussailles – sombres, secrets, presque noirs dans l'ombre des frondaisons.

Le silence environnant n'était troublé que par le bourdonnement des grandes éoliennes au sommet de la colline, même si celles-ci demeuraient invisibles, dissimulées par la forêt.

L'humidité était partout. Comme une pellicule sur la peau. Comme s'il baignait dans la moiteur d'un hammam, n'était le froid piquant. Mais il avait l'esprit bien trop occupé pour prendre garde au froid ou à l'humidité : la petite voiture verte avec un autocollant de chat noir à l'arrière, celle décrite par Cristina Suquet peu de temps avant sa disparition – *elle était là, à trois mètres, garée sur l'aire de terre battue.*

Il avait du reste vu ce même dessin de chat noir en passant sous l'enseigne d'un bar, l'*O Jato*, à la sortie d'A Ribeira de Maio juste avant de grimper dans la colline, et il s'était demandé si l'autocollant aperçu par

Cristina ne provenait pas de là. À présent, il en avait la confirmation.

Arias sortit son HK USP de son étui, le vérifia, le replaça sur sa hanche.

Puis il se mit en marche sous la pluie, vers l'unique rue du hameau, si on pouvait appeler ça une « rue » : un étroit sentier cimenté qui s'enfonçait entre deux hauts talus avant de longer la première maison encore debout et de se faufiler entre des murs de pierre sans toit rongés par l'humidité, qui étaient les seuls vestiges de l'ancien village.

La première maison lui parut déserte. Il descendit l'allée centrale jusqu'à l'endroit où elle décrivait un coude vers la gauche. Des appentis couronnés de tôles ondulées, pleins d'outils rouillés et de charrues abandonnées, des fougères et des mauvaises herbes qui surgissaient des anfractuosités. Il entendait le bruit de l'eau qui coulait quelque part, mais en dehors de ce murmure et du sourd bourdonnement des éoliennes, il n'y avait pas le moindre signe de vie. Tout semblait retourner peu à peu à la forêt, s'y incorporer, y disparaître lentement, hormis une grande maison dans le fond à droite, un peu plus haut que la « rue » – là où le terrain avait été déboisé pour céder la place à un pré en pente. Deux *hórreos* se dressaient derrière la bâtisse, dans le pré. La maison elle-même était massive, carrée, à un seul étage. L'employée de Noia avait tort : *celle-là était habitée*. Il y avait des rideaux aux fenêtres et une ligne électrique arrivait à l'angle de la baraque. *C'était là*. Là qu'elle était tenue prisonnière, à l'écart du monde. Cristina Suquet.

Il l'aurait parié.

Il aurait dû prévenir les autres, attendre l'appui de l'équipe de soutien – mais chaque minute comptait et il leur faudrait une bonne heure pour venir jusqu'ici.

Il vérifia son téléphone. *Pas de réseau.* Comme ça au moins, aucun regret.

Il grimpa la pente. Une source coulait à sa droite, jaillissant d'une pierre concave en forme de gouttière pour se jeter dans un vieux seau avant de déborder et de poursuivre sa route entre les rochers et les dalles. Il traversa un terre-plein cimenté et incliné jusqu'à la porte. Quelqu'un avait planté des camélias et des pâquerettes des murailles sous la fenêtre, une touche de couleur dans cet univers vert et gris zébré de pluie. Arias frappa. Aucun bruit ne montait de la maison. Il cogna plus fort.

Finalement, la porte s'ouvrit sur de petits yeux fureteurs, qui clignèrent trois fois derrière de grandes lunettes. Il vit passer un éclair de surprise et de fureur dans le regard de vipère de Nieves Carballo.

— Encore vous…

— Madame Carballo, où est votre fils ?

Les prunelles de reptile étincelèrent.

— Je ne sais pas.

Elle fit volte-face, retourna à petits pas pressés dans la maison. Sans lui demander son avis, il entra derrière elle, referma la porte, la suivit jusqu'à la grande cuisine. Une bouffée d'air froid et humide : cette maison n'était pas chauffée ou si peu. Il se pinça les narines. Il régnait une odeur qui évoquait une fosse septique bouchée : ça sentait l'égout, le moisi, la poussière et d'autres remugles moins identifiables. Et une puanteur de tabac imprégnait les murs.

— Où est votre fils, madame Carballo ?

Coups d'œil discrets à droite et à gauche, et aussi derrière lui. Pas de réponse. Lui tournant le dos, elle saisit la bouilloire, versa l'eau chaude sur une boule à thé dans une tasse, un mégot au coin des lèvres.

— Madame Carballo…, insista-t-il.

— Je ne vous aiderai pas à remettre mon fils en prison, déclara-t-elle, et sa voix nasillarde, hostile, fit trembler le mégot.

— Vous préférez qu'il se fasse tuer ?

— Il vous tuera avant, lâcha-t-elle froidement. Allez-vous-en.

À ces mots, Arias se raidit, sortit son arme. Il jeta de nouveaux coups d'œil fiévreux autour de lui.

— Il est là ?

Une légère pression du doigt sur la détente.

— Allez-vous-en, je vous dis.

— Et la fille ? Cristina Suquet. Elle est là aussi ? Qu'est-ce que vous lui avez fait ?

Il épiait les bruits de la maison. Rien, à part la rumeur de la pluie qui enflait dehors.

— Madame Carballo…

— Vous vous croyez malins, vous les gens de la ville…

Il se demanda ce qu'elle voulait dire. Prêta l'oreille. Il n'avait pas d'ordre judiciaire. S'il fouillait la maison maintenant et qu'il tombe sur le géant, sa découverte serait invalidée par le premier avocat venu. Mais il y avait une jeune femme ici – une jeune femme à sauver, à tirer des griffes de ces deux monstres.

— Vous vous croyez supérieurs, poursuivit-elle. Vous êtes un monsieur arrogant, vous savez ? Je n'aime pas les gens arrogants… Je n'aime pas les gens comme vous :

les gens de la ville, les étrangers, les donneurs de leçons, les défenseurs de la loi. La loi n'est pas la justice. Elle n'en est que l'ombre, une pâle copie, un simulacre…

Elle n'arrêtait plus de parler à présent. Qu'est-ce qui lui prenait ? Et soudain, il comprit. Elle parlait pour couvrir d'autres bruits – et il fut instantanément en état d'alerte maximale, aux aguets, le cœur tambourinant.

— Madame Carballo…

Tout à coup, avec une étonnante vivacité, elle pivota sur elle-même ; il vit trop tard l'eau en ébullition jaillir de la bouilloire dans sa direction, tel un geyser à très haute température. Pris au dépourvu, Arias recula, se retourna pour se protéger du liquide bouillant qui traversait l'air et qui déjà atteignait sa joue. C'est alors qu'il la vit. Au centre de la cuisine : une ombre immense. Elle barrait la lumière en provenance de la fenêtre.

Le géant !

Stupéfait, le souffle court, Arias fixa la haute silhouette qui lui faisait face.

L'instant d'après, un coup violent sur son crâne fit sauter les 300 000 milliards de connexions de l'objet le plus complexe de tout l'univers connu, autrement dit éteignit en un battement de cils son cerveau, ce cerveau qui perdrait 85 000 neurones par jour – soit environ un par seconde – jusqu'à la fin de sa vie, s'il survivait à cet instant-là. Black-out. Aussi n'eut-il pas le temps d'avoir peur, pas le temps non plus de se dire qu'il aurait dû appeler la cavalerie, ni que la cavalerie ne viendrait pas.

Il n'eut même pas le temps de penser qu'il l'avait enfin trouvé : celui qu'ils cherchaient depuis des semaines.

52

Ce vendredi matin, les yeux de Lucia parcouraient le rapport qu'Arias lui avait envoyé dans la nuit. Elle regrettait de ne pas l'avoir lu plus tôt. Il avait enfin trouvé le lien : la façon dont Freire avait repéré ces malheureuses. Chapeau bas. *Ils touchaient au but*... Il était temps. Désormais, ce n'étaient plus les jours mais les heures qui étaient comptées.

Mais où était Arias ? Elle l'avait appelé à deux reprises. Son téléphone devait être éteint – ou bien il se trouvait dans une zone blanche –, car elle tombait sur son répondeur. Elle regarda l'heure : 10 h 31.

Elle revint à son propre rapport. Celui concernant la mort de Christoph Thalmayr. On lui avait demandé de le rédiger toutes affaires cessantes. Malgré le choc, malgré l'épuisement nerveux, malgré le fait qu'elle avait envie de se coucher, de fermer les yeux et de ne plus revoir les images de Thalmayr sautant dans le vide. Il n'y avait pas de place pour les états d'âme dans l'immédiat.

Peña l'avait modérément félicitée – mais il lui avait aussi annoncé qu'il allait y avoir une enquête interne sur les circonstances de la mort de l'artiste autrichien.

Tout se tenait, se dit-elle.

Christoph Thalmayr avait non seulement voulu éliminer tous les témoins de cette terrible nuit, mais aussi faire de ses meurtres une véritable œuvre d'art. La performance ultime, inégalée… Le sommet de sa carrière… Ou bien Marta Millán et Nicolás Gallardo, tous deux épris d'art contemporain, se sachant condamnés, lui avaient-ils demandé de transformer leur mort en œuvre d'art ? Et pourquoi pas ? Elle secoua la tête. Non. C'était tiré par les cheveux ; ça ne collait pas tant que ça en vérité. Car Thalmayr était un artiste dont les performances extrêmes avaient plus d'une fois fait scandale. Non seulement il ne le craignait pas, mais il le recherchait au contraire. Du reste, il était le premier à avoir porté secours à la jeune femme victime d'overdose. Il n'avait pas peur pour sa réputation : c'était moins la sienne qui était menacée par le scandale dans cette histoire que celle des autres participants.

Quelque chose ne colle pas, pensa-t-elle. *Quelque chose cloche vraiment.* Elle ne se sentait guère la force d'émettre des hypothèses. Pourtant, elle retourna dans le bureau de Conte.

— La vidéo, je veux la revisionner.

Il ne lui demanda pas d'explications ; il brancha le disque dur et lui céda son fauteuil devant l'ordinateur. De nouveau, les participants en transe, la jeune femme allongée sur l'autel, recouverte de vin et de sang animal. Lucia identifia Marta Millán, Gallardo, Fulgar et Thalmayr derrière les masques. Elle inspecta du regard la pièce filmée, d'un bord à l'autre de l'écran. Des pans d'ombre dans les coins, au-delà des lampes et des chandeliers. Puis elle repéra un détail qu'elle n'avait pas vu la première fois. Dans le coin gauche : *un reflet*.

Elle s'inclina vers l'écran.

— On peut zoomer là-dessus ?

Conte pianota sur le clavier. Le reflet s'agrandit. Un miroir. Placé en diagonale dans un des angles de la pièce, il reflétait une partie de celle-ci, l'autel, les participants – et aussi *quelqu'un qui se tenait derrière eux*. Une silhouette... Qui se trouvait hors du champ de la caméra, mais que le reflet dans le miroir capturait. Une silhouette impossible à identifier. Qui se tenait debout, à l'écart, immobile – et qui observait sans intervenir.

— Il y avait quelqu'un d'autre dans la pièce cette nuit-là, annonça-t-elle.

Que foutait Arias, bon sang ? Il était 10 h 39 du matin et c'était la troisième fois qu'elle l'appelait. Elle tombait directement sur son répondeur. Certes, on avait demandé à Lucia de rédiger son rapport sans attendre, avant même d'être rentrée à Madrid, mais pendant ce temps le compte à rebours en Galice s'approchait dangereusement de son terme pour Cristina Suquet.

Elle s'écarta du clavier. Le rapport attendrait. L'urgence était ailleurs. Elle ressortit son téléphone, chercha le numéro de la cellule d'enquête à La Corogne. Une femme lui répondit.

— Lieutenante Guerrero, je cherche à joindre le sergent Arias.

— Nous aussi, dit la femme.

Lucia tressaillit :

— Comment ça ?

— Il m'a laissé un message hier soir me disant qu'il avait peut-être une piste et il n'est pas venu ce matin. Quand je l'ai appelé il y a quelques heures, il se trouvait au bureau de l'emploi de Noia. Il m'a dit qu'il avait une piste sérieuse, qu'il me rappellerait plus tard. Depuis, plus rien.

— Vous êtes… ?

— Sergente Inés Salcedo, ma lieutenante.

Lucia réfléchit.

— Inés, vous prenez la direction des opérations à partir de maintenant. Appelez le bureau de l'emploi de Noia tout de suite. Il faut savoir ce qu'ils ont dit au sergent Arias et où il est allé ensuite. Je vous rejoins le plus vite possible. Démerdez-vous pour le trouver, vous m'entendez ?

Elle raccrocha. Le bureau de l'emploi… Arias en parlait dans son rapport : *c'était ça, le lien.*

Conte la regarda.

— Qu'est-ce qui se passe ?

— Une urgence en Galice, fit-elle en cherchant le numéro de Peña.

Dès qu'elle l'eut en ligne, elle lui exposa la situation.

— D'accord, dit celui-ci quand elle eut terminé. Le mieux, c'est que tu files directement de Cuenca à la base de Torrejón. Je vais me débrouiller pour qu'un hélico t'attende là-bas.

Lucia comprit. Cuenca était l'une des neuf provinces espagnoles où il n'y avait pas d'unité des forces aériennes. Il faudrait un petit moment à Peña pour obtenir un hélico et, en roulant vite, elle pouvait être à la base aérienne de Torrejón de Ardoz en moins d'une heure et demie. Elle attrapa sa veste. L'appréhension la rongeait. Pas question qu'elle perde un nouvel équipier après Sergio[1].

1. Voir *Lucia*, XO Éditions et Pocket.

Sirène. Gyrophare.

Lucia avalait les kilomètres bien au-dessus de la vitesse autorisée, laissant loin derrière elle les autres véhicules. Mais, après tout, la société – c'est-à-dire le contribuable – exigeait que les gens comme elle prennent les risques à sa place, reçoivent les coups à sa place et éventuellement en donnent à sa place, tout ça pour un salaire des plus modestes. Cela impliquait des garde-fous, mais aussi en compensation quelques menus privilèges – parmi lesquels la licence de s'asseoir sur les limitations de vitesse pour peu qu'on eût une sirène en action et un gyrophare sur le toit.

Elle pensa à Arias.

Les mains crispées sur le volant, elle se dit qu'elle avait fini par avoir sur lui une influence désastreuse. *Il l'avait imitée.* Il était parti vérifier un truc tout seul comme il l'avait vue si souvent le faire.

Ou peut-être qu'il avait craint d'arriver trop tard. Possible. La conviction de Lucia était de plus en plus forte : *il avait trouvé où se cachait le géant.* Il était allé se jeter droit dans la gueule du loup.

Son téléphone vibra sur le siège passager et elle vit que c'était Peña.

— Tu es en route ? lui demanda-t-il.

— Oui, je serai à la base dans quinze minutes.

— L'hélico est prêt, dit-il, il a fallu l'enlever à une autre mission mais tout est OK.

— Merci.

— Il y a autre chose.

Elle devina à sa voix qu'il était préoccupé.

— Le gobelet et le sac en papier que tu as récupérés dans la poubelle à côté du chalet d'Oriol Casablanc, poursuivit-il, il y avait bien des traces dactylaires dessus et le système a réagi, mais c'est très bizarre…

— Comment ça ?

— Eh bien, elles sont apparemment archivées dans le fichier, mais le système bloque l'accès à l'information avec la mention « Confidentiel, personnes autorisées uniquement ».

— Qu'est-ce que ça veut dire ?

Elle l'entendit répondre à quelqu'un qui l'appelait d'un autre bureau puis revenir à leur conversation.

— Si je le savais… Ça pourrait vouloir dire que ces traces appartiennent à un fonctionnaire relevant d'un service qui demande une habilitation spéciale, comme un service de renseignement, par exemple…

— Le CNI ?

— Peut-être.

Pourquoi le Centre national du renseignement se serait-il intéressé à une enquête pour meurtre non liée à du terrorisme, à la sécurité de l'État ou à de l'espionnage ? se demanda-t-elle. À moins que…

— Donc, ce serait le CNI qui est passé avant nous au chalet de Casablanc ? dit-elle.

— Possible.

— Mais pourquoi ?

— Je ne sais pas… Peut-être parce que, Marta Millán et Nicolás Gallardo étant des personnalités, ils ont voulu mettre leur nez là-dedans.

— Mmm.

— Oui, je sais, c'est léger comme hypothèse. Lucia ?

— Oui ?

— Ramène-nous Arias. Ramène-le-nous vivant.

53

Il leva les yeux vers le duo. Les fixa. Le géant et sa mère. Il battit des paupières pour chasser le sang qui coulait de son front. Il grimaçait à cause de la brûlure qui mordait le côté gauche de son visage – lequel s'était couvert de vilaines cloques – et de la douleur dans son crâne.

Il respira profondément, la bouche ouverte, sa poitrine soulevée, son cœur donnant des coups véhéments comme s'il voulait sortir de sa cage thoracique.

La tête lui tournait, le moindre mouvement lui flanquait la nausée.

Il était attaché au radiateur de la cuisine, assis par terre, les bras levés et les poignets réunis par une sangle en plastique qui passait ensuite autour du tuyau. Son crâne lui faisait un mal de chien – comme si on le lui avait littéralement fendu en deux. Et il devait avoir de la fièvre, peut-être à cause de la commotion cérébrale, car il était parcouru de frissons.

— Ça n'est pas joli-joli de venir fourrer son nez dans les affaires des autres, monsieur le garde civil, siffla Nieves Carballo en se penchant vers lui.

Il vit dans les verres des grandes lunettes son reflet, ses pupilles dilatées à l'extrême, sa joue gauche enflée comme s'il souffrait d'un abcès dentaire, cheveux et front poissés de sang. Il vit aussi qu'il paraissait terrifié et il essaya de se durcir, mais sans y parvenir complètement.

— Le monsieur de la Guardia Civil a moins fière allure maintenant, dit-elle en se tournant vers son fils. Il est moins arrogant. Tu ne trouves pas, Antón ?

Arias vit le géant sourire.

— Tu cherches Cristina ? dit la mère. Elle n'est pas dans la maison. Mais elle est juste à côté. Aujourd'hui est arrivé le moment de lui *enlever l'air* – comme aux autres. Antón n'a vraiment pas de chance avec ses fiancées. Elles ont toutes l'air.

El aire...

Il revit la paire de ciseaux plantée dans le cou des victimes, le rosaire, le petit tamis et les trois têtes d'ail trouvés près de chacune d'elles. Il serra les dents. *Elle est aussi cinglée que son fils – ou plutôt le fils est aussi cinglé que sa mère, car comment ne pas le devenir quand on a été élevé par un monstre ?*

— Cristina n'est pas différente des autres, décréta Nieves Carballo fermement. Elle joue les saintes-nitouches, mais elle est comme toutes ces filles aujourd'hui : elles se prennent pour des princesses, elles veulent être indépendantes, elles veulent le moins de contraintes possible, elles ne se remettent jamais en cause. C'est toujours la faute des hommes, la faute des autres. Elles veulent des rencontres, elles veulent pouvoir changer de partenaire, comme bon leur semble. Elles s'habillent comme des prostituées, elles prétendent vouloir du respect mais au fond d'elles-mêmes ce qu'elles préfèrent, ce sont les mauvais garçons. Puis elles viennent pleurer quand ça tourne mal.

Ses prunelles lançaient des éclairs. Son ton venimeux ralentissait son débit, accentuait certaines syllabes, donnait l'impression qu'elle concassait les mots entre ses dents.

— Ce sont toutes des traînées. Elles fument, elles boivent, elles se droguent, elles allument les hommes. Quand un bel homme leur fait un compliment, elles sourient, quand c'est un pauvre type, elles hurlent au harcèlement. Ce sont toutes des hypocrites. Elles sont vénales, sournoises. Comme cette Cristina, qui a séduit mon fils et qui maintenant veut rentrer à la maison.

— Elle n'a pas séduit votre fils, il l'a kidnappée quand elle allait au travail, corrigea Arias en grognant et en crachant du sang par terre.

Les yeux de Nieves Carballo étincelèrent et il eut un mouvement instinctif de recul, le dos appuyé contre le mur, près du radiateur, comme s'il voulait disparaître. De fait, elle lui enfonça un doigt là où sa joue avait été ébouillantée, au milieu des cloques, et il hurla de douleur.

— Si elle ne s'était pas habillée comme une pute, monsieur le garde civil, si elle n'avait pas roulé des hanches en allant travailler, il ne l'aurait jamais remarquée, siffla-t-elle.

Il reprit son souffle, grimaça :

— C'est *vous* qui avez repéré Cristina pour votre fils, trouva-t-il la force de répliquer. Grâce aux fichiers du bureau de l'emploi. C'est comme ça qu'il l'a remarquée…

Pendant une fraction de seconde, elle parut décontenancée. Puis elle lui administra une gifle retentissante, qui fit sonner sa tête comme le battant d'une cloche, et elle le saisit par le cou, serra. Elle avait une force incroyable pour un si petit bout de femme.

— Qui est au courant de ça ? demanda-t-elle, autoritaire.

Il la fixa avec un air de défi, mâchoires serrées.

— Tout le monde, répondit-il d'une voix étranglée, la gorge broyée par la poigne de fer. Dans peu de temps vous allez voir débarquer la cavalerie…

Elle se fendit d'un sourire fielleux, le lâcha, émit un petit ricanement sceptique tandis qu'il aspirait quelques goulées d'air en sifflant.

— C'est pour ça que tu es venu tout seul et que tu es attaché à ce radiateur, ironisa-t-elle. Je parie que tu n'en as encore parlé à personne.

Il cracha par terre un autre glaviot rouge.

— Et après ? fit-il. Comment vous croyez que je suis arrivé jusqu'ici ? J'ai causé à vos collègues de Noia, ce sont elles qui m'ont parlé de cet endroit. Combien de temps d'après vous avant que les miens, de collègues, se mettent à ma recherche et retrouvent ma trace ?

Il vit qu'il avait marqué des points. Mais ce n'était pas forcément une bonne nouvelle – car le regard qu'elle lui jeta s'était refroidi de plusieurs degrés. Elle fit un signe du menton au fils pour lui indiquer la porte, puis elle sortit sans un mot de plus, suivie du géant.

Merde, il n'aurait pas dû dire ça. Maintenant, son temps et celui de Cristina Suquet étaient encore plus comptés qu'avant.

54

Dès qu'elle fut descendue de l'hélico dans un grand champ sur les crêtes au-dessus d'Esteiro et d'A Ribeira de Maio, à bonne distance des éoliennes, Lucia fut entraînée vers une voiture.

— On les a logés à moins de trois kilomètres d'ici ! cria la sergente Inés Salcedo. Antón Freire et sa mère. Ils sont dans leur maison des collines. Le sergent Arias est leur prisonnier : sa voiture est garée à proximité. On est presque prêts pour l'assaut. Venez, ma lieutenante !

Lucia lui donna dans les trente-deux ans. Un visage frêle, un teint pâle, mais dans les yeux une détermination sans faille. Elle aperçut la mer au loin, sous le ciel nuageux : elle se faufilait entre les caps et les îles brouillés par la pluie. Lucia entrevit des routes côtières, des estuaires, un décor qui l'aurait ravie en d'autres circonstances, mais l'urgence lui fouettait les entrailles. Moins de trois minutes plus tard, la voiture entrait sur le parking jouxtant les petites installations de réception et de contrôle des éoliennes, d'où partait la piste descendant vers la forêt. La pluie, qui s'était calmée, reprit de plus belle. Les fourgons de l'unité d'intervention étaient garés à distance respectable des ruines et des deux maisons, le long de la piste, sous les arbres. Lucia se demanda combien d'hommes étaient planqués dans les bois à attendre le signal. Dès qu'elle eut mis pied à terre, on lui tendit un gilet pare-balles, une oreillette. Les membres du groupe tactique avaient déjà enfilé leurs cagoules et leurs casques, préparé armes et munitions.

Salcedo la conduisit au lieutenant Ortíz, qui dirigeait le groupe tactique.

— Ça se présente comment ? demanda Lucia.

Ortíz fit la grimace.

— On a des hommes répartis de tous les côtés de la maison. Les bois nous ont permis d'approcher à moins de vingt mètres. En revanche, on n'a pas eu le temps de se procurer le plan de la maison, je ne sais même pas s'il existe quelque part, donc on ne connaît pas la topographie. On sait que Nieves Carballo et son fils sont là-dedans parce qu'on les a vus passer derrière les fenêtres. Mais on ne sait pas où le sergent Arias se trouve, ni dans quel état. Idem pour Cristina Suquet. C'est à peu près tout ce qu'on a comme infos.

Lucia comprit : une opération à haut risque, surtout pour les otages.

— Vous avez envisagé la négociation ? demanda-t-elle.

Le lieutenant lui jeta un regard prudent. Il essuya la pluie qui coulait sur son visage large et buriné.

— C'est à vous de décider. Il n'y a pas de liaison téléphonique, mais on peut utiliser un mégaphone. Et on a un négociateur qui attend dans un des fourgons. Un autre est en route pour le seconder. À vous de voir…

C'était la procédure : les négociateurs allaient souvent par deux. Lucia sentit la sueur jaillir de tous ses pores en enfilant le gilet pare-balles sur ses vêtements. Elle réfléchit. La négo leur ferait perdre l'avantage de la surprise. Si ensuite Freire et sa mère utilisaient les otages comme boucliers, cela rendrait l'intervention infiniment plus périlleuse. D'un autre côté, toute intervention pouvait se terminer dans un bain de sang pour peu qu'un seul paramètre – matériel ou psychologique – ait échappé à leurs calculs. Il suffirait d'un minuscule grain de sable.

— On intervient uniquement quand on aura localisé le géant dans la maison, décida-t-elle.

— D'accord, dit Ortíz. Suivez-moi.

Au lieu de se diriger vers les ruines qu'on devinait dans le fond, après l'aire de stationnement en terre battue balayée par la pluie, il coupa à travers bois, s'enfonça dans les broussailles qui griffèrent leurs vêtements, jusqu'au moment où ils débouchèrent sur une clairière en contrebas : un champ bordé par un alignement de grandes pierres plates dressées comme des tombes, qui devaient se trouver là depuis des temps immémoriaux.

L'unique rue du hameau – ou ce qu'il en restait – partait de là, se faufilant entre des moignons de murs très anciens, des vestiges d'un autre âge rongés par le lierre, les racines, les ronces. On se serait cru à Pompéi. Les hommes du groupe tactique étaient tapis sous un porche encore debout et dans une cour à ciel ouvert envahie par la végétation, à la queue leu leu sous la pluie, prêts à remonter l'allée à toute berzingue et à tracer en direction de la maison.

— On est à environ trente mètres, annonça Ortíz. Mais on a des hommes plus près, répartis dans les bois sur trois côtés, des tireurs d'élite qui ont les fenêtres du rez-de-chaussée en visuel. À notre signal, ceux qui sont les plus proches vont courir vers la porte, l'enfoncer et pénétrer à l'intérieur. Il leur faudra quelques secondes à peine. On aura pour nous l'effet de surprise.

— Sauf si vous avez été repérés, corrigea Lucia que la quantité d'hommes et de fourgons inquiétait.

Ortíz ne répondit pas. Lucia se pencha brièvement pour avoir la maison en vue. Une grande bâtisse carrée avec un étage. Elle ne vit aucun mouvement derrière les rideaux des fenêtres, mais son observation dura moins de trois secondes avant qu'elle se rencogne à l'abri de la muraille.

— À toutes les unités, articula Ortíz dans son micro, on intervient dès qu'on a Antón Freire en visuel, je répète : on intervient à mon signal dès qu'on a Freire en visuel.

Ortíz essuya de nouveau son visage luisant de pluie puis regarda brièvement Lucia. Ce qu'elle surprit dans ses pupilles ne lui plut guère.

Où était Arias ? Que lui avaient-ils fait ? Et s'il était détenu ailleurs et que Freire soit abattu pendant l'assaut ? Trop d'inconnues dans l'équation. Trop de choses qui pouvaient tourner vinaigre. Elle n'aimait pas ça.

Elle inspira une grande goulée d'air humide. Au moins le bruit de la pluie couvrirait leur progression.

— J'ai la cible en visuel, dit soudain une voix dans l'oreillette. Freire, il est dans le salon du rez-de-chaussée.

Ortíz la regarda de nouveau. Elle avala sa salive, hocha lentement la tête.

— Allez-y, dit Ortíz.

Il fit signe au groupe le plus proche – qui n'était pas celui qui allait donner l'assaut sur la porte – et Lucia vit les hommes se mettre à courir en file indienne aussi silencieusement que possible, rasant les murs.

Elle s'élança à son tour, en même temps qu'Ortíz. Là-bas, un autre groupe d'une demi-douzaine d'hommes se ruait vers la porte d'entrée quand celle-ci s'ouvrit brusquement sur Nieves Carballo armée d'un fusil de chasse.

— Attention ! gueula quelqu'un.

Un coup partit, qui n'atteignit personne. L'instant d'après, le monde parut exploser. Les détonations fracassèrent le silence, des balles trouèrent la mère d'Antón Freire en même temps que des dizaines de douilles rebondissaient sur le sol, et elle parut repoussée vers la maison par les impacts, tandis que des fontaines miniatures jaillissaient de son torse et de son cou, avant qu'elle lâche le fusil et s'effondre sur le sol devant la maison.

— Noooooonnnnn !

Un cri déchirant jaillit de l'intérieur, et le géant surgit par la porte comme un diable de sa boîte.

— NE TIREZ PAS ! s'égosilla Lucia. NE TIREZ PAS !

Elle vit Antón Freire se laisser choir à genoux devant le corps étendu, indifférent aux armes braquées sur lui. Sanglotant, il releva d'abord la tête de sa mère, contempla le visage qui paraissait nu sans les lunettes gisant un peu plus loin, verres brisés. La pluie tombait, mêlée aux larmes, sur la face ravagée, tordue, grimaçante du géant, comme elle tombait sur celle, inanimée, de la mère. Il resta ainsi un long moment, à genoux sur le ciment détrempé, serrant la tête et le torse contre lui, les berçant, secoué par les sanglots. Puis il passa ses bras puissants sous elle et la souleva en se redressant.

Une pietà inversée, se dit Lucia. *Le fils portant la mère.*

Déjà les hommes du groupe tactique l'entouraient. Lucia se désintéressa du géant et fila à l'intérieur.

— Arias ! hurla-t-elle dans le vestibule. Arias !

— Ici ! s'exclama une voix.

Une vague de soulagement la souleva avec la même force que le géant lorsqu'il avait soulevé le corps de sa mère. Elle suivit la voix. Fit irruption dans la cuisine. Assis par terre de l'autre côté de la pièce, Arias était attaché à un radiateur. Dans le dos de Lucia, les hommes de l'unité d'intervention investissaient la maison en lançant des « *limpio !* ».

Elle chercha un couteau dans les tiroirs de la cuisine, en trouva un à lame crantée. Scia la dragonne de plastique. Libéré, Arias se massa les poignets. Il avait une sale gueule. Une vilaine plaie sur le haut du front, du sang coagulé partout sur le visage et la joue gauche rouge homard et enflée. Ses yeux loucheurs étaient pleins de veinules éclatées et ses pupilles noires, dilatées, mangeaient tout l'iris. Il avait l'air d'avoir livré un combat très inégal contre Conor McGregor.

— La fille…, ahana-t-il. Cristina… Elle doit être enfermée quelque part en dehors de la maison… Dans une remise… un hangar… un truc comme ça.

La sergente Salcedo et Ortíz avaient rejoint Lucia dans la cuisine.

— Tu as d'autres blessures ? demanda-t-elle, accroupie devant Arias.

Il fit signe que non. Elle le serra brièvement contre elle, dans un geste d'affection si inhabituel chez elle qu'elle-même en fut surprise.

— Tu m'as foutu une de ces trouilles…, lâcha-t-elle dans un murmure.

Puis elle se releva.

— Vous avez un médecin avec vous ?

Ortíz opina du chef.

— Faites-le venir immédiatement. Qu'on l'examine et qu'on l'emmène à l'hôpital, leur dit-elle en montrant Arias. Sergente, ajouta-t-elle à l'intention de Salcedo, vous venez avec moi.

Elles ressortirent sous la pluie. Lucia contourna le cadavre de Nieves Carballo, s'approcha du géant menotté.

— Où est-elle ?

Antón Freire la considéra d'un air absent, les yeux remplis de larmes.

— Où est-elle ?! hurla Lucia en l'attrapant par le col et en le secouant.

En l'absence de réponse, elle regarda autour d'elle. Il repleuvait à verse. C'était comme si toute cette humidité alourdissait l'air, lequel sentait encore la poudre après le déchaînement de violence des minutes précédentes. Lucia balaya les ruines ruisselantes, le cœur tapant, la poitrine presque douloureuse. *Cristina Suquet. Où était-elle ?* Était-elle encore en vie ? Ou bien, foutu pour foutu, le géant avait-il pris les devants ?

Presque aussitôt, son regard fut attiré par un cadenas en laiton sur la porte d'une remise, à quelques mètres en contrebas, sous un auvent de tôle où s'entassaient des outils hors d'usage.

Ce cadenas était *neuf*, contrairement à tout ce qui l'entourait. Il *brillait*…

Elle descendit à grands pas la pente cimentée, fit signe à un des hommes armés d'une pince. À la seconde tentative, le cadenas sauta et retomba sur le sol en tintant.

Elle tira sur la porte vermoulue, se pencha, entra dans un espace exigu, vaguement éclairé par un rectangle de tôle translucide au milieu du toit et presque entièrement rempli de stères de bois coupé. *Un mouvement sur sa gauche*… Elle pivota. La première chose qu'elle vit fut une robe de mariée, qui avait été blanche mais qui était désormais sale, souillée. Ce n'était pas du sang cependant, rien que de la terre.

Puis elle croisa des yeux à la fois apeurés et pleins d'espoir au-dessus du bâillon. Pupilles en têtes d'épingle. Lucia respira. Comme peut-être elle n'avait jamais respiré de sa vie.

Car – assise sur un banc de bois, les poignets attachés à un anneau fixé au mur, pieds nus sur le sol de terre battue – Cristina Suquet Hermida, la dernière des victimes d'Antón Freire, était vivante.

55

— Il est presque certain que c'est sa mère qui a inoculé au « petit Antón » la peur des femmes, estima Geraldo Noé le lendemain soir dans son appartement de la *calle* de la Cruz. Sa mère lui a communiqué tout au long de ces années ses peurs et ses haines, elle a lentement empoisonné l'esprit de son fils, jour après jour. Vous avez entendu parler de l'expérience du petit Albert, Lucia ?

— Non.

Le psychologue s'approcha de l'unique lampe allumée dans la pièce aux rideaux tirés, un globe lumineux au halo laiteux, et Lucia trouva à ses traits acérés, creusés par les ombres, un aspect méphistophélique.

— C'est une histoire effroyable, commença doucement Geraldo en secouant la tête d'un air navré, l'une des plus cruelles expériences de psychologie jamais effectuées sur un être humain.

Elle frissonna dans l'attente de la suite, en scrutant le visage à la pâleur maladive, soudain si sérieux.

— En 1920, le Dr John B. Watson, un psychologue qui appartenait à l'école dite « behavioriste » ou « comportementaliste », très en vogue à l'époque, eut l'idée d'une expérience. Si vous me permettez une parenthèse, ajouta-t-il, méfiez-vous toujours des courants de pensée dominants, Lucia, de ce que vous vous sentez presque *obligée* de penser parce que tout le monde le pense. Quand vous avez un doute, nourrissez-le : il est certainement fécond. Mais revenons à notre « bon » Dr Watson : il voulait démontrer comment la phobie et les émotions négatives peuvent être engendrées par un processus de *conditionnement*. Avec son assistante Rosalie Rayner, ils imaginèrent une expérience qui amenait celle de Pavlov à un tout autre niveau : car il ne s'agissait pas de conditionner des chiens cette fois, mais un être humain – un être humain qui n'aurait pas suffisamment vécu pour être déjà formaté : le petit Albert, un bébé de onze mois.

C'était d'une voix douce, légère, qu'il s'exprimait, mais elle devina son indignation.

— Pour faire court, la première phase consista à présenter à Albert un singe, un chien puis un rat blanc. Le bébé ne montra aucun signe de peur ni de répulsion, bien au contraire. Puis, deux mois plus tard, on passa à la deuxième phase, beaucoup plus problématique : il s'agissait cette fois d'associer l'apparition du rat à un bruit terrifiant pour l'enfant. Un bruit puissant, celui d'une barre de métal frappée très violemment avec un marteau. Je ne sais pas qui du bon docteur ou de Rosalie Rayner a eu une idée aussi tordue. Comme il fallait s'y attendre, Albert montra des signes de panique, il se mit à hurler et à pleurer. L'expérience fut renouvelée encore et encore jusqu'à ce que le petit Albert fût suffisamment conditionné pour que la seule apparition du rat sans le bruit qui l'accompagnait auparavant l'emplît d'une véritable terreur. Ce fut une réussite totale pour Watson : il avait démontré qu'on pouvait créer de toutes pièces une phobie chez quelqu'un par le conditionnement, le même processus que Nieves Carballo a provoqué chez son fils au long des années. Sauf que Watson n'avait pas prévu comment guérir le petit Albert de sa phobie afin de lui permettre de reprendre une vie normale après ça. Ni que cette peur panique allait s'étendre à d'autres animaux, faisant de la vie du petit Albert un enfer. Quand elle a vu les conséquences, la mère d'Albert a refusé qu'on poursuive l'expérience. Hélas, il était déjà trop tard. On ne sait pas s'il y a un rapport de cause à effet, mais Albert est mort à l'âge de six ans des suites d'une méningite.

Il secoua la tête, l'air consterné. Lucia n'en revenait pas qu'une mère eût accepté qu'on se livrât sur son bébé à une expérience aussi inhumaine. Ni que, au nom de la science, des « savants » d'un pays civilisé eussent torturé psychologiquement un enfant, tout ça parce qu'ils croyaient dur comme fer à leur théorie.

— Il est probable que, pendant toutes ces années où elle l'a élevé seule, Nieves Carballo a fini par persuader pareillement son fils du danger que représentaient les femmes, qu'elle a inoculé chez son enfant la peur des femmes, les présentant comme des êtres malfaisants qu'il devait redouter et dont il devrait se méfier toute sa vie, de la même façon que Watson a inoculé chez le petit Albert la terreur des rats. Peut-être même a-t-elle manipulé ses souvenirs. Volontairement ou pas.

— Comment ça ?

— Beaucoup de parents le font, sans forcément que ce soit intentionnel, répondit Geraldo. On a démontré que la manière dont nos neurones encodent nos souvenirs peut être manipulée par un tiers. Qu'il suffit pour cela d'introduire un élément factice au moment où nous convoquons notre souvenir pour que, par la suite, notre mémoire assimile cet élément, ce faux souvenir aux vrais. Comme dire à la personne après qu'elle a évoqué un souvenir : « Tu te souviens aussi que tu as fait ceci ? » alors qu'elle n'a rien fait de tel. Par la suite, en évoquant le même souvenir, elle sera persuadée d'avoir fait ce qu'on lui a dit. On sait aussi qu'un souvenir peut se modifier chaque fois qu'il est évoqué, parce que le cerveau a besoin de cohérence, de combler les vides que notre mémoire laisse, parce qu'il n'est pas un disque dur mais quelque chose de malléable. Ces souvenirs induits, imaginaires, posent évidemment de sérieux problèmes lors des entretiens judiciaires et des auditions de police quand les faits remontent à une date lointaine.

Lucia sourit. Geraldo avait l'art de remettre vos certitudes en question. C'était sa force : vous obliger à voir en vous ce qui relevait de la subjectivité ou de l'idéologie plutôt que d'une vision objective des choses.

— Est-ce le discours que vous tiendrez si jamais vous êtes appelé à la barre par la défense de Freire ? demanda-t-elle.

Un fin sourire apparut sur les lèvres du psy :

— D'abord, il y a peu de chances que je le sois. Et, si c'était le cas, je dirais que nous sommes tous le produit de nos gènes, de notre éducation et de notre passé, mais que ça n'enlève rien à notre responsabilité.

À tout moment, nous pouvons, nous *devons* choisir – et, en dernier ressort, ce sont nos *actes* qui nous définissent, pas nos paroles ni ce qu'il y a dans la boîte noire de notre cerveau. Tout le reste n'est que littérature.

Elle hocha la tête d'un air absent. *Pourquoi cette histoire de souvenirs la préoccupait tout à coup ?*

Il avait parlé de faux souvenirs, de souvenirs *modifiés*.

Elle en avait un en tête, de souvenir, dont elle se demanda soudain s'il était *réel ou factice*.

Était-il possible qu'elle ait vraiment vu quelque chose sur la vidéo et que son cerveau l'ait inconsciemment enregistré sans qu'elle en eût tiré sur le moment les conclusions qui s'imposaient ? Ou bien s'agissait-il d'un de ces souvenirs modifiés par une mémoire créative, fantasque ? D'un tour que lui jouait la sienne ? Il fallait qu'elle en ait le cœur net.

— Je dois y aller, dit-elle brusquement.

Il la scruta.

— J'ai déjà vu ce regard, dit-il. Je croyais que les deux enquêtes étaient closes ?

— Peut-être pas les deux, répondit-elle en s'éloignant rapidement entre les murs de livres, vers la porte.

56

Il était assis nu dans la pièce qu'il appelait le « Temple de la Félicité ».

Elle ne mesurait pas plus de deux mètres sur trois, tout au bout du couloir central d'un appartement vieillot, dans un immeuble miteux dont la cage d'escalier empestait les poubelles et la cuisine, au cœur d'un quartier qui accueillait selon lui tous les rebuts, les hors-la-loi et les parasites.

Peu importait. Cette pièce, c'était son refuge : le Temple de la Félicité.

Il aimait sentir ses orteils jouer avec les poils longs du tapis qu'il avait placé sous les roulettes du fauteuil.

Dans le Temple de la Félicité, le chauffage était toujours poussé à fond.

En rentrant du boulot, il s'était douché, lavé les cheveux, avait avalé vite fait un *ramen* réchauffé au micro-ondes ; après quoi, il s'était servi un verre de vin et s'était dirigé, son verre à la main, vers le fond de l'appartement – là où il y avait une porte marquée « PRIVÉ », comme dans les restaurants et les bars.

Une guirlande rouge, vert, jaune et bleu faisait le tour de la pièce, en clignotant et en la parant de couleurs irréelles.

Le moindre centimètre carré du Temple de la Félicité était exploité. Des photos de Christian Bale, alias Patrick Bateman dans *American Psycho*, de Brad Pitt, alias Tyler Durden, tous abdos dehors, dans *Fight Club*, de Ryan Gosling, loup solitaire dans *Drive*, des bolides miniatures : la Ford Mustang GT de Bullitt ou l'Aston Martin DB5 de James Bond sur les étagères. Un katana, un vibromasseur pour pénis, des *handgrips*.

Une fois l'ordinateur allumé, il commença par se connecter à CyberGhost pour utiliser le mode « Tor over VPN » qui lui garantissait une navigation sécurisée et anonyme. Puis, une fois dans Tor, il copia l'interminable chaîne de caractères qui constituait l'adresse du forum.

Cela lui prit un certain temps, comme toujours quand on utilisait Tor, temps qu'il mit à profit pour boire une gorgée de vin, mater un bout de vidéo sur Pornhub – du bondage – tout en exerçant son biceps droit à l'aide d'un haltère court et d'une charge de dix kilos.

Quand enfin il eut obtenu l'accès, il entra son pseudo, Bateman2019, dans la première case, puis son mot de passe – *mycolleagueisabitch* – dans la seconde.

« Bienvenue sur IncelDom, Bateman2019. »

Mateo Soler sourit en voyant la phrase « *Bateman2019 est entré* » s'afficher en haut du forum.

Il n'avait encore jamais rencontré aucun des membres de celui-ci – il ne savait même pas à quoi ils ressemblaient, ni ce qu'ils faisaient dans la vraie vie ; il ne les connaissait qu'à travers les confidences qu'ils acceptaient d'échanger sur les gens, et spécialement les femmes, qu'ils côtoyaient dans le cadre de leur travail ou en société –, mais il les considérait néanmoins comme ses amis.

Il ne se leurrait pas : ses amis étaient tous des outsiders – même pas des outsiders : des losers pathétiques, tout en bas de la chaîne alimentaire de la société de séduction/prédation/consommation – le gamin que personne ne veut dans son équipe au collège pendant les matchs, celui qui reste le dernier sur le banc, le paria réfugié avec ceux de son espèce dans l'ombre de la boîte de nuit pendant que les Chads paradent sur la piste et chopent les nanas les plus canons. C'était cela qu'ils étaient. À quel moment ça avait merdé pour eux ? Était-ce à cause d'une mère castratrice, d'un père alcoolique ou des deux ?

Quoi qu'il en soit, ils étaient toujours là pour lui. Ils se réjouissaient de ses joies, de ses succès, partageaient ses coups de blues, ses moments de doute et, surtout, ils adhéraient au Dogme, à savoir qu'ils n'avaient pas à rougir d'être des mâles blancs hétérosexuels – il se refusait à employer ce terme grotesque de « cisgenre », vu qu'il avait lu Orwell et qu'il n'ignorait pas, contrairement à tous ces abrutis dehors, que toute *novlangue* est d'abord destinée à dénaturer la réalité et à imposer une nouvelle idéologie. À savoir aussi que les hommes blancs hétérosexuels comme lui étaient devenus la cible à abattre pour les néoféministes, les homos, les blacks, les gauchos et autres LGBTQIA+.

Hétérosexuel, c'est vite dit, songea-t-il. Ça faisait combien de temps qu'il n'avait pas tiré sa crampe ? Onze mois ? Douze ? C'était comme si chaque fois qu'il approchait une femme elle percevait chez lui quelque chose qui la repoussait.

Pourtant, il n'était ni laid ni stupide.

Il reporta son attention sur le forum. Plusieurs de ses membres l'avaient déjà accueilli avec des formules du genre :

« *Salut à toi, ô Bateman le Suprême* » (Beta Uprising)

« *Hey man, où t'étais passé ?* » (CopeorRope)

« *T'as enfin baisé ?* » (Satoru Gojo)

Ou encore : « *Laissez-le souffler, il vient à peine d'arriver* » (Morpheus)

Son sourire s'agrandit. Ça faisait chaud au cœur d'avoir des amis comme ceux-là, qui se réjouissaient de vous voir, qui vous accueillaient avec des cris de joie, même si c'étaient des cris virtuels. *Pas comme cette salope de Guerrero qui faisait la gueule chaque fois qu'elle le voyait.*

[Tu t'en sors avec cette pute ? demanda CopeorRope comme s'il lisait dans ses pensées. Comment s'est passée ta journée ?]

[Merdique. Cette salope n'arrête pas de me faire chier]

[Te laisse pas faire, mec], intervint Morpheus.

[Facile à dire. C'est ma supérieure hiérarchique]

[*Supérieure hiérarchique*, rien que ces mots ne devraient pas exister si le monde tournait rond], commenta Morpheus, le philosophe du groupe.

[T'as raison, approuva Soler, on va l'appeler « la connasse-en-chef »]

[Qu'est-ce qu'on peut faire pour t'aider, *man* ?] demanda Satoru Gojo, qui était toujours le plus altruiste et le plus positif de la bande.

[Elle cherche H24 à me rabaisser, putain je la hais], continua Soler.

Stop, s'intima-t-il. *Tu t'entends ?* Il n'allait tout de même pas se mettre à chialer, à s'apitoyer sur son sort, comme trop de *geekos* d'après lui sur les forums *incel*, où régnaient non seulement la misogynie en ligne et la masculinité – que les nanas et leurs esclaves consentants appelaient toxique et que de son côté il appelait saine – mais aussi le désespoir, l'autoflagellation et les *bouhouhou* qui lui donnaient envie de gerber.

[Je veux lui faire du mal, je veux la blesser], écrivit-il.

[Comment ?]

C'était Morpheus.

[En lui pourrissant la vie, en lui faisant perdre ses moyens, j'ai déjà commencé]

[Bien, applaudit Morpheus. Quoi d'autre ?]

[Je vais ruiner sa réputation. Tôt ou tard, elle fera une erreur et je serai là pour que tout le monde le sache]

[Tout le monde, c'est qui ?]

[Les réseaux sociaux. Internet. Les communautés. La Guardia Civil]

[Du cyberharcèlement. De l'humiliation. De la haine en ligne. Du *mobbing*. Oui, oui, oui : ça devient intéressant… Il faut occuper l'espace public et médiatique], commenta doctement Morpheus.

[C'est exactement ça], répondit Mateo Soler.

Assise à son bureau, elle se rejeta contre le dossier de son siège cinquante minutes après avoir quitté l'appartement de Geraldo Noé, porta le mug de café tiède à ses lèvres.

Elle venait de visionner la vidéo.

Et sa conclusion était nette, limpide. Définitive.

Il ne s'agissait pas d'un faux souvenir.

Elle avait bien vu ce qu'elle croyait avoir vu – et que sa mémoire avait enregistré à son insu.

Et elle savait désormais qui était l'autre personne présente dans la pièce la nuit de la performance. Celle dont la silhouette se reflétait dans le miroir d'angle.

Celle qui observait la scène sans se mêler aux autres, à l'écart.

Celle qui était là-dehors : libre mais pas innocente.

Elle respira profondément. C'était maintenant que les difficultés commençaient.

Épilogue

La pluie avait cessé, elle s'égouttait des arbres nus et des parasols fermés quand, quelques minutes après 14 heures le lendemain, Lucia entra dans le restaurant. Elle était en retard. Essoufflée, elle donna le nom de celui qui avait réservé la table et on la conduisit aussitôt dans un petit salon privé, dont on referma la porte coulissante derrière elle.

C'était lui qui avait choisi l'endroit, à quelques pâtés de maisons du musée archéologique et des boutiques de luxe du « triangle d'or ». Petit mais chic, et surtout disposant d'alcôves où on pouvait s'isoler et parler loin des oreilles indiscrètes.

Il était déjà là.

Assis sur la banquette, toujours aussi collet monté, sous une rangée de photos en noir et blanc où apparaissaient aussi bien Eduardo Benavente et Geraldine Chaplin que Plácido Domingo, Miguel Bosé et Santiago Carrillo. Elle se demanda l'espace d'un instant s'ils avaient vraiment fréquenté l'endroit ou si le patron était juste fan et nostalgique. Puis elle baissa les yeux. Elle trouva qu'il avait ce jour-là un petit air de Laurence

Olivier dans *Hamlet* : sombre et torturé, la barbiche poivre et sel en prime.

Il avait tombé la veste et il arborait d'extravagantes bretelles rouges aux motifs géométriques. C'était sans doute sa façon de clamer son excentricité dans l'univers policé des ministères. Il avait toujours voulu paraître différent des autres. Moins rigide, plus authentique. Une authenticité aussi trompeuse qu'un faux Goya. « Le ministre amateur d'art » : c'était ainsi que la presse l'avait baptisé. Qui ne manquait pas une exposition, pas une occasion de montrer son bon goût. Juan José Morales. Ministre de l'Intérieur.

Et, à ce titre, son chef.

Il y avait si longtemps qu'il était dans le paysage. Lucia avait étudié son CV. Successivement député des circonscriptions de Tolède, Cadix puis Madrid – le plus jeune de l'histoire des Cortes –, ministre de l'Éducation et des Sciences, ministre de l'Économie, ministre de la Défense, porte-parole du gouvernement, président de commissions parlementaires et enfin ministre de l'Intérieur… On avait l'impression que Morales avait toujours été là, sous les ors de la République, jamais très loin du pouvoir central. Tissant ses réseaux dans l'ombre comme une araignée un jour de pluie, s'assurant des allégeances, plaçant ses hommes liges partout, tel un seigneur féodal. C'était une hydre et Lucia allait devoir trancher toutes ses têtes d'un seul coup.

Debout devant lui, elle sentit sa poitrine se contracter, toussa.

Le ministre finit tranquillement d'écrire un texto puis il posa son téléphone sur la table et leva lentement les yeux vers elle. Il sourit. Un sourire provocant, plein d'arrogance. Un sourire qui disait : *Ma petite, tu ne sais pas à qui tu t'attaques*. Elle tira une chaise et s'assit.

— Donnez-moi votre téléphone, dit-il à brûle-pourpoint.

— Quoi ?

— Votre téléphone…

Elle le lui donna.

— Eduardo !

La porte coulissante s'ouvrit et un homme dans la trentaine, le cheveu ras, fit son apparition. Son costume bien coupé mettait en valeur plus qu'il ne les dissimulait ses muscles puissants. Juan José Morales lui tendit le téléphone.

— Tu l'éteins et tu le gardes avec toi le temps de notre petite… conversation. (Il se tourna vers Lucia.) Levez-vous.

Elle hésita, repoussa sa chaise et s'exécuta.

— Fouille-la, dit-il à Eduardo.

Elle se cabra :

— Hein ?

Mais déjà les mains d'Eduardo la palpaient des chevilles à l'abdomen, aux hanches et aux flancs avec une promptitude et une technique toutes professionnelles.

— Pas de micro, annonça l'homme deux secondes plus tard.

— C'est bon, Eduardo, tu peux nous laisser. Et ferme la porte derrière toi, s'il te plaît.

— Bon Dieu, Morales, vous vous prenez pour qui ? rugit-elle.

— Ce sera monsieur le ministre pour vous, lieutenante, corrigea-t-il d'un ton glacial.

— Ce sont des méthodes de mafieux ! s'exclama-t-elle, toujours debout et furieuse.

— Surveillez votre langage, lieutenante. Voyez-vous, on n'est jamais trop prudent dans mon métier. Notre… *entretien amical* pourrait finir dans la presse, je n'ai aucune confiance en vous.

— Dans ce cas pourquoi m'avoir choisie pour conduire cette enquête ? l'interrogea-t-elle sans se démonter.

Il lui jeta un coup d'œil circonspect. Il essayait à l'évidence de deviner les cartes qu'elle avait en main. Il avait été surpris quand elle avait demandé à lui parler directement, et encore plus quand elle lui avait conseillé au téléphone d'accepter un tête-à-tête « en souvenir d'une certaine nuit à Cuenca et d'une performance qui avait mal tourné chez l'artiste Christoph Thalmayr ». « Vous voyez de quelle nuit je parle ? » avait-elle ajouté. Au diable les finasseries. Il avait répondu que non – mais il lui avait quand même donné un lieu, une date et une heure.

Il l'étudia un moment. Il n'avait pas réalisé jusqu'à présent à quel point elle était jolie. Petite, menue, bien faite. Un corps de jeune fille… Elle avait quel âge ? Trente-six ? Un peu plus ? Elle avait l'air fatiguée. Mais quels jolis yeux marron clair elle avait. Comme pailletés d'or. Et il se demanda si ces longs cils noirs étaient naturels.

Il fut un temps où il l'aurait draguée ouvertement, un temps où il lui aurait même posé une main sur un genou en lui parlant de promotion. C'était à ça que servait le pouvoir, non ? On pouvait tout se permettre et on se permettait tout. Mais plus maintenant. Non, maintenant, on marchait sur des œufs. Maintenant même une main aux fesses était considérée comme une agression sexuelle, ce qui, de son point de vue, dévalorisait nettement les *vraies* agressions. Une opinion que, bien entendu, il n'aurait partagée pour rien au monde à la télévision ou dans la presse. Désormais, on la fermait et on gardait ces pensées pour soi. Les temps changeaient. Foutue époque, se dit-il.

— Ne restez pas plantée là, asseyez-vous, bon Dieu.

Elle se rassit.

— Je tiens à vous féliciter, attaqua-t-il d'emblée avec une courtoisie aussi inattendue que trompeuse. Vous avez fait un travail remarquable. Quelle histoire incroyable. Et rocambolesque. Ce chirurgien qui exerçait un chantage et ces meurtres transformés en œuvres d'art par un artiste fou et dégénéré. Et cette façon de se suicider, grands dieux.

Il s'interrompit, la sonda.

— J'ai accepté de vous rencontrer parce que vous avez insisté, lieutenante, et parce que, grâce à vous, l'UCO a obtenu une fois de plus un succès retentissant. Mais vous comprendrez que ceci est assez peu protocolaire. Vous me pardonnerez d'avoir commencé à manger, dit-il en reprenant les couverts, j'ai un emploi du temps très chargé. Je vous recommande le temaki de saumon à la sauce piquante. C'est une tuerie.

Il coupa une croquette en deux et en porta la moitié à sa bouche en souriant.

— Vous avez accepté de me rencontrer en privé, monsieur le ministre, dit-elle en retour, parce que je vous ai parlé de cette performance chez Christoph

Thalmayr au cours de laquelle une jeune femme est morte d'overdose.

— Je vous ai déjà dit au téléphone que je ne vois pas de quoi vous voulez parler, répondit-il, agacé, entre deux bouchées.

— Je crois que si.

Il posa couteau et fourchette, s'essuya les lèvres avec un coin de serviette.

— Expliquez-vous.

La tension raidissait la nuque de Lucia.

— Vous étiez cette nuit-là à Cuenca, monsieur le ministre. Quelques heures plus tôt vous étiez venu de Madrid pour assister aux funérailles d'un général à la retraite qui habitait dans le coin. Vous étiez là en tant que ministre de la Défense à l'époque. Et vous connaissez Christoph Thalmayr, vous apparaissez en photo dans au moins deux de ses expositions.

— La nuit des funérailles du général, je suis rentré directement à Madrid après la cérémonie, répondit-il en se remettant à manger. Et, comme vous le savez peut-être, je suis grand amateur d'art. J'assiste ou on m'invite à un tas de vernissages et d'expos, ça ne veut pas dire que je connais personnellement l'artiste à chaque fois. Où voulez-vous en venir ?

Elle évita d'écouter son cœur qui battait trop fort. Elle sentit que ses aisselles étaient humides.

— J'ai aussi trouvé dans le bulletin officiel du 26 août 2017 l'attribution de deux œuvres de Christoph Thalmayr au ministère de la Défense, poursuivit-elle sans tenir compte de l'interruption. La plupart du temps les tableaux qu'on trouve dans les ministères sont des œuvres en dépôt qui appartiennent au Prado ou au musée Reina Sofía. Ou bien des portraits peints par des artistes que tout le monde a oubliés depuis longtemps. Mais vous, vous avez montré un goût certain pour les artistes contemporains lors de vos passages dans les ministères.

Il haussa les épaules.

— Et alors ? C'est un crime d'aimer l'art contemporain ?

— Vous étiez sur place cette fameuse nuit… Vous avez assisté à la performance de Thalmayr qui a coûté la vie à cette jeune fille.

Il reposa bruyamment les couverts.

— Absurde ! Je ne sais toujours pas de quoi vous parlez ! Bon Dieu, lieutenante, vous allez payer cher votre audace !

Il repoussa son assiette, ses yeux brûlaient de colère :

— Vous délirez ! tonna-t-il. Je ne vais pas tarder à mettre fin à cette conversation. Vous aurez de mes nouvelles…

— Vous ne voulez pas savoir comment je l'ai découvert ?

Elle sortit de la poche intérieure de son blouson une feuille pliée en quatre, la déplia. Un agrandissement du reflet dans le miroir. On y voyait les participants masqués, la jeune femme allongée sur l'autel et, derrière, une silhouette. Debout. Immobile. *Une épaule plus haute que l'autre.*

— Qu'est-ce que c'est que ça ? demanda-t-il d'un ton brusque.

— Une capture d'écran. Faite à partir d'une vidéo retrouvée dans le cloud de Christoph Thalmayr. La performance, cette nuit-là, était filmée…

Pendant une seconde, il eut l'air déstabilisé.

— C'est vous là, n'est-ce pas ? dit-elle.

Il se pencha sur l'impression, ricana méchamment.

— Quoi ? Cette silhouette ? On ne voit rien !

— Moi, je trouve que si, riposta-t-elle en sortant une deuxième impression, cette fois du ministre photographié à la tribune. Regardez. C'est exactement la même attitude.

— C'est grotesque ! On ne voit rien sur votre vidéo ! Qu'est-ce que vous voulez prouver avec ça ? J'espère de tout cœur, et d'abord dans votre intérêt, que vous n'avez pas l'intention d'utiliser cette image…

— Pourquoi pas ?

Juan José Morales s'inclina par-dessus son assiette et la table. Il lui postillonna au visage.

— Vous êtes folle ! Vous perdez la raison !

— On verra bien.

Il se rejeta contre la banquette, exaspéré. Il eut soudain l'air à cran, à bout de nerfs ; il leva les yeux au ciel.

— Bordel de merde ! Reprenez vos esprits, pour l'amour du Ciel, lieutenante ! Vous ne voyez donc pas ce qui va arriver ? Ce sera la fin de votre carrière et vous ne vous rendez pas compte du mal que vous allez faire ! Même si vous n'avez aucune chance devant un tribunal, ça va faire un scandale terrible, vous ne comprenez donc pas ?

Il avait perdu ses airs fanfarons. Il y avait de l'anxiété dans sa voix. Une énorme anxiété.

— Vous étiez là-bas cette nuit-là, oui ou non ?

Il la regarda d'un air presque suppliant, terrorisé.

— Oui, oui, oui !

Elle attendit la suite.

— La fille, murmura-t-il fiévreusement, c'était un accident : elle avait pris de la drogue avant de venir, plus celle que Christoph lui a donnée sans le savoir, elle a fait un arrêt cardiaque. On a tout essayé pour la sauver !

— Pas vous, rectifia-t-elle. Dès que Thalmayr commence son massage cardiaque, on vous voit vous éclipser.

— Et alors ? Voyons les choses en face, qu'est-ce que je pouvais faire de plus de toute façon ? gémit-il.

— Et pour les meurtres ?

Elle vit une lueur d'épouvante passer dans son regard.

— Quoi, les meurtres ?

— Vous savez ce que je crois ? Je crois que c'est vous qui les avez commandités à Thalmayr. Il n'avait aucune raison de tuer ces personnes. Il était habitué au scandale. Et vous l'avez dit : il a essayé de la sauver, on le voit sur la vidéo. Que risquait-il ? Un scandale de plus ? Seulement, il a tout raconté à Oriol Casablanc un soir où il était défoncé. Grosse erreur. Le chirurgien était aux abois, il avait absolument besoin de fric pour sauver sa clinique, il avait les créanciers et le fisc aux fesses. Il s'est mis à vous faire chanter, vous, Marta Millán, Nicolás Gallardo et Juan Fulgar. Or, s'il y avait quelqu'un qui avait tout à perdre dans cette histoire, c'était bien vous. Je me suis demandé pourquoi Thalmayr n'avait pas tué seulement l'auteur du chantage, puis j'ai compris : vous avez de grandes ambitions, *les plus hautes*. Vous ne vouliez courir aucun risque. Il vous fallait éliminer *tous* les témoins de cette nuit. Je suppose que Thalmayr a commencé par Marta Millán parce que l'occasion s'est présentée, elle lui avait peut-être parlé de sa fête d'anniversaire, elle lui avait peut-être dit qu'elle serait seule à Miraflores de la Sierra. Ensuite Gallardo, c'était le plus facile. Et je crois que Thalmayr avait prévu de tuer Casablanc un peu plus tard qu'il ne l'a fait, mais que les choses se sont précipitées là-haut dans la montagne, à Peñalara.

Il était pâle, livide même. De grosses gouttes de sueur coulaient le long de ses joues, comme s'il était sur un plateau de télévision, en train de rôtir sous le feu des projecteurs.

— Bon sang, pourquoi Thalmayr aurait-il accepté de faire ça pour moi ? gémit-il. Pour l'argent ? Il s'en mettait plein les poches avec ses tableaux. Il n'aurait jamais pris un tel risque. Ce type était fou ! Je l'ai toujours pensé…

— Pour sa fille.

Le silence qui suivit confirma à Lucia qu'elle était sur la bonne voie.

— Sa fille impliquée dans le kidnapping et le meurtre du milliardaire Hector Crespo avec ses copains anarchistes. Ses complices ont tous été condamnés à la prison permanente révisable sauf elle. Bizarrement, elle a été blanchie… C'est le CNI qui s'est occupé de l'affaire, n'est-ce pas ? À l'époque où vous étiez ministre de la Défense… Et vous connaissiez déjà Thalmayr. C'était votre ami. Vous assistiez déjà à ses performances. Vous avez quoi sur Alba Thalmayr ? De quoi l'envoyer en prison pour le restant de ses jours ? Une jeune femme qui a toute la vie devant elle… J'imagine qu'un père quel qu'il soit ferait n'importe quoi pour épargner ça à sa fille…

Elle vit à son regard qu'elle ne s'était pas trompée.

— Vous savez quand j'ai commencé à comprendre ? enchaîna-t-elle sans lui laisser le temps de reprendre ses esprits. Quand on a découvert qu'une équipe du CNI était sans doute passée avant nous au chalet d'Oriol Casablanc. Le CNI dépend du ministère de la Défense, et vous avez été ministre de la Défense. Un bon ministre de l'avis de tous. Je suppose que vous y avez gardé quelques relations.

Il s'enfermait dans le silence à présent. De son côté, Lucia était résolue à pousser son avantage :

— Vous avez demandé que je sois chargée de l'enquête non à cause de mes succès, mais à cause de mes casseroles, car vous vous êtes dit que, si je m'approchais trop de la vérité, il serait facile de me débarquer, de me décharger de l'affaire. Avant ça, vous avez demandé à Thalmayr de tuer Marta Millán dans sa résidence de campagne pour que la Guardia Civil soit chargée des investigations. Sauf que Thalmayr était dingue, vous l'avez dit : il a sans doute vu dans ces meurtres l'occasion de parachever son œuvre et de se livrer à la plus grande performance de tous les temps… Je comprends à présent votre réaction dans le penthouse de Marta Millán quand vous avez découvert en même temps que moi le message « TUONS LES RICHES » sur le mur au-dessus du lit. Ça n'était pas prévu, je suppose. Vous avez tout de suite compris que cela allait compliquer les choses, prendre des proportions incontrôlables. Mais il était trop tard pour faire machine arrière. *Thalmayr vous tenait autant que vous le teniez…*

Il frappa soudain dans ses mains, de brefs applaudissements qui la prirent au dépourvu, la firent sursauter, et qui s'accompagnèrent d'un sourire plein de fureur :

— Bravo ! Quelle imagination admirable vous avez ! Un vrai roman ! Vous comptez vraiment présenter ça au juge ? Sérieusement ? Sans la moindre preuve ? Tout votre petit scénario repose sur du vent ! Aucun magistrat sain d'esprit ne gobera une histoire aussi rocambolesque !

— Je n'aurai pas besoin de le faire : vous venez d'avouer à l'instant même que vous étiez bien chez Thalmayr la nuit où cette fille est morte, que vous avez participé à cette… *fête dionysiaque*, comme l'appelait Thalmayr, autrement dit à cette orgie, où cette pauvre fille a été droguée et victime d'une overdose… Ça fait sacrément tache dans le tableau, vous ne trouvez pas ?

— Toutes choses que je nierai farouchement, bien entendu, si on devait en venir là. Ce sera votre parole contre la mienne, lieutenante. Avec une histoire pareille, je vous souhaite bon courage. Vous êtes finie, Guerrero, finie… Je vais vous briser.

Il reprenait du poil de la bête. Il entrevoyait une issue et il avait bien l'intention d'en profiter. Elle poussa un gros soupir, montra le téléphone du ministre posé sur la table.

— Ce ne sera pas nécessaire, fit-elle. Monsieur le ministre, vous oubliez que depuis la réforme de la loi 13/2015 LECrim sur les poursuites criminelles et l'article 588 *quater a.* de celle-ci est autorisée l'utilisation de dispositifs électroniques permettant la captation et l'enregistrement des communications orales directes qui sont tenues dans l'espace public ou dans un autre espace ouvert comme au domicile ou dans n'importe quel lieu fermé, que selon l'article 588 *quater b.* de cette même loi ces dispositifs sont autorisés si les faits investigués sont constitutifs des délits suivants : violences punies d'au moins trois années de prison, délits commis au sein d'un groupe ou d'une organisation criminelle, terrorisme, et si on peut rationnellement prévoir que l'utilisation de ces dispositifs apportera des informations essentielles à l'investigation.

Il la fixa, perplexe. Il essayait de deviner où était le piège.

— En d'autres termes, continua-t-elle, nous avons le droit d'écouter votre téléphone dans les circonstances présentes, sur autorisation d'un juge. Or certains juges adorent se payer les politiques : j'ai montré la vidéo au juge Galván et je lui ai dit que vous étiez à Cuenca cette nuit-là. Je lui ai également expliqué que toutes les victimes de cette série de meurtres étaient des participants de cette… « horrible fête ». Et comment vous seul aviez survécu. Ça l'a convaincu, je dois dire. Avec son autorisation, toute cette conversation vient d'être enregistrée, monsieur le ministre, *par votre propre téléphone*… Il y a dans la salle voisine le sergent Arias de l'UCO et deux techniciens qui procèdent en ce moment même à l'enregistrement tout en savourant un excellent déjeuner payé par le contribuable. Bon appétit, messieurs.

Elle reprit son souffle, laissa son pouls retrouver un rythme plus normal. Elle avait passé les dernières heures à mémoriser les articles de la loi. Elle savait qu'il y avait une faille : les délits pour lesquels il serait finalement condamné ne justifiaient pas à eux seuls la captation de leur conversation, et il y aurait bien un avocat pour s'en apercevoir. Mais, à ce moment-là, ce serait trop tard pour la carrière de Morales. Qui la fixait comme s'il regardait la mort en face. Et c'était bien ce qu'il contemplait en vérité : la mort de son existence professionnelle et sociale, se présentant sous les traits d'une insignifiante petite lieutenante de l'UCO.

— À défaut de prouver que vous êtes bien la tête pensante derrière les meurtres commis par Thalmayr, conclut-elle, on vous tient pour non-assistance à personne en danger, incitation à la débauche et à l'usage de substances prohibées sur personne vulnérable, dissimulation à la justice de preuves et de faits délictueux. Quand tout ça va sortir, parce que ça sortira, ça va faire un énorme scandale, un scandale sans précédent, monsieur le ministre. J'espère sincèrement que votre épouse et vos enfants sont préparés au tourbillon médiatique qui va suivre, parce que ça va être violent… Vous savez comment est la presse de nos jours, et comment elle s'assoit sur la présomption d'innocence… Et ne vous y trompez pas : nous ne renonçons pas à prouver votre culpabilité dans les meurtres, ajouta-t-elle. Mais, en attendant, je crois que votre carrière est terminée. Pas la mienne, la vôtre. Vous pouvez dire à Eduardo de me rendre mon téléphone ? Merci.

On avait escamoté l'inscription « TUONS LES RICHES » sur la façade de l'hôpital, six jours plus tard. Mais il en restait cependant comme le souvenir diffus, car les employés municipaux n'étaient pas parvenus à l'effacer complètement.

Le souvenir du séisme qui avait secoué l'Espagne pendant quelques jours et quelques nuits.

Un autre tremblement de terre lui avait succédé : la démission retentissante en début de semaine du ministre de l'Intérieur et l'instruction menée tambour battant par le juge Galván pour déterminer son degré d'implication dans les meurtres de Marta Millán, Nicolás Gallardo, Oriol Casablanc et Juan Fulgar. L'opposition demandait la tête du gouvernement ainsi qu'une commission d'enquête. Sur Internet, le même « Tuons les riches » avait été remplacé par des slogans réclamant la tenue de nouvelles élections. Une actualité chasse l'autre, se dit-elle. Dans quelques semaines ou quelques mois, tout le monde serait passé à autre chose. C'était ainsi que fonctionnaient les sociétés modernes : entre pessimisme et légèreté, morale et hypocrisie, excédent informationnel et amnésie. Sauf que, comme elle l'avait lu quelque part, l'information rend le sage plus sage et l'idiot plus dangereux.

Elle baissa la tête, regarda Álvaro.

— Tu es prêt ? Grand-mère t'attend… Elle est impatiente de te voir.

Arpentant le couloir à côté d'elle, son fils leva les yeux et sourit :

— Quand est-ce qu'elle va rentrer à la maison ?

— Bientôt… Tu verras, elle a un peu changé.

— Changé ?

Elle regarda droit devant elle pour dissimuler la buée qui humectait sa cornée.

— Elle est plus… gentille qu'avant.

— Elle a toujours été gentille avec moi, fit-il remarquer.

— C'est vrai, admit Lucia. Tu as raison : elle a toujours été gentille avec toi.

La porte était là.

Elle fit un pas de plus.

S'arrêta, la main sur la poignée :

— Vas-y, va dire bonjour à grand-mère.

Un message venait d'entrer dans son téléphone. Elle vit son fils pousser la porte et entrer, puis elle ouvrit

WhatsApp. Numéro inconnu. Elle se raidit. Le message disait :

Tu crois que c'est terminé ? Tu crois que j'en ai fini avec toi ? Savoure ton moment de triomphe, parce que LE PIRE EST À VENIR.

Lucia, Lucia,
VILAINE FILLE,
MAUVAISE MÈRE,
Vois-tu venir la tempête ?
Lucia, Lucia,
MOI, JE NE T'OUBLIE PAS.

NOTE DE L'AUTEUR

Lectrice, lecteur, je n'aurais pu écrire cette histoire sans les conseils avisés, la coopération pleine de générosité et l'aide inestimable d'un certain nombre de personnes. À commencer, à Madrid même, par le colonel chef de l'Unité centrale opérationnelle, les enquêteurs de son groupe des délits contre les personnes, les « geeks » du département contre le cybercrime et la coordination du bureau de la communication de l'UCO. Grâce à eux, j'ai pu visiter le service de Lucia, apprendre mille détails, m'imprégner des lieux, réviser mon texte, de sorte que toute erreur qui pourrait y figurer encore est de mon fait, volontaire ou non.

Ensuite, il me faut saluer mes deux chauffeurs et guides en Galice, José Antonio Miguez Villar et « Kiko », deux vrais caractères, qui m'ont emmené dans des endroits insolites, étranges, secrets, parfois inconnus des touristes et peut-être même de bon nombre de Galiciens, dont certains figurent dans le livre. En Galice encore, à O Pindo, la famille Louro Louro et Casais, où l'on est ambulancier de père en fils, nous a ouvert ses portes et non seulement offert le couvert, mais aussi permis de découvrir cette antique usine désaffectée où l'on découpait et préparait jadis les baleines, qui est dans le roman une scène de crime à peine évoquée d'une ligne (je le dis souvent : un tel roman est un iceberg – il y a ce que vous lisez, et il y a la masse d'informations qui se trouve sous la surface).

À Cuenca, j'ai pu bénéficier de l'aide précieuse de Sergio Vera, Marta Contreras, José Ángel Vera, Ana María Valencia et de leur réseau local. Je dois également remercier Manuel Fontán, directeur des musées et expositions de la Fondation Juan March et directeur du musée d'Art abstrait de Cuenca, « le plus beau petit musée du monde », Celina Quintas Pérez, coordinatrice, et plus encore Mercedes Portero Ruiz pour leur accueil dans ce lieu extraordinaire où souffle l'esprit. Grâce à Mercedes, j'ai appris à mieux connaître l'œuvre de Fernando Zóbel et qu'on peut être à la fois passionnée d'art abstrait et d'escalade. Et que dire des heures passées à visiter la sublime ville haute de Cuenca et ses casas colgadas *en compagnie de Miguel Romero, docteur en histoire, chroniqueur officiel de la ville et auteur. À Cuenca toujours, le commandement de la Guardia Civil m'a ouvert ses portes et ses officiers de police judiciaire m'ont consacré plusieurs heures de leur temps, ce qui n'est pas rien. Quant au* Raff, *la « cantine » de Juan Fulgar dans le roman (son nom complet est* Raff San Pedro*), il mérite les éloges de mon personnage.*

Enfin, toutes ces rencontres n'auraient pas été possibles sans l'entremise de Laura, qui, comme toujours, veille au grain, prépare le terrain des mois à l'avance, décroche son téléphone et n'a pas sa pareille pour trouver des contacts.

Et puis, bien sûr, il y a ceux qui me font confiance depuis le début, Bernard Fixot et Édith Leblond, mes éditeurs, leur équipe, ainsi que l'excellente équipe des éditions Pocket, dont le soutien m'est précieux.

Comme les encouragements de ceux qui me lisent avec fidélité, bienveillance et enthousiasme depuis des années. Merci à vous, lectrices, lecteurs ! Et bienvenue aux autres !

Chaque roman est pour moi une nouvelle occasion d'aller sur le terrain, de faire des rencontres remarquables, en somme de continuer à faire mon éducation – il n'y a pas d'âge pour ça – et d'apprendre. Je considère qu'on ne doit jamais cesser d'apprendre. Ce sera le mot de la fin.

PLUS DE LIVRES POUR LES AVEUGLES !

Chère lectrice, cher lecteur,

Je suis le parrain de l'association **CTEB (Centre de transcription et d'édition en braille)**.

Reconnue d'intérêt général, elle permet depuis trente ans la transcription en braille de l'actualité littéraire aux déficients visuels francophones.

Défendre l'accès au livre et à la culture pour tous les publics, c'est défendre l'éducation et la formation, l'égalité des chances et l'autonomie.

Un œil dans la nuit ainsi que *Lucia*, mes deux derniers livres, ont été transcrits en braille par le CTEB et sont disponibles, au même prix que l'édition originale pour voyants, sur le site : **www.cteb.fr**.

Un livre en braille coûtant très cher à produire, vous pouvez aider le CTEB dans ses missions en faisant un don sur : **www.cteb.fr/faire-un-don-au-centre-de-transcription-en-braille/**

Bernard Minier

Cteb

Centre de Transcription
et d'Édition en Braille

Association loi 1901 reconnue d'intérêt général

Cet ouvrage a été composé et mis en page
par Nord Compo à Villeneuve-d'Ascq

Imprimé en France par
CPI Brodard & Taupin
en février 2025
N° d'impression : 3059688

Pour plus d'information :

#lisez! engagé
www.lisez.com

Imprimé sur du papier issu de forêts gérées durablement.

Pocket – 92 avenue de France, 75013 PARIS

S34852/01